아리아드네의 비평

아리아드네의 비평

1판 1쇄 인쇄 2019년 7월 01일
1판 1쇄 발행 2019년 7월 10일

—

지은이 김효은

—

발행처 문학의숲
발행인 이은주

—

신고번호 제300-2005-176호
신고일자 2005년 10월 14일

—

주소 (121-896) 서울특별시 마포구 양화로7길 84
전화 02-325-5676
팩스 02-333-5980

—

값은 표지에 있습니다.
ISBN 979-11-87904-17-5 93810

아리아드네의 비평

김효은 비평집

문학의숲

책머리에

⋮

한 사람의 독자로서, 비평가로서 최대한 여러 의미들을 포착하고 적확한 시선과 날 선 언어로 그러나 결코 미문을 포기하지 않은 채, 비평이라는 새로운 '1차 텍스트'를 현현해 내고자 노력했다. 그러나 욕심만큼이나 더 자주 비평의 숲에서 길을 잃고 헤매거나, 링반데룽 현상을 겪으며 현기증을 앓아야 했다. 방향 감각을 잃어버린 채, 한 줄도 못 쓰거나 썼다 지우기를 반복하는 순간들도 빈번했다. "공포를 기다리던 흰 종이들"(기형도 「빈집」)과의 만남은 여전히 텍스트라는 '빈집'에 '나'를 자발적 유폐, 감금시킨다. 가두는 동시에 벗어나게도 하는 이상한 잠금장치. 예나 지금이나 청탁에 응하는 순간은 참으로 묘하다. 즐겁기도 하고 동시에 괴롭기도 하다. 스스로 원고지라는 '빈집'으로 걸어 들어가 문을 잠그고 더듬거리며 안개 속에서 글을 읽고 쓰는 이 고독한 작업을 어떻게 무어라 설명해야 할까. 게다가 글의 진도가 막막할 때, 기껏 발표한 글, 아니 비평이라는 장르의 독자 자체가 아예 없다고 생각될 때, 깊은 회의감이 들 때도 있다. 그러나 한 편의 글을 마감하고 일정 기간이 지난 후 책의 형태로 발송되어 왔을 때, 그제서야 황금열쇠로 문이라도 연 듯, 원고지 밖으로 나가 들이쉬는 첫 공기의 상쾌함과 시원함, 뿌듯함을 뭐라고 불러야 할까. 그리고 단 한 사람일지라도, 독자의 격려는 또다시 쓰게 한다. 중독이 아닐 수 없다.

텍스트는 언제나 새로운 미로이면서 미궁이다. 삶 역시 그러하다. 매일,

매 순간이 미궁이고 미로 속 한가운데에 우리는 서 있다. 가끔 가파른 절벽 앞에서 절망하고 슬퍼하면서 발을 동동 구른다. 늪에 빠져 허우적대기도 한다. 그러나 내게는 곧 죽을 것 같은 순간에도 놓을 수 없는 실이 한 가닥 손에 쥐어 있다. 그 실은 단사(單絲)인 동시에 두 개의 실이 한 가닥을 이룬 채 꼬여있는 합사(合絲)이기도 하다. 목숨의 실과 문학의 실, 그 두 가닥의 실이 서로 얼개를 이루며 끊어지지 않는 단단한 한 가닥의 실을 이룬다. 언어의 실이자 의식의 실이다. 그 실을 자아내며 붙들고서 문학을 짓고 길을 내며 앞으로 나아간다. 가끔 앞이 보이지 않아도 그 실이 길을 지켜주리라, 불의에 맞서 싸워주리라 믿는다. 그게 내가 비평을, 문학을 하는 이유이자 목적이다.

신화 속 인물에서 비평집 제목을 가져왔다. 아리아드네는 잘 알다시피 그리스 신화에 나오는 여성 인물이다. 그녀는 아테네 왕자인 테세우스와 사랑에 빠져 그에게 괴물과 대적할 칼과 실을 전해준다. 테세우스는 미궁 속으로 들어가 미노타우르스를 물리치고 그녀에게 건네받은 실타래로 인해 길을 잃지 않고 동굴에서 무사히 빠져나오지만 결국 그는 낙소스섬에 아리아드네를 버리고 홀로 떠난다. 이제 여성 작가들은 이와는 다른 아리아드네를 꿈꾸고 모색하고 실천해야 한다. 왕자와 사랑에 빠져 칼과 실을 내어주고 과업과 영예를 몽땅 남성에게 위임하거나 물려주고 버림받아 우는 수동적인 아리아드네가 아닌, 직접 칼과 실을 들고 미궁 속으로 당차게 걸어 들어가 괴물과 맞서 싸우는 아리아드네. 그러한 여성의, 새로운 아리아드네의 글쓰기가 필요한 때이다. 비평 또한 텍스트에 종속되거나, 주례사나 헌사로만 남는 것에 반대한다. 날카로운 칼과 섬세하고 부드러운 실. 두 개의 직조가 교차된 탄탄하고 아름다운 텍스트를 생산해내야 할 때이다. 보다 당당하고 독립적인 비평의 글쓰기가 필요하다.

아리아드네라는 이름은 내게 다른 인연이 있기도 했다. 이미 십년도 더 지난 오래전 일. 병실 간이침대에서 새우잠을 자고 일어나 낮에는 간병을 하고 저녁에 아버지가 잠들면 캄캄한 동굴을 나와 다른 동굴로 들어가 노래를 부르곤 했다. 맨 처음 오디션을 보고 합격한 라이브 카페의 이름이 아리아드네였다. 아리아드네…… 그곳에서 어떤 날씨와 기후에도, 슬픈 날이거나 아픈 날에도 노래를 불렀다. 무대에 서고 노래를 하면 재투성이의 나는 사라지고 무대 위에서 조명받는 다른 내가 서 있었다. 그렇게 카페와 레스토랑에서 매일 노래를 불렀고, 노래를 부르면 조연으로서의 비루한 삶이 잠시나마 사라졌고 비로소 주연이 된 나는 숨통이 트여 살 것 같았다. 이제 무대에서 노래하지는 않지만, 여전히 비상과 탈출을 꿈꾸며 새로운 아리아드네의 글을 쓴다. 투쟁이며 치유인 글쓰기. 더는 재투성이의 나를, 비루한 내 혈통과 가계를 부끄러워하지 않는다.

끝으로 감사의 인사를 전할 곳이 많다. 먼저 지혜의 정수와 영혼의 가르침을 주신 은사님들께 감사의 인사를 전한다. 대학원에서 큰 가르침을 주신 김승희 교수님과 우찬제 교수님, 줄곧 지켜봐 주시고 응원해주신 채희윤 교수님과 유금호 교수님, 허형만 교수님. 신춘문예를 통해 최초의 글힘을 돋워주신 나희덕 교수님께도 감사드린다. 그리고 1998년 10월 불의의 사고로 돌아가신 황병하 교수님께도 깊은 감사를 드린다. 비평가로 제자이자 후배가 되었으므로 살아계셨으면 아마 누구보다도 이 책을 기뻐하시고 뿌듯해 하셨을 것이다. 오랜 세월 함께해 온 '응시'의 오빠들에게도 감사함을 표한다. 늘 애틋하고 사무치는 가족들에게도 감사하다. 20년째 병상에 계신 아버지 김수헌, 감사하다. 10년 가까이 투병 중에 있는 동생 김용대, 누나가 언제나 사랑하고 조금만 더 힘을 내라고 스스로의 삶을 아끼고 돌보라고 간절히 당부하고 싶다. 언제나 든든한 지원군이자 자랑스러운 출판인인 남편 정구형과 내 분신과도 같은 아들 정영웅, 존경하는 정찬용, 한선희 시부모님, 정진이, 조해진, 조시웅, 조아란 가족에게도 사랑과 감사의 말을 전한다.

　다시, 깊은 호흡을 고른다. 지금 여기의 생에 대한 감사함과 함께 이 좌표를 또한 잊지 않아야 하리라. 모든 구원의 길은 언제나 내 안에서 시작된다는 것! 문학이라는 칼날과 실타래를 양손에 붙들고, 미궁 속으로 기꺼이 나아가리라. 사랑의 노래와 함께, 언제나. 홀로 또 함께.

2019년 7월

김효은(金曉垠)

| 차 례 |

5부 지금 여기 : 우리 시대 시집 읽기

1부

노크하는 언어 : 미래의 문 앞에 선 젊은 시인들

서정시의 미래 : 잔혹한 낙관주의와 서정,
그 약속의 미래

1. 잔혹한 낙관주의 : 모든 애착은 낙관적optimistic이다[1]

우리는 (새로운) 서정에 애착한다.[2] 고로 서정시의 미래는 일정 부분 낙관적이다. 서정시에 대한 애증과 애착은 지속될 것이다. 그리하여 인류가 멸망하지 않는 한, 서정은, 서정시는 약속의 형태로 현재 안에 미래를 담보(擔保)할 것이다. 다만 그 형식과 유행만을 달리하여, 혹은 세대를 달리하여 서정

---

1)   로렌 벌랜트, 「잔혹한 낙관주의」, 멜리사 그레그, 그레고리 시그워스 편저, 『정동 이론』, 최성희 외 역, 갈무리, 2015, 162쪽. 이 글에서 저자는 "'잔혹한 낙관주의'란 실현이 불가능하여 순전히 환상에 불과하거나, 혹은 너무나 가능하여 중독성 있는 타협된/공동약속된compromised 가능성의 조건에 대한 애착 관계를 이르는 말"로 "잔혹한 점이란, 자신들의 삶에서 욕망의 대상 혹은 장면 x를 지닌 주체들이 설령 그 x의 현존이 그들의 '안녕'well-being을 위협한다 해도 그것의 상실을 잘 견뎌내지 못한다는 사실에 있다"고 말한다. 저자는 이를 멜랑콜리아와 구분해서 설명하는데, 멜랑콜리아의 경우 대상 상실 이후에 작용하는 심리적 매커니즘이라 한다면, 잔혹한 낙관주의는 대상 상실 이전에 이미 대상 상실에 대한 두려움을 미리 작동하여 그 대상에 영원히 머물고자 애착하는 상황을 의미한다. 그 대상이 설령 불행한 삶을 야기하는 요인이라 할지라도, 그것이 주체로 하여금 자살하지 않고 삶을 연속하도록 하기 때문에 이는 낙관주의가 작동한 정동의 형식으로 볼 수 있는 것이다. 또한 주체는 낙관주의 속에서 약속들에 기대게 되는데 그 약속들이란 그것들의 대상과 마주치는 바로 현재 순간 속에 들어있다고 로렌 벌랜트는 설명한다.

2)   '서정시의 미래', '서정의 현주소', '우리 시의 미래', '현대시의 미래', '한국시의 오늘과 내일' 등은 '문학의 위기' 만큼이나 문예지 특집란의 단골 주제이다.

은 계속해서 이어질 것이다. 문학의 위기를 염려하는 우려와는 달리, 인공지능 시대가 도래해도 오히려 서정시는 각광 받을 것이다. 노래가 그러하듯이 인류의 최후에 남는 정동은 결국 신앙이거나 서정일 것이다. 서정은 인간의 정동 안에 있고, 인간이 창작한 텍스트 안에는 이미 '쓰는 주체'의 살과 피와 영혼이 일정량 함유된 채 녹아있다. 마치 신이 흙으로 인간을 빚고 그 안에 최종적으로 숨을 불어넣어 최초의 인류를 탄생시켰듯이, 신이 그 형상대로 피조물인 인간을 만들어 보기에 좋았더라고 자화자찬하였듯이 시인 또한 신을 닮아 언어로 시를 빚고 시작(詩作) 직후에는 대부분 자화자찬과 나르시시즘에 빠지곤 한다. 시인은 언어의 갈빗대 하나를 꺾어 시의 형상과 틀(형식)을 만들고 그 형상에 영혼 즉 서정(내용)을 불어넣는다. 편의상 분리하였을 뿐, 여기서 형식과 내용을 꼭 따로 추출할 필요는 없다. 내재율의 개념은, 모든 시를 서정시[3]의 하위 범주로 편리하게 묶어준다. 우리가 소위 말하는 산문시, 서사시, 극시에서도, 리듬과 서정을 배제할 수는 없다. 시는 정동의 발화이자 정동의 장르이다. 시를 구성하는 여러 요소들 중 리듬과 서정은 가장 중요한 시의 정동[4]을 구성한다. 따라서 모든 시는 서정

---

3) "원래 서정시(抒情詩, Lyric)란 악기에 맞추어 부르는 노래의 가사를 의미했으나 이후 주로 읽기 위해 씌어진 개인적인 감정을 표현하는 짧은 시를 뜻하게 되었다. 서양에서 운문 문학은 길이, 소재, 제시 방법, 운율의 종류에 따라 극시, 서사시, 서정시로 구분되었다. 서정시는 시인의 주관적 정서나 내적 세계를 드러낸다. 슈타이거는 서정시는 통사적인 면에서보다 음악적으로 언어가 질서를 이루는 것이 더 강력하다고 본다. 서정시에서 리듬과 문장은 어울려 발생하므로 시의 형식과 내용을 나눌 수 없고 각 문장들은 독립된 것이 아니라 서정적인 흐름의 물결을 이룬다. 하나의 시가 보다 순수하게 서정적이면 서정적일수록 운율은 정조와 화음을 이루며 변화한다. 서정적인 글은 자아와 대상 사이의 대립이 없으므로 시인이 말하는 것과 시인 사이에 간격이 없다. 서정시는 객관 세계의 일이나 사건을 모두 자아 속에 흡수하여 내면화하며 주관과 객관의 융합을 추구한다." - 한국문학평론가협회, 『인문학용어대사전』, 국학자료원, 2018, pp.914-915 참조.

4) 정동의 경우 사전적인 개념 정의가 불가능하다. 정동의 개념은 열려있으며 가능성과 운동성으로 존재한다. 앞의 책 『정동 이론』에서 정동은 힘들과 강도들의 이행, 혹은 이행의 지속을

시이다. 우리가 시를 사랑하는 한, 서정에 대한 반성과 애착은 사라지지 않는다. 서정은 과거에도 있고, 지금 여기에도 있으며 다가오는 미래에도 있다. 지금 우리가 서정시의 오늘과 미래에 갖는 관심 역시 우리가 서정시라는 대상에 근접성을 유지하기를 욕망하며, 대상 근처에 오래도록 머무르기를 바라는 애착의 한 형식일 수 있다. 서정시의 미래는 이에 '잔혹한 낙관주의'의 약속과 정동을 매개하여 도래할 것이다. 시에 있어 '서정'은 라캉이 말한 '대상 a'와도 유사한 것으로, 하나의 단일한 서정으로 정의되거나 통합, 환원될 수만은 없는, 이른바 시에 있어서의 영원한 거세를 상징하는 결핍 그 자체일 수 있다. 그것은 시의 욕망을 유지하고 추동하는 미끼로 작동하며 시에 있어 다양한 실험과 모색을 가능하게 하는 원인이 되기도 한다. 다만 신(新)서정은 곧 구(舊)서정으로 지칭을 달리하여 문학사에서 밀려날 뿐이다. 절망이면서 희망인, 자가당착과 모순을 전제로 한 대상에의 애착과 지연은 그러나 대상의 일부를 환상이라는 형태로 지금 여기에서 일정 부분 실현한다. 우리 시의 서정 역시 이를 원동력으로 삼아 계속해서 변화해 나아갈 것이다. 이 '잔혹한 낙관주의'는 허무주의와도 다르고 상실 이후에 작동되는 멜랑콜리나 애도와도 다른 것이다. 로렌 벌랜트는 이 잔혹한 낙관주의를 대상이 제시하는 "한 다발의 약속(a cluster of promises)"[5]에 비유한다. 이 '약속'은 주체가 대상에게 갖는 욕망이 단순히 대상에 대한 소유 자체에 있다기보다는 대상과의 근접성을 유지함으로써 주체와 가까운 시간과 장소에 그 대상이 있다고 믿는 희망과 낙관을 포함한 약속이다. 서정시는 이러

의미하며, 몸과 몸, 신체와 세계, 강도와 울림들, 변이형들 그 자체에서 발견되며, 내장의 힘들, 정서 너머에 있기를 고집하는 생명력에 부여하는 이름, 힘 또는 힘들의 마주침, 미정형의, '아직 아님'을 내포하는 가능성, 점진주의 등으로 설명된다. 이처럼 정동은 몸, 운동성, 리듬, 생성의 의미와 과정을 내포하는데, 시야말로 정동의 장르라고 생각한다.

5) 앞의 책, p.161.

한 '잔혹한 낙관주의'의 정동과 약속의 매커니즘을 그 안에 내포하고 있다. 우리가 상실할지도 모른다고 여기며, 미리 애착하는 그것, 그 욕망의 대상이 바로 '서정'이 아닐까. 서정은 시인들이 가장 두려워하고 경계하면서도, 그것을 상실할까 봐 미리 그것에 대한 애착을 더욱 공고히 하게 되는 그 어떤 것이라 할 수 있다. 서정은 또한 텍스트와 독자, 작가와 독자를 연결하는 '감응(affect)'의 중요한 연결 고리가 되기도 한다. 우리가 정기적으로 우리 시의 미래 혹은 '서정시의 미래'를 전망하고 진단하는 이유 역시 이 '서정'을 상실할지도 모른다는 위기의식 또는 강렬한 무의식적 욕망에서 비롯된 것은 아닐까.

이제 서정시의 어제와 오늘, 나아가 미래를 진단하기에 앞서 우선 서정시에 대한 정의가 필요하겠다. 순환론적 오류의 위협이 있지만, 앞서 말했듯이 서정시 아닌 시는 없다. 편의상 우리는 서사시, 극시, 이야기시, 서정시, 극서정시 등 다양한 장르로 분류하고 명명하여 시를 이해하고 재단하는 동시에 비평 및 연구하고자 하나, 시는 본연 서정의 장르이고 모든 시는 서정시에서 연원한다. 우리가 아방가르드의 시, 실험시, 신서정, 탈서정이라고 부르는 전위적인 텍스트에도 결국 서정에 반(反)하는 서정의 정동이 내포되어 있기 마련이다. 이에 서정시의 오늘과 내일을 진단하고 전망하는 것은 현재 우리 시의 서정의 양상과 밀도를 따져 보고, 이전 시기와의 차이점 등을 조망하여 오늘의 흐름과 특징들을 살펴 가까운 시의 미래까지를 예견해보는 것과도 다르지 않을 것이다. 서정과 서정시를 낡은 것으로 치부하는 태도는 잘못된 편견에서 비롯된 것이다. 서정시를 인간의 단순한 감정이나, 자연의 아름다움을 구태의연하게 노래한 클리셰적인 것으로 정의하고 폄하하는 태도는 바람직하지 않다. 다만 우리에겐 언제나 새로운 형식과 낯선 서정이 필요할 뿐이다. 학연 문학, 지엽 문학, 기득권 문학, 혹은 식상하고 진부한 문학의 매너리즘 안에 답보, 잠식된 상태, 좌정관천(坐井觀天)의 문학,

느슨하고 밀폐된 고착된 경계 안에서 한 편의 새로운 서정시를 기대하기는 어렵다. 소위 말하는 기득권 문학과 문단, 그들의 성벽은 공고하고 배타적이라서 신서정의 도래를 오히려 더디게 하는 (역)효과를 낳는다. 하지만 안팎으로 새로운 서정시에 대한 열망과 목마름은 독자들에게는 늘 존재한다. 서정시는 무엇보다 변화에 민감해야 하고 형식에도 열려 있어야 하며, 기성 시단의 병폐와 안이함을 고발하는 동시에 미래를 선취하고 지향해야 한다. 따라서 새로움과 도전은 서정의 생명이라 해도 과언이 아니다. 어쩌면 그 새로움이 과거의 문학사 어디에선가 지나왔던 익숙한 새로움이라 할지라도 지금 여기의 젊은 세대에게 다시금 낯설고 신선하게 다가온다면, 법고창신(法古創新)의 시학 또한 나쁘지는 않다. 과거의 충격과 감동을 재차 지금 여기에 환기하는 익숙한 서정이라 할지라도 지금 여기에 효력이 남아있다면 그 또한 무시할 수 없는 서정의 힘일 것이다. 문학사에 완벽한 새로움은 없다. 유행은 돌고 돌며 간과할 수 없는 경향성과 정동으로 낯설지만 익숙한 물결을 새로이 일으킨다. 시는 정동의 발화이며 발화는 소통을 전제로 한다. 아무 독자와도 소통할 수 없는 난해시, 우리 말의 기본 문법과 통사론조차 통째로 뒤흔드는 구문 파괴의 시, 말장난이나 단순 도해(圖解)의 시 등에 우리 시의 미래가 있다고 보지는 않는다. 우리가 어떠한 대상의 미래를 전망할 때, '미래'라는 시간 안에는 이미 그 대상을 욕망하는 주체의 어제와 오늘이 담보되어 있음을 우리는 알고 있다. 결국 미래는 지금 여기에 일부 도래해 있다.[6) 서정시의 미래 역시 당신이 지금 이 순간 읽고 감동한 시

---

6) 사라 아메드는 같은 책 『정동이론』에 수록한 「행복한 대상」에서 다음과 같이 말한다. "'좋은 방식으로' 정동된다는 것은 무언가를 좋은 것으로 간주하는 정향orientation을 포함한다. 정향들은 대상들의 근접성을 기입할 뿐만 아니라, 신체에 근접하는 것을 형태 짓는다. (중략) 행복은 우리가 접촉하게 되는 대상으로 향하는 정향이라고 말할 수 있다." 같은 책, p.61. "한 대상을 정동적이거나 감각을 자극하는 것으로 경험한다는 말은 단지 한 대상으로 향해 있다는 뜻이 아니라, 그 대상 주변의 '모든 것'으로 향해 있다는 말이다. 그 '모든 것'에는 그 배후에 있는 것, 즉 그

한 편, 과거와 현재의 문인으로서의 당신이 존재를 위협받은, 도전적이지만 아름다운 시 한 편에 이미 와 있는 것이다.

2. 애착의 시학 : 환영적인 상호주체성의 시

그리하여 우리는 이 시대, 지금 여기의 우리 시의 서정이 이전 시기와 어떠한 변별성을 지니며 또한 어떠한 경향성과 정동들을 특징으로 하는지 먼저 살펴볼 필요가 있다. 그렇다면 이제 잔혹한 낙관주의의 정동, 즉 애착의 시학을 통해 새로운 서정의 움직임을 보여주는 실례를 작품에서 찾아봐야 할 것이다. 로렌 벌랜트는 '잔혹한 낙관주의'를 이해하는 방식으로 바바라 존슨의 돈호법과 자유간접화법을 끌어온다. 로렌 벌랜트의 논의에 근거하여 필자 역시 '애착의 시학'이 수사학적으로 최근의 우리 시단에 어떻게 그 양상을 드러내는지 살펴보도록 하겠다. 바바라 존슨에 의하면 이 시학은 "하나의 글 쓰는 주체성이 다른 주체성을 불러내어, 환영적인 상호주체성의 수행 속에서, 그 작가가 초인적인 관찰자의 권위를 획득하고, 대상의 근접성에 의해 한 존재의 수행이 가능해지도록 하는 방식으로 형성된다"[7]고 한다. 이는 로렌 벌랜트가 언급한바 '잔혹한 낙관주의' 즉 '애착의 낙관주의'에서 기술하고자 하는 것이 "무언가를 가능하게 하면서도 불능으로 만드는 어떤 대상에 대한 투사"[8]에 해당하는데, 그에 의하면 이를 적절히 설명

것의 도래의 조건들까지 포함된다. 한 대상의 주변에 있는 것만으로 행복해질 수 있다." 같은 책, p.63. 이를 통해 우리는 잔혹한 낙관주의의 대상과 정동이 결코 불쾌하고 부정적인 것만은 아닌 것을 알 수 있다. 우리가 전망하는 서정시의 현재와 미래 역시 작가와 독자 모두 그들과 행복하게 접촉할 수 있다면, 그 행복은 근접성을 통해 더 많은 대상의 새롭고 미학적인 서정을 생성해 낼 것이다.

7) 앞의 책, p.165.
8) 앞의 책, p.165.

할 수 있는 수사법이 바로 돈호법과 자유간접화법이다. 그러나 돈호법과 자유간접화법은 '잔혹한 낙관주의'와 애착의 시학의 한 예시일 뿐, 꼭 지금 여기의 우리 문학에서 시의 화법이라고 단정짓기는 어렵다. 이 두 개의 수사법은 과거의 전통 서정시, 혹은 서사시에도 빈번하게 차용되었기 때문이다. 여기서 중요한 것은 없는 대상의 "수사적 활성화"와 "상호주관성"이다. '잔혹한 낙관주의'와 애착의 시학, 그 미명 아래 이를 통해 드러나는 '지금 여기' 우리 시의 시학적 특징을 이 글에서는 대략적으로만 살펴보고자 한다. 미래파 이후 지금의 젊은 작가들에게까지 이어지는 현대시의 화법 중 가장 도드라지는 특징은 자유간접화법, 영화적 기법, 복수성의 화자, 주체의 분열, 주체의 혼종성, 문법의 이탈과 파괴, 유체이탈화법 등을 들 수 있을 것이다. 여기에 "수사적 활성화"와 "상호주관성"에 포커스를 맞추면 현실적으로는 없는 대상과의 대화, 혹은 부재하는 대상의 목소리를 재현하는 기법 등이 이에 해당하겠다. 로렌 벌랜트는 이를 '환영적인 상호주체성의 수행'이라고 명명하는데, 현재 우리 시단에서 가장 활발하게 활동하고 있는 젊은 시인들에게서 이러한 '환영적인 상호주체성'의 화법이나, 자유간접화법이 두드러지게 나타나는 것에 필자는 주목하고자 한다.[9] 이들은 대개 눈앞에 없는 '너'를 눈앞에 있다고 상정하고 시를 쓴다. 경우에 따라서는 꿈속의 상황이거나 영화나 연극의 상황이 연출되기도 한다. 양안다의 시세계는, 특히 이러한 특징들을 지니고 있다. 양안다의 시는 시 텍스트 안에서 종종 영화의 한 장면을 연출해 낸다. 또는 영화가 아닌 책의 한 페이지, 장면을 구

---

9) 지면의 한계 상 다수의 신진 작가들의 작품을 폭넓게 다루지 못한 것을 미리 아쉽게 생각한다. 필자는 '현대시의 어제와 오늘, 미래'에 관한 주제로 최근 활발하게 활동하는 젊은 시인들을 따로 주목한 논의를 계간 『문학의 오늘』 2018 여름호 특집란에 발표한 바 있다. 본고 또한 그 논의의 연장선상에 있음을 밝혀둔다. 기 발표 글이 우리시의 미래를 작가와 작품 쪽에 무게를 싣고 논의를 전개한 글이라면, 본 글은 작가와 작품에 주목하기보다는 서정시의 전망 자체에 무게를 싣기로 한다.

성해내기도 하는데, 여기에서 대화의 상대로 등장하는 '너'는 현존이 분명하지 않은, 가상의 '너'인 동시에 주체인 '나'와도 따로 명확히 구분되어 있지 않은 미명(익명)의 '너'이다. 또한 화자 역시 1인칭의 '나'이기보다는 '우리'라는 혼용된 주체로서의 '나'이며, 또는 '너'를 교란시키는 한편 '너'와 교류하는 혼신 가득한 복수성의 '나'에 해당한다. 기존의 서정시에서처럼 순수한 '나', 세계와의 동일시를 꿈꾸는 순정하고 오롯한 통일성과 단일성의 '나'가 더 이상 아닌 것이다. 양안다의 시는 지금 여기에 없는 대상의 '너'를 끊임없이 불러와 대화를 시도한다. 이처럼 양안다의 시에 등장하는 '나, 너, 그대, 당신, Y, 선생, 우리' 등이 주고받는 교란적 대화는 '환영적인 상호주체성'의 화법을 보여준다. "고백해야 할 이야기가 떠오르면"(「전주곡」) 누가 되었든, 먼저 고백하면 된다. 목소리의 주인, 주체는 중요하지 않다. "누군가가 너의 목소리를 모사"하거나, 알 수 없는 한 목소리가 들려오거나, 심지어 꿈속에 두고 온 "녹음기"에 의해 메시지는 재생되거나 소거되기도 한다. "꿈속에서 앵무새가 된 너에게 말한"(「낮은음자리표」) 주체는 '나'지만 오히려 앵무새인 '네'가 아닌 "나는 너의 말을 따라"하게 되는데 이는 현실과는 도치된 환상성을 텍스트 내에 실현한다. 무의미한 화자인 X는 "오늘도 꿈 상영이 있을 예정"이라고 안내만 제시할 따름이다.

누군가가 너의 목소리를 모사한다, 나 역시 당신의 발목이기도 했으니까,
같이 춤을 춰요 그대

…(중략)…

고백해야 할 이야기가 떠오르면
떠오르는 생각들이 누군가가 쓴 각본일까봐

분수대에서 물이 솟구치고 그걸 바라보는 너라는 이름의 누군가를
바라보고

너의 이름을 부르지 않기 위해

분수대의 물은 계속 모양을 바꾸고 있었다 분명 아름답다는 말을 해야 하
는데

…(중략)…

분명 너를 기다리고 있었는데

— 양안다, 「전주곡」, 부분[10]

물에 비친 네 얼굴이 뭉개져 있어
누군가 그런 말을 했을 때 그게 누구를 향한 말인지 알 수 없었지만
그저 웃었다 친구들도 웃었다

— 양안다, 「비슷한 정서」, 부분[11]

아무도 보호하려 하지 않는 세계 속에서
페이지가 넘어간다 넘어가면
경고 없이
사건은 시작된다

---

10) 양안다, 『작은 미래의 책』, 현대문학, 2018, pp.9–11.
11) 양안다, 앞의 책, pp.12–13.

그래 우리는 그것을 기록하기 위해 태어난 거야, 곁에 없는 네가 말한다

'그리고 문득 당신은 떨어지는 기분을 느낀다.

눈앞에는 당신이 살던 동네도, 어둠도 보이지 않고

당신은 그저 날카롭게 잘린 세계의 단면을 바라보게 된다.

당신이 서 있는 곳은 세계의 틈,

등 뒤에는 지나온 세계가 그대로 있다.

빛이 들지 않는 병실.

당신의 머릿속에선 생각이 생각을 덮치고

그 애의 신음 소리를 듣고

누군가의 비웃음을 듣는다.

쏟아져 내리는,

그 잡음이 멈춘다.

나란히 죽어 있는 어린아이와 개를 지켜보는 귀신,

당신은 그 귀신과 눈이 마주친다.

이 책은 여기서 끝난다.'

— 양안다, 「작은 미래의 책」 부분[12]

'나'와 '너', '너라는 이름의 누군가', '당신', "너의 목소리를 모사하는" '누군가의 너', '그 애', '그 귀신', "죽어 있는 어린아이와 개", 이중 누가 발화하는지는 중요하지 않다. 다만 이들의 대화와 "잡음"은 불가능을 가능하게 하거나, 반대로 가능한 것을 불가능하게 만드는 어떤 시간성을 투사하고 있는 것을 알 수 있다. "우리는 그것을 기록하기 위해 태어난 거야"라고 말하

12) 양안다, 『작은 미래의 책』, 현대문학, 2018, pp.99–101.

는 목소리의 주인이 누구인지는 중요하지 않다. 누구인지 알 수도 없을뿐더러 알 필요도 없다. 다만 독자들은 "그것"들이 무엇인지 대략 유추할 수 있을 따름이다. 이를테면, "그 애의 신음 소리", "누군가의 비웃음", "쏟아져 내리는" "잡음" 등이 이에 해당한다. "그것"들의 청자와 화자는 역할이 정해져 있지 않다. 불특정다수이거나 특정 단수이거나 상관없다. 누군가 그것들을 쉼 없이 기록하는 것 그 안에서 책은 탄생하고 미래는 이어지는 것이다. '작은 미래의 책'이라는 메타포야말로 잔혹한 낙관주의를 적확하게 암시하는 상징이 아닐까. 벌랜트는 잔혹한 낙관주의를 '애착의 시학'이라고도 설명한다. 즉 물리적으로는 멀리 있는 대상이 마치 가까이 있는 것처럼 활성화되어 "투사된 가능성의 상황, 즉 언술행위enunciation라는 측면에서 볼 때 경청이 발생할 수 없는 그 상황은 그럼에도 불구하고 '말 건넴'의 수행이 발생할 수 있는 가짜 현재의 순간"이 만들어 내는 하나의 환상의 실현이 바로이에 해당한다. 한편 이 논의에서 벌랜트가 인용한 바바라 존슨의 「돈호법, 활성화, 낙태」(1986)에 의하면 이는 아직 태어나지 않은 뱃속의 태아와의 대화나, 혹은 이미 죽은 대상과의 대화, 또는 돈호법 등을 통해서도 드러날 수 있는데 이는 "정동적으로는 존재하지만 물리적으로는 딴 곳에 있는 대화 상대자"[13]와의 대화의 상황을 통해 활성화되는 상호주체성의 가상현실로 재현된다. "곁에 없는 네가 말한다"와 같이 양안다의 시에서는 "정동적으로는 존재하지만 물리적으로는 딴 곳에 있는 대화 상대자"가 자주 등장한다. 이를테면 '나'는 스크린 밖에 있는 '나'인데, '너'는 스크린 안에 있는 존재로서의 '당신'이며 이 둘 사이에 혹은 셋 사이에 대화가 경계 없이 오고간다. 서로 대화를 주고받는 상황이 연출될 때, 가상의 '너', 미래의 '너', 혹은 없는 '너'가 활성화되어 지금 여기의 텍스트 안에서 돈호(頓呼) 되거나 호

---

13) 로렌 벌랜트, 앞의 책, p.165.

출되는 것인데, 이 안에서 발생하는 경청의 사건은 시간을 초월하여 혹은 텍스트를 초월하여 불안을 내포한 '행복의 정동'을 발생시키는 것이다. 양안다의 『작은 미래의 책』은 이러한 수사학적 기법들로 결국 작은 미래를 선취한 "약속의 다발들"을 우리 앞에 슬그머니 풀어놓는다. 이것은 잔혹하거나, 행복한 혹은 둘 다에 기댄 낙관주의의 실례로, 서정시의 오늘이며 내일을 전망하는 하나의 포즈와 제스처 중 한 사례로 지금 여기에 도래하여, 상영 중에 있다.

3. 움직이는 서정, 지금은 향유(享有)하는 시가 필요한 때

서정시 역시 다른 장르의 텍스트들과 마찬가지로 시인과 독자 사이에 놓인 하나의 대화 즉 소통을 전제로 한 발화텍스트라 할 수 있다. 알다시피 야콥슨이 언급한 메시지와 텍스트로서의 시는, 과거의 경우 발신자의 기능이 우선하는 발화체로 화자와 주체가 그 중심에 있었다. 그러나 요즘의 우리 시단의 특징들을 보건대, 서정시는 세대를 떠나서 시 텍스트 자체가 독자(수신자)를 통해 적극 향유되고 있으며, 최근에는 상품화되어 소비체로 소비되고 있음을 알 수 있다. 미디어의 접근성과 수월성 또한 용이해져 이제는 작가 자신의 1인 출판, 혹은 소규모 투자 형식의 출판 동인 등의 결성 등 주식형 출판도 증가 추세에 있다. 그밖에도 독립 책방과 독립 잡지, 다양한 인문학 강좌와 문학콘서트, 지역 및 문학 축제, 문학관 및 도서관 프로그램 등의 활성화 등은 결과론적으로 문학 시장의 확대를 가져온 것이 사실이다. 물론 이때의 '시장의 확대'라는 개념은 경제 원리에 의한 생산성과 효율성에 기댄 논리로의 접근은 사실상 곤란하다. 또한 잡지와 출판사마다 시선집 시리즈가 계속해서 기획되어 늘어나고 있으며, 정식 등단 절차를 밟지 않은 신인들의 발표 지면이나 시집 출간도 점차 증가하는 추세에 있다. 이제 마음만 먹으면 누구나 시인이 될 수 있으며, 시집을 내는 것도 예전처럼 절차가 어렵지 않고 많은 비용이 드는 것도 아니다. 1인 출판메뉴얼만 숙지한다면, 본인이 직접 구청에 출판 등록을 하여, ISBN을 신청하고 인쇄소와 제본소, 종이도매상을 찾아다니며, 본인의 시집을 자체생산 할 수도 있는 시대가 온 것이다. 혹은 ISBN 없이 대형서점이나 도서유통을 거치지 않는 그야말로 '인디' 형식의 독립잡지 등도 늘어나고 있다. 기존에도 400여 종에 달하는 문예지에 동인지와 독립잡지까지 가세되어 중구난방, 우후죽순으로 늘어나는 것은 아닌지 우려의 목소리도 있을 수 있겠다. 그러나 누구에게나 글쓰기에 대한 자기표현의 욕망이 있고, 발표와 현시의 욕망, 작가가 되고 싶은 욕망 또한 누구에게나 있으므로 이를 부정적으로만 볼 수는 없겠다.

한편 시집의 경우를 보자. 시집은 이제 읽는 용도에만 아닌, 필사와 켈리그라피, 인테리어 효과를 지닌 소장용 소품으로까지 그 기능이 확대되었다. 예전에는 고작 연애편지와 책갈피에 인용되는 용도와 쓰임이 전부였다면, 이제 시집은 각종 드라마, 예능프로, 영화, 뉴스룸 오프닝이나 클로징 멘트에도 유용하게 인용될 만큼 그 위상(?)이 높아졌다. 즉 시집은 더 이상 도서관에서 대출받았다가 반납하는 단순용도에 그치지 않는다는 뜻이다. 시의 창작자 또한 더 이상 연예인이나 유명인사처럼 잡지 인터뷰나 TV, 책으로만 접할 수 있는 베일에 가려진 신화적 존재가 아니다. 근래에 아이돌 시인의 탄생도 몇몇 있기는 했으나 그들을 만나는 것은 생각보다 어렵지 않다. 낭독회에 찾아가거나, 시 창작 수업을 듣는다면 그들과 친해지는 것도 가능하다. 그 이유에는 작가가 많아진 탓도 있겠다. 시인은 이제 특별한 존재가 아니다. 그들도 역시 대부분 현실에 쪼들려 사는 평범한 생활인이고 대중들과 비슷한 일상을 산다. 최근에 개봉했던 영화 『시인의 사랑』에서 연봉 이삼백만원에도 못 미치는 가난하고 무능력한 가장으로서의 시인이 캐

릭터화, 희화화된 바 있지만, 이는 어떤 측면에서는 적확하고 또 어떤 측면에서는 아닌 부분도 있다. 시인마다 환경이 다르고 소위 말하는 최고의 '금수저'시인이라 해도 만인이 공감할 만한 시를 구구절절하게 써낼 수 있는 것이다. 가난과 병마와 싸워가며, 객혈과 매혈로 시를 쓰다가 외롭게 생을 마감하거나, 독립투사나 민주투사로 투옥되어 감옥에서 시를 쓰다가 옥사하는 시인의 시대는 이미 지난 것이다. 시인은 보통 강의, 교수, 출판, 자영업 등등 다양한 직업을 겸직을 하는데, 사실상 시인은 정체성의 한 부분이지, 직업으로 규정하기 어렵고 애매한 부분이 있기도 하다. 순수하게 시만써서 생활을 할 수 있는 시인은 아마도 거의 없을 것이다. 게다가 시인의 연봉을 운운하는 것은 애당초 어불성설이다. 영화 얘기는 차치하고라도, 어쨌든 시인의 수는 많아졌고 이제 독자와도 거리가 좁혀져 그 관계성 자체가밀접해진 것 또한 사실이다. 이제 독자들은 마음만 먹으면 언제든지 그 작가의 낭독회에 참석해 친필사인도 받고 인증사진을 찍어 SNS로 소통 및 리뷰를 생생하게 실시간적으로 올릴 수도 있게 되었다. 또한 작가들과 직접친구를 맺거나 팔로잉을 통해 서로의 일상을 공유하거나 소통하기도 한다. 대다수가 그런 것은 아니지만 시인들 또한 시집이 나오면 다양한 낭독회를개최하여 독자들과 직접 교류하고 소통한다.[14] 정확하진 않지만 우리나라에 시인이 대략 5, 6만명에 달한다는 통계가 있다. 시집 또한 한 해 동안 무수히 쏟아져 나온다. 6·25 전쟁 직후에 문인(장르 불문)으로 활동한 인구가

---

14) 시인들이 독자들과 교류하는 장이 많아진 까닭에 일부 시인들은 연예인처럼 활약하기도 한다. 나쁜 현상이라고 할 수는 없지만, 기성 시인들의 시선에서는 부정적으로 보일 수도 있겠다. 왜냐하면 소수의 비주얼과 스펙을 갖춘 스타성시인에게 잡지의 지면은 물론 낭독회가 집중되어 있기 때문이다. 경우에 따라서 시인 지망생들에게는 선망의 대상이 되고, 다양한 낭독회와창작교실을 통해 시인과 교류할 수 있는 절호의 기회가 되겠지만 기성시인이나 거기에 끼지 못한 젊은 시인들에게는 분명 소외감을 불러일으킬 수 지점이 있다고 본다. 어찌됐든 '끼리끼리'의문학은 지양해야 한다.

500여 명에 지나지 않았던 시기와는 비교가 불가능하다. 다양한 경로를 통해 기하급수적으로 문인들이 양산된 것이 사실이다. 우리나라는 문필이 강한 국가로 독자보다 필자가 더 많다. 이러한 현시대에 수많은 시집들을 검토하고 기호에 맞는 시집을 고르는 것은 평론가의 직함을 단 전문가들조차 쉽지 않은 일이다. 따라서 대다수의 사람들은 출판사의 인지도와 유명세를 따져 시집을 구매하거나, 베스트셀러 순위에 의존해 시집과 시선집을 구매하곤 한다. 그러나 요즘에 들어 신생 출판사에서도 야심 찬 기획의 시선들을 내보이고 있어 호응을 얻고 있다. 시집은 이제 보다 트렌드화 되고, 팬시화 됨에 따라 얇고 산뜻하고 가벼워질 것으로 보인다. 가수들도 이제는 제일 자신 있는 단 한곡으로 미니앨범을 시장에 내보인다. 작가들 역시도 이제는 50~60편의 두툼한 시집, 여러 편의 중단편을 긴 시간동안 모아 묶어내는 묵직한 소설집을 내기보다는, 그때그때 신선도 높은 작품들을 바로바로 시장에 출시하는 편이 경쟁력 차원에서도 유리할 수 있다. 시의 경우 5편, 10편, 20편 단위의 얇은 시집, 혹은 시인의 육성 시집 등이 종이책 및 전자책 형태로 발매될 것이다. 이미 현대문학에서는 핀시리즈로 기획되어 가볍고 작은, 과거의 범우사 문고판 정도 사이즈의 시집과 소설집이 나오고 있으며 젊은 독자들의 호응을 얻고 있다. 두께와 무게를 떠나, 중요한 것은 소통일 것이다. 현학적이고 난해하기만 한 시는 독자들과 결코 소통하지 못한다. 모든 작품은 독자를 지향하고 그 안에 개별성과 사회성을 동시에 지닌다. 혼자 쓰고 혼자 읽고 버리기 위해 시를 쓰는 시인은 없다. 시는 이제 적극적으로 일상에서 공유, 향유, 유통되어야 한다.

4. 에필로그 : 이토록 잔혹한 희망의 서정

이토록 잔혹한 낙관주의라고 할지라도, 시가 널리 읽히고 대중과의 친밀도가 이전보다 높아지는 것은 바람직한 현상이라고 본다. 인공지능이니 4차 산업이니, 아무리 시대가 발전해도 노래와 시는 사라지지 않을 것이다. 인류에게 결코 소멸할 수 없는 장르는 시와 노래와 신앙(종교)일 것이다. 누구나 시인이 될 수 있고, 그리하여 바야흐로 "1인 1시집"의 시대가 온다면, 서정의 범람 속에서 오히려 서정은 더 맞춤형으로 우리 곁에 밀착하여 아름답게 진화하게 되지 않을까. 가까운 미래에 "1인 1시집"의 시대가 온다면 사람들은 저마다 더 온화해지고 설령 아르토와 사드를 능가하는 잔혹시가 베스트셀러가 될지언정 잔혹범죄는 오히려 소멸하지 않을까. 벌랜트는 '잔혹한 낙관주의'란 근접한 위치를 가리키는 하나의 직시어deictic라고 했다. '잔혹한 낙관주의'는 우리가 '좋은 삶'이라고 부르는 삶 속에 거주하며 그것에 정동적 애착을 가지도록 우리를 자극한다고 한다. 때로는 그 과정 속에서 주체들을 기진맥진하게도 하지만, 그럼에도 불구하고 그 속에서 그 자신들의 가능성의 조건들을 발견하게 하는, '한 다발의 약속', 그러나 약속은 언제나 파기될 가능성이 농후하다. 다발 또한 풀어헤쳐질 위험이 언제 어디서나 존재한다. 그러나 행복한 약속(promise)은 약속의 순간에 이미 언제나 절반의 기쁨을 이행하고 대상을 지금 여기에 활성화하여 그와 동반하게 한다. 서정시의 미래 역시, 잔혹한 낙관주의와 애착의 시학, 약속의 형식으로 도래한다고 생각한다. 서정시의 미래는 절반이 이미 당신이 향유하고 있는 손안의 텍스트에서 선취되었다. 우리는 또 하나의 새로운 서정을 기대하며 거기에 애착을 건다. 서정에의 근접성, 근접성proximity의 다른 표현은 희망 hope이 아닐까. 희망은 개인에게도 인류에게도 '종신형'(김승희, 「희망이 외롭다」)인 것만은 분명해 보인다.

미래라는 미로 속에 비친 옆얼굴들

– 유계영 안미옥 최지인 문보영 양안다의 시를 중심으로

1. 라쿠카라차, 바퀴벌레와 함께 전진하는 인류의 시

시의 위기, 문학의 위기에 대한 논의는 더 이상 새롭지 않다. 게다가 최근에는 AI까지 작가 대열에 합류하여 급부상 중에 있다. 실례로 얼마 전 일본에서는 AI 컴퓨터가 쓴 소설이 문학상 예심을 통과해 화제가 된 바 있다. 11편의 예심 통과작 중 4편이 AI가 쓴 소설이라고 한다. 최근 중국에서는 인공지능 시인 샤오빙이 시집 『햇살은 유리창을 잃고』를 출간하여 또 다른 화제가 되었다. 이처럼 문학은 더 이상 인간의 전유물만은 아닌 것이 확실해졌다. 그러나 그럼에도 불구하고 AI가 생산한 문학 작품이라 할지라도 결국 그 향유자와 수효자는 여전히 언제나 인간인 것을 부인할 수 없다. 로봇이나 동물이 문학의 수용자가 될 수는 없기 때문이다. AI가 신진 작가로 급부상해도 인류에게 문학은 절대로 소멸하지 않을 것이다. 그러므로 작가 역시 사라지진 않을 것이다. 다만 문학의 생산자는 많아지고 시장 또한 넓어질 것이며 문학의 외연은 더욱더 확장될 것이라고 예견한다. 이에 따라 어쩌면 이제 미래에는 작가보다 독자의 위상과 입맛이 더욱더 까다로워지지 않을까. 생산된 작품의 형식과 내용과 종수가 다양해질 것이므로, 선택은 소비자의 몫과 취향에 달려있다. 상상이 현실이 되기까지의 속도는 훨씬 더 신속화, 가속화되고 있다. 이제 공상소설의 유통기한이 그만큼 줄었다

는 뜻이다. 최첨단과 스피드를 중요시하는 신인류와 젊은 세대에게 걸맞은 감성과 스토리의 문학이 재빠르게 개발되려면, 결국 문학도 물리적인 부분, 즉 그 무게와 부피에 있어서만큼은 용량이 줄지 않을까. 더군다나 노래와 시는 소설보다 훨씬 빠른 주기로 변화하고 독자의 취향과 시대의 요구에 맞는 형태로 변화될 것으로 보인다. 어찌 됐건 인류의 미래와는 별개로 적어도 시의 미래만큼은 밝을 것으로 전망된다. 시의 미래와 수명은 적어도 인류의 그것과 같거나 어쩌면 그보다는 길 것이라고 내다본다. 시는 항상 위기를 머금고 존재해 왔고 계속해서 생산 및 소비되어 왔다. 시인의 수는 예전보다 훨씬 많아 졌고, 시집 발간량 또한 늘고 있다. 시집은 더 이상 두툼하거나 무거울 필요가 없다. 최근에 현대문학에서 시도한 핀시리즈의 시집은 손바닥만 한 판형에 20편의 시와 시인의 짧은 에세이 한편이 얇은 두께로 실려 주머니 속에 쏙 들어가게 제작되었다. 1인 가구가 늘어 편의점과 마트에 점차 소포장 식품들이 늘어가듯이 시집의 경우에도 두껍고 무거운 판형의 시집은 독자에게 심리적 암묵적인 부담감을 주므로 점차 작고 가벼워질 것이다. 급속하게 신상품을 재촉하고 대기하고 바로바로 소비하는 지금의 독자들에게 50~60편의 텍스트와 3~5년에 걸친 시집 생산주기는 지난하게 느껴지기에 충분하다. 어쩌면 데뷔작에서 첫 시집까지, 혹은 첫 시집에서 두 번째 시집까지의 준비 기간에 시인은 이미 독자들에게는 식상해지거나 잊힐 가능성도 농후하다. 질적으로 봐도 시집 한 권에 묶인 50~60편의 작품들의 수준이 더러는 평준화되지 않는 경우도 있어, 편수를 맞추기 위해 억지로 끼워 넣어진 수준 미달의 작품들까지 감수할 착한 독자는 이제 존재하지 않는다. 이 시대의 독자들은 미식가인 데다가 이제 여느 비평가들보다 수준이 높고 더 솔직하게 더 신속하게 말한다. 독자와 작가 사이의 경계뿐만 아니라 독자와 작품 사이의 거리도 좁혀져서 이제 비평가의 해설이 두툼하게 실린 시집이나 문예지는 사실상 식상한 시대가 온 것이다.

최근에는 평론가의 해설이 없는 시집들이 늘고 있다. 실로 문예지와 시집은 가볍고 얇아지는 추세이며 출간주기도 정기적일 필요가 없어졌다. 시집에 수록된 20편의 시와 60편의 시 중 어느 편이 더 집약된 기획을 보일 것이며 독자에게 각인될 것인가. 어쩌면 미래의 시집은 독자들이 마음에 들어 하는 시들만을 장바구니에 골라 작가에게 직접 저작료를 지불하고 직접 판형과 표지를 디자인해 맞춤형으로 주문(음성녹음까지도 가능한)생산 될지도 모르겠다. 시는 이미 독자들에게 구미에 맞는 부분만 따로 떼어져 문장 단위로 소비되고 있다. 최근의 독자들은 각자의 SNS에 문장이나 연, 행 단위로 시를 소비한다. 요즘 독자들은 캘리그라피나 필사에도 관심이 많다. 시와 시집은 이처럼 앞으로 더욱더 산뜻해지고 가벼워지고 팬시화 될 것이다. 시는 광고나 드라마, 교양 프로그램 등에 자주 등장해 잠재 독자들과 잠재 시인들이 더 늘어날 것이다. 사진과 그림 영상을 포함한 시의 시장은 따라서 더 다채로워지고 그 외연과 내연이 확대될 것으로 보인다. 시의 미래는 풍성해질 것(다양한 시낭송회와 창작 교실의 활성화를 포함하여)으로 보인다. 소책자 형식의 시집과 독립출판물이 늘어나고 시인은 또한 점점 더 많아질 것이다.

시는 언제나 되살아나는 불씨의 가능성을 내재하고 있다. 시는 위기에 더욱더 존재감을 발휘하며 존재하고 또한 다양한 형식을 모색하며 끊임없이 지속된다. 인간에게는 신(神)이 필요한 순간이 있고 시는 가끔 편리하게도 우리에게 신이 되어 준다. 몇 개의 문장을 묵주처럼 매만지며 생을 위무하는 순간은 살면서 누구에게나 있기 마련이다. 사람과 사회, 자본과 교육, 종교와 과학, 이데올로기보다 한 줄의 시가 어쩌면 인류를 구원할지도 모른다. 시와 구원. 진부한 명제라고 누군가는 비난할지 모른다. 그러나 시가 신이 되는 그런 순간을 경험한 자들의 간증은 그들의 살아있는 삶 자체가 증거물이다. 구원이 아니라도 시는 다양한 용도로 필요하다. 노래와 시는 인류와 그 수명을 같이하거나 어쩌면 더 길 수도 있겠다. 시의 가능성은 그 가능성 없음의 꿈을 매일 밤 각색하여 새로이 다시 꾸는 것, 천일야화(千一夜話)의 시인들, 그러나 시인(들)은 지금 여기의 벽 안에, 미로 안에 갇혀있다. 미래는 벽 너머 문밖에 있다. 시가 신이 되고 시는 다시 미궁에서 벗어날 실이 된다. 자 이제 그 실타래들을 풀어 미래로 이어진 새로운 길 하나를 모색해보자.

　서론이 길었다. 필자는 이제 시의 미래를 열고 있는 주목할 만한 젊은 시인 몇몇을 소개하려 한다. 미래파 이후 2020년대를 바로 눈앞에 둔 지금, 많은 일군의 젊은 시인들이 다양한 목소리를 내며 활약 중에 있다. 필자가 임의로 몇몇 시인을 주목한다는 것은 섣부르고 폭력적이고 지극히 편파적다. 시인을 선별하고 고르는 것은 선자마다 취향이 다르고 이들을 공통의 속성과 일관된 특징으로 묶는 것도 불가능하다. 결국엔 화자의 시선과 목소리, 주제로 묶는 안이함, 임의성과 취약성을 미리 고백하고 양해를 구한다. 필자는 본 글에서 젊은 시인들 중 미래라는 현실과 환상, 의식과 무의식의 복합물 앞에서 '문'과 '벽'과 '기둥'의 시간을 의식하거나 마주한 시인들에 착목하려 한다. 이쪽과 저쪽의 경계인 벽, 그 벽에 균열을 내는 동시에 통로 또는 장애가 되는 문, 그러나 그들 사이에 놓인 간헐적인 (책)기둥들에 이 일군의 시인들(유계영, 안미옥, 최지인, 문보영, 양안다)은 바짝 붙어 있거나 숨어 있다. 벽은 장애물인 동시에 기대어 자기에도 알맞고 숨어 울기에도 얼추 알맞은 보호막이 되기도 한다. 어쩌면 혈연이나 애인보다 벽이 편한 자들도 있게 마련이다. 벽에 가능한 한 붙어 자는 것은 어떤 절망의 추락을 예방하기도 한다. 어쨌거나 벽과 문과 기둥에 대면하는 것은 거대한 슬픔에 마주하는 일이다. 슬픔에 대면하는 것은 미래를 그려 보는 일. 투명한 벽이거나 암담한 벽. 단단한 벽이거나 굳게 잠긴 문이거나, 가로막힌 기둥이거나 시인들 앞에 놓인 오브제들은 상냥하거나 부드럽지만은 않다. 창백하거나 어두운, 단단하거나 답답하기 그지없는 그것들 앞에서 차라리 경쾌하게 춤을 추는 혹은 벽화를 그리는 시인의 몸짓과 능청스러움이 더 아름답다. 노래를 짓고 노래를 부르는 자는 현실을 초월하는 자이다. 집이든 표정이든 밥이든 농사든 혹은 죄(罪)가 됐든 중요한 것은 살면서 꼭 '짓게' 마련이다. 남들에겐 '짖는' 것으로 보일 수도 있겠지만. 짖거나 짓거나 그것은 일종의 경작(耕作)이다. 생명을 연장(延長)하는 연장 또는 무기. 노크(knock)이고 타전(打電)인 시간들 앞에 이들이 서 있다. 미래의 벽 앞에 문을 그려 넣고 희망의 손잡이를 다는 자들. 손잡이는 따로 없다. 가져다 대는 그들의 손이 곧 손잡이다. (책)기둥을 붙잡고 일어나 춤추며 꿈꾸는 손, 벽을 짚고 벽화를 그리는 손, 그 손은 외롭지만 무언가를 끊임없이 '쓰는' 살아있는 손이다. 그들에게 언어는 생을 건너는 절명(絶命)의 매개체. 성냥팔이 소녀의 성냥(꼭 마지막 성냥일 필요는 없는)이거나, 마법의 램프이거나 요술지팡이, 혹은 하늘을 나는 양탄자다. 모양과 색, 향과 맛과 질감은 제각각, 독자들이 취향대로 골라 담고 향유하면 그만이다.

2. 문 앞의 얼굴들, 1인칭의 파편들 – 유계영 안미옥

누군가 문에 뺨을 대보는 일이 없으며 아무도 그런 일에 몰두하며 숨죽이지 않는다 나는 문이 다른 것이 될 때까지 바라본다 문은 오렌지색 공을 튀기거나 다가오는 빛이 되지 않는다 문은 쬠솥 젓가락을 찔러보는 뒷모습이 되지는 않는다 단단하고, 반듯하며, 나뭇결이 새겨진 문의 속성만을 생각해도 문은 다른 것이 되지 않는다 문은 시멘트 담장에 적힌 모욕적인 낙서가 되지 않고 어설프게 따라 그린 성기가 되지 않는다 문은 잠겨 있을 때 가장 문이기 때문에

…(중략)…

문은 계속 바라보아도 문이다
여기까지는 내가 말할 수 있는 슬픔이다
　— 유계영, 「횡단」 부분, 『이제는 순수를 말할 수 있을 것 같다』(현대문학, 2018)

　문을 인식하는 것은 눈인가 입인가 귀인가 아니면, 손잡이를 잡아 만지는 손인가. 문은 그저 잠겨있음으로 인해 가장 '문'다워진다. 시인은 "문은 잠겨 있을 때 가장 문이기 때문에" 문은 열리지 않음, 즉 잠겨있음, 차단의 기능이야말로 그 문의 속성임을 여실히 드러낸다. 과거에 70, 80년대 민주화 운동 시절의 시인들에게 그것의 의미는 달랐다. 문은 장벽이었다. 문은 두드려 열거나 깨부숴야 가장 문다웠기 때문에, 문은 투쟁과 승리와 쟁취의 산물로 기념되었다. 그 옛날 개선문들처럼, 혹은 열녀문처럼 문은 무언가를 지키거나 쟁취하여 얻었을 때, 기념비적으로 세워지기도 했다. 어떤 문은 성장을 위해 건너야 하는 다분히 통과의례적 의미를 지니기도 했다. 그러나 지금 여기의 시인들에게 문은 문 이상도 이하도 아니다. 문이 가로막혀있다고 해서 그 문을 무기로 깨부수거나 폭파시키지 않으며 그렇다고 "누군가 문에 뺨을 대보는" 등의 염탐하는 일 따위도 그들에겐 없으며 "아무도 그런 일에 몰두하며 숨죽이지 않는다". 다만 그들은 "말할 수 있는 슬픔" 그 자체로서의 문을 즉 '말문'만을 감각적으로 혹은 아주 모르는 척 무심하고 소극적으로 여닫을 뿐이다. 오히려 열리지 않는 문은 체념하기에 좋다. "매번 한 줄짜리 시 쓰기에 실패"하는 자는 끊임없이 그 문을 묘사하는 자, 즉 그는 문장(文章)의 문(門)을 여닫는 자인 것이다.

요즘 나의 대화에는 많은 사람들이 등장한다

나와 딸과 남편으로 무더기다

문이 열려서 문을 열고

열어야만 닫히는 것이 문이기 때문에

누군가 그리울 수 있어 좋은 나의 집

…(중략)…

새벽에 나 혼자 맛이 좋았다

— 유계영, 「버닝 후프」 부분, 앞의 책

나는 방으로 돌아가 의자에 앉았다고 한다

벽이 마주 보고 있었다고 한다

살아 있다니 참 지긋지긋한 일이야

가만히 그렇게 말하고

주먹만 내는 가위바위보를 계속했다고 한다

— 유계영, 「불안을 전달하는 몇 가지 방식 중에서」 부분, 앞의 책

보여주겠다

내가 어떻게 길을 잃는지

…(중략)…

태양의 엄지가 정수리를 꾹 눌러 나를 고정시킨다

나는 허공을 잡아당기며 겨우 한 걸음 걸었다

여기 "누군가 그리울 수 있어 좋은 나의 집", 집으로 통하는 문이 있다. "문이 열려서 문을 열고" 집 안으로 들어가면 다시 방으로 통하는 문이 있다. "문이 열려서 문을 열고" 방으로 들어가면, 벽이 있다. "마주 보고 있"는 벽에게 우리는 가족들에게 보다 더 솔직한 말을 건넨다. "나 혼자 맛이 좋았다"라거나 "살아 있다니 참 지긋지긋한 일이야"라는 등의 몇 마디 말들. 벽과 천정의 표정은 언제나 보(褓)의 얼굴을 하고 있다. 그리하여 '나'는 지는 연습을 한다. '내'가 익숙하고 능숙하게 가장 잘하는 일. 그것은 끊임없이 "주먹만 내는 가위바위보를" 하는 일이다. 실패를 장담하는 일, 그를 노래하는 일, 미래를 아무렇지 않게 말하는 일이 시에서 발화된다. 시 쓰기란 암울한 세상에서 "버닝 후프"를 돌리는 일. 더 이상 요즘의 젊은 시인들에게 시는 신성한 예언이 아니다. 잠언도 주술도 장광설도 아니다. 그들은 '열려라 참깨'를 외치지 않는다. 그들의 시는 문 앞에서 문에 대해 다만 보여주고 들려준다. 소소한 앞일을. 한 치 앞의 어둠을. 짙고 깊은 바다의 어둠을 응시하는 심해어의 눈먼 눈이 감지하는 것들이 사실 지금 여기의 암흑과 다르지 않다는 것을 그들은 여실히 아니 태연하게 얘기할 뿐이다. 독백으로 혹은 대화의 형식을 빌린 독백으로 나직하고 얕게. 길을 잃는 방법을 "보여주겠다"고 말하지만 길을 잃기도 전에 태양이라는 거대한 압정에 눌린 자들의 한 걸음 내딛기는 수월하지 않다. 실은 사방이 어둠. 사방이 벽인 지금 여기에 그들은 길이 아닌, 해결책이 아닌 다만 단호하기 짝이 없는 문과 벽의 시간을 누구보다 여실히 감각하고 있다. 안미옥은 유계영에 비해 훨씬 "나"에 관해 더 사적이며 모호함을 견디는 형식의 고백조의 어조를 보여준다. 이를테면 분명한 것들의 부재가 그것이다.

내게는 얼마간의 압정이 필요하다. 벽지는 항상 흘러내리고 싶어 하고 점성이 다한다는 게 어떤 것인지 보여주고 싶어 한다.

…(중략)…

다리가 네개여서 쉽게 흔들리는 식탁 위에서. 팔꿈치는 들고 밥을 먹는 얼굴들. 툭. 툭. 바둑을 놓듯

— 안미옥, 「식탁에서」 부분, 「온」 (창비, 2017)

다른 곳에는 다른 것이 있다고 믿겠지.(…) 다른 것은 이곳에 있다.

…(중략)…

시계, 침대, 문, 계단이 열리면. 이곳에는 다른 것이 있다고 믿겠지. 시작은 언제든지 시작된다. 바보들이니까.

— 안미옥, 「나를 위한 편지」 부분, 앞의 책

어떻게 해야 좋은 마음이 되는지 아는 사람은 없었다. 잔재, 잔재들. 긁어모으면 커지는 줄 아는 사람. 눈물의 모양을 감춰둘 수는 없어서 다 깨뜨렸다.

— 안미옥, 「네가 태어나기 전에」 부분, 앞의 책

나는 지나가지 못했다
무릎이 깨지더라도 다시 넘어지는 무릎
진짜 마음을 갖게 될 때까지

— 안미옥, 「한 사람이 있는 정오」 부분, 앞의 책

안미옥의 시에서 단호한 것, 결연한 것은 아무것도 없다. 과거든 현재든 미래든, 화자를 둘러싼 모든 것은 모호하고 추상적이며 물렁물렁하다. "쉽게 흔들리"는 식탁이나 "항상 흘러내리고 싶어 하"는 벽지 같은 "나"는, 다만 세상에 대해 "정성을 다한"듯한 자세와 포기를 아는 듯한 표정으로 담담하게 노래한다. 유계영의 경우 "태양의 엄지가 정수리를 꾹 눌러 나를 고정시킨" 답답하지만 적확한 현실을 시적 주체가 뚜렷하게 지각하고 "허공을 잡아당기"면서라도 대항적인 제스처를 취하고 있다면, 안미옥의 시적 주체는 오히려 흘러내리는 유동성과 미온(微溫)의 낮은 자세의 임계점을 보여준다. 예컨대 "감당할 수 없는 일은/감당할 수 없는 일로 남아/마음을 놓는다는 것이 무엇인지도 모른 채" "상한 것은 따뜻하고/상한 것은 부드럽게 부서진다" "한번 상하고 나면 다음은 쉬웠다"(「톱니」) 등, 이 같은 인식은 제목에서처럼 톱니바퀴의 톱니인양, 맞물린 채 끊임없이 반복될 뿐인 연약함과 상함, 파괴력의 관계를 느슨하게 보여줄 뿐이다. 이를 바라보는 시적 주체에게 "상한 것"은 잔혹하지 않고 "따뜻하고" "부드럽게" 묘사된다. 거부하거나 대항하는 데에까지 미치지 않으며, 다만 "맞물리며 돌아가고 있다는 것을" "잊지 않으려 했다"는 수동적이고 "무너지는 것이 습관이 된" 현실만을 자조적으로 읊조리는 데에 머물러 있다. 연약한 데다 부드럽기까지 한 "상한 마음"(「톱니」) 외에 다른 시편들에서 자주 등장하는 "좋은 마음"(「네가 태어나기 전에」), "진짜 마음"(「한 사람이 있는 정오」), "말할 수 없는 마음"(「아이에게」), "몰래 갖게 되는 마음"(「천국」)은 다소 추상적이고 모호하며, 정적이며 안온해 보인다. "나는 영영 나의 마음일 수밖에 없"고 "너와 동일한 마음"에 영원히 동화될 수 없는 우리들 각자는 "바보들" 중의 한 사람이기 때문에 "무너지는 것이 무엇인지 찾을 수 없"(「인디언 텐트」)는 상태. 어쩌면 안미옥의 그것은 서로가 서로에게 구원이 될 수 없는 단절과 극단의 상태에서 오는 두려움이거나 이미 죽어버린 타자들(세월호)에 대한 말 못 할 죄책감에서 비롯된 무기력과 통증에서 오는 "겹겹의 그림자"와 "검정"(「까마귀와 나」), 즉 모호함과 암울함 그 자체일 것이다. 애도의 불가능성을 아는 얼굴은 "숨을 참는 얼굴"(「거미」)일 것이며, 이 또한 2010년대 젊은 시인들의 낯빛과 표정 중 하나인 것을 부인할 수 없다.

3. 친애하는 나의 벽, 벽들 – 최지인

이제 문과 벽의 시간 앞에 선 젊은 시인들의 손을 들여다보기로 한다. 그 손들, 손금을 감춘 손들, 노를 쥔 손들, 손등들, 무수한 지문들 그리고 그들 손에는 모두 바닥과 등이 있다. 웅크린 등허리처럼 굽은 그들의 손의 자세, 손의 표정, 서로 다른 손의 모양들을 살펴본다. 세대론으로 환원하고 싶지는 않지만 1990년대생 젊은 시인들, 그들이 몇 살이었건 그들 역시 IMF의 여파 속에 유년과 학창시절을 보냈다. 그들은 생물학적으로 어리고 젊지만 충분히 영민하고 조로하고 눈치 또한 빨라 눈앞에 놓인 벽의 두께와 벽의 높이, 벽의 경도까지 이미 잘 알고 있다. 세상에서 가장 단단한 문, 세월호의 침몰 앞에 또래의 죽음을 바로 눈앞에서 목도한 그들에게는 거대한 트라우마가 자리하고 있으며, 지금 여기의 대다수의 청년세대가 겪고 있는 지극히 현실적인 슬픔에도 그들은 매우 익숙하다. 센스 있고 다재다능하며 기민하고 영민하여 그들은 안 가본 미래도 곧잘 그려낸다. 무디면서 동시에 예민하고 아프면서도 통증에 무감각한 아름답고 거침없는 젊은 시인들, 그들은 이미 내일의 날씨를 관측하고 있다. 그러나 그들의 예감은 기시감에 가까워 잿빛 벽에 둘러싸여 있다. 그들에게 미래는 어둡고 가난한 데다가 미세먼지와 황사까지 겹쳐 자욱하고 자욱하다. 고시원이거나 원룸이거나 벽에 바투 붙어서 자는 잠과 휴식이 옹색한 그들. 그들은 자주 꿈을 꾸는데 간혹 꿈에 검은 벽이 가로놓여 있다. 꿈의 진입로를 막고 있는 벽이라니. 천장이라니, 바닥이라니. 장대가 있어도 디딤돌이 있어도 건너가기에는 녹록지 않은 벽, 벽들. 벽 너머에도 또 다른 벽이 기다리고 있다는 현실이 그들에게는 그다지 놀랄만한 예측불가능한 생경한 절망은 아닌 것이다.

외투들 벽에 걸려 있다

— 최지인, 「이리」 부분, (민음사, 2018)

아버지와 둘이 살았다
잠잘 때 조금만 움직이면
아버지 살이 닿았다
나는 벽에 붙어 잤다

…(중략)…

날이 추워진 탓이었다 골목은
언젠가 막다른 길로 이어졌고
나는 아버지보다 늦어야 했으니까
아버지는 내가 얼마나 버는지 궁금해하셨다

배를 곯다 집에 들어가면
현관문을 보며 밥을 먹었다

— 최지인, 「비정규」 부분, 앞의 책

"외투들 벽에 걸려 있다"로 진술된 문장의 비유는 지극히 평범하다. 여기서 "외투들"은 한 가정의 가족이면서 이 시대를 살아가는 군상을 상징한다. 최지인의 진술들은 거추장스럽지 않고 간명하다. 간명하면서도 단호하고 모던하기보다는 전통적인 서정의 색채를 머금고 있는데, 이는 최근 젊은 시인들이 장착한 모호한 표정, 추상적 화법 등과는 다른 지점이다. 그가 마주한 미래는 "언젠가"의 미래이다. 이는 과거인지 미래인지 알 수 없지만 미리 패를 엿본 듯 시인에게는 이미 '익숙한 미래'이다. "언젠가 막다른 길로 이어"지거나 이어졌을 골목의 길은 익숙하더라도 매번 맞닥뜨리게 되는 장애물의 경우는 그 종류와 모양새가 낯설기도 한 것이리라. 알다시피 '언젠가'라는 부사는 곧잘 '언제나'가 되기도 하는 일종의 막힌 가능성의 시간을 나타낸다. "저녁이 될 때까지 계속 걸었다"에서의 '계속'이라는 부사 역시 과거형의 서술어를 미래까지 지속하게 만드는 효과를 창출하는데 이는 최지인 시인의 문장들이 지닌 특징이라 할 수 있다. 최지인의 시는 "나는 벽에 붙어 잤다", "누런 밥알을 오래 씹었다" 등 분명 과거형의 문장들임에도 불구하고 독자에게는 현재진행형으로 읽힌다.

미래 같은 건 필요 없다
이것은 미래가 아니다
덧붙임이라고 해 두자
사람 죽으면 그 영혼이 떠돌아다니는 것처럼

…(중략)…

못이 삐뚤게 박혔다
이마에 파리가 앉았고
손을 저어도 날아가지 않았다

나는 너의 부피를 상상할 수 있다

— 최지인, 「검은 나라에서 온 사람들」 부분, 앞의 책

배를 뒤집으면 관이 되지
벼락 맞아 쪼개진 나무
새가 운다 호수에 얼음 조각 떠다닌다
눈부신

미래 분명
가면들
꽃 심는 가면들
나는 그날을 알 거 같다

— 최지인, 「노력하는 자세」 부분, 앞의 책

　　최지인의 작품들에 드리운 슬픔의 정서는 과거부터 현재에 이어지며, 미래에까지 별다른 무리 없이 계속해서 이어질 것이라는 다소 어두운 정경을 내비친다. 미래가 이미 늦은 형식으로 지금에 와서 재현되고 있는 현재라고나 할까. 가보지 않고도 벽 너머를 아는 시인의 기시감은 쓸쓸하고 어둡다. "나는 너의 부피를 상상할 수 있"고 너는 나의 미래를 짐작할 수 있는 우리들의 전망. 전망이라기보단 절망에 가까운 미래. 벽에 못은 "삐뚤게" 박혔고 박혀 있고, 앞으로도 그렇게 박힐 것이고, "이마에 파리가 앉았고" "손을 저어도 날아가지 않았"고 "날아가지 않"을 것 같은 왠지 불운하지만 단조롭고 단호한 미래. 화자는 그 미래가 사실 "미래가 아니"라고 말한다. 다만 떠도는 죽은 영혼처럼 부유하는 "덧붙임" 같은 것이라고 명명할 수조차 없이 임시로 부를 수밖에 없는. 곧 도래할 시간. 이 익숙한 미래를 과거를 통해 추

체험해 버린 자의 태도와 체념은 언뜻언뜻 그의 작품들에 그러나 매우 선명하게 비친다. "배를 뒤집으면 관이 되"는 광경을 목격한 우리들 또한 이제는 미래를 불신하게 된 시인의 공범자들이다. "가면들"이 심은 화단에 열릴 "가면들"을 미리 알 것 같은, "그날을 알 거 같"은 예감은 이제 더욱더 선명하게 극화된다.

아내와 나
뒤틀린 종이처럼
침대 위에 있다

…(중략)…

화분에 심은 식물들이 말라 죽는다

…(중략)…

아내가 화분에 물 흠뻑 준다
창밖으로 보이는 고물상

— 최지인, 「주말」 부분, 앞의 책

시인의 기시감은 주로 죽음의 이미지를 통해 재현된다. "아내가 화분에 물 흠뻑" 주는 행위는 "화분에 심은 식물들이 말라 죽는" 결과로 이어지고 빈 화분에 다시 무언가를 심어도 결국엔 또다시 "말라 죽는" 귀결은 너무도 뻔하게 반복될 것이다. 주말에도 주중에도 창문을 열면 "창밖으로 보이는 고물상"은 미래를 보여준다. "뒤틀린 종이"의 형상을 한 아내와 나의 미래. "아내가 말했다" "거긴 막다른 길이라고"(「병상」). 그들은 미래에 관해 자주 말한다. "우리의 미래—무척 실망스러운 태도입니다"(「병상」)라고.

목매 죽은 삼촌의 손
창틀에 늘어져 있었다

— 최지인, 「이리」 부분, 앞의 책

손이 죽음을 외면하는 것을 흔적이라 부르자. 빠져나갈 수 없는 악력이 그들 사이에 작용한다. 손이 검지와 중지 사이 담배를 끼우고 죽음은 불을 붙인다. 타오르는 숨김이 병원 로고에 닿을 때 그들의 왼쪽 가슴은 기울어진다. 손에 입김을 불어넣어 주자. 손이 기둥을 잡음으로써 손은 기둥이 되고 그것을 선(善)이라 부르자. 죽음이 선의 형상을 본뜰 때, 다리를 반대로 꼬야야 할 때, 무너질 수 있는 기회라 부르자.

— 최지인, 「돌고래 선언」 부분, 앞의 책

누군가의 죽음을 앞에 두고 화자는 죽음 앞에서 "무너질 수 있는 기회"와 "선의 형상"을 본다. 두 개의 손이 있다. 그 손가락 사이에 담배처럼 타 들어 가는 목숨이 있다. 죽음은 그에 불을 붙이고 슬그머니 물러나 그 손을 다시 응시할 뿐이다. 좀 전에 담배를 태운 손은 다시금 무언가를 그린다, 쓴다. 희망과 절망을 몸의 전부를 결국 기록하는 것은 눈도 귀도 코도 아닌 손의 일이다. "손이 기둥을 잡음으로써 손은 기둥이 되고" 그 기둥은 마지막 악력을 빠져나온 다른 손을 이내 버티게 할 것이다. 우리는 "손이 죽음을 외면하는 것을 흔적"이라 부를 수 있을 것이다. 손이 기억하는 죽음. 손이 기억하는 임종은 기둥이 되고 선언이 되고, 돌고래가 되어 익명의 바다로 헤엄쳐 돌아가는 단 하나의 꿈이 되기도 할 것이다. 결국 벽을 짚는 것도 일상의 바다를 헤엄을 치는 것도, 글을 쓰는 것도 손과 팔과 다리의 일. 설령 "자주 경련하는 사지"라 할지라도 이 삭막한 도시에서 몸 눕힐 공간을 구획 지어 주는 것은 벽이다. 그리하여 "이곳의 유일한 기쁨은 벽을 마주하는 것"(「이후」)이리니, 그 벽을 아버지처럼 마냥 부술 수만은 없을 것이다. 그 벽은 시가 쓰여질 가능성의 (슬픈)공백을 드러낸다. 그럼에도 불구하고 최지인의 시는 단호하지만 모호하지 않고, 사적이지만 자폐적이지 않다. 그의 시는 독자와 타자에로의 소통을 지향한다. 벽에 노크하는 손, 모로 누워 벽 너머로 타전하는 손, 절망 앞에 선 자들에게 "기둥이 되고" 간절한 기도의 자세가 되는 손, 공손하게 모은 손의 무궁한 자세들에게서 그는 어떤 "선(善)" 즉 희망을 발견하는 자이다. 체념과 단념이 아닌 노크와 타전, 그럼에도 불구하고 타자와 세계를 지향하는 그의 손은, 독자를 향해서도 내밀어져 있다. 이는 최지인의 작품들이 지니는 가장 큰 미덕이다.

4. 벽 중독자는 유머를 낳고 책을 낳고 – 문보영

문보영의 시는 앞의 두 시인들과는 문과 벽을 '노는' 방식이 다르다. 유계영의 경우 "문은 계속 바라보아도 문"인 것을 인식하고 좌절하는 것도 '나'이며 "여기까지는 내가 말할 수 있는 슬픔"이라고 고백하고 서술하는 주체 역시도 '나'로 설정되어 있다. "나는 방으로 돌아가 의자에 앉았다고 한다"에서처럼 '나'의 행위를 전하는 서술자가 있다고 할지라도 어디까지나 경험 주체는 '나'에 한정되어 있다. "문이 열려서 문을 열고" 열린 문을 다시 닫는 것도 오롯이 '나'의 경험이다. 안미옥과 최지인의 경우도 대부분 1인칭 화자의 목소리와 표정을 그 특징으로 한다. "나는 벽에 붙어 잤다"의 "나"는 현실에서는 무수한 복수 주체로 존재할 수 있으나, 작품 내에서는 대부분 1인칭의 시점과 화법을 구사한다. 가상(혹은 미래)의 아내와 인물들이 설정된 작품들에서도 최지인의 시에서 서술 주체는 '나'로 한정된 경우가 대부분이다. "수많은 네가 있구나", "내가 너로 태어나지 않아 다행이다", "말하지 않아도 아는 것들"(「병상」)의 주체 또한 무수한 '너'들이 전하는 메시지들을 듣는 주체 '나'로 설정되어 있으며 이들은 대부분 '나'의 목소리로 직접 발화하며 '나'의 목소리는 '나'의 정서(개별적이면서 보편석)를 드러내고 수렴하는 데 일조한다. 그러나 문보영 시의 화자는 이들과 다르다. 복수의 화자이며, 다인칭적이다. 어조 또한 앞의 시인들처럼 진지하거나 엄숙하지 않다. 징징거리거나 앓는 소리하는 화자 또한 없다. 문맥들에 유머와 코미디, 위트가 가득하다. 우선 재기발랄하고 재미있다. 이는 문보영 시가 지닌 매력이며, 미덕이다.

> 파리의 미덕은 자신의 생각을 표현하려 들지 않는다는 점
> 이라는 문장이 누군가의 시작 노트에 적혀 있을 법한 여름이었고
>
> …(중략)…
>
> 파리가 다시 세 시인의 주변을 알짱거린다 늘
> 그런 식이었다 파리는
> 잘하건 못하건, 누군가의 주위를 서성였다
> 서성이다 한 대 맞았지만 죽지 않는 것이 미덕이었다
>
> 한 마리의 파리가 등장하는
> 어떤 시에 관한 시작 노트를 끄적이던 시인은
> 노트 모퉁이에
> *파리가 살 만한 인간적인 삶의 조건,*

이라는 구절을 휘갈긴 뒤 노트를 덮는다 그리고
생각한다
시 쓰기는 참으로 쓸모 있는 인간의 놀이다
여름이었으므로 그런 생각이 가능했다

— 문보영, 「파리의 가능한 여름」, 앞의 책

문보영의 시적 주체들과 등장인물들은 보다 발랄하고 다채롭고 미세하며 '바글바글'하다. 그의 시집 『책기둥』에 수록된 50편의 작품들엔 잡다한 난쟁이들과 그보다 작은 모기나 파리, 점들까지 한여름의 대낮처럼 윙윙거린다. 윙윙거리거나 잉잉대거나 비비적대거나 재재바르게 움직이기까지 하는 필사의 몸짓들이 텍스트 사이사이에 수없이 스며 있다. 이를테면 '이미 죽어버린 진짜 주인공'까지 난데없이 주인공으로 소위 말하는 '갑툭튀' 즉 갑자기 툭 튀어나오며 등장하곤 한다. 모기와 파리 혹은 그림 옆에 찍힌 작은 점 하나에도 시인은 발화와 발언권 및 시작(詩作)의 기회를 준다. 한마디로 그녀의 시는 "공동창작"의 형식을 취한다. 이를 테면 "젊은 시인 앙뚜안, 지말, 스트라인스"는 「공동창작의 시」라는 작품 내에서 각자 자신들의 시를 한편씩 쓰는 형식으로 묘사된다. 그런데 이 텍스트 안에 있는 텍스트에 등장하는 '전갈'이나 '게', '지팡이' 등은 다시 또 텍스트의 텍스트 안에서 "몽당연필을 주워들"고 무언가를 또 쓰는 일종의 텍스트의 번식과 유희를 보여준다. 문보영의 경우 시적 주체는 만화영화 혹은 동화책 속 스토리텔러에 가깝다. 시인은 이상한 나라의 앨리스처럼 한 작품 내에서도 끊임없이 몸집이 커졌다 작아졌다 한다. 목소리의 크기와 색깔, 어조 또한 계속해서 변화한다. 그리하여 독자들은 '책기둥'들이 즐비한 독서(구연동화)의 숲 사이에서 지루할 새가 없다. 명랑하고 발랄한 다인칭의 복수 화법과 그 안에 내장된 유머는 문보영 시인의 강점이자 특징이다. 그러나 명랑하고 발랄하고 다채로운 발화 사이에 신/존재에 관한 무수한 질문들과 우울과 염세의 페이소스가 숨겨져 있는 것을 또한 우리는 알 수 있다. 이를테면 그녀의 등단작 「막장」(시집에 실리지 않은)과 「끝」, 「벽」과 같은 작품들은 동화적 상상력이 아닌 생을 다 살아버린 조로의 화자, 비극적 세계관, 일체의 탈출을 포기한 자의 막다른 인식을 보여주기에 충분하다.

> 벽을 앓는 모든 것은 집이 된다. 벽에 중독된 모든 것은 벽이 된다. 누구나
> 벽으로 태어나 벽으로 살다가 벽으로 죽듯 벽은 반복되고 벽은 난데없다.
>
> …(중략)…
>
> 벽은 언제나 넘치거나 모자라다. 벽이 벽을 실토하는 사이 벽은 어디로 갔
> 나? 벽은 벽을 벗어도 벽이 되었다.
>
> — 문보영, 「벽」 부분, 『책기둥』 (민음사, 2017)

일찌감치 '희망 없음'의 시학에 마주한 시인은 등단과 함께 시작(詩作)을 위한 시작(始作) 즉 탈출구를 모색하기 위해 어쩌면 유머와 위트를 강구 혹은 장착한 것으로 보인다. 위기탈출 넘버원으로서의 개그. 단호하게 슬픈 표정으로 일관하는 벽에게 그녀는 산뜻하게 웃은 눈과 웃는 입을 그려준다. "벽에 중독된 모든 것"을 벽으로 소화시키는 식성과 식욕, 그리고 무자비한 벽은 이제 다정다감한 표정의 책을 낳는다. 적어도 책으로 둘러쌓인 벽이거나 책기둥으로 리모델링된 벽이라면 당분간 덜 무료하겠다.

> 난쟁이들은 책을 때리고 책을 향해 욕설을 퍼붓는다. 그럴만도 하다, 고 나
> 는 생각한다. 책은 무례하니까. 책은 사랑을 앗아 가며 어디론가 사람을 치

우게 하니까. 벽만 바라봐서 벽을 약하게 만드니까. 벽에 창문을 뚫고 기어이 바깥을 넘보게 만드니까

— 문보영, 「책기둥」 부분, 앞의 책.

책을 펼치자 문장들이 이중 매듭 만들기에 몰두하고 있다. 끊임없이 몸을 비비 꼬고 있다. 무의미한 움직임만을 수년간 반복하는, 바위에 깔린 벌레들처럼. 문장들은 오직 자기 자신에게 집중하느라 까맣게 타들어 가고 있다. 주변을 신경 쓸 재간도 없이, 미래를 도모하지도 않고 오직 한 자리에서 홈을 파며, 어쨌든, 바닥에 흔적을 애고, 그것을 위해 몸을 꼴 대로 꼬며 깊어지는 동작만을 반복하고 있다.

— 문보영, 「멀리서 온 책」 부분, 앞의 책

지금 여기, 시대는 우울하고 미래는 다소 어둡다. 현재의 우리 시단을 점검하고 미래를 내다보기 위해 필자는 근래에 나온 젊은 시인들의 첫 시집을 두루 살펴보았다. 대개가 어두운 어조와 색채를 띠고 있다. 새롭지만 어딘지 모르게 익숙하고 더욱 모호해진 문법과 일그러진 통사만이 기존의 선배 시인들의 그것보다 더해졌을 뿐 그들의 제스처와 목소리는 크게 변화하거나 나아졌다는 느낌은 없다. 징징거림의 완곡어법, 나의 슬픔을 타자의 슬픔이나 공동체의 슬픔으로 은닉, 포장하거나 위장하는 목소리 등이 그것이다. 그러나 문보영의 화법은 달랐다. 우울하지만 우울하지 않고 슬프지만 슬프지 않고 경쾌하지만 경쾌하지 않은 독특한 말하기를 그는 들려준다. 동화나 소설과 유사하지만 잔혹하지도 않고 엉뚱하지만, 또 기발하고 기존의 시들과 다른 불빛을 내며 돌아다니다가도 결국엔 시의 장르에 실이 도르르 말려 귀속되는 요요 같은 시라고나 할까. 통통통 튕김이 있는 시. 블랙 유머에 능숙하고 천진한데 리드미컬하게 구사하는 이 당차고 당혹스러운 시를 필자는

최근에 가장 재미있게 읽었다. 바글거리고 수다스러운 요정 또는 개미 같은 화자들 앞에서 오랜만에 낯선 감각의 서정을 감지한다. 세이렌의 노래도 페넬로페의 목소리도, 메두사의 머리도 아닌, 다만 "죽지 않은 것이 미덕인" 그러나 생이 당당한 파리나 모기의 앵앵거림에서 오는 이 희망을 뭐라고 이름 불러야 할까. 여하튼 그녀의 행보, 그녀의 스텝은 더욱 기대된다.

5. 에필로그 : 작은 미래의 책을 꿰매는 시인들 – 양안다

폭염과 폭우가 반복되는 나날 속에서 책을 읽었다 형광펜으로 밑줄을 친다
면 문장은 반짝이고 그것은 중요하거나 내가 좋아하는 것이 되었다

너의 몸속에서 자리 잡고 있다는 혹을 생각했다 아무도 보지 않는 영화와
책을 보며 우리는 세계로부터 격리되려 했다 종종 안부를 묻는 사람들에게
우리는 손금을 보여주며 무슨 소리가 들리냐고 되물었다
　　　　— 양안다, 「이상 기후는 세계의 조울증」 부분, 『작은 미래의 책』 (현대문학, 2018)

그럴 수도 있는 일들…… 지금 생각해보면 그런 일들은 모두
작거나 아름다운,
미미한 가능성들

혼자인 사람들은 서로 닮은꼴이었다
태어날 때도 죽을 때도

…(중략)…

주치의는 감정이 부족하다고 말하겠지

나는 사라진 너에게 질문하는 중이야
만약 날개 꺾인 새로 태어났다면 미래가 조금은 가벼웠을까
— 양안다, 「이토록 작고 아름다운 (중)」 부분, 앞의 책

책은 계속 넘어가고
삶은 계속 지속되고

…(중략)…

아무도 보호하려 하지 않는 세계 속에서
페이지가 넘어간다 넘어가면
경고 없이
사건은 시작된다

그리고 우리는 그것을 기록하기 위해 태어난 거야, 곁에 없는 네가 말한다
— 양안다, 「작은 미래의 책」 부분, 앞의 책

그럼에도 불구하고 시인이란 "그럴 수도 있는 일들", "작고 아름다운" 사소한 일들을 발화하는 존재라고 생각한다. 아직 도래하지 않은 "작거나 아름다운" 앞날 그러나 "미미한 가능성들"을 언어의 영상을 보여주는 존재들, 시인들. "작은 미래의 책"을 꿈꾸고 기획하고 엮고 상영(혹은 연출)하는 시인들. 시 쓰기는 외롭고 힘들지만, 또 좋아서 하는 작업이다. 이왕 하는 것, 양안다 시인은 시 쓰기에 운명적 과업을 부여한다. 그는 "곁에 없는 네" 목소

리를 빌린 화자의 입을 다시 빌려 이중으로 말한다. "우리는 그것을 기록하기 위해 태어난 거"라고. 양안다 시인은 주목받는 젊은 시인군 중에 가장 대화 지향적인 시인이다. 그는 끊임없이 대화를 시도한다. 이미 "사라진 너"이거나 "곁에 없는 너"에게조차 시인은 말을 걸고 그들의 말을 경청하려 애쓴다. 게다가 그의 시는 늘 미래를 향해 열려 있다. 양안다 시인에게 미래는 어둡거나 막막하기보다는 "작거나 아름다운" "미미한 가능성들"을 담지하고 다가오는 긍정을 내포하고 있다. 이는 양안다 시인이 지닌 작지만 큰 미덕이다. 조곤조곤 속닥속닥 작지만 서로에게 가는 길을 내는 대화의 시도를 멈추지 않는다. 당신이라는 타자를 향해 열린 입술과 귀, 반짝이는 눈빛은 이미 윤리적인 것이다.

한편 시인은 "혼자인 사람들은 서로 닮은꼴"이라고 말한다. 그래서일까. 이 글에서 다루고 있는 여러 명의 시인들 혹은 그 외에도 요즘의 젊은 시인들은 어딘지 모르게 얼굴과 화법들이 닮아있다고 생각된다. "사라진 너에게 질문하"거나 "곁에 없는 너"에게 끊임없이 말을 거는 행위. 독백의 대화. 이들은 알고 있다. 지금 여기에 가로놓인 문과 벽과 기둥의 시간들을. 가로막힘의 시공 안에 밀폐된 그들 앞에 투명한 미래가 펼쳐져 있다는 것을. 투명하지만 어두운 그것은 과거보다 더 지난하고 무거운 미래의 시간들일 것이다. 어차피 도래할 미래, 그렇다면 주저하기보다는 미로와 퍼즐을 능동적으로 즐기는 편이 나을 것이다. 시간의 사잇길에서 숨바꼭질 하고 난간에 기대어 잠을 자고 간혹 마시고 취하고 그 벽에 그림을 그리거나 낙서하고 시를 쓰며 재앙 같은 미래를 즐기며 기다리는 것, 피할 수 없다면 차라리 지금 여기에서나마 충분히 즐기고 놀면서 유희하는 것이, 문학의 효용이 아닐까. 문과 벽과 기둥의 시간 속에서 자학하기보다는 향유하는 편이 머리로 벽을 깨부수는 것보다 나을 수도 있으리란 단순한 생각으로 그들을 이해 또는 오해해 본다.

2000년대 초반 문단을 뜨겁게 달궜던 논쟁을 기억하는가. 미래파의 시인들이 무서운 아해, 막다른 골목을 전력 질주하는 나름대로 용감한 아해(들)였다면, 2018년 지금 여기의 젊은 시인들은 무섭게 질주하거나 달음질치진 않는 다소곳하고 얌전한 아이들에 가깝다. 어른들이 가만히 있으라하면, 가만히 있는 아이들은 착한 아이들인가? 미래파 이후 김승일, 황인찬, 송승언 등 소년 성장 서사를 지닌 일군의 시인들의 등장과도 사뭇 다른, 이들을 지칭할 적당한 비평적 수식어가 마땅히 떠오르지 않는다. 1990년대생 시인들. 사실 모여 있어도 저마다 개성이 다른 저마다의 시인들에게 "~~파"라는 이름은 그 자체로 구획과 억압이며 폭력이다. 미래파라는 이름이 낳은 구획과 배제를 우리는 또 기억하고 있지 않은가. 골목조차 폐쇄된 어쩌면 사방팔방, 육면이 벽인 그러나 어쩔 수 없이 마주한 벽과 문과 기둥 앞에 선 지금 여기 가장 젊은 시인들에게서 전위성이나 미학성, 정치성을 찾기는 사실상 어렵다. 방 안 혹은 도서관에서 책을 보거나 스마트폰으로 게임을 하거나 웹툰을 보거나 넷플릭스를 정주행하거나 때로는 광장에 나가 무리 속에서 촛불을 들기도 하는 그들을 두고 우리는 동주나 육사처럼 일제에 항거해 옥사한 시인들, 민주화 투쟁에 온몸을 던진 시인들 보다 그들의 생과 작품이 과연 가볍다고 감히 말할 수 있을 것인가. 아무렴 "살아 있는 것이 미덕"인 시인이게 "시 쓰기는 참으로 쓸모 있는 인간의 놀이"(문보영, 「파리의 가능한 여름」)인 것만은 분명해 보인다. 사실 모든 시는 민중시이고 서정시이다.

단언컨대 시는 언제 어디서든 라쿠카라차를 노래한다. 바퀴벌레와 더불어 인류와 함께 유구하게 전진하는 시. 앞으로도 시는 계속해서 바퀴벌레와 더불어 경쟁하거나 인류와 공존할 것이다. 어느 시인은 바퀴벌레의 천적이 시집이라고 말한 바 있다. 그는 꼭 시집으로만 바퀴벌레를 때려잡는다고 했다. 크고 무거운 책은 외려 날아가는 속도가 느려 바퀴벌레가 그사이 달아나 피해버린다나. 이제 시집은 바퀴벌레를 잡기에 적합한 형식으로 더 작고 가벼워질지도 모르겠다. 시와 시집과 시인, 바퀴벌레는 닮았다. 반질거리고 간혹 뻔뻔하고 딱딱하고 검은 등 사이에 날개(콤플렉스)를 감추고 비상을 꿈꾸지만 알고 보면 살아남기에 분주하고 민첩한 존재들. 시인이라는 종족이 있다. 생명체는 그의 천적을 모방하면시 조금씩 진화한다고 한나. 시인의 천적은 바로 죽음. 내부에 도사리는 죽음(충동)은 시인의 삶과 시작(詩作)을 추동하는 양날의 칼이면서 양날의 펜이기도 하다. 시는 미로와 미궁 속에서 방황하는 이들에게 한줄기 희미한 빛이며 아리아드네의 실이기도 하다. 양날의 칼과 가늘고 긴 언어의 실을 움켜쥐고 라쿠카라차 노래하며 나아가는 아름다운 얼굴, 시인의 그 얼굴과 낯빛들을 응원한다!

우리의 대화는 데칼코마니

− 양안다의 시

"울었어?
고마워
계속해줘 계속해서
계속할 수 없다고 말해줘"
— 양안다, 「휘핑크림 클리프행어」

1. 공전(空轉)하거나 공전(公轉)하는 우리의 얼굴들

안다고 말할 수 '있다'와 '없다' 사이. '안다'와 '모른다' 사이. 말장난이거
나 말장난이 아닌 말들 사이. 공허가 아닌 공허, 공전이 아닌 공전 사이. 읽
기가 아닌 듣기, 쓰기가 아닌 말하기 사이. 읽기와 쓰기의 방식을 아예 뒤
집거나 화자와 청자의 위치를 완전히 바꾸어도 성립되는 우리들의 발화 그
리고 대화의 언덕과 웅덩이, 넘침과 모자람 사이, 마주 향한 두 입술 사이
에 얹힌 뜨거운 아이스크림처럼 양안다의 시가 지금 여기 놓여있다. 당신이
이 글을 읽게 된다면 당신은 이제 양안다의 시를 읽을 수만은 없게 될 것이
다. 그 아이스크림을, 이 휘핑크림을 듣게 되고 보게 되고 만지게 되고 맛보
게 되고 공유하게 될 것이다. 귀를 기울이거나 귀를 닫아도 들리는 말, 눈

을 뜨거나 눈을 감아도 보이는 영상, 입술을 다물거나 열어도 움직이는 당신과 나의 혀, 이편과 저편에 우리의 대화가 감미롭게 떠돌다가 그의 시에 깃든다. 감미롭지만 때론 사납게 장면을 바꿔 아이스크림은 금세 모래가 되거나 진흙이 되기도 하는데 이러한 당혹스럽고 잔혹한 현실 그리고 애증의 꿈은 그 환상과 현실이 한 면에 얼굴을 맞대고 데갈코마니의 형식으로 동시에 작동한다.

> 때에 맞춰 극장 내부가 어두워지는 방식으로 이별이 예정되어 있다고 믿었
> 다 너와 애인이, 너와 내가,
> 모두 알 수 없는 일이지만
>
> …(중략)…
>
> 무용수가 쓰러지는 포즈로 네가 날 껴안았을 때 나는 너의 애인이 죽었으
> 면 했다
> 너와 함께
>
> — 「비대칭 비행」 부분

나란히. 나와 당신 그리고 나와 당신의 애인 사이, 우리가 주고받았던 모든 대화의 문양과 소문은 지금 우리 사이에 지층으로 내려앉아 있다. 오늘과 내일 사이의 한 날씨처럼 당신과 나 사이에 끼어든 다른 손바닥의 감촉처럼 낯선 말의 무늬들, 그 대화의 영상들 우리가 지핀 불꽃들 사이에 양안다의 시들이 애인의 애인 얼굴을 하고 앉아 말을 건다. 그 얼굴은 나와 닮은 얼굴이어서 애인의 애인에게 내 얼굴 역시 그렇게 보일 것이 분명하다. '나'의 등과 '너'의 등 그리고 당신의 등이 어떤 각도에서는 닮은 것처럼, 어

쩌면 세 개의 닮은 미래가 우리 앞에 존재한다. 잡음이라고 생각하면 잡음, 전언이라고 생각하면 전언, 타투라고 생각하면 타투가 되는 물고기들의 유영. "네가 손목 위로 새긴 어류의 비늘"(「여름잠」)처럼 너와 나의 어떤 상처를 가리는 날개의 유영처럼 부드럽고 자유로운 비늘의 시. 붙잡거나 꺾어버리고 싶은 손목의 시. 또는 그 손목을 덮어주는 팔찌 같은 시. "네가 사랑하는 사랑에겐 사랑하는 다른 사람이 있었고"(「여름잠」), 번지고 눌리고 다시 번져서 형상화되는 데칼코마니의 마주침, 시의 지평선 그 사이로 겹침과 펼침 어디쯤 "계절의 잠과 계절의 잠을 묻어두고" "몸을 웅크린 채 조용히 흐느낄"(「여름잠」) 심연 사이, 어딘가에 꿈처럼 놓여있는 문자들, 메시지들. 먼지라고 생각하면 먼지가 되지만 석양이라고 생각하면 석양이 되는 너와 나의 세계. 나비의 그것을 닮은 두 개의 얼굴. 파닥파닥 반복되어 날아오는 말도 있지만 반복이 아닌 내려앉는 앙금의 말들. 번복이 되기도 하지만 번복이 아닌 말들. 모호하기도 하고 또렷하기도 한 그림자들, 곧잘 사라지기도 하고 다시 태어나기도 하는 말들. 맨 앞에 오는 첫말이지만 언제인가 모르게 다시 맨 끝에 매달려 종말처럼 서 있기도 한 말들. 그런 위험한 곳, '휘핑크림 클리프행어'의 순간에 맺혀 있는 아슬아슬한 언어들, 시들. 우리의 '입술이 뜨거워지는' 순간들에만 '백야의 소문으로 영원히' 떠돌 그의 무성한 시편들이 때론 조잘조잘 귓가에서 울음을 울거나 거대한 파도처럼 부서지거나 때론 "어깨에서 시작되는 여진"처럼 슬며시 존재를 뒤흔들며 간신히 이 순간 매달려 있기도 하다. 백야의 소문으로 영원히 하얄 수밖에 없는 밤은 사실은 소문에 "맞아 부풀어 오르는 밤"(「백야의 소문으로 영원히」)이며, 폭력은 끝나지 않고 우리의 영화는 작위적으로 또는 아무 생각 없이 계속된다.

인간은 대단해 없던 일을 존재하게 만드니
입 밖으로 감탄사만 쏟아져 나와서

있는 힘껏 박수만 쳤어

…(중략)…

창문은 하루 종일 물결치는 장면을 상영 중이야 해변의 성당은 허물어지고 신도들은
극장에서 옆을 보면 옆모습이 낯설다 관객들은 영화를 보는 연기를 하는 중이다

— 「백야의 소문으로 영원히」 부분

스크린 속 개 한 마리가 누군가와 눈을 마주치고 사라진다

…(중략)…

서로를 조연으로 인식하는
오직 주연만 모인 공원

극장에서 옆모습을 바라보고 있으면
낯선 얼굴 사이로 익숙한 얼굴과 눈을 마주친다

— 「공원을 떠도는 개의 눈빛은 누가 기록하나」 부분

그의 시는 아니 '우리'는 상영되고 있다. 절벽에서 시작되는 이상한 영화, 영화 속에서 영화가 상영되고 있다. 영화관 속에 영화관, 관중 속의 관중들이 앉아있는, 관객이 일어나 배우가 되고 배우가 관객이 되어 스크린에 앉아있는 이상한 영화. '당신'과 '나' 결국엔 '우리' 모두가 주연도 조연도 관객

도 아무것도 아닌 체 결국 서로의 꿈을 염탐하고 어쩌면 빤한 미래를 점쳐 보다가 죽는 결말의 영화. 그 사이사이에 그의 시편들이 자막처럼 놓여있고 영화는 여전히 상영 중이다. 그래도 독백이 아닌 대화라서 가능한 세계, 펼쳐져 있어서 아름다운 지도의 문양이다. 게다가 위도와 경도가 있는 어떤 해상도 위에 다른 바다를 꿈꾸는, 그리하여 소통을 모색하는 어느 지점에 양안다의 시편들은 최선을 다해 꿈꾸고 있다. 그의 시적 주체들은 다양한 역할, 목소리를 변주하고 공조하여 서로를 모색하거나 탐험하면서 함께 존재한다. 그의 시적 주체들은 타자를 알 수 없으므로 단정하거나 다르다고 배제하거나 관계를 함부로 종결시키지 않는다. 지속적인 말 건넴과 귀 기울임, 상대에 대한 관심과 애정이 그의 작품들에 내재되어 있다. '나'는 '너'를 '안다'라고 말하는 순간, 당신과 나는 전연 '모르는' 사이가 되기도 하지만 그에 앞서 알고 싶은 마음이 선재한다. '사랑해'라고 말하는 순간 '나'와 '너' 는 서로 죽일 듯 물어뜯거나 분노하거나 혹은 헤어지거나 아니면 아예 무관심한 사이가 될 가능성 앞에 놓이겠으나, 언제나 발화에 앞서(적어도 동시에) 사랑하고 싶은 마음이 존재하는 것이다.

> 세상 모든 물병이 조각나고 네가 죄다 밟았으면 했다 구멍 난 곳으로 피를
> 전부 쏟아낸 뒤 너는 말하겠지
>
> 나한테 왜 그랬어
>
> ─「양극성」 부분

예정된, 어두운 미래를 알거나 알 것 같지만 그래도 상대에게 기꺼이 다가가 손 내밀거나 마음을 건네는 주체들, 솔직하게 상대에 대한 원망마저 발화하는 주체들이 그의 시편들에 존재한다. 이러한 양안다 시인의 시적 주

체가 지닌 시선과 포용은 그의 작품들 속에서 끊임없는 고백과 질문, 대화의 기법을 통해 드러난다. 하지만 기존의 서정시와는 사뭇 다른 표현의 방식을 보인다. 이를테면 낯설고 신선한 색다른 시선에 세밀하게 듣는 귀가 덧대어져 있다. 눈과 귀와 입술, 분노와 사랑이 한데에 있는, 침묵과 발화가 마주한 형국의 이 지형도를 들여다볼수록 우리는 누군가의 목소리에 귀 기울이려 보폭을 줄이고 어깨를 낮추는 화자를 대면하게 된다. 누가 말하는지 관심을 갖지 않으면 소문은커녕 아무것도 들을 수 없고 말할 수조차 없으며, 세상은 더 큰 어둠 속에 침잠하게 될 것이므로. 이처럼 양안다의 시적 주체들은 주체인 동시에 객체이며 화자인 동시에 청자인 것인데 이들은 타자와 주파수를 맞추려 때론 죽은 듯 숨을 멈추기도 하고 보폭을 맞추거나 걸음을 멈추기도 한다. 하지만 이 모든 노력들이 결코 쉬운 일은 아니다. 사실은 영원히 익숙해지지 않을 타자에의 혹은 자신을 향한 낯선 습관들인 동시에 그 둘 다에게로의 배려일 수 있는 것이다.

2. 범람하는 당신과 나, 데칼코마니의 시

마구간에서 울타리를 벗어난 말들이
우르르 달려 나간다 너는 별일 아니라고 말하지만
벼랑에 매달린 채로,
누구도 붙잡지 않고
달려가는 바퀴
불타는 마차
숲속으로

…(중략)…

나무가 재로 변하는 시간

숲이 줄어든다 아이들은 줄어들지 않고

숲을 가득 메우는

비명

— 「휘핑크림 클리프행어」 부분

　"지도에도 없는 곳을 향해 가고 싶었는데" "시든 꽃들을 꺾어 만든 꽃다발, 그런 걸 뭐라고 불러야 할까"를 고민하는 나의 고민과 언표에의 의지는 결국 온전하게 전달되거나 발화될 수 없는 순간의 번짐만을 그려낸다. 죽은 자에 대한 애도가 특히 그러하다. 억울하게 죽은 자가 당신에게 말한다. "울었어?/고마워/계속해줘 계속해서/계속할 수 없다고 말해줘"라고 그는 말한다. 물에 빠져 죽었든, 불에 타 죽었든 사인은 중요하지는 않다. 다만 그들은 이미 "시든 꽃"의 세계에 있다는 점이 살아있는 우리와 다르다. 세계가 다르므로 "물속에 얼굴을 담그"거나 "불 속에 손을 담"(「데칼코마니」)가야만 "우리가 마주하게 될 것"들, 그렇지 않고서 수수방관의 자세로는 나는 너의 죽음에 다가갈 수도 애도할 수도 함부로 말할 수도 없는, 영원히 그들의 세계 밖에 있을 수밖에 없는 우리에 대한 인식과 자각을 양안다의 시는 늘 증명하려 한다. 경계에 대한 고민과 경계를 응시하는 자의 고민, 그 너머에 대한 고민까지 그의 시는 보여준다.

　이렇게 될 거라는 거 알고 있었지? 네가 불 속에 손을 담그고 말했다

　아직도 새벽이 끝나지 않았다 저 멀리 지평선이 물에 잠긴 듯 일렁이고 있었다

　같은 곳을 바라본다는 게 같은 꿈을 꿨다는 의미는 아니었는데

　문득 불 속에 담긴 네 손의 온도가 같은지 궁금해졌다

…(중략)…

얼마 전에는 너를 제외한 모든 사람이 죽어도 괜찮았어 그런데 이젠 너만
죽으면 괜찮다는 마음

계속해서 생각이 범람하는 바람에 불이 영역 밖으로 넘치고 있었다
나는 너를 따라 불 속에 손을 넣었다 손은 흘러내리게 되는 걸까
가끔씩 너는 무슨 말을 하려는지 몸을 뒤척였다 오래된 악몽이 현실로 뛰
어나오려는 듯이
세계는 지평선 밖으로 넘어가지 않는데 내 안에서 자꾸만 범람하는 것이
있었다

—「데칼코마니」부분

어쩌면 그가 시도하는 모든 대화는 '나'와 '너'가 얼굴을 맞대고 같이 문
드러져야만 그려낼 수 있는 데칼코마니의 시학이라 할 수 있을 것이다. 시
라는 지평선을 경계로 '너'와 '나'가 얼굴을 맞대고 모서리를 맞대고 이해
불가능한 대화를 주고받고 또 많은 오해와 오독으로 번져가는 상처들을 부
비며 그러나 같은 방향이 아니라서 가능한, 원거리에서 보면 또 하나의 얼
굴이 생겨버리는 우스꽝스럽고 이 난처한 사시(斜視)의 상황을 어쩌면 백일
몽이라 부를 수도 있을 것이다. 꿈속의 꿈, 눈을 뜨고 자는 잠, 눈을 뜨고
꾸는 꿈의 이미지는 마치 "그저 심해어처럼, 눈을 껌뻑이며 보이는 광경이
세계의 전부라고 믿고 있었"을 "그런데, 그런데……"의 "불타는 마차"(「휘핑크
림 클리프행어」)의 언어들과도 같아 어디론가 돌진 중에 있다. 양안다 시의 이
미지들은 서로 격하게 부딪칠수록 불타올라 대상을 태워버리는 동시에 경
계와 공간이 넓어지는 화전(火佃)의 이미지를 만들어 낸다. 색채가 색체가

되는 가능성과 잠재태, 이를 테면 이런 시들. "눈송이가 어디에 떨어질지/예측할 수 없는 것처럼" 게다가 그게 눈인지 알 수 없는, 하얗거나 까만 것들을 그러모아 쌓아올리는 눈사람처럼 모호한 사람 또는 (비)사람의 생성. 그러나 하나, 둘, 셋처럼 "사람 세는 단위로 눈사람을 가늠하지 않고/눈사람과 눈사람이/눈사람을/넘어뜨릴 때/추운 만큼 아픔이 느껴질 때"에야 가능해지는 시간들이 우리 앞에 함께 도래한다. "숲을 가득 메우는/비명", 아이들의 발화(發花). 그것은 얼핏 알아들을 수 없는 비명과 발작과 노래일 것인데 "발 아래에 하늘을 두었다고/그렇게 믿으며" 떨어지는 눈송이의 모양으로 돌아온, 그 수많은 눈송이들은 "아프고 하얀", 어쩌면 안타깝게 죽어버린 어린 아이들의 눈망울들이 피워낸 희디희게 "시든 꽃"일 것이다.

3. 그런 게 마음이라면

우리가 원하던 것,
이젠 무엇이라 부를까
춤과 운명
혹은 분노, 그러나 건물은 계속 무너지고 있었다

— 「If we live together」 부분

나는 이 모든 상황을 이해하지 못한 척했다 괜찮을 거라고, 빗소리에 목소리를 섞으며 말했다 너는 어깨를 살짝 떨고 있었다 나는 이미 세계가 사라진 것처럼 울고 싶었지만

너의 어깨를 잡자 너의 흔들림이 내 눈앞을 흔들었다 교실이 흔들리기 시작했다 흘러내리는 비의 꼬리를 따라 창문에 금이 가고 있었다

기댈 어깨가 필요했지 부서질 듯 기후가 건조한데
거리에는 너에 대한 적의가 소문으로 가득했다

…(중략)…

어떤 고백은 입을 틀어막아도 새나오고
닫히지 않는 귀, 노를 저어 나아가고 싶은데 이미 부러진 마음과
마음을 떠올리면 왜 아름답고 슬픈 생각만 떠오르는 걸까 마음은 그런 게
아니지
온몸에 기름을 붓고 불을 붙인 다음
타들어가는 몸으로 다가가는 것
그 몸을 안아주지도,
외면하지도 못하는 것
그런 게 마음이라면

― 「여름잠」 부분

　얼핏 정제되고 건조해 보이지만 양안다의 시에는 물기어린 심장의 박동
이 내재해 있다. 그 심장은 무척이나 뜨겁고 축축하다. 사막 혹은 빙하 위의
당신에게 물을 적셔주거나 온기를 나눠줄 수 있을 정도의 섬세한 품과 혜
안이 그의 시학에 깃들어 있다. 양안다의 시는 얼핏 사적 고백 같지만, 사
실은 귀를 열고 당신의 말을 듣는 경청의 시, 대화의 시를 지향한다. 이를테
면 "적의가 소문으로 가득"하고 "백야의 소문으로 영원히" 배제되고 추방
된 소외된 당신이라 할지라도, 시선과 청각은 당신을 향해 열려 있다. 당신

을 바라보는 시적 주체의 시선은 사람들로부터 왜곡되기 이전의 최초의 진실과 순수를 향한다. 타자의 신음소리와 고통의 흐느낌을 있는 그대로 직시하고자 노력하는 시선을 그는 지니고 있다. 그의 귀는 타자, 세상 쪽으로 열려 있으며 연신 귀를 기울이고 있음을 또한 알 수 있다. "어떤 고백은 입을 틀어막아도 새나오"지만 사람들은 대부분 자기 말만 하기에 급급하여 타인의 말을 일부러 들으려 하지 않는다. 고백도 증언도 무시되는 세상, "없던 일을 존재하게 만"들거나 조작과 공작과 권모와 술수만이 넘쳐나 사람 하나쯤은 감쪽같이 매장시키고 마는 마녀사냥이 판을 치는 세상이다. 하지만 시인의 시선은 죽은 자의 눈빛조차도 함부로 외면하지 않는다. 미세하게 흔들리는 여진(餘震), 슬픈 어깨들의 움직임을 감지하고 공감하는 자의 시선과 청력은 그 감각마저 실은 윤리적이다. "이미 부러진 마음과/마음을 떠올리면"서 멀어지지 않고 먼저 다가가는 자의 걸음이다. 타인에게 보폭을 맞추거나, 걸음의 속도를 맞추거나 어깨의 높이를 맞추는 자의 배려와 진심이 그의 작품 곳곳에 묻어난다.

'나'와 '너'와 '당신' 그리고 '우리'의 관계를 비추는 대화 역시 그의 시에는 끊임없이 지속된다. 얼굴과 얼굴의 마주침, 눈과 눈의 마주침, 서로의 꿈과 미래를 들추고 예견하는 '서로'의 시선, 잊지 않고 안부를 묻고 답하는 '서로'의 장면들. 그것은 분명 세계를 바라보는 따뜻한 시선에서 비롯된 것임을 우리는 충분히 눈치챌 수 있다. 그러한 시선을 여간해서는 들키지 않는 방식으로 다른 화법과 다른 시각으로 그의 시는 발화하고 대화한다. 젊고 신선한 감각, 독특한 영상미를 통해 양안다의 시 세계는 현재 우리 시단에 적지 않은 충격의 자장을 일으키고 있다. 그의 작품들은 시각과 청각, 독백과 대화의 교호뿐만 아니라 몽환과 현실의 교호 또한 보여주는데 이는 '미래파' 이후 주춤했던 새로운 서정의 시도로 보이며, 이는 젊은 독자들에게 복합적 이미지와 뉘앙스의 형식으로 감동과 전언을 동시에 주고 있다.

대개의 젊은 신인들이나 습작생들이 그러하듯 알 수 없는 독백체, 소위 '급식체'의 시를 양산하거나 번역기를 돌린 듯한 어색한 문장의 나열, 한국어의 기본적인 통사나 문법의 파괴, 오로지 자기자신과만 소통하는 자의식의 과잉 혹은 몇몇 유행하는 시의 흉내 및 작품의 모조 등, 근래에 부정적인 풍조의 만연 속에서, 양안다의 시는 이미 돌올하게 자기만의 세계를 개성 있게 구축하여 충분히 반짝이며 그 존재감을 왕성하게 빛내고 있다. 이른 나이에 자신만의 문체와 시 세계를 구축한 것도 높이살 만 하지만 타인을 향해 발화하고, 타자의 고통에 다가가 손 내밀고 귀 기울이는 그의 열띤 시선과 몸짓은 어떤 희망에로까지 밝은 길을 내고 있음이 분명하다. 칠흑의 벽들로 이어진 미래라는 미로와 미궁 속에서 희망의 실을 잣는 젊은 시인의 노력에 박수를 보낸다. 더욱더 유장하고 탄탄하게 그 빛이 곧게 뻗어 나가길, 기원한다. 건투와 건필, 영원히 아름다울 그 안녕을 빈다.

현대시와 감동, '도둑맞은 감동'을 찾아서

1. 변명

비평가이기 전에 한 독자로서, "현대시, 왜 감동이 없는가"라는 주제를 놓고 두 가지 난점에 부딪혔다. 우선, 명제 안에 이미 현대시는 반드시 감동을 필요로 한다라는 전제가 깔려있는데, 감동이란 워낙 개인적이고 주관적인 측면이 강하기에 감동을 정의내리거나 범주를 설정하는 것 자체가 쉽지 않다. 독자의 지적 수준과 과거 경험, 취향에 따라, 혹은 작품의 성격과 사회·역사적 배경에 따라, 하다못해 작품을 접하고 있는 '지금 여기'의 미세한 정황 하나까지도 대개는 '감동'에 영향을 미치게 마련이기 때문이다. 둘째, 감동의 문학적 정의는 차치하고라도, 현대시 전체를 '감동이 없다'라고 단언하는 것도 무리라는 생각에서였다. 그렇다고 특정 시의 한 부류만을 집어내어 무감동한다고 비판하는 것도 어불성설처럼 여겨져서 사실상 주제에 접근하기가 조심스럽다. 혹자는 난해시, 관념시를 읽고서 지적인 쾌락을 동반한 전율과 감동을 받기도 할 것이며, 혹자는 이념이 강한 시를 읽고 경도되거나 그에 선동되기도 하겠거니와, 혹자는 김소월이나 한용운의 이별 시를 읽고 정한의 눈물을 흘리거나 긴 여운으로 밤을 지새울 수도 있는 노릇이다. 더러는 잔혹하고 기괴한 시를 읽고, 더러는 해체시나 민중시를 읽고 그에 마음이 동(動)할 수도 있는 것이므로, 이러이러한 시는 감동이 없다라고 감히 단언할 수 없었다. 물론 신파물이라든지, 대중에 영합한 상업문학에 있어 감동의 문제를 다룬다면 이야기가 다르겠지만 말이다. 그렇다면 과연 어떻게 '문학적 감동', 그중에서도 '시적 감동'을 정의내릴 것인가. 앞서 말했듯이 독서라는 행위 자체가 지극히 개인적인 취향에 속하기도 하거니와, 감동의 범주와 메커니즘 자체는 더욱더 주관적, 정서적 차원의 것이므로, 그 다양성과 차이를 무시한 채, 섣불리 현대시 전체를 감동이 없다라고 진단 내리는 것은 성급한 일반화의 오류이자, 위험한 진단이 아닐까.

2. 감동(感動), 이전

그렇다면 일단 감동이 있기 이전에 '독서'가 선행되어야 할 것인데, 이와 관련하여 현대시를 읽는 수효는 얼마나 될까. 시뿐만 아니라, 문학 서적의 경우 수요보다는 공급이, 독자보다는 작가가 많은 게 요즘의 현실이다. 인터넷의 보편화와 하루가 다르게 업그레이드되어 출시되는 최첨단 디지털 기기들로 인해 '읽는 행위' 못지않게 '쓰는 행위'가 일상화되었기 때문이다. 꼭 신춘문예라든가, 문예지 신인상과 같은 등단 절차를 거치지 않더라도 네티즌 독자와 직접 실시간적으로 소통하는 작가들이 많다. 게다가 또 시집은 해마다 얼마나 많이 출간되는가. 2011년 1월부터 이 글을 쓰고 있는 10월 현재까지 불과 9개월간, 판매량 1위의 모 인터넷 서점에 등록된 신간 시집은 무려 1300여 권에 달한다. 문학 계간지와 시전문 잡지는 또 얼마나 많은가. 문학을 업으로 하는 필자 역시 서점에 쏟아져 나오는 신간 시집과 잡지에 발표된 시 전체를 일일이 다 찾아 읽지는 못한다. 시집을 사보는 사람은 극소수인데, 자비 출판, 인터넷 출판, 미디어의 발달로 시인들과 발표된 시들은 기하급수적으로 많아진 것이다. 반면 스마트폰과 태블릿 피시가 보편화된 시대에, 전철 안에서 책을 읽는 풍경은 찾아보기 힘들어졌다.

더욱이 버스나 전철 안에서 시집을 읽는 사람이 몇이나 될까. 시인을 제외하고 시집을 적어도 구매하여 읽는 독자층이라면, 아마도 그들은 문예창작을 전공하는 학생이거나, 평생교육원이나 문화센터 창작 강좌의 수강생이거나 하는 이른바 '시인 지망생'일 가능성이 농후하다. 교재로서의 시집, 그나마 메이저급 출판사의 시집이 아니고서는 그나마도 타 장르에 비해 현격하게 판매 실적이 부진하다. 시집이 베스트셀러가 되는 경우는 원래도 드물지만, 1980년대 도종환의 『접시꽃 당신』이라든가, 1990년대 최영미의 『서른, 잔치는 끝났다』를 끝으로 더 이상 밀리언 셀러 시집을 찾아보기 어렵다. 시 자체를 읽지 않는데, 감동이라니, 감동(感動)은 적어도 독서 행위 동시에 혹은 그 이후에 파동(波動)처럼 일어나는 독자의 강렬한 반응 아니었던가.

3. 비평가와 감동

이제 범위를 좁혀 소위 말하는 순수문학, 제도권 문학의 자장 안에서 현재의 시단과 시 평단을 둘러보자. 과거나 지금이나, 뭇 비평가들이 주목하고 선호하는 시인들은 늘 한정되어 있다. 그 비평가라 함은 대부분, 국문학 박사급 이상의 학력소지자로 그들은 대학교수와 문예지 편집 위원 등을 겸한 경우가 대부분이다. 게다가 더 유능한 소수는 시 비평과 시 창작을 겸하기도 한다. 주로 비평가로서의 그들은 새로운 담론을 생산, 유포하는 역할을 한다. 현대시를 과거 어느 때와 구분하여 편리하게 구획 짓거나(보통은 십년 단위), 유형화하여, "~~파"라는 새로운 이름을 붙이기도 하고, "~~논쟁"으로 문단의 이슈와 담론을 재생산해 내기도 한다. 유행을 창조, 선점하는 유능한 소수를 제외하고는, 유행에 뒤처지지 않으려고 서로 본의 아니게 커닝에 가까운 참조를 하는 경우도 있다. 거론되는 시인도 그렇거니와 작품들 역시 비슷한 구절들이 문예지 이곳저곳에 동일하게 인용되곤 한다. 그들은 또한 방법론을 공부, 공유하기에도 바쁘다. 서양의 철학, 심리학, 사회학, 역사학, 정치학, 정신분석학을 섭렵하는 것은 텍스트를 찾아 읽는 것에 기본적으로 선행돼야 하기 때문이다.

김선우 시인이 '시인이 평론가에게'[15]라는 소제목으로 게재한 글을 읽은 적이 있다. 시인은 오늘의 시 비평가들이 내부분 "자기를 내보이려는 욕망이 너무 승해서('자기표현'의 욕망이라기보다는 평론가로서의 '위치검증'의 욕망이라고 할), 비평적 논쟁거리의 선점욕망이나 자신이 공부한 바의 지적내용물들의 투사와 검증 대상으로 작품을 호출해, 줄 세우고 일회성으로 소비하기에 급급하거나 그저 그런 독법으로 이분법적인 낡은 분석을 수행하기 일쑤"라며 비평계에 쓴소리를 던진 바 있다. 김시인은 또한 같은 글에서 심장 없는 시들이 새로울 수는 있어도 감동을 주기는 힘든 것처럼 시를 향한 진정성이 느껴지지 않으면서 예리하기만 한 비평 역시 좋은 비평이 아니라고 지적한다. 비평이 시를 판단하고 줄 세울 것이 아니라, 날카로우면서도 웅숭깊고 그러면서도 시(시인)에 대한 애정과 소통의지가 있는 비평이야말로 좋은 비평이라는 그녀의 지적에 공감한다. 김선우 시인은 비평가의 이러한 폭력적인 잣대를 심지어 담론에 의거한 신종검열체계 즉 "팬옵티콘 같다"라고까지 비판한다. 시인이고 비평가이고 간에 중요한 것은 '탈주체'나 '주체없음', '타자성', '분열된 주체'가 아니라 주체의 '치열한 자기갱신'이 무엇보다 절실히 필요하다는 의견에도 공감한다. 그러고 보면, "현대시, 왜 감동이 없는가"라는 문제의 진단과 그에 대한 책임은 비평가에게도 있는 셈이라 하겠다. 비평가들에게 주목받지 못하는 여타의 시인들과 등단조차 하지 못한 시인지망생들은 그들의 담론에 부합하는 시, 그들에게 자주 회자되는 시를 모범작으로 삼아, "모방은 창조의 어머니"라는 모토로 아류작들을 습작하

---

15) 김선우, 「손가락이여 심장들이여, 어떻게 이 고양이를 살리죠?」, 『실천문학』, 2007. 봄.

는 경우가 많다. 물론 주류 담론과 무관하게 전통 서정의 길을 묵묵히 가는 시인들도 있다. 시를 단순히 좋다/나쁘다, 감동이 있다/없다, 새롭다/진부하다로 규정할 수는 없다. 다만 각각의 독자적인 시가 독립적으로 존재할 뿐이다. 감동 역시 그러하다. 그렇다면 독자의 감동을 위해 비평가가 할 수 있는 역할은 무엇인가. 비평가에게 있어 시적 감동이란 또 무엇인가. 아이러니하게도 비평가에게 감동은 배제되어야 할 동시에, 꼭 필요한 작동 메커니즘인 것만은 분명해 보인다. 비평가는 작가와 독자 사이에 존재하기 때문이다. 그들은 작품과 독자 사이에 가교를 놓는 매개 역할을 함과 동시에, 시대를 진단하고 좋은 작가를 발굴하고, 젊은 작가들을 독려하며, 문학의 위기를 극복, 타계해나가야 할 의무가 있다. 단순히 작품의 등위를 매기거나, 새로운 담론과 현학적인 관념들을 생산, 유통, 조장하는 데 급급하기보다는, 작품에 대한 깊이 있는 성찰과 반성, 비전과 전망을 제시하고, 나아가 작품의 '숨은 결'까지 찾아 읽어내고 안내하는 치밀하고 섬세한 읽기, 시대와 다양성을 조망하는 폭넓은 혜안과 거기에 아름다운 문체까지 갖춘다면 그는 아마 더없이 이상적이고 매력적인 비평가가 될 것이다.

4. 지적인 너무도 지적인 시인들

거대 자본주의 사회에서 살아남기 위한 경쟁은 상상을 초월한다. 무한 경쟁과 적자생존의 논리는 문학판에도 존재한다. 소설이나 시를 쓰기 위해 고시원이나, 사찰, 심지어는 무인도에 들어가는 지망생들도 있다. 고교생들의 경우 문창과 대학입시를 위해 기술이 뛰어난 현업시인에게 시 창작 고액 과외를 받거나, 수상 실적을 위해 전국의 백일장 등을 쫓아다닌다. 이 외에도 신춘문예나 문예지 신인상 공모를 위해, 무슨 고시 준비처럼 이름난 강좌를 수강하기도 하고, 이러저러한 '시 창작법'에 관한 서적을 독파하거나,

심지어 보다 전문적인 작법을 연구하기 위해 문예창작 박사과정에 진학하기도 한다. 시집을 필사하는 등의 방법은 외려 지극히 전통적이고 구태의연(舊態依然)한 습작에 속한 지 오래다. 기존의 평론가들도 지적한 바 있지만, 이렇게 기법에 치중한 시들에 있어 문제점이라면 시의 작위성, 산문화 경향, 유행시의 아류화 등을 지적할 수 있겠는데, 이러한 요인들이 시의 감동을 저해하는 데에도 큰 몫을 하지 않았나 싶다. 치열한 노력은 있되, 개성이 부족하고 중심이 없는, 차가운 몰두라고나 할까. 해마다 수많은 시인이 이러저러한 통로로 배출되는 것에 비해, 등단작만 화려하고 이후에 뚜렷한 활약을 보여주지 못하는 경우가 많은 것도 그러한 맥락에서이리라. 어쨌거나, 시대에 따라 유행담론이 다르고 시의 흐름이나 분위기, 형식들이 변화되어 감에도 불구하고, 시공을 초월한 시적 감동은 분명 존재한다. 직조되거나 날조된, 혹은 유명한 작품을 복제한 듯한 '잘빠진' 작품에서 자연스러운 감동을 찾아내기란 쉽지 않다. 대개 김소월이나, 한용운, 백석, 윤동주, 정지용, 등의 작품들은 쉽고 친숙하게 읽히며, 자연스럽고도 보편적인 정서를 동반한 감동을 독자들에게 전한다. 반면 1920년대 이상의 시는 거의 한 세기가 지난 지금에 읽어도 읽을 때마다 독자들을 당혹스럽게 하며 새롭고 낯선 감동을 선사한다. 그러나 그러한 낯섦과 당혹감 속에도 감동의 메커니즘이 숨어 있다. 새로운 감상과 이해, 재해석, 다양한 이론에 기댄 학술적 연구가 끊이지 않는 이유도 아마 시공을 초월한 보편적인 아름다움이 분명 고전이라 불리는 이들 작품 내부에 존재하기 때문일 것이다. 낯설지만 친숙하고 친숙하지만 낯선 시들에, 감동의 열쇠가 숨겨져 있는 것이다.

5. 도둑맞은 감동

비평가로서, 시인으로서, 혹은 독자 한 사람으로서 글을 쓰는 내내 감동에의 욕망에 오히려 강한 목마름을 느낀다. 구체적인 작품 분석이 뒤따르지 못해 피상적 논의에 그친 것 같아 아쉽다. 필자는 사실 이 주제에 반감을 가지고, 어쩌면 현대시에 편재한 '감동'을 찾아다니기 위해 온통 혈안이 되었을지 모르겠다. 아주 멀게는 김소월의 「엄마야 누나야」에서 가깝게는 최근 등단한 90년대 이후 출생한 젊은 시인들의 작품들에서 지진과도 같은 '감동의 묘미'들을 경험한 바 있다. 필자가 맛본 낱낱의 작품들을 순위별로 나열하여, 도막도막 따옴표와 각주로 묶음포장하고 싶지는 않다. 그러나 시 한 줄이 사람을 살게도 하고, 때론 죽게도 한다고 믿는다. 시인에게든 독자에게든 시(詩)가 신(神)이 되는 밤이 분명 있다. 신은 그 얼굴을 아무 때나 보여주지 않는다. 궁핍함과 절망과 위태함이 똬리를 튼 미로 속에서 간혹 잠깐씩 얼굴의 윤곽을 희미하게 비추일 뿐이다. 어제오늘 새삼스러울 것 없이 문학은 늘 위태했으며, 항상 위기의 상황에 처해 있었다. 문학은 늘 새로움에 대한 변혁의 열망을 강력히 요구하는 반면 중심엔 항상 보수와 권력, 보이지 않는 거대한 기득권층의 뿌리가 자리하고 있다. 정치가 변하고, 사회 경제가 하루가 다르게 변해도, 문학은, 특히 시는 늘 거대 담론의 자장 안에 늘 천천히 제자리를 지키며 순수라는 테두리 안에 미온적으로 머물고는 했다. 그러나 이제 주류가 아닌, 비주류, 순수보다는 차이와 다양성에 주목하여 가열차게 변화와 실천을 모색할 때이다. 실험시와 전통시, 서정과 비서정이라는 이분법의 잣대로 책상 위에서 시를 가름할 것이 아니라, 다양한 스펙트럼으로 다양한 시적 경험과 감동을 이 사회와 독자들이 적극적으로 창출하는 동시에 받아들여야 한다. 새로운 상상력과 새로운 문학적 활로가 개인과 사회, 독자와 작가 모두에게 필요한 시점이다. 절망(絶望)과 전망(前望)은 무한 반복된다. 절망을 절망하고 반성을 반성하고 배반을 배반하는 것이 문학이고, 시가 아니었던가. 끊임없는 자기 갱신과 자기 부정만이, 문학의, 시의 존재 양식이다. 김수영은 도저한 온몸의 시학을 주장했지만 감동 또한 온몸으로 온다. 감동은 언제나 그것을 찾는 혹은 잊는 과정 속에 있다. 감동은 어쩌면 가장 잘 보이는 곳에, '도둑맞은 편지'처럼 태연하게 놓여, 지금 이 순간에도 당신을 기다리며 가장 가까운 곳에 앉아 있을지도 모를 일이다.

2부

응전하는 그녀들 : 흰 잉크의 시학

계보 따윈 없는 페미니즘을 위하여

1. 비일비재(非—非再)한, 그러나 단 하나뿐인 죽음

2016년 5월 17일 밤, 강남역 10번 출구에서 이십 대 초반의 한 여성이 단지 여성이라는 이유만으로 한 남성에게 무참히 살해되었다. 공용화장실에서 살인 대상을 물색하던 범인은 일곱 명의 남성을 앞서 그냥 내보내고, 여덟 번째로 들어온 한 젊은 여성을 흉기로 난자하여 살해했다. 언론과 경찰은 사건 발생 초반에 '묻지마 살인'이라고 보도했지만, 범행 대상이 '묻지마'의 불특정 대상이 아닌 이십대의 젊은 여성이라는 특정 대상이었기 때문에 이 기사의 제목은 표현 자체가 왜곡된 것임을 짚고 넘어가야 한다. 범인은 범행에 앞서 분명히 성별을 '묻는' 행위와 선택적 판단(判斷)을 거쳐 살인을 실행했기 때문에 이를 '묻지마 살인'이라고 할 수 없는 것이다. 따라서 이 사건은 엄연한 페미사이드(Femicide)이며, 이는 더 이상 우리 사회에서 간과할 수 없는 여성 혐오의 문제로 접근해야 할 필요성이 있다. 그날 이후 여성들을 한 무고한 여성의 죽음을 애도함과 동시에 '우연히 살아남은' 여성, 즉 생존자로서의 여성이라는 비극적 정체성 하나를 삶에서 새로이 짊어지게 된 셈이다.

비단 이러한 극단적 사건이 아니라 할지라도 여성이기 때문에 '마녀사냥'을 당하거나, 여성이기 때문에 폭행, 강간을 당하거나, 여성이기 때문에 배제되는 일, 이른바 상징적 살해로 불릴 만한 차별과 폭력은 우리 사회에 보이지 않는 곳에 비일비재하다. 역사적으로도 여성은 희생과 정절과 순종을 일방적으로 강요당하거나, 칠거지악(七去之惡)을 들어 집안에서조차 언제든지 압젝트 당할 수 있는 그러한 하찮고 미천한 신분이었다. 교육의 기회와 사회 참여는 늘었지만, 오늘날에도 그다지 여성의 인권이 크게 존중되고 있는 것 같지는 않다. 지구촌 전체를 놓고 보더라도 그러하다. 최근의 한 신문 기사에 따르면 아르헨티나에서는 18시간마다 1명씩 여성이 살해당한다고 한다. 통계에도 합산되지 않는, 살해가 아닌 폭력의 사례는 얼마나 무수히 많겠는가. 우리의 경우 기사화되고 수치화된 사건의 수는 차치하고라도 상징적인 살해와 폭력, 폭행은 가정의 수만큼이나 팽배해 있다고 봐도 과장은 아니라고 생각한다. 가정뿐만 아니라 사회 전반에 걸쳐 여성들이 폭력에 노출되어 있는 게 현실이고 심지어 최근 들어서는 연인들의 데이트 현장까지도 안전하지만은 않다. 혐오까지는 아니라도 여성이라고 해서 차별하거나 무시하고 얕잡아보는 시선과 편견은 도처에 있다. "감히 어디 여자가"를 말하는 이런(암묵적) 시선은, 멀리까지 가지 않고 지금의 우리 주변에도 있다. 지난 대선에서 '설거지 천부여권설'을 천명한 후보도 있으니, 지금 여기에 필자가 페미니즘의 현주소와 미래에 대해 논하는 이 상황이 21세기인지 15세기인지 솔직히 분간이 가지 않는다.

2. '#문단_내_성폭력'과 침묵의 카르텔

문단 또한 예외는 아니다. 2016년 가을 한 문예지에 모 시인이 용기 있게 던진 "질문" 하나의 파급력은 그동안 문단이 얼마나 견고한 침묵의 성역이었는지를 알게 한다. 많은 여성 시인들(심지어 페미니스트로 불리는)도 그 침묵의 카르텔에 영예로운 동참 회원인 것을 우리는 알고 있다. 어디에든 방관자 모드, 침묵 모드라는 것이 있다. 보통 사후에 무리에서 추방되거나 경우에 따라서는 스스로 떠나게 되는 쪽은 항상 무언가 부조리함을 나서서 외치거나 고발하거나 또는 그들을 도와 증언해 주는 쪽의 경우이다. 내가 가해자나 피해자가 아닌 이상 가만히 있으면 잃을 것이 없다는 이 '슬그머니의 부류'들도 사실은 암묵적인 가해자로 우리는 봐야 한다. 대다수의 기성 문인들은 정치의 진보를 위해 선언문을 낭독하고 성명서를 내고 촛불탄핵 시위에는 고성과 열성을 외치지만 막상 문단 내 성폭력 문제만큼은 묵음으로 일관하는 것을 우리는 목도해 왔다. 권력과 기득권으로 단단해진 견고한 체제에 변화와 균열을 내는 쪽은 언제나 더 이상 잃을 것이 없는 약자들인 경우가 많다. 약자들 중에 문단 내에서는 습작생들, 문하생들 특히 문창과 입시를 앞둔 미성년자들까지 이른바 강자들의 성적인 농락의 대상이 되었다. 이제라도 그들이 입을 열고 외치고 진술하고 소송하고 그러한 작은 움직임들이나마 움트고 있어서 다행이라고 본다. 최근 SNS를 통해 일었던 #문단_내_성폭력 해시태그 운동과 고양예고 문창과 졸업생들의 '탈선' 연대와 선언, 페미라이터 '문단 내 성폭력 위계 폭력 재발을 막기 위한 작가 서약 운동', 피해자 연대와 지원을 위한 텀블벅(tumblbug)과 페미니즘 서적 출판 관련한 움직임 등등은 문단을 정화시키고 나아가 세상을 변화시키는 초석으로서 매우 고무적인 일이라 할 수 있다. 그러기 위해선 법적인 절차와 가해자들에 대한 법적 처벌이 반드시 뒤따라야 한다. 대부분 '혐의없음'으로 종결되는 판례들은 우리를 번번이 좌절하게 한다. 그러나 그럼에도 불구하고 고발과 목소리들은 이어져야 한다. 최순실 사태와 박근혜 탄핵 사건에 밀려 의외로 쉬쉬 넘어간 문단 내 성폭력 해시태그 운동. 누군가는 약을 먹고 누군가는 손목을 긋고 누군가는 지금 이 순간에도 정신과 처방 약을 한 움큼씩 삼켜야만 잠을 이룬다는 것을 우리는 알아야 한다. 이 순간에도 다른 누군가는 가해자를 옹호하며 낭만주의와 퇴폐주의 문학이 다 그렇지 하며 밤늦은 시각에 만만한 여성 문인들을 술자리에 불러대며 대수롭지 않게 웃어넘길지도 모르겠다. 또는 모든 남성 문인에 대한 의도 확대의 오류, 성급한 일반화의 오류라고 반박할지도 모르겠다. 필자는 모든 문학의 근원은 진실이고 생명이고 휴머니즘에 있다고 생각한다. 아무리 위대한 문학이라도 사람을 산 제물로 희생해서는 안 된다. 유미주의니 퇴폐주의니 낭만주의니 하는 그러한 사조와 통칭 따위로 정당화되고 옹호될 범죄와 폭력은 없다. 시대를 넘어 지역을 넘어 장르를 넘어 여성혐오는 엄연한 인권유린이고 이는 대상화, 사물화된 여성에게 겨눠진 총알이며 폭탄이며 잔혹한 테러이다. 혹자는 우리에게도 페미니즘의 계보가 있다고 저 멀리 나혜석과 김명순과 유관순과 몇몇 위인들을 소급적으로 언급하지만, 계보라는 어휘가 가진 폭력성에 대해 반추해 본다. 페미니즘의 의미를 따져볼 때 과연 우리 사회에 페미니즘의 계보가 존재하긴 하는 것일까.

3. 답보(踏步)와 진일보(進一步) 사이에서

'참고문헌 없음'은 '계보 없음'과도 다르지 않다. 페미니즘이 이론으로만 존재할 때 그 이론은 탁상공론에 지나지 않는다. 페미니즘이 하나의 중심적 의미와 단선적 과거, 특정이론과 이념을 지향하거나 의식할 필요는 없다. 페미니즘은 언제든 원시상태로 돌아갈 가능성이 농후한 위태한 무정형의 정형에 근접한 개념임을 잊지 않아야 한다. 집에서 남편에게 매 맞는 여자는 원시시대에도 있었고 오늘 지금 우리의 주변 어딘가에도 분명 존재한다. 그러고 보면 페미니즘에 진보는 없고 답보(踏步)와 진일보(進一步)만 있는 것은 아닐까. 과거의 백 걸음보다 지금 여기에서의 한 걸음이 더 중요한 작은 움직임이 필요한 것이다. 생각의 전환, 변화와 태도, 신념과 계획과 당장의 실천 등등. 계보(系譜)는 연속성과 근원, 뿌리와 정전의 의미를 내포한다. 이는 로고스 중심주의와 남근 중심주의에서 발로한 획일적 사고이다. 필자는 계보 혹은 족보라는 개념에 페미니즘을 붙이는 것부터가 반(反)페미니즘적이라고 생각한다. '태초에 (아버지의)말씀이 있었다'로 시작되는 남근중심주의의 족보는 성서에 의하면 그 근원이 명확하고 영속적일지 모르나, 아담의 부속뼈에서 부산물처럼 만들어진 이브에게 족보란 애당초 없었기에 여성들이 만약 계보를 따진다면 그 근원부터가 가부장제에 종속되는 오류를 범하게 되는 셈인 것이다. 정확한 시작점이 있고 누적되고 창궐하여 뻗어가는 계보가 아닌 계속 지워지고 덧나고 덧씌워지는 그러나 새로이 영속되는 "물 위에 씌어진"(최승자) 글자 같은 존재와 미동들, 혹은 금세 무너질 사상누각 위에서라도 새어나오는 작은 목소리들, 권위적이고 폭력적인 남성들의 입안에서 서걱거리거나 그들의 악취 나는 신발 속에서 거슬리는 작은 모래알 하나에 대한 사소한 반성이야말로 페미니즘의 시작이 아닐까. 계보가 아닌, 지금 여기 나에게서부터 시작되는 작은 전환 하나에 대한 사소한 반성이야말로 페미니즘의 한 줄기 빛이며 솔직한 실천의 발로가 아닐까. 언제나 답보 중인 그러나 제자리걸음이라도 지금 이 순간 발을 내딛는 노력 그 자체가 진일보인 이 무한한 한 걸음의 반복 그리고 조금씩 나아감, 그 작은 울부짖음과 내디딤의 지난한 운동과 삶을 감히 페미니즘이라 이름 부르고 싶다. 이 순간 보(譜)가 아닌 보(步)의 페미니즘을 기대하고 시동을 건다.

4. 모성과 충돌하는 페미니즘, 그럼에도 불구하고

이 글을 쓰고 있는 필자 역시 여성이다. 딸이고 며느리이고 아내이고 누나이고 엄마이고 문인이고 국문학자이고 교육자이고 출판인인 삶, 다채로운 동시에 버겁고 피곤한 삶을 살고 있다. 수없이 많은 역할들 사이에서 균형과 평정을 유지하기가 쉽지 않다. 나에게 묻는다. 나는 과연 페미니즘적인 삶을 실천하고 있는가. 나 역시 떳떳하거나 당당하지 못하다. 이론은 항상 삶과 동떨어져 있기 쉽다. 작품 또한 마찬가지이다. 페미니즘적 여성시를 쓴다고 해서 그들의 삶 또한 그러할 것이라고 생각하는 것은 오류이다. 문학이 그들의 조인 숨통을 열어주고, 하나의 정신적인 해방과 출구가 되어줄 수 있을지언정, 문학이, 시(詩)가 그들의 일상까지 예컨대 고부갈등이나, 가정폭력, 육아와 살림까지 해결해주지는 않는다. 이것이 현실이다. 우리는 분명 다 같은 여성인데 다 같지는 않다. 어린아이가 있는 엄마인 여성은 더더욱 취약하다. 그 모성 때문에 종종 반 페미니스트가 되곤 한다. 나 역시 살면서 페미니즘이 종종 모성과 충돌하는 지점들을 경험한다. '인형의 집'을 뛰쳐나가기 전 노라에게 갓난아기가 있는 상황과 없는 상황을 따로따로 고려해보라. 또한 작품에서는 결국 세 아이를 두고 나오지만 세 아이를 데리고 나오는 상황을 각각 고려해보라. 극중에서 세 아이를 집에 두고 인간 해방, 여성 해방을 찾아 새장 밖으로 탈출해 나온 노라는 과연 여성의 존엄성과 자유를 찾고 행복했을까. 이론과는 달리 삶에서는 수많은 개별적 상황들이 존재한다. 상황이 어떻든 지극한 모성은 여성성을 저해한다. 모성 또한 만들어진 신화이며, 강요되고 세뇌된 이데올로기라고 말하기에 앞서, 설령 내 아이가 아니라도 어리고 여린 생명들을 폭력 앞에 방치하거나 혹은 모두 짊어지고 나와서 여성 해방과 자유, 새로운 삶을 외치는 실천들이 있다 치자. 이 전위적인 여성이 사회로부터 받게 될 시선과 냉대를 생각해보라. 우리에게는 각각의 상황들이 있다. 미혼은 미혼대로 기혼은 기혼대로 이혼은 이혼대로 우리 사회가 특히 여성에게만 얼마나 더 공격적이고 차별적이고 냉담한 시선을 던지고 있는가를 먼저 생각해 볼 필요가 있다. 어떠한 상황 속에서도 여성이 자립하여 당당히 살 수 있는 제도적 장치가 필요하다. 요즈음의 우리 사회는 점점 더 울트라 수퍼 커리어 워킹맘을 기대한다. 남성과 일을 똑같이 하고 돈을 똑같이 벌고 어떠한 같은 조건의 삶을 일대일로 그들과 대립해도 여성에게는 결국 그 이상의 무엇이 항상 기대되고 요구되는 게 현실이다. 어느 것 하나라도 그 기대에 못 미쳤을 때 '도리'라는 이름으로 남성과 사회가 그녀에게 던지는 시선을 떠올려보라. 그리고 그 시선을 바꾸는 일은 사회도 학교도 아무도 대신해주지 않는다. 성별과 연령을 떠나 지위고하(地位高下)를 불문하고 항상 지금 여기의 나부터 시선을 바꾸지 않으면, 목소리를 내지 않으면 아무것도 바뀌지 않는다. 대역이 없는 페미니즘, 누구도 당신 삶을 대변해주지 않는다. 페미니즘은 항상 나에서부터 시작되어야 함을 잊지 말자. 페미니즘은 소설도 영화도 이론도 아닌 오롯이 지금 여기의 '나'로부터 시작하는 첫 발걸음이자 목소리이자 전언이자 변혁의 실천이라는 것을! 그리하여 계보 따위는 필요 없는 당신 자신의 페미니즘을 먼저 찾으라. 오직 거기서부터가 시작이다. 그리고 그다음은 차세대에의 교육. 미래에의 페미니즘은 현장에서의 교육에 열쇠가 있을 것이다.

절망이 아름다운, 마법의 시학

– 신현림의 시

신현림의 첫 시집 『지루한 세상에 불타는 구두를 던져라』 해설에서 정효구는 그녀의 초기 시 세계를 '구원 탐색의 여정'으로 보고 그 여정이 죽음 충동과 격렬한 고통, 불안과 고독 등 온갖 고뇌의 흔적들로 점철되어 있으나 그 절망의 몸부림이 절망의 바닥에 그치는 것이 아니라 이상적인 '아름다움'을 추구하고 있으며 이 아름다움을 획득하고자 하는 도저한 열망이 하나의 구원에 닿아있다고 논한 바 있다. 헌데 그녀가 시종 찾아다니는 이 '아름다움'은 "위험해서 찬란한 시간" 안에 좀처럼 잡히기 어려운 아슬아슬한 거리에 위태롭게 매달려 있는 것으로 보인다. 포기하기에도 쟁취하기에도 애매한 거리에 놓여있는 아름다움이라니, 어쩌면 오아시스나 신기루일지도 모를 그 아름다움을 포착하기 위해 그녀는 기필코 한순간도 현실에 안주하거나 단념하는 법이 없다. 그녀는 진창과 위험의 비루한 현실 속에서도 타협하거나 좌절하기보다는 단 하나의 아름다움과 진실을 찾아 세상끝 어디라도 가서 기어이 찾아내고야 말 불굴의 '의지와 다짐'을 장착한 전사, 투사로서 '잔다르크형' 시인임을 우리는 그녀의 전위적인 작품들을 통해 알 수 있다.

생의 아름다움을 포착하기 위한 그녀의 전투 전략과 비장의 무기는 펜과 종이로도 모자라 그녀는 일찍이 사진기와 그림붓까지 갖추고 전방위적으로 치열하게 싸우며 그만의 독자적인 예술 세계를 쟁취하고 구축해 왔다. 어쩌면 그녀에게 사진이나 그림보다 시는 더 잡히기 힘든 높고 위험천만한 곳에 게다가 비가시적인 상태로 놓여있어 더 큰 열망과 에너지, 대가와 희생을 요구했던 것인지 모른다. 문학이란 원천적으로 안전지대가 없다. 그러나 그녀의 시에 존재하는 "안전지대는" 어쩌면 죽음의 한가운데, 아슬아슬한 벼랑 끝 위험천만의 그곳에 위태위태하게 여전히 "모우빌처럼"(「기억은 어항이 아니라서」) 매달려 있어 아름답게 빛나는 형식으로 시인과 독자를 매혹으로 이끄는 한 지점이 아닐까. 아이러니하게도 그 안전지대는 꽃밭이나 꽃길이 아니라 목숨이 살아 숨쉬기를 위해 어쩔 수 없이 '먹고 사는' 생존지대, 맹수가 우글대는 정글에 다름 아닌 것으로 비춰진다. 그녀는 이 "안전지대란/매번 다시 살아야 한다는 다짐 속에 있다/함께 인내하는 우리의 끈끈한 사랑 속에 있다/상처를 상처로 끝내서는 안 된다는 의지 속에 있다"(1시집, 「위험해서 찬란한 시간들을」)고 치열하고도 단호한 어조로 노래한 바 있다. 끈끈이 쥐덫처럼 끈적하고 끈질기게 눌어붙은 채 생의 발목을 잡아도 이 "끈끈한 사랑 속에"서야말로 따스한 안전이 있고 생명 또한 깃들 수 있다고 그녀는 포기하지 않는 사랑과 희망을 노래한다. 그녀는 '자신을 망치는 적들과 부단히 싸우는 저녁의 여전사'(2시집 해설, 이문재)인 동시에 어쩌면 이 시대 가장 모성적이고 희망적인 시를 알처럼 품어 우리에게 건네며 독자의 가슴에서 부화되기를 따스하게 염원하는 이 시대 몇 안 되는 서정시인일지도 모른다. 생의 불구덩이와 끈끈이 지옥 그 안에서 아등바등, 그럼에도 불구하고 "그러나 나는", "그래서 너와 함께"(1시집, 「아이란 여자의 죽음」) 고된 여정을 멈추지 않는 불굴의 시인. 여전히 사랑에 뒹굴어 상처투성이라도 지긋지긋한 모순투성이의 생을 긍정하고 생이별에 아파하고 지난한 외로움에 밤새 몸부림을 치면서도 끝내 다다를 단 하나의 구원, 순백의 아름다움을 향해서라면 "지옥의 슬픔을 월경"(2시집 『세기말 블루스』, 「슬픔의 독을 품고 가라」)하고서라도 "초록말을 타고", "침대를 타고"(4시집 제목) 끊임없이 현실의 밑바닥을 차고 넘어 힘 있게 질주하는 그녀, 이제 신현림 시인의 신작 시를 만나보자.

기억은 어항이 아니라서
어항이 되어 사랑의 역사를 담고 싶어 해
세상에 사랑 주며 떠난 사람들의 역사를

어디에서 왔는지 묻지 않기에
어디로 가는지도 모르는 이들이 느는 시대에
우리가 물고기인지 사람인지도 잘 모르는 시간에
다치지 않고, 아프지 않으려고
쉽게 만나고 쉽게 헤어지는 시간에

죽은 지 33년이 지나도 그 아들과 사는 어머니
헤어진 지 3년이 지나도 그 애인과 사는 사내
죽은 남편 따라 무덤의 제비꽃으로 핀 아내
사랑하는 이들을 가슴에 다 담지 못해
죽어서도 그의 은어떼를 품고 싶어 해

기억은 어항이 아니라서
어항이 되고 싶어
정든 추억을 품고 싶어
흔들리고 싶어
천천히
모우빌처럼

기억이 비단 사람만의 전유 능력은 아니지만, 사람만큼 기억으로 사는 존재가 또 있을까. 태어나는 순간부터, 아니 어쩌면 잉태되는 순간부터 이전의 기억들을 수없이 다듬고 더듬고 정리하거나 더러는 방치한 채 의식의 저편에 끊임없이 쌓아가는 과정 자체가 생인 것이다. 어떤 기억은 망각의 태그를 달아 아주 깊숙한 곳에 묻어두고, 어떤 기억은 꺼내기 쉽게 손닿는 곳에 말끔하게 정리해두기도 하지만 어떤 기억은 너무 추하고 괴로워서 제멋대로 구겨 쓰레기통에 처박아놓기도 한다. 어떤 기억은 너무 소중해서 수없이 쓰다듬다 낡아버리고 어떤 기억은 너무 슬퍼서 눈물에 얼룩져 점차 희미해지기도 한다. 오히려 깊숙하게 묻어둔 뼈아픈 기억은 손이 타지 않아서 오랜 세월 함구해서 어떤 기억보다 생생하게 보존되어 어느 날 불쑥 고스란히 살아 우리의 삶을 송두리째 뒤흔들기도 한다. 이처럼 저마다의 기억은 설령 모두가 완벽히 재생되거나 인출되지 않더라도 어딘가에 각인되어 보관되어 있게 마련이다. 컴퓨터 데이터가 아닌 이상, 기억은 아무리 삭제해도 훼손되거나 온전히 지워지지 않는다. 어떤 기억은 봉합을 해도 자꾸만 벌어지고 어떤 기억은 일부러 펼쳐도 자꾸만 오그라들기도 한다. 어떤 기억은 어떤 기억들끼리 병합되고, 그들끼리 싸우기도 하고 가장 좋은 영역을 놓고 자리다툼을 벌이기도 한다. 기억은 기억을 밀어내거나 기억은 기억을 소환하기도 하면서, 생의 순간순간 아름답게 넌출거리며 흔들린다.

위의 작품에서처럼 기억은 미움이나 증오, 배신과 불신보다는 특히 "사랑의 역사"와 "정든 추억"을 담고 싶어 한다. 다시 말해 기억은 사람과 분리될 수 없는 사람 자신이며, 사랑과도 분리될 수 없는 사랑 자체라고도 할 수 있겠다. 아픈 기억도 결국은 사랑이 그 근원인 것이다. 사람은 누구나 행복한 기억, 사랑의 기억을 무엇보다 가슴에 품고 싶어 한다. "3년이 지나도",

"33년이 지나도", 삼백 년, 삼천 년이 지난다 하더라도 우리는 사랑하는 사람의 죽음을 그 뼈아픈 이별을 잊을 수 없다. 세월호만 해도 이제 그만 지겹다고 말하는 이들이 더러 있지만, 사랑하는 사람을 황망하게 떠나보낸 이들에게 '지겨울 만한' '충분한' 시간의 경과는 있을 수 없다. 우리는 시간이 흐른다고 표현하지만 때때로 시간은 웅덩이처럼 고이거나 멈춘다.

2014년 4월 16일은 정지된 채 영원히 멈춰버린 시간이다. 이 시간을 잠시라도 망각하는 사람은 제3자이거나 가해자다. 화해할 수 없는 결코 수용될 수 없는 이별은 같은 자리에 반복해서 상처에 상처만 덧입히고 각인시킬 뿐, 그 생채기는 아무는 법이 없다. 대리보충 되지 않는 상실의 기억은 과거라는 기억에 자리 잡지 못하고 지금 여기의 현재로 끊임없이 반복되고 재현될 뿐이다. 과거를 떠안은 기억은 차라리 행복한 지점을 전유한다. 그래서 시인은 기억을 따뜻하고 둥근 어항이 되고 싶은 그 무엇으로 형상화했을 것이다. 어항이 자궁 속 양수처럼 적당량의 물을 머금거나 품고, 그 안에 아름다운 기억들을 물고기처럼 풀어 놓을 때, 그들을 그 안에서 살랑거리며 헤엄치게 할 때 비로소 어항은 그 의미와 기능을 완성하는 것이리라. 그리하여 물고기와 어항과 물의 미동은 요람 위의 "모우빌처럼" 천천히 함께 흔들리고, "정든 추억을 품"은 기억의 "은어떼"는 더욱 아름답게 반짝일 수 있는 것이다. 어항은 사랑을 기르고 사랑을 자라게 하고, 사랑하는 대상을 간직하고 보유하고 싶은 공간의 은유이다. 기억은 "어디로 가는지도 모르는 이들이 느는 시대", "우리가 물고기인지 사람인지도 잘 모르는 시간", "다치지 않고, 아프지 않으려고/쉽게 만나고 쉽게 헤어지는 시간", '참을 수 없는 존재의 가벼움'을 스쳐 가는 무의미한 시간들을 거부한다. 기억은 어항처럼 사랑을 담고 싶어 하는 시인 자신의 마음을 표현한 메타포이기도 하다. 이처럼 기억은 그것이 고통이든 행복이든 가장 빛나는 순간을 오롯이 껴안고 잔잔하게 찰랑일 때, 비로소 단 하나의 사랑을 일깨워주는 의미 있

는 단 하나의 어항이 되어 그것들을 가두기보다는 품고 견디게 하고 보호
하고 건강하게 키워냄 직하다. 이토록 잔인한 생에서 펄펄 끓는 냄비가 아
니라서 달궈진 팬이 아니라서, 더군다나 품이 넓고 깊은 따스한 어항이라서
다행인 삶은 차라리 윤리적이고 이타적이다. 게다가 소중한 기억들을 보듬
고자 하는 시인의 어항은 나아가 타자를 환대하고 안아주는 포용의 시학
을 넘어 저 지구 반대편의 가난한 이웃들에게까지 그 시선이 닿아 있다.

   아프리카 하면 초원에 뛰노는 기린과 사자를 생각했다
   영화 아웃 오브 아프리카에서 나오던
   모차르트 음악과 멋진 사랑의 상상이 비단실로 풀려갔고
   수만마리의 홍학떼의 춤물결이 펼쳐졌다

   그 평화의 춤물결, 노래로 가득한 상자는 영화속에나 있었다
   시동이 걸리지 않는 자동차, 불켜지지 않는 전등,
   닫히지 않는 창문, 오지 않는 버스
   펑크나는 타이어, 일하지 않는 사람들
   우간다 한 마을에는 에이즈로 부모를 모두 잃은
   에이즈 고아들이 넘쳐난다
   그곳 기차역은 총탄구멍들이 수갑처럼 숭숭 뚫려있고
   사람들이 쓰러지거나 일자리를 잃고 중병에 걸리거나
   모든 게 엉망이고 늦는 중병에 걸렸다

   모든 게 엉망이고 늦더라도
   아프리카는 따스한 반전이 있다
   슬픔도 괴로움도 속옷처럼 그대로 입는 아프리카인들이 있다

님과 사랑을 찾는 일은 중요해서
저마다 영혼의 주유소를 갖고
희망속을 달리는 버스를 기다린다

솥에서 구름을 끓여 죽을 만들고
속도를 줄이라는 뜻의
폴레이 폴레,를 외치면서

— 「아프리카 생각」 전문

　영화 속에서나 평화롭고 아름다운 공간으로 이상화된 아프리카의 현실은 실상 어느 곳보다 열악하고 처절하다. "평화의 춤물결, 노래로 가득한 상자"가 아닌 "에이즈 고아들이 넘쳐"나고 "총탄구멍들"에 "사람들이 쓰러지거나" "중병에 걸려" 죽어 나가는 것이 현실이다. 그러한 "중병에 걸린" 아프리카는 지금 여기 대한민국에도, 우리의 주변에도 존재한다. 다만 아프리카의 그들과 다른 점이 있다면, 그들은 그럼에도 불구하고 여전히 생의 여유와 느림을 향유하며 자연의 소중함을 지키고 "구름을 끓여 죽을 만들"어 나누어 먹으며, 그 안에서 작은 희망을 노래하고 있지만 지금 대한민국 여기의 우리들은 '빨리빨리'를 외치며 졸속과 아귀다툼에 정치, 경제 어느 판을 불문하고 다만 아수라를 방불케 한다는 점이다. 양극화는 더욱 극대화되고, 빈자는 아프리카의 기아 못지않게 최저임금에도 못 미치는 노동의 소일푼으로 한 평도 안 되는 고시원이나 반지하, 옥탑방을 전전한다. 반면 재벌들과 정치권 인사들은 국경을 넘어서까지 상상을 초월하는 기하학적인 수의 재산을 불리거나 은닉하기에 권모술수(權謀術數)를 가리지 않는다. 최근의 국정농단 사건만 하더라도 여실히 보여주는 대한민국의 이 같은 독식과 폐해는 나라 자체가 에이즈보다 더한 중병에 곪아 터지기 직전에 있음을 알려준다. 이 같은 비루하고 열악한 현실에서도 시인은 "모든 게 엉망이고 늦더라도/아프리카는 따스한 반전이 있다"고 희망을 제시하고 말함으로써 아프리카의 진정한 아름다움은 "초원에 뛰노는 기린과 사자"나 "수만 마리의 홍학떼의 춤물결"이 아니라, 그들의 마음가짐과 여유에 있다고 얘기한다. 시인은 세계에서 가장 아픈 병소(病巢)와 섞어가는 환부(患部)를 보는 자인 동시에 그 안에서 병이 회복되리라는 가능성의 희망과 차도(差度)를 '보는' 사람이다. 신현림 시인 역시 위의 작품에서 그러한 병든 한 사회, 한 나라, 나아가 세계가 동시에 앓고 있는 깊은 병세와 절망을 읽어내는 동시에 희망의 차도를 예견하고 진단한다. 무분별한 성장과 과속으로 치닫는 지금 우리의 병든 사회에 진정 필요한 한 마디 바로 "폴레이 폴레"라고 시인은 외치면서 이 각박하고 메마른 시대에 경종을 울린다.

그 옛날 고래가 잡혔다는 한강을 지나며
고래 보고 놀랐을 조선인들이 떠올라 웃음이 난다.
선조 때 지봉유설에 돌고래 잡힌 이야기
흥선대원군 때의 고래이야기
한강이 그리워 왔는지도 나는 몰라
주린 백성 배고픔을 잠시 잊었는지 나도 몰라
그날이 그날인 지루함을 지우는 고래는
하얀 강물을 신고
고무신처럼 가벼이 춤췄겠지
녹조 띤 한강에는 이제
은어떼도 고래도 없어도

내 침대에는 고래가 살지

고래 같은 그분이

한강물처럼 뒤척이지

—「한강 고래」 전문

시인은 "그 옛날 고래가 잡혔다는 한강"을 언급하며, "고래 보고 놀랐을 조선인들"을 상상하며 웃음 짓는다. 고래는 상어와 달리, 두려움이나 살기(殺氣)보다는 풍성한 해학과 신기함, 경이로움을 준다. 고래는 그 커다란 몸집과 얼핏 사람을 닮은 얼굴 표정이 그 옛날 한강에 구경나온 "주린 백성"들로 하여금 "배고픔을 잠시 잊"게 하거나, 거대한 몸집에서 오는 신기함과 놀라움에 구경나온 백성들로 하여금 웃음을 짓게 하고도 남았을 것이다. 후대에 이르기까지 옛날이야기의 형식을 빌려 입에서 입으로 전해지고 또 전해졌을 훈훈한 설화로 보존되면서 말이다. 하지만 더 이상 한강에서 우리가 돌고래는커녕 조만간 어떠한 생명체도 못 보게 될 날이 올지도 모르겠다. "녹조 띤 한강"을 비롯해 우리나라 큰 강줄기들은 이른바 '녹조라떼'로 온통 뒤덮여 "이제 은어떼도 고래도" 기대하기 힘들어졌기 때문이다. 4대강뿐만 아니라, 미세먼지로 자욱하게 뒤덮인 대한민국의 하늘은 또 어떠한가. "고래 같은 그분이" 아무리 "한강 물처럼 뒤척"여 시인을 위무해줘도, 다시 한강 물이 맑아지기를 기대하기 어려운 21세기의 오늘 대한민국에 우리는 살고 있다. 생명을 발견하기는커녕 자살의 명소가 되어버린 탁하고 병든 한강에서 그래도 희망을 포기하기에는 이르다. 우리가 최근에 띄운, 수만 개의 촛불로 살려낸 한 마리의 거대한 고래는 지금, 이 순간에도 기운차게 뒤척이고 있다. 그리하여 여전히 아름다운 생의 희망을 발견하게 되는 주체는 비단 시인 한 사람만은 아닐 것이다.

눈보라가 언제 걷히나 언제 빛이 보이나

눈보라를 설탕이라고 쓰자 달콤해지기 시작했다
힘들다 씀으로써 나는 조금씩 마음이 편해졌다
빛이 보인다고 씀으로써 빛이 느껴졌다
누구나 살아남기 위한 죄수의 인생이라 나를 타일렀다

눈을 감으면 나 자신이 풍경으로 보였다
눈보라를 멀리 보기 시작했다
눈보라 속에서
해가 펄펄 끓고 있다

— 「눈보라가 퍼붓는 방」 부분

　사라진 고래를 현현하게 하는 촛불의 힘, 부재를 현존으로 만드는 힘, 어둠을 빛으로 바꾸는 힘, 그것이야말로 바로 시의 힘이 아닐까. 이를테면, "눈보라를 설탕이라고 쓰"면 "달콤해지기 시작"하고, "빛이 보인다고 씀으로써" 조금씩 생의 어둠이 걷히고 골방으로 빛이 들기 시작하는, 그러한 마법과도 같은, 시의 힘. 여기 그러한 시의 힘을 믿는, 믿게 하는 절망을 희망으로 바꾸는 마술 지팡이를 치켜든, 시인이 있다. 부드러운 잉크를 담은 단단한 펜을 든 그녀에게서 어떠한 눈보라 폭풍도 녹아내릴 사랑과 열정의 "해가 펄펄 끓고 있"음을, 우리는 일찍이 그녀가 "지루한 세상"을 향해 던진 "불타는 구두"에서 보았음을 시인하지 않을 수 없다. 절망을 희망으로 바꾸는 마법의 시학, 그 뜨거움과 환함을 다시 한번 기다려 본다. 아직은 차갑고 어두운 생의 "눈보라 속에서".

악사이면서 약사인 그녀

– 김이듬에 관한 단상 하나

1. 이듬, 프롤로그

그녀가 성을 뺐으면 좋겠어.
김이듬 말고,
이듬.
김해경이 아닌 이상처럼.
김향라도 김이듬도 아닌
이듬.
씨족사회도 아닌데 우리는 이게 뭐람.
데리다의 차연을 순우리말로
고민했다는 그녀의 모국어 이름
이듬.
부모가 준 이름 말고 그녀가 그녀 자신한테 불러주는 이름
이듬.
살다보면 그런 개명의 날이 있지.
혹 같은 거 과감하게 떼어버리고
탈출하고 싶은 날
역류하고 싶은 날 있지

춤의 나날
연주의 나날
리듬의 나날
표류의 나날
하지만 오랜 정박의 나날에 갇힌 이에게
위로를 주는 그녀의 시
그 언어들에 기대어
함께 둥둥 떠다니고 싶은 그런
그렁그렁한 젖은 책의
한 밤, 이듬
하고 그녀를 호명한다.

2. 별모양의 얼룩 그리고 표류하는 흑발

그녀의 첫 시집을 특히 좋아해.
별모양의 얼룩.
얼룩이 별 모양이라면 만질 수 있을 것 같았어.
사랑할 수 있을 것 같았어.
그게 시인 것만 같아서.
내가 쓴 시들은 얼룩들은 락스에 푹 절여놓고 싶을 정도였어.
근데 그녀의 얼룩은 달라보였어.
내 시가 뽀빠이 과자에 담긴 라면 부스러기 모양이라면
그녀의 시는 그 부스러기들을 헤집어야 겨우
발견되는 색색의 별사탕 같았다고나 할까.
그 사탕을 입에 넣고 천천히 굴리면, 금세 감미로워지곤 했던 거야.

그렇게 단맛이 오래 무뎌질 때

내 무미건조하고 씁쓸한 내 문장들도

또 이따금 다시 괜찮아 보이고 새롭게 또 한 줄 쓰게 되면

그런 위로가 또 삶을 위로해주더라고.

어쨌든 그녀를 스케치 하려면,

난 우선 별모양 얼룩의 모양을 다시 떠올려야 해.

내가 만난 그 빛깔과 색깔을 환기시켜야 해.

그녀에 대한 내 첫인상이기도 하니까.

그리고 그 마음이 닿았을까.

어느 날 진짜로 그녀를 알게 되었지 뭐야.

늘 궁금해 하던 시인을 만나고 나는 당황했어.

시와 그녀가 쌍둥이 같아서.

"춤추는 별을 잉태하는" 그녀

그녀는 카오스의 회오리를 품고 있어.

조심해.

가끔 급류가 몰아치면 조난당할 수도 있다고.

그건 그녀가 가진 치명적인 매력이야.

세이렌의 노래처럼.

메두사의 긴 머리칼처럼

당신은 눈과 귀를 잘 단속하도록 해.

알고 있어.

당신이 잉태한 이 모든 노래가

사실은 신음이라는 거

오래 앓고 있다는 거

그래도 난 그녀의 병이

영원히 완치되지 않길 기도할래.
그녀가 영원히 표류하길 기도할래.
그 신음이 그 고통이 그 고독이
노래가 될 테니까.
폭주(暴奏)하는
기타리스트처럼 그녀
나도 공범이 될래.
가해자가 될래.
어차피 순혈은 아닌걸.
내게서 나는
나쁜 피 냄새
시궁쥐의 냄새를
눈치 빠른 그녀가
예민한 후각의
그녀가 모를 리 없지
그렇게 우린
블러드 블러드 시스터즈가 되어버린걸.
어쩌면 이 광기는 그녀(들)의 자존심.
"내 안에 앙상한 신들이 튀어나올 정도"
"사랑받지 못하여/끝나는 계절은 없다"
"노는 년은 아니어도"(「자존심」)
여자들끼리의 연대
우리 서로를 응원해.
죽지 않고 끝까지 살기.

3. 악사(樂士)이면서 약사(藥師)인 그녀, 이듬

착지가 서툰 빗줄기는 보도블록에 닿자마자 발목을 부러뜨렸다 비가 지하
도를 기어간다 질질 끌려간다 난폭한 여자의 팔에 기타가 매달려 있다 걸
을 수 없는 조건을 가졌다
스무 장의 신문지와 스물 한 개의 철근이 뒹구는 지하실이다 팔백 해리의
슬픔과 팔백 해리의 공복과 백만 마일의 바퀴벌레도 늘어나는 것이 죄인줄
안다

…(중략)…

기타리스트는 딸을 안고 있다 다시 보면 기타가 여자를 껴안고 있는 자세
다 기타는 기타리스트의 목을 조르고 있다 죽을까 말까 망설이느라 성장
을 못한 딸의 손목이다
잔느 이브릴의 어머니는 딸에게 매춘을 강요했으며 기타처럼 모성이란 다
양한 것이다 여자는 얼떨결에 기타를 갖게 되었다 여자는 기타를 동반하여
계단을 굴러가고 난간을 넘어가 추락한다 놀랍게도 어떤 모성은 잔인한 과
대망상이다 기타는 기타케이스 안으로 기타리스트를 밀어 넣는다
— 「거리의 기타리스트—돌아오지 마라, 엄마」 부분

위의 시는 그녀의 첫 시집 『별 모양의 얼룩』 맨 앞에 자필 시 「정동진 횟
집」 말고 두 번째에 해당하지만, 목차 상 첫 시로 수록되어 있지. 서시인 셈
이야. 난 첫 시집을 숭상하는 버릇이 있어. 첫 시집에 시인의 한 생애가 오
롯이 스며 있다고 믿는 거지. 시인의 유년과 무의식, 광기와 열정, 그의 과거
현재 미래가 전부 시집 한 권에 농축되어 있다고 믿는 건 오류일까. 성급한

일반화의 오류? 확대 해석의 오류? 하지만 내겐 중요하지 않아. 내가 그렇게 느끼면 그런 거니까. 난 연구자로서의 신념도 이와 비슷해. 등단작이나, 첫 작품집을 굉장히 꼼꼼하게 뒤지고 토씨 하나까지 탈탈 털어 살펴보곤 해. 이들 텍스트에 어떤 원체험이 담겨있다고 보거든. 그 안에 그 작가의 잠재태와 가능태까지 과거 현재 미래가 디엔에이 구조처럼 전부 얽혀있다고 보는 거지. 첫 시집 안에 어떤 실마리들이 지도 안에 잔뜩 숨겨져 있다고 보는 거야. 물론 함부로 노출되어 있다면 그건 보물이 아닌 거야. 어렵게 감춰진 보물일수록 찾는 보람과 묘미가 있어. 그녀의 위의 작품에도 난 그녀의 원체험이 오롯이 담겨있다고 봐. 기타는 악기인데 악기는 혼자서는 소리를 낼 수 없어. 기타리스트가 필요하지. 기타리스트와 기타의 관계. 기타리스트에게 기타가 없다면 어떤 연주도 불가능해. 그 둘은 어쩌면 공생, 공모 관계에 있어. 엄마와 딸, 기타리스트와 기타. 혹시 당신, 〈서편제〉 생각나? 아버지와 딸도 마찬가지야. 아버지는 북채를 잡고 딸은 노래를 하지. 딸의 성대는 성기야. 그 성기를 명기로 만들기 위해 아버지는 어떻게 했지? 그녀에게 한약제인 부자를 먹여 눈을 멀게 해. 그녀는 한 많은 맹인 가수가 되는 거지. 이 시에 기타리스트와 기타, 엄마와 딸도 마찬가지야. 모성과 부성은 다양해서, 뭐가 모성이라고 부성이라고 규정할 수만은 없는 것 같아. 어떤 모성은 목구멍이 포도청이라 정말 딸에게 매춘을 강요할 수도 있으니까. 여튼 그들은 자웅동체야. 분리될 수 없는 불행의 공동체라고. (새)엄마라고 좋기만 하겠어? 죽을까 말까 고민한 게 어디 딸뿐이겠어? (새)엄마는 더 많이 고민했을 거야. 가끔 딸년의 머리채를 잡고 흔들어도, 가끔 북어 패듯 패대기를 쳐도 이렇게나 저렇게나 같이 뒹굴어, 뒹굴다 보면 그녀를 관통하며 흘러나오는 노래. 진물의 진액의 노래가 흘러나와. 소녀의 노래는 녹진하고 아름다워. 곡이 흘러나오면 기타리스트도 기타도 관객도 다 같이 힐링의 시간인 거라. '잘 표현된 불행' 하나 열 행복 안 부러울 명곡이 탄생한다면, 어쩌면 그녀는 자신 영혼이라도 팔아 음반을 내겠지. 시(詩)에 목숨 건 인생도 그래. 자기 인생을 저당 잡히고 신체포기각서, 때론 운명포기각서까지 쓰고 달콤한 문장 몇 개를 악마에게 높은 사채이자를 주고라도 조달해 오기도 하는 걸.

내 마음의 기생은 어디서 왔는가
오늘밤 강가에 머물며 영감(靈感)을 뫼실까 하는 이 심정은
영혼이라도 팔아 시 한 줄 얻고 싶은 이 퇴폐를 어찌할까
밤마다 칼춤을 추는 나의 유흥은 어느 별에 박힌 유전자인가
나는 사채이자에 묶인 육체파 창녀하고 다를 바 없다

나는 기생이다 위독한 어머니를 위해 팔려간 소녀가 아니다 자발적으로 음란하고 방탕한 감정 창녀다 자다 일어나 하는 기분으로 토하고 마시고 다시 하는 기분으로 헝클어진 머리칼을 흔들며 엉망진창 여럿이 분위기를 살리는 기분으로 뭔가를 쓴다

…(중략)…

부스스 펜을 꺼낸다 졸린다 펜을 물고 입술을 넘쳐 잉크가 번지는 줄 모르고 코를 홀쩍이며 강가에 앉아 뭔가를 쓴다 나는 내가 쓴 시 몇 줄에 묶였다 드디어 시에 결박되었다고 믿는 미치광이가 되었다

눈앞에서 마귀가 바지를 내리고
빨면 시 한 줄을 주지
악마라도 빨고 또 빨고, 계속해서 빨 심정이 된다

자다가 일어나 밖으로 나와 절박하지 않게 치욕적인 감정도 없이

커다란 펜을 문 채 나는 빤다 시가 쏟아질 때까지

나는 감정 갈보, 시인이라고 소개할 때면 창녀라고 자백하는 기분이다 조상

중에 자신을 파는 사람은 없었다 '너처럼 나쁜 피가 없었다'고 아버지는 말

씀하셨다

펜을 불끈 쥔 채 부르르 떨었다

나는 지금 지방축제가 한창인 달밤에 늙은 천기(賤技)가 되어 양손에 칼을

들고 춤추는 것 같다

—「시골 창녀」부분

전당포에 물건 맡기듯. 하나씩 둘씩 불행과 맞바꾼 시들이 있어. 영혼을
팔아 쓴 시들, 인생을 저당 잡히고, 뭐든 닥치는 대로 가져다 팔고 보는 거
야. 때론 생명도 바꿔. 요절한 김민부 시인은 수명을 줄여서라도 자기 생과
시를 맞바꾸겠다고까지 했다니까. 시가 부족하니까. 피가 부족하니까. 피를
팔아 시를 수혈해. 시를 팔아 피를 수혈해. 너덜너덜해진 상처를 지혈해. 어
쩌면 가장 지독한 중독이야. 어떤 마약보다 지독해서 한 사람쯤 금방 폐인
(廢人) 만든다고. 물론 다 그렇다는 건 아니야. 축복받은 문필가들도 있다
고. 요즘 사람들이 흙수저, 금수저 얘기하는데 말야. 글쓰는 펜도 금펜, 은
펜, 흑펜, 심지어 똥펜이 있는 것 같아. 처음부터 불공정한 게임이지? 신을
원망해. 부모를 원망해. 예전엔 가난한 폐병쟁이들이 훌륭한 글 멋진 글 많
이 남겼는데, 요샌 꼭 그렇지도 않아. 근사한 가정에서 교양 있는 부모에게
사랑받고 자란 옥동자 옥동녀들이 시도 잘 쓰더라. 어려서부터 고급문화도
많이 접하고 외국도 자주 드나들면서 견문도 넓히고 고풍스럽고 이국적인
문장들도 곧잘 구사하더라고. 돈도 많고 시도 잘 쓰고 소설도 잘 쓰고. 불
행의 먹을 갈고 자신의 피를 팔아 자신의 살갗을 벗겨내 그 위에 각인하듯

시를 쓰는 건 아주 먼 옛날 얘기지. 뭐라니. 언제적 매혈시인기라니……. 우울한 얘기들만 삼천포로 빠져들고 있어.

4. 숨길 수 없는 노래, 숨질 수 없는 노래

다시 기타 얘기로 돌아갈게. 기타는 기타케이스 안에 기타리스트를 밀어 넣지만 다만 그녀와 자리만 바꿨을 뿐이야. 그녀는 이전보다 더 힘들어져. 왜냐하면 무거워진 기타케이스를 이제 그녀가 짊어지고 가야 하니까. 그 무거움이 또 노래가 되겠지. "늘어나는 것이 죄" 그건 노래도 마찬가지야. 노래도 시도 결국 빚이니까. 갚아도 갚아도 줄지 않아. 게다가 세상에 공짜는 없는걸. "돌아오지 마라. 엄마"라고 말해봤자 소용없어, 그 엄마는 벌써 그녀 안에 장착되어 있으니까. 특정 대상에 대한 극심한 경멸은 금물이야. 생명체는 천적을 모방하며 진화한다는 연구 결과가 있어. 너무 싫어하게 되면 닮게 된다고. 복수의 칼날을 갈아도 결국 내게로 그 칼끝이 돌아오더라. 부러진 발목, 자라지 않는 손목, 어쩌면 성장을 멈추게 한 건 나 자신의 방어기제였을지도 몰라. 면적과 부피를 줄여야 덜 아프니까. 공벌레처럼 웅크려야 덜 위험하게 여기저기 굴러다니며 몸을 숨길 수 있으니까. 하지만 노래와 신음소리는 숨길 수 없지. 꼬리 잡힌 도마뱀처럼 뭔가는 끊어내고 달아나야지. 일정 부분 포기해야 삶을 계속 살아갈 수 있으니까. 그녀가 포기한 삶들이 어쩌면 지금의 그녀를 만들었을 거야. 슬퍼하지 마. 그 노래가 얼마나 많은 이들을 만지고 어르고 달래는 줄 당신도 알잖아. 악사가 약사라는 거 말야.

5. 바다, 엘리스, 책방이듬

"(길은막다른길이적당하오.)"

— 이상, 「오감도 시제 1호」

"그렇게 많이 울지 말걸. 그 벌로 이제 내 눈물에 빠져 죽게 되는구나."

— 루이스 캐럴, 「이상한 나라의 앨리스」

다시 난
그녀가 성을 뺐으면 좋겠어.
김이듬 말고, 이듬.
근데 그녀가 정말 성을 빼고
이듬만을 간판에 내걸었어.
약사이면서 약사인 그녀에게 한 공간이
한 행성이 생긴 거야.
책방 이듬.
그녀는 최근에 작업실 겸 약국을 열었지.
의사도 약사도
해부학 약리학 책만 파서 되는 건 아니야.
아파본 사람만이 아픈 사람을 알지.
그래야 처방도 해 줄 수 있지.
죽으려고 했던 사람만이
죽고 싶은 사람만이
죽고 싶은 사람 이해하지.

사람들은 그녀가
드디어 책방이듬에

정박했다고 생각하나봐.

하지만 나는 알아

이곳은 바다 한가운데야

그녀는 여전히 표류 중에 있다고.

그래서 그녀의 책은 죄다 '젖은 책'이야.

'젖은 책방'에 와서

외려 당신의 습기를 말려.

당신의 눈물은 두고 가도 좋아.

그렇게 또 당신은 당신대로

나는 나대로 이듬은 이듬대로

각자의 길을 가는 거야.

"이 신음이 노래인 줄 모르고

마저 이 세상을 사랑할 것처럼"(「간주곡」)

그렇게. 따로 또 같이.

눈 먼 여자가 눈 먼 여자에게

- 김이듬에 관한 단상 둘

겨울 직전에 그 짧은 빛이 있다
만약 착한 새가 있다면 노래하지 않을 테지
—「눈 먼 여자였다가」 부분

1. 눈 먼 세이렌에게

지금쯤 겨울은 당신 앞에 당도했을까. 겨울이 마저 도착하기 전, 아주 짧은 빛이 내 동공을 통과한다면 당신의 작은 새를 떠올리며 허밍으로 노래 부르리. 착한 새가 아니라도 좋아. 당신의 노랫말이 다소 과장이라도 좋아. 그 색깔에 그 한기에 그 예리한 깃과 높은 음색에 흔들리며 취할래. 나도 당신처럼 "매 순간의 나를 석방하"(「나는 춤춘다」)며 춤출 수 있다면. 석방된 나를 이끌고 당신에게 다가가 검고 긴 흑발에 얼굴을 묻고 당신의 상처로 내가 대신 울어줄 수 있다면.

당신이라는 유령,
다가오는 죽음을 인정하고 포옹하면서
매 순간의 나를 석방합니다

나는 춤을 춥니다

뒤로 가는 것처럼 보일 거예요

—「나는 춤춘다」 부분

김이듬, 그녀를 만난 건 큰 위로. 망망한 바다 한가운데서 부목(浮木) 하나를 발견한 듯 애틋하고 간절한 운명. 눈 먼 여자가 눈 먼 여자를 알아보고. 말 하지 않아도 아는 서로의 찢긴 유년의 일기. 착한 새가 아니라도 좋아. 그녀의 노래가 위악과 발악에 가까운 날선 비명이라도 좋아. 세상을 향해 내던지는 피투성이 노래라도 난 세이렌의 노래 쪽으로 기꺼이 내 두 귀를 열거야. 언제나 "간주곡"인 그녀의 곡조, 붉고 슬프고 아름다워. 그녀의 몸에서 '분비되는 리듬'(「간주곡」)에 반응하며 난 기꺼이 온몸으로 공명하는 또 하나의 눈 먼 악사가 되고 싶어.

2. 얼룩, 아니 별

그녀의 첫 시집을 읽던 눅눅하고 춥던 한밤을 떠올린다. 『별 모양의 얼룩』을 읽으며 엄마 없이 초경을 맞은 소녀의 하얗게 질린 사색의 낯빛을 떠오른다. 물류센터에 버려지고 방치된 오물덩어리. 썩은 물과 악취 흥건한 채 검은 봉지에 담긴 울음들. 비명들. 축하받지 못하고 여자가 되어 버린 소녀의 막막한 어느 하루. 더러워진 속옷을 비벼 빨며 아마도 죽고 싶었을 거야. 베란다에서 이불을 털다가 떨어진 소녀를 생각한다. 그 슬프고 당혹스러웠던 날들을 잊을 수 없다. 없지. 없을 거야. 그 날것 그대로의 비린 생채기들이, 압젝트 당한 바리데기의 증오와 고통의 나날들이 이제는 비명이 아닌 치명의 시가 되어, 아니 치유의 노래가 되어 한줄기 별빛으로 빛나고 있다는 것. 이 지옥 같은 어두운 생에 예리하고 찬란하게 스미는 "그 짧은 빛"
을. 그녀 손을 난 신생아의 파악반사처럼 꽉 붙잡는다.

3. 표류하는 흑발

가끔 그녀가 가족보다 가깝다고 느낀다. 불행의 감염체인 나에게, 위험
한 느낌이다. 그녀를 떠올리면 알 수 없는 전류가 나를 관통한다. 그녀의 신
간 시집을 점자처럼 더듬어 읽으며 2006년 그해 여름을 떠올린다. 지독한
감기와 더 지독한 우울을 앓던 내가 한강 고수부지에 걸터앉아 있었다. 어
느 저녁의 일, 그날 실제로 난 '표류하는 흑발'에 마주쳤다. 검은 고무공처
럼 둥둥, 그날의 유속은 유난히 빨랐고 나는 그 검은 형체가 내 곁으로 흘
러와 인양되는 전과정을 지켜보았다. 그건 일종의 편지였다. 그날 인양되는
그를 아니 나를 보았다. 아직 이십 대였고 익사체의 인근에서 내 울음은 부
레처럼 금세라도 터질 듯 부풀어 올랐다. 그녀를 생각하면 그날의 울음이
수면 위로 떠오른다. 울음의 마개를 닫고 다시, 그녀의 객혈, 핏덩이, "젖은
책"을 양손에 받아든다. '노래가 된 신음'을 듣는다. 그리고 함께 젖는다. 함
께 운다. 그녀는 그간 거리마다 "물이 차오르는 거리"를(「젖은 책」), 세계 여
러 곳을 유수처럼 많이도 떠돌았다. 많이도 젖었고 오래 고단했을 그녀의
노독을, 그녀의 긴 속눈썹의 피로를, 검은 눈동자의 여수를 겁 없이 내리막
길 치닫듯 읽어 내려간다. 먹먹하고 막막하지만, 숨이 탁 틔는 이 느낌.

> 시를 쓸 수 있는 곳이면 그곳은 나의 영지, 라고 이렇게 대충 쓰며 나는 흘
> 러갈 듯

— 「나의 악기가 되어 줄래」 부분

그녀는 표류한다. 고로 그녀는 존재한다. 그녀의 표류를 사랑하기로 한
다. 그녀의 축축하고 긴 머리칼이 메두사의 그것임을 알면서도 이번에도 정
면으로 마음껏 응시하기로 한다. 세이렌의 노래 쪽으로 고개를 한껏 기울
이기로 한다. 한 번 더 맹목적으로 그녀에게 매혹당하기로 마음먹는다. "두
려움이 주는 매력에 사로잡힌다."(「표류하는 흑발」). "마저 이 세상을 사랑할
것처럼"…… 하염없이 영원한 이 가을, 바람이 차고 바람이 새벽처럼 차다.
알 수 없는 그 빛을 기다리며 나는 그녀의 젖은 책을 포대기 속 아기처럼
조심히 감싸 안고 겨울을 향해 걷는다.

4. 책방이듬

"아무리 구체적이어도 나는 내 꿈이 보낸 스파이 특기는 머리 가로젓기
끝까지 헷갈리며 혼동하기"(「너의 스파이」)……. 그녀는 늘 꿈을 꾼다. 꿈꾸는
그녀, 몽환의 그녀는 충분히 혼돈스럽고 아름답고 천진하다. 하지만 독하게
도 그녀는 그 꿈을 번번이 실행하고 이루고야 만다. 이번에도 그녀는 하나의
꿈을 성큼 이루어냈다. 일산의 호수공원 앞에 자그마한 책방을 연 것이다.
책방이듬! 나는 책방이듬을 '꿈꾸는 공방'이라 부르고 싶다. 그녀의 책방이
경제 논리와 세속적 현실에 정박하길 원하지 않는다. 어쩌면 영원히 표류하
는 책방, 전국 어디로 세계 어디로든 그녀의 꿈이 그녀의 섬이 흘러가길 바
란다. 그리하여 책방이듬 1호, 2호, 3호……. 꿈공방, 시(詩)공방이 일파만파
(一波萬波) 용암처럼 흘러나가 곳곳에 더 생겨났으면 좋겠다. 요즘 같은 불황
의 시기에 책방을 연 그녀를 두고 사람들은 무모하다고 말한다. 나 또한 처
음엔 만류했다. 그러나 난 그녀의 용기와 실행력이 만들어낸 그 공방이 이미
충분히 아름답게 실재하는 것에 누구보다 감동하고 있다. 충동이 아니었다.
그녀는 오래오래 준비했고 그녀의 꿈을 비로소 이룬 것이다.

물에 뜬 책상 앞에서 물에 뜬 의자에 앉아 나는 장화에 담긴 물을 마시듯
이 글자를 적는다 묶어 놓은 편지 다발은 눈물로 가득 찬 얼굴 진정하지 않
는 너의 고양이가 젖은 책의 젖가슴 위에서 떤다

—「젖은 책」 부분

아무리 많은 손님들이 그곳에 깃들어도 손익분기점을 넘어 적잖은 수익
을 남겨도 그녀는 여전히 외롭고 쓸쓸하고 가난하다고 느낄 것을 안다. 모
두가 돌아간 밤, 그녀는 혼자 그곳에 남아 간판을 들이고 차양을 내리고
"젖은 책상 앞에" 앉아 어둠을 잉크 삼아 글을 쓰겠지. 타인들이 남기고간
길고 긴 잔상과 찻잔의 냉기와 허무가 어쩌면 한꺼번에 몰려와 그녀의 발
목을 휘감을지 모른다. 그러나 그녀가 무엇을 하든 느끼든 행복하길 바란
다. 다만, 더 많은 시들이 폭설처럼 쏟아져 나오길. 책방이듬은 그녀의 작업
실이기도 하므로……. 어제는 밤새 눈이 내렸고 아무 일 없었다는 듯, 오늘
파주의 하늘은 또 해맑게 천진한 표정으로 맑다. 그녀를 닮은 하늘이다. 한
번쯤 당신도 그 하늘, 그 구름이 깃든 책방이듬에 들러 보시길. 그녀가 손
수 제조한 커피에는 카페인 말고 카오스가 한 스푼 들어있으니 천천히 음미
하며 마시되 체하지 마시라! 당신 또한 젖은 책방, 흥건하고 아름다운 혼돈
그 안에서 한껏 춤추는 별빛이 되리.

잉크, 고통의 즙을 짜는 거미 여인들

– 김지유 정연희의 시

1.

　잠시, 시인의 손에 쥐어진 펜과 잉크와 종이에 대해 생각해 본다. 시인의 펜은 날지 못한 새의 깃털일까. 아니면 마취제나 진통제가 든 주삿바늘일까. 아니면 자해나 공격을 위한 날 선 칼이나 송곳일까. 무당들이 흔들어대는 요령(搖鈴) 또는 부적일까. 어떤 이들에게는 자랑스러운 페니스나 팔루스쯤 될까. 아니, 어쩌면 누군가에게는 생의 전부를 건 목숨 같은 것인지도 모른다. 시인들은 개인의 취향마다 다른 각양각색의 잉크와 종이를 사용하게 마련이다. 그것이 녹색이거나, 황토색이거나, 검은색이거나, 혹은 수성이건 지성이건 간에, 그들은 자신만의 독특한 색깔과 취향으로 시를 쓴다. 엘렌 식수는 여성 안에는 언제나 최소한의 좋은 모유가 남아 있어, 여성 작가들은 흰 잉크로 글을 쓴다라고 말한 바 있다. 또한 스타로방스키나 크리스테바는 멜랑콜리적 창작의 원천으로 검은 담즙, 즉 검은 잉크로의 글쓰기에 대해 강조한 바 있다. 그렇다면 시인 김지유의 펜과 잉크는 어느 쪽, 어느 색깔에 가까울까. 이번 시집을 통해 보여준 그녀의 필적을 따라가 보건대, 그녀의 펜은 날 선 칼이거나, 뾰족한 송곳 또는 부러진 날개의 깃털에 가까워 보인다. 또한 그녀의 잉크는 검은 담즙이나 흰 모유라기보다는 "선혈이 낭자"(『쉿!』)한 '핏물'에 가까운 것임을 알 수 있는데, 그래서일까. 전반적으로 그녀의 시는 유난히 붉고 끈적하고 뜨겁다.

> 짓누를수록
> 기억은 더 푸르게 날아
> 지독한 사랑을
> 하지, 베테랑처럼

—「데칼코마니」 부분

그녀에게 사랑은 '데칼코마니'와도 같다. 그것은 "뭉그러져야/완성되는 그림"인 동시에, 짓이기고, 잔인하게 뭉그러져야만 비로소 펼쳐지는 나비의 양쪽 날개와도 같다. 두 개의 날개는 비익조(比翼鳥)의 그것처럼 서로 똑같이 닮아있지만, 함께 퍼덕이지 않는다면 아무런 의미가 없다. 그리하여 두 개의 날개가 맞닿은 면을 힘껏 "짓누를수록/기억은 더 푸르"러지고, 그녀의 "나비"는 생생하게 날아오른다. 치명적인 사랑일수록, 잔인한 연애일수록, 기억은 기낭(氣囊)처럼 벌겋고 푸르게 부어올라, 그녀의 시의 날개로 하여금 더욱 더 높이 비상하게 하는 것일까. 그렇다면 그녀의 말대로 "지독한 사랑"이 과연 "베타랑"의 그것일까. 반복되는 상처와 고통에 매번 처음처럼 똑같이 짓이기고 뭉그러지는, 그리하여 면역도 내성도 없는 사랑의 홍역을 고스란히 앓는 자라면 그는 "베테랑"이 아니라 오히려 초보 중에 초보라 할 수 있을 것이다. 초보이건 아니건 간에 그녀의 날갯짓 사이로 뚝뚝 떨어지는 '사랑의 핏물'은 파르마콘처럼 그녀를 옥죄는 동시에, 숨 쉬게 하는 이중적인 의미를 지닌 것임을 알 수 있다. 김지유의 첫 시집 『액션페인팅』을 한 장씩 넘기면, 그녀의 찢긴 날개의 거친 결을 따라 뜨겁고 끈적한 핏물이 손끝에 배어오는 것을 느낄 수 있다.

벽에 물걸레를 대자 굳은 피딱지가 금세 녹아내리며 수채화처럼 번진다 온
몸이 매질로 액션페인팅 된 여자가 소리죽여 울며 벽을 연신 닦아 내린다
점점 크게 핏물이 배어가는 벽을 바라보며 여자는 습관처럼 이번이 마지막
이라고 중얼거린다
시내가 뒤척이며 물을 찾는 새벽, 검은 타액으로 범벅된 알몸의 여자가 여
전히 붉은 벽을 닦고 있다

— 「액션페인팅」 부분

위의 작품 속에 묘사된 여인은 "온몸이 매질로 액션페인팅 된" 채, 사내
가 잠든 사이 자신의 피로 범벅이 된 집안의 벽을 닦아내며 "소리죽여 울"
고 있는 상황에 처해 있음을 알 수 있다. 매일 밤 "사내가 휘두른 허리띠가
뱀처럼" 그녀의 생살 속으로 파고들어 온 집안이 붉은 피로 여기저기 얼룩
져 있다. 폭력을 휘두르는 사내와 번번이 "이번이 마지막이라고 중얼거리"면
서도 매질을 견디는 여자가 그려내는 고통의 상황을 시인은 "액션 페인팅"
이라 이름 붙인다. 폭력을 휘두르는 남자와 자신에게 가해지는 폭력에 고통
스러워하면서도, 차마 달아나거나 그로부터 떠나지 못하고 그 폭력에 반자
발적으로 오히려 기생하며 살아가는 여자가 만들어내는 일상은 비정상적
이면서도 아이러니하다. 김지유의 시집에는 이렇듯 불행하면서도 그 불행
을 즐기고, 고통스러워하면서도 한편 그 고통을 즐기는 얼핏 모순적으로 보
이는, 그로테스크하고 불편한 인물들로 가득하다. 예컨대, 위의 시에서처럼
매 맞는 아내(「스토커」), 매춘과 불륜, 향락을 즐기는 창녀나 꽃뱀(「거미 여인」,
「꽃뱀」, 「커티 샥」), 의부증에 걸린 여자(「열대야」) 도망간 아내를 기다리는 남
자(「툭 떨어지다」), 시체로 썩어가는 남자(「푸른곰팡이」), 낙태로 죽은 아이(「소
리의 행방」), 동반 자살한 연인(「부부」) 등 그녀의 시에 등장하는 인물들은 이
미 죽어서 방치되어 부패되고 있거나, 아니면 가정이나 사회에서 소외되어

버림받은 채, 삶을 포기하고 기생충처럼 살아가는, 생물학적으로는 살아있지만 이미 죽어있기도 한, 상처와 피투성이의 비루한 인물들이 대부분이다. 시인은 그러한 그들의 비루하고도 치욕스러운 일상과 심리를 적나라하게 보여준다. 이러한 그들에게 달콤한 사랑 따위가 있을 리 없다. 김지유의 시 속의 등장하는 연인들 아니 연인이라기보다 등장남녀들은 대부분 이해관계나 치욕으로 얽혀 있으며, 그들은 서로의 귀에 "구더기 끓어대는 밀어를"(「스토커」) 사랑인 양 속삭이거나, 아니면 서로의 신체에 끔찍한 폭력과 위협을 가해 훼손을 주며, 배신과 보복을 서슴지 않는다.

내 혈관엔 사랑의 내성이 없으니

허공에 매달린 채
쇠줄처럼 강해진 내가
행여, 오믈렛처럼 끈적이는 당신
끌어안은 채 추락하지 않도록

제발,
손대지 말 것
기대오지 말 것

— 「엘리베이터」 부분

이처럼 김지유의 첫 시집 『액션페인팅』에서는 다정한 연인들, 가족 간의 사랑, 삶에 대한 희망, 삶의 가치와 이상, 교훈 따위는 아무리 찾아봐도 찾을 수 없다. 가난과 폭력과 치정으로 인해 절름거리고, 서로 죽고 죽이는, 머리채 잡힌 그들의 일상은 냄새나고, 구역질 나는 무덤 속의 그것과 전혀 다를 바 없다. 길가에 "버려진 헝겊 인형"처럼 밟히고 짓이겨져 결국에는 "형체를 알 수 없는 인형"(「외곽순환도로」)이 된 '그녀들'에게 숭고하고 지고지순한 사랑의 환상 따위는 있을 리 없다. 다만 김지유의 작품에 등장하는 '그녀들'에게는 사랑도 그저 "계약이 끝날 때까지 깨끗하게 사랑하다 헤어지면 그만인 렌탈의 조건"(「렌탈의 조건」)에 지나지 않거나, "채널 75번을 통해" 매번 반복 중계되는 "너덜너덜한 상처의 알리바이"중 하나일 뿐이다. 그러나 사랑을 믿지 않는 '그녀들'에게도 사랑에 대한 두려움은 여전히 존재한다. 왜냐하면 그녀들은 겉으로는 쿨한 사랑의 "베테랑"인 척하지만 어디까지나, 그들에겐 독한 "사랑의 내성"이 존재하지 않기 때문이다. 그리하여 우리는 실은 '그녀들'이 사랑을 믿지 않는 것이 아니라, 오히려 사랑을 지나치게 의식하고 경계하는 것임을 알 수 있다. 위의 작품 「엘리베이터」에서처럼 어쩌면 '그녀들'은 "쇠줄처럼 강"한 척 버티고 있지만, 조그만 손길이나 기댐에도 "끌어안은 채 추락"할 수 있을 정도로 사랑을 목숨과 동일시하고 있음을 눈치챌 수 있다.

그녀의 시집에는 온갖 상처와 핏물이 가득하다. "액션페인팅 된" 붉은 벽으로 둘러싸인 '상처의 집'에 그녀는 색색의 잉크를 잔뜩 머금은 애벌레처럼 웅크리고 누워 있다. 당신이 시집의 책장을 넘길 때마다, 책장 사이사이에서 뭉그러지고 짓이겨진 그녀의 애벌레는 이제 '데칼코마니'처럼 화려한 문양과 오색의 나비로 되살아나 당신 곁을 지나 훨훨 날아갈 것이다. 그것이 그녀만의 지독한 사랑법이고 지독한 시작법이다. 특이하게도 그녀의 이번 시집을 통털어 딱 한 번 "아름답다"라는 표현이 나온 시가 있다. 바로 시집 서문에 자필로 쓰인 「허물」이라는 시이다. 시집의 첫 장과 마지막 장에 나란히 실린 그 작품에서처럼 그녀는 지금 겨우 어쩌면 열심히 "허물로 숨을 쉬"고 있는 것이리라. 거듭되는 탈피와 변태로 인한 극한 고통 속에서도 여전히 '아름답지만 끔찍한 허물'을 벗고 있는 그녀의 펜촉에 달린 날개깃

이 더욱더 힘차게 펄럭여 그녀의 시가 더 멀리, 더 높이, 더 선명하게 날아 가길 기대한다.

2.

정연희의 첫 시집 『호랑거미 역사책』의 표제작이기도 한 「호랑거미 역사 책」만 읽어봐도 그녀의 만만치 않은 시 세계를 짐작할 수 있다. "연두와 흰 물감을 듬뿍" 짜내어 꼼꼼하고 세련되게 써 내려간 건강한 시편들을 우리 는 이번 시집을 통해 만나볼 수 있다. 먼저 표제작 「호랑거미 역사책」을 읽 어보자.

> 호랑거미는 역사를 기록하는 사관史官이다
> 그는 가늘고 질긴 실로 짠 둥그런 천을 올리브가지 사이에 내걸었는데
> 씨실과 날실의 간격이 일정한 흰 비단 천이다
> 호랑거미가 그 천위에 엎드려 사초史草를 쓰고 있다
> 물감을 찍어서 세필로 깨알처럼 써내려갔다
> 햇살을 받은 글씨를 들여다보면 무지개 빛깔이다
> 중요한 일은 올리브 새순 같은 연두와 흰 물감을 듬뿍 찍어
> 굵은 글씨로 써놓았다
>
> …(중략)…
>
> 이제 호랑거미가 나와 겨루어 질긴 천위에 내 일상을 속속 기록할 것이다
> 저 씨실과 날실로 내 비행을 새겨넣을 것이다
>
> ─「호랑거미 역사책」 부분

정연희 시는 "호랑거미"가 공들여 지어놓은 거미집처럼 짜임이 섬세하고 부드럽다. 그녀 역시 부지런한 "호랑거미"처럼 "가늘고 질긴" 언어의 실을 이용하여 "씨실과 날실의 간격이 일정한 흰 비단 천"과도 같은, 깨끗하고 투명하면서도 정교한 시의 집을 곧잘 짓는 능숙하고 노련한 시인이다. "무지개 빛깔"의 길고 긴, 유구한 "조상의 업적을 기리는 서사시"를 부지런히 받아 적는 "호랑거미"처럼 그녀 역시 "호랑거미"를 비롯한 자연의 아름다움과 소소한 일상을 놓치지 않고 정밀하게 포착해 내는 재주가 돋보인다. 그녀야말로 어쩌면 신화에 나오는 "베를 잘 짜는 여인" 아라크네의 후손인지 모른다. 아라크네는 "여신보다 천을 더 잘 짰지만, 시샘을 받아 거미가 된" 여인이다. 화자는 여신과 겨루어서 이긴 아라크네의 후손 호랑거미가 이제 "나"와 겨루게 될 것이라고 말한다. 화자는 호랑거미를 세밀하게 관찰하여 "역사를 기록하는 사관"에 비유하고 있지만, 시인은 역사뿐 아니라 그 밖에 더 많은 것들을 사유하고 포착하고 담아내야 하기에, 호랑거미보다 훨씬 더 민첩하고 예민한 촉수는 물론이거니와 그 밖에 심미안과 성실함 또한 지녀야 하는 것은 당연하다. 그리하여 언어의 씨실과 날실을 촘촘하고 능숙하고 아름답게 수놓을 수 있다면, 더없이 좋은 시인이라 할 것이다.

내 어머니의 배에도 저런 파도무늬가 숨겨져 있다
초승달과 만월이 교대로 떠오르는 동안 겹겹이 생긴 주름에
파도무늬가 깊이 새겨졌다
층층나무 계단의 저 파도무늬는 생명을 가진 흔적
지난 밤 한 생명을 층층나무계단에 잉태시켰다
다시 만월을 기다려야 할 시간이다

—「달의 흔적」 부분

나무를 떠난 휘파람새 내 머리에 앉으려는 듯 맴돌아

돌아보니 내가 물푸레나무였다

수몰 때 고향에 두고 온

물푸레나무 한 그루 내 마음에 이미 뿌리내렸다

— 「그때 내가 물푸레나무라는 걸 알았다」 부분

시인은 층층나무 한 그루도 그냥 단순하게 묘사하거나, 자연의 일부로 관조하는 데 그치지 않는다. 화자는 "층층나무 계단"에 새겨진 "흰 얼룩" 한 점을 보고도, 어머니의 배와 자궁을 떠올린다. 어쩌면 잉태하는 모든 것들은 고통과 인내의 "무늬"를 저도 모르는 사이 안팎으로 새기는지도 모른다. "바닷물을 따라 들어왔다 나가"기를 반복하는 달의 움직임과 그달이 품고 있는 생명력 또한 여기저기 패인 "흔적"을 지니고 있다. 차고 기울기를 반복하는 달과, 밀물과 썰물을 쉼 없이 반복하는 바다, 그리고 조개가 속살을 여물게 하기 위해 무수히 새겨 넣었을 바다의 물결과 무늬, 그리고 층층나무 계단의 흰 옹이들과 파도무늬는 저마다 무고한 생명을 잉태한 "흔적"이자, 다름 아닌 자연의 신비롭고 아름다운 '배꼽'인 것이다. 시인은 또한 "안동댐 호숫가에서 수몰된 고향"을 들여다보며, 언젠가 "마당에 두고 온 물푸레나무"를 떠올린다. 그러나 두고 온 것이 비단 물푸레나무만은 아니었음을 알 수 있다. "오래 닳았던 들길이며 산길", "너와 나 사이"의 모든 것이 다같이 "수몰되어 아득"해진 것임을 뒤늦게 깨달은 것이다. "돌아보니 내가 물푸레나무였"노라고 화자는 고백한다. 그러나 수몰된 줄만 알았던 물푸레나무가 곧 "나"였다는 사실은 슬프거나 실망스러운 데에 그치지 않는다. 왜냐하면 물푸레나무는 이미 "나"의 마음속에 새로운 '희망'으로 "이미 뿌리내렸"기 때문이다. 이처럼 정연희 시인의 시는 섬세하면서도 감각적이면서도 동시에 생명을 끌어안는 따뜻한 모성과 은근하고 면면한 희망의 포즈도 잃지 않고 있음을 알 수 있다. 더불어 시인은 수몰된 고향을 바라보면서도 절망 또는 체념을 하거나 단순히 수동적으로 과거를 회상하고 그리워하기 보다는, 오히려 긍정적이고 능동적인 태도로 고향을 마음속에, 시 속에 재건(再建)하고, 이식(移植)하는 힘 또한 지니고 있는 것이다.

> 지상에 집 한 채 얻는 건
> 누군가의 집터에 다시 집 한 채 앉히는 일이어서
> 그 빈 터에
> 떠난 영혼이 이따금 되돌아와 머무는 시간의 집
> 집들은 다 이승의 시간으로 돌아오는 문을 가지고 있다
>
> ―「빈집 위에 집을 짓다」 부분

세상에 온전히 새로운 집이란 없다. 온전히 자신만의 소유인 집도 없다. 시인은 위의 시에서 지상의 모든 집들이 이미 누군가의 집터 위에 다시금 앉혀진 것이라고 말한다. 누군가 살다 죽은 터 위에 우리는 집을 짓고 살아간다. 어쩌면 집들은 아주 오래전 "떠난 영혼이 이따금 되돌아와 머무는" 초월적인 시공간이기도 하리라. 이승과 저승의 문이 공존하는 집에서 사람들은 살아간다. 집은 그래서 무덤과도 다르지 않다. 무덤에도 집과 마찬가지로 이승과 저승을 드나드는 문이 각각 존재한다. 시인은 묘지를 이장하는 장면을 보면서, 이승과 저승의 문을 떠올린다. 그리고 그 문을 여닫고 살아가는 이들, "빈집 위에 집을 짓는" 이들은 사람이기도 하고, 때론 어린 새이기도 하고, 작은 곤충이기도 하다.

요컨대 정연희 시인은 일상에서 누구나 한번쯤 겪게 되거나 쉽게 지나치기 쉬운 장면 하나도 그냥 지나치는 법이 없다. 그녀는 엄밀하고 절제된 시

어 선택과 깊이 있는 사유의 확장 그리고 섬세한 묘사를 통해 아름다운 '시의 카펫'을 능숙하게 곧잘 짜낸다. "호랑거미"의 그것보다 훨씬 더 정교하고 튼튼하게 지어진 그녀만의 '언어의 집'이 더 단단하고, 아름다워지길 또한 기대한다.

발화(發話)와 발화(發花) 사이에 선 그녀들

– 김지녀 김은주의 시

1.

조개는 연체동물에 속한다. 알로 태어나 자라는 과정에서 아주 서서히, 바닷물에서 섭취한 음식물과 몸의 분비물을 이용하여 껍데기를 만든다. 또한 조개껍데기에 있는 각양각색의 가로줄 무늬는 나무의 나이테와도 같이 조금씩 생겨나는 성장의 흔적이라고 한다. 입술을 닮은, 벌어진 조개는 무엇을 말할 수 있을까. "관 뚜껑"처럼 굳게 닫힌 조개의 입술은 또한 무엇을 함구할 수 있을까. 김지녀의 시 「발설」을 읽으며, 발화(發話)와 발화(發花)에 대해 생각한다. 입 밖으로 뱉어지는, 발설되는 말(言)만 꽃이 되는 것은 아니다. "돌멩이처럼/고요하고 엄숙하"게 "감추고 싶은 말들을 꽉 물고 놓아주지 않"아도 생체기에 꽃을 피우는 삼켜진 말들도 있다. "닫히는 순간 열리는 어둠"처럼 꾹 다문 입술과 몸 안에서만 몰래 피는 꽃, 김지녀의 시에는 다 말하지 못한 말들이 꽃을 피우고, 그녀만의 독특한 무늬를 만들어 낸다. "조개처럼 두 개의 껍데기가 있다면/스스로 나의 관 뚜껑을 닫을 수 있겠지"로 시작되는 이 작품을 읽으며 시인의 입술을 떠올린다. 수많은 주름들, 때론 제 "인생을 어리고 부드러운 속살로" 스스로 "애무하"기도 하는 입술. 시인이야말로 언어의 문, 시의 입술을 관 뚜껑처럼 닫아버리는 순간, 시인의 삶은 더 이상 살아있는 삶이 아니게 되는 것이리라. 죽은 조개의 껍데기가 쉽게 벌어지는 것처럼, 관 뚜껑을 꽉 닫을 수 있는 "폐각근(閉殼筋)" 역시 어디까지나 살아있는 자의 전유물이다. 그러나 상처의 기억과 더불어 "감추고 싶은 말들을 꽉 물고 놓아주지 않"는다면, 그것들을 제 살 안에 유폐시킨 채, 켜켜이 묻어둔다면, 그것들은 어느 순간, 결정되고, 진주가 되어 꽃 피는 순간이 또한 찾아오리라. 설령 그 시간이 "죽고 난 뒤에" 오는 것이라 할지라도 벌어진 조개껍데기의 표면이 아닌, 속에 새겨진 무늬처럼 "누구에게도 말하지 못한 시간들"은 층층이 켜켜이 쌓여, 상처의 무늬는 고스란히 흔적으로 남게 마련인 것이다.

> 너무 많은 말을 했어 너에게 나에게 우리에게 그러나 어떤 말을 해도 벌어지고야 마는 꽃잎들, 하나씩 사라지려고 하는 밤의 창문들,
>
> …(중략)…
>
> 이것이 이별이겠지 그렇다면 나는 이별을 하기 위해 태어난 사람 매순간 절벽 아래도 뛰어내리는 사람 부러진 나의 기억에 붕대를 감고 앉아 오랫동안 걷지 못하는 사람 어쩌다 나는 네 옆에서 입을 벌리고 있는 거니? 왜 붉지 않게 피어난 거니? 내가 여기 온 이유를 묻자 혀가 납작하게 굳어버린다

— 「결별」 부분

위의 시구에서처럼 "어떤 말을 해도 벌어지고야 마는 꽃잎"은 죽은 조개의 껍데기마냥 불가항력적이다. 결별의 순간, 우리는 어떤 이유와 상황을 불문하고, 시든 꽃잎처럼 힘없이 고개를 떨구게 마련이다. 그 어떤 꽃과 마찬가지로 사랑 또한 "피어났으므로 지고 있"는 것이다. 그러나 시인은 어차피 "나는 이별하기 위해 태어난 사람, 매 순간 절벽 아래도 뛰어내리는 사

람"이었기에, 이별은 피할 수 없는 것이었음을 인정한다. 다만, 좀 더 "붉게 피어났다면" 생이 "좀 더 따뜻했을 거"라고 자신의 "혀가 푸르스름하"기 보다는 좀 더 붉지 못했음을 아쉬워할 따름이다. "펼쳐진 시간을 다 오므리고 떨어지는 저 꽃잎들처럼 붉게" "이제는 결별할"때이고 "벙어리가 되"어 침묵할 시간이라고 시인은 다짐한다. 당분간 그녀의 다리는 "기억에 붕대를 감고 앉아 오래 걷지 못"할 것이고, 당분간 그녀의 혀는 "납처럼 굳어" 아무 말도 하지 못할 것이다. 그러나 "낭떠러지를 기어오르는 일처럼 하염없는" 그녀의 '어지러운 여름'도 언젠가는 끝날 것이고, 가을과 겨울을 지나, 다시 봄이 올 것이다. 유행가 가사처럼 지극히 통속적인 순환과 이치라 할지라도 말이다.

까맣고 작은 점이었던 나를, 자라고 자라 이제 흩어지기 시작한 얼굴의 나를, 당신은 분할하기 시작했네

…(중략)…

당신은 마른세수를 하며 나를 문지른다
다시는 돌아갈 수 없는 얼굴로
점, 또 하나의 점으로
아무것도 없으므로
아무것도 아니므로

두 귀만 남은 내가 흩어지고 있다

— 「얼굴의 폐허」 부분

「얼굴의 폐허」를 읽고 이별 앞에서 재가 되는 상상을 한다. 그는 한때 열심히 그렸던 "나"의 초상화를 지우고 뭉개고 태워버린다. 그의 차가운 눈빛은 "나"의 코를 태우고 입술을 태우고, 눈동자마저 태워버린다. "내가 앉은 자리의 온기가 사라질 때까지/재로 남을 때까지" 아무렇지 않게 "당신은 마른세수" 한 번으로 단번에 "나"를 지워버린다. 어차피 "점에서 태어났"으므로 다시 점으로 남게 된 들, 본전이지 않은가. 이별 앞에서 "나"의 얼굴은 무기력하게 흩어지고, 그렇게 뭉그러지는 얼굴이 우스꽝스럽기라도 한 듯 "폭소를 연발하"는 당신은 이제 새로운 "다른 코"와 다른 얼굴의 누군가를 기대하며 설레는 상상을 할 것이다. 여전히 "태양은 고요하고 찬란"하지만, "다시는 돌아갈 수 없는" '폐허의 얼굴'만이, 덩그러니 "두 귀만 남은" 채 흩어지고 있다. 그러나 점으로 남은 "나"는 "아무것도 없으므로/아무것도 아니므로", 다시 선과 면으로 그려질 수 있는, 새로운 무엇이 될 수 있는 것이리라. 폐허는 그래서, 언제나 끝이 아니라 시작이다.

혼잣말 가득한 결별 속에서, 닫힌 관 뚜껑과도 같은 조개껍데기 속에서 또는 지워진 얼굴의 폐허 속에서도 그녀가 피워내는 언어의 꽃은 아직 싱싱하다. 튼튼한 "폐각근"(閉殼筋)을 지닌 그녀의 발화(發話)가 언제고 만개(滿開)하기를 빈다.

2.

김은주의 근작 시 「아폴로」와 「거대한 욕조의 주인」를 읽으며 소녀의 놀이를 떠올린다. 한번 눈을 질끈 감았다 뜰 때마다의 뛰어내림, 그녀의 낙하는 "공중에 계단"을 만들기도 하고, 마당 한가운데 "골목"을 만들어내기도 한다. 제대로 된 낙하를 위해서는 도약하는 순간, 숨을 꾹 참거나, 속눈썹을 뜯어내야 하는데, 이는 어디까지나 그녀만의 노하우이다. "안정된 착지를 위해 손을 깨끗이 씻"거나, "손톱 밑까지 청결한 태도"를 유지하는 것도 그녀만의 낙하 방식이다. 우주선 아폴로 "11호의 방식으로" 달에 착륙하듯, 그녀의 몸은 둥실 떠올랐다가 이내 빗물에 흠뻑 젖은 채 무거워져 내려앉곤 한다. 과연 그녀의 시선 안에 포착된 것들은 무엇일까. 작품 「아폴로」의 첫 연의 경우, "흰색과 붉은색만 읽어낼 수 있다는 구름의 시력"과 통과해야 하는 "둥글고 움푹한 문", 그리고 "몸을 둥실 떠오르게 하는 방법"에 대해 이야기하겠다고 화자는 말한다. 그렇다면 흰색과 붉은색만을 구별하는 "구름의 시선"이란 또 무엇을 의미하는 것일까. 아마도 아폴로가 달에 착륙하는 것을 바라보는 또 하나의 시선이 아닐까. 알다시피 '아폴로'라는 우주선의 이름은 그리스 신화에 나오는 태양신 아폴론의 이름에서 따온 것이다. 달 탐사 우주선의 이름을 태양신의 이름에서 따온 것은, 태양신 아폴론의 쌍둥이 누이가 바로 달의 여신 아프로디테이기 때문인데, 따라서 아폴론이 누이를 만나기 위해 달에 가려면, "몸을 둥실 떠오르게 하"여 가벼운 몸으로 우주를 항해해야 하는 것이고, 태양과 달의 표면이 붉은색과 흰색을 띠므로 이들을 바라보려면 화자 역시 당연히 구름의 시선을 지니는 수밖에 없었을 것이다. 그러나 그녀의 항해가 순탄하지만은 않다. "안개가 꾸준히 번지고 있"기 때문인데, 그녀는 "두 팔을 저으며 공기를 정돈"하거나 눈꺼풀을 "천천히 감았다가" 서서히 다시 뜨면서 비행의 어려움과 공기의 저항을 최소화한다.

> 11호의 방식으로 모든 낌새들이 사라지고 오늘은 나에게도 타인에게도 각
> 자가 맞이하는 가장 오래된 날 나는 가장이라는 단어를 과장법으로 즐겨
> 사용하는 사람 사람들은 자주 많은 것을 모든 것으로 믿어버리고
>
> …(중략)…

뒤 따라 오는 발자국들

눈꺼풀을 뒤집으면 더욱 자세해지는 붉은 무늬들 본 그대로를 말하기 위해
침을 모으면 쓰게 삼켜지며 설명되는 것이란

— 「아폴로」 부분

　"오늘은 나에게도 타인에게도 각자가 맞이하는 가장 오래된 날"이라는
표현에서 알 수 있듯, "오늘"이 바로 최후의 날이라는 의미인데, 그렇다면
그녀의 뛰어내림은 죽음을 향한 것일까. 어쩌면 이 모든 것이 소녀의 놀이
이자, 그녀만의 상상이었으리라. 아폴로 "11호의 방식"처럼 이 "모든 낌새"
들이란 과장과 추측과 조작의 논리 안에 존재하는 '허구'일지도 모른다.
"사람들은 자주 많은 것을 모든 것으로 믿어버리"므로, 어쨌거나 그녀는 그
녀가 착지하던 순간 바라본 "붉은 무늬들"을 생생히 기억한다. 그러나 그녀
를 추궁하며 "뒤따라오는 발자국들"에게 그녀가 바라본 그것들을 있는 그
대로 설명하기에는 "쓰게 삼켜지"는 무엇이 너무 많다. 「거대한 욕조의 주
인」에서 역시 소녀는 비 오는 날 마당에서 그녀만의 '놀이'를 즐기기에 분
주하다. 무료하고 지루한 일상을 달래기 위해, 아마도 그녀는 "비 오는 날
마당"을 "거대한 욕조"로 상상하고, 그 안에서 유영하듯, 상상의 날개를 펼
치는 듯하다. 먼저 그녀는 "마당을 가로질러 긴 줄을" 맨다. 그 줄을 따라
두 팔을 들고 평행봉 위를 걷듯, 조심스레 발을 내 딛다가 이내 식상한 듯,
줄 위에서 뛰어내린다. 다시 줄을 팽팽하게 당기고 그녀는 골목을 상상한
다. "골목을 옆구리에 끼고 달리면"서 그녀는 또 많은 장면들과 조우한다.
그러나 익숙하고 "빤한 반경" 역시 식상하다. 하나 같이 "오직 늙은이가 되
기 위해 성실한 일과를 각오하고 고개를 주억거"리는 표정들이기 때문이다.
다시 줄을 잡아당겨 "열차놀이를 시작"하지만, 빗물조차 "차곡차곡 낡아가

고" 이 모든 것이 "의외로 소녀는 재미가 없다". 이상, "침출차"처럼 흠뻑 젖은 그녀의 '빗물 놀이'에 관한 관찰이다.

이것은 병든 구근과 자라나는 돌멩이에 관한 이야기

주렁주렁 매달린 가지를 끊어내고
보살피지 않자 기어코 아파버린 구근은
자신을 살리는 방법으로 독을 퍼뜨린다.

—「피의 진로」부분

위의 시 「피의 진로」에서도 마찬가지로 시작 부분에서 그녀는 "병든 구근과 자라나는 돌멩이에 관한 이야기"를 소개하는 화자로 등장한다. "자신을 살리는 방법으로 독을 퍼뜨리는" 구근은 다름 아닌, "온종일 자신의 주먹을 쳐다보며/나는 식물이다"라며 주문을 거는 사람이거나, "한낮의 심장을 통째로 삼키고는/심장이 퉁퉁 붓는 사람", "돌멩이에 눌려 물가에 누워있는 사람" 등으로 비유된다. 그런데 그들의 몸에 흐르는 피는 비정상적이다. 동맥경화처럼 단단하게 뭉쳐 순환이 되지 않거나, 너무 뜨거운 피를 가진 그들은, 아무도 보살피지 않는 "병든 구근"이자 "독"오른 식물로 "돌멩이가 풀리기만 기다리며" 식물인간처럼 누워만 있는 수동적인 존재들인 것이다. 요컨대 상상의 힘, 이야기를 감각적으로 만들어내는 힘이 그녀의 가장 큰 강점인 듯 보인다. 상상의 영역을 현실세계로 보다 넓게 확장하거나, 다층의 시선으로 확대하거나, 아니면 오히려 사물의 내면속으로 깊숙하게 침잠하여 날카롭고 섬세하게 이미지를 포착해 낸다면, 지금보다 훨씬 구체적이고 탄탄한 시적 발화가 가능해지지 않을까. 그녀의 발화(發話)와 발화(發花)가 더욱 내밀해지고 풍성해지기를 빈다.

울음과 웃음의 씨(詩)앗을 발아(發芽)시키는 그녀들

- 허영숙 김미량의 시

1. 울음의 씨앗을 탈곡(脫穀)시키는 힘 - 허영숙

울음이라 부르는 것들은
내부에 깊은 공명통을 가지고 있다
육중한 슬픔을 길어 올릴 때
저 밑바닥에서부터 부딪치는 소리
내 안에서 결을 내고 있는
수많은 실금들이 소용돌이 칠 때
올라오던 소-리
목이 젖어야 나오는 소리
짖다의 발원은 바깥에 있고
울다의 발원은 안쪽에 있다

— 「울다와 짖다 사이」 부분

위의 시는 허영숙 시인의 첫 시집 『바코드』에 실린 작품이다. 그녀의 시집은 오글오글하고 쟁쟁한 언어의 씨앗들로 가득하다. 한때 그 씨앗들은 촉촉한 상처와 딱딱한 딱정이를 동시에 머금은 채, 태아처럼 웅크리고, 깊은 울음을 울던 슬픔의 한 점이었음이 분명하다. 게다가 그 울음이란 하나같

이 "내부에 깊은 공명통을 가지고" 있어 어떤 "소리" 하나씩을 품었던 모양
이다. 시인은 그 "소리"가 "육중한 슬픔을 길어 올릴 때/저 밑바닥에서부터
부딪치"며 나는 "소리"라고 말한다. 그 밑바닥에 깔려있던 소리들은 저들끼
리 또 부딪치고 부딪쳐서 "수많은 실금들"을 내다가 소용돌이치며 "올라오
던 소리"들인 것이다. 그녀는 하여 '짖음'과 '울음'을 구별 짓는데, 전자가 발
원을 바깥에 두고 나오는 '마른 소리'에 해당한다면, 후자인 '울음'은 안쪽
깊은 곳에서 발원하여 "목이 젖어야 나오는 소리"라고 한다. 이렇듯 '울음'의
속성을 누구보다 잘 아는 그녀라서일까. 그녀의 시는 울음과 울림이 적절
히 어우러져, 독자들에게 적잖은 진동과 여운을 준다. "육중한 슬픔을 길어
올"리는 힘이야말로 좋은 시를 쓰는, 깊은 감동을 주는 원동력이기 때문이
다. 그렇다고 너무 습윤하지도 건조하지만도 않은, 그녀가 가진 시의 서정성
은 날것의 울음이 아닌 탈곡되고 정선된 채, 알이 단단하게 여문 그것에 가
까워 보인다.

새는 스스로 몸을 후벼 파며 운다
부리로 뽑아 낸 울음이 새장 바닥에 흥건하다
그 즈음, 내 슬픔도 부풀고 있는 중이었다
울음 기둥은 여기저기 솟구쳐 나를 가두고
쏟아 낼 곳을 찾지 못해
깃털을 하나씩 뽑고 있는 중이었다

모란앵무와 내가
맞닿아 있는 아픈 음역을 서로 살핀다
몸의 깃털을 다 뽑아 맨살이 드러날 때쯤
울음은 속도를 늦추다 그칠 것이므로

며칠, 서로의 축축한 무릎을 베고 잠들어야 한다

— 「모란앵무와의 나날」 부분

위의 작품에 등장하는 모란앵무와 화자인 '나'는 "아픈 음역"을 공유하며 서로 맨몸끼리 맞닿아 있다. 그 "아픈 음역"이란 다름 아닌 깊은 곳에서 "뽑아낸 울음"으로, 이는 "낯선 이주에 대한 두려움"과 "정 붙였던 사람을 갑자기 잃어버"린 데서 연유한 것으로 보인다. 이민 가버린 주인에게서 버림받아 화자에게 양도된 모란앵무는 며칠 동안 "횃대를 시끄럽게 긁"어대는 것도 모자라 이제는 제 깃털을 뽑아대며 밤새 지치지 않고 울어댄다. 모란앵무가 "부리로 뽑아낸 울음이 새장 바닥에 흥건하"고, 이를 지켜보던 화자인 '나' 역시 부풀어 오른 슬픔들이 어느 순간 "울음 기둥"으로 솟구쳐 창살처럼 "나를 가두"게 되는데, 스스로를 유폐시킨 화자 또한 울음을 "쏟아낼 곳을 찾지 못해" 몸의 "깃털을 하나씩 뽑고 있는" 고통 중에 있다. 여기에서 화자를 새장처럼 유폐시키는 슬픔의 근원 따위는 중요하지 않다. 다만 다행인 것은 모란앵무와 화자가 "맞닿아 있는 아픈 음역"으로 "서로를 살피"고 있는 이 순간에 그 의미가 있을 뿐이다. "몸의 깃털을 다 뽑아 맨살이 드러날 때쯤" 울음 또한 "속도를 늦추다 그칠 것이므로" 그들은 "며칠 서로의 축축한 무릎을 베고 잠들어야"만 "먹물처럼 짙은" 슬픔을 서로가 각자의 방식으로 극복할 수 있는 것이리라.

모든 길은 사방으로 열려있고 정해진 각본 속에 나를 가둬두고 누가 돌리고 있다

…(중략)…

오늘 돌아나간 저녁과 결별하고 다른 길 위에 매일 새로운 장면이 연출된다
장면들은 빠르게 눈앞을 스쳐 가거나 이미 지나간 장면이 다시 돌아와 그
시절의 캄캄한 뒷골목에서 호각을 불러대곤 했다

변두리까지 밀어냈다가 다시 중심으로 돌아오게 하는 신들의 손

늦은 오후, 풀섶에 찌르레기 한 마리 죽어 있다 너는 멈추었으나 나는 가야
한다 우리는
가을의 중심에서 이렇게 스쳐가야 한다고 적혀있다

— 「큐브—각본」 부분

위의 작품에서는 슬픔이나, 울음, 외로움의 감정들은 철저하게 배제되
어 있다. 큐브라는 입방체의 장난감을 소재로 하여, 신(神)과 그로부터 벗어
날 수 없는 숙명에 관한 사유를 보여주는 텍스트이다. 우리가 장난감 큐브
를 이리저리 돌려 맞추듯, 어쩌면 신도 정해진 각도와 색깔, 고정된 틀 안에
갇힌 우리의 인생을 이리저리 내밀다가 결국 '죽음'이라는 제자리로 돌아
오게 하는 것은 아닐까. 시인은 어쩌면 "신들의 손" 안에서 꼼짝없이 갇혀
정해진 각본대로 살다 가는 게 인생이지 않겠냐는 자조 섞인 물음을 던진
다. 사람을 만나 사랑하고 헤어지는 일도, 하다못해 해변을 거닐다 잃어버
린 "슬리퍼 한 짝"까지도 모두가 각본대로, 쓰여진 대로 연출되는 상황이라
면, 얼마나 답답할까. 아무리 운명의 "입방체를 그만 빠져나오고 싶어" 이리
저리 발버둥을 쳐봐도, 결국 같은 자리로 돌아오거나, 한 자리만을 계속 맴
돌게 된다면 얼마나 불행할까. 결국 발버둥은 죽음에 이르러서야 멈출 것이
다. "늦은 오후, 풀 섶에" 죽어있는 "찌르레기 한 마리"처럼 숨이 멈추지 않
는 한, 내가 찾아 헤맸던 '그'가 아무리 "수천 년을 돌아 겨우 만난 사람인

듯"해도, 신의 손가락이 허락하지 않는 한, '그'와 '나'는 "가을의 중심에서 이렇게 스쳐 가야"만 하는 것이다. 삶이 정말 '큐브'와 같다면, 또는 '삶이 큐브 같다'라고 인식하는 순간 우리는 분명 '한계'에 부딪혀 불행하다고 느낄 것이다. 허영숙 시인의 등단작인 「바코드」역시 이와 비슷한 인식을 보여주는 작품이다.

> 밟아온 길을 다시 일으켜 세워 바코드를 만든다
> 고음으로 내질렀던 푸른 날의 한 때를
> 굵게 긋다가 올려다 본 하늘
> 정오의 햇살이 내 몸의 바코드를 환하게 찍고 간다
>
> ─ 「바코드」 부분

큐브와는 다르지만, '바코드' 또한 상품이 완성되기까지의 세세한 정보가 몇 개의 세로선과 숫자들로 간편하게 기록되어 있다. 그 바코드를 역추적해보면 지나온 유통경로를 되돌아볼 수 있다. 그러나 바코드는 어디까지나 경로표시에 불과할 뿐, 아무리 신(神)이라고 해도, 혹은 슈퍼컴퓨터라고 해도 "기억 안에 있거나 기억 밖으로 밀어낸/파랑의 날들"까지 모두 기록될 수는 없다고 시인은 말한다. "찬물에 돌미나리를 씻으며 울고 싶었던 이유가" 단지 "시린 손 때문이라고만"은 "쓸 수"도 우길 수도 없기 때문이다. 우리는 때로 "왔던 길을 다시 돌아가"기도 하고, 한 발자국도 앞으로 나아가지 못하고 운명 앞에 멈칫하기도 한다. 그러나 그 모든 순간들이 "푸른 날의 한때를/굵게 그어" 몸속에 차곡차곡 바코드를 만든다. 그리고 그렇게 지나온 길들, "밟아온 길"들을 바코드처럼 새기고 "다시 일으켜 세워" 남은 길을 가는 데에 버팀목을 삼거나, 뗏목을 삼는 것은 어디까지나 각자의 몫으로 남는다.

탱자나무 울타리가 키우는 복숭아밭

다가 갈 수 없는 먼 거리에서

바라만 봐주어도 수밀도는 붉게 익고

한사람을 가까이 두고 오래 키웠으나

나의 연애는 아직도 풋것이어서

늘 배앓이를 한다

— 「근경」 부분

위의 시의 제목은 '근경(近境)'이지만, 본의 아니게 화자는 좀처럼 다가 갈 수 없는, 먼 거리를 줄곧 응시한다. 오래 "한 사람을 가까이 두고" 사귀고 그리워하였지만, 언제나 "달콤한 꿈은 망원"에 그치고야 만다. 한낮에 꾼 "생시인 듯 가깝던 꿈"이 저녁이 되면 "능선에 한 점으로 얹힌 햇살처럼" 아득해지듯, 아무리 가까이에서 겉으로는 "수밀도 붉은" 연애를 해도, 번번이 베어 무는 사랑은 서툴고 시큼하고 떫기만 하여, 늘 "배앓이를 하"고야 마는 데 그친다. 어쩌면 시인의 삶은, 시인의 사랑은 이처럼 영원히 풋것인 채로 겉만 붉게 익어가는 과장된 성숙의 과정은 아닐까. 그래서 그들은 "누룩 곰팡이처럼/푸르게 번지는 저녁", 도통 "간이 맞지 않는 저녁"을 애써 삼키며 밤새 "배앓이"를 하고, 날로 "서러움만 무장무장 빚"지다가, 그 '서러움의 빚'을 갚아나가기 위해, 망원에 그치고 말 백일몽일지라도 끊임없이 꿈꾸는 것은 아닐까.

2. 웃음을 부풀리는 상상력의 힘 – 김미량

김미량 시인의 경우 착상 자체가 독특하고 흥미롭다. 일상에서 쉽게 볼 수 있는 상황이나, 흔하고 익숙한 소재들을 참신한 묘사와 개성적인 어조로 섬세하고 위트 있게 구현해 낸다. 살펴볼 신작 시 3편 역시 '머리빗'이나, '목걸이', '트림' 등 지극히 일상적인 대상을 소재로 하였음에도 지루하지 않게, 새로운 발상과 흥미로운 언어 구사를 잘 보여주고 있다. 우선 그녀의 데뷔작 「두피나라 일기예보」를 읽어보자. 이 작품에서 역시 감각적이고 위트 있는 그녀만의 힘 있는 묘사력이 충분히 발휘되고 있음을 알 수 있다.

먼저 구름 모습 보시겠습니다 지루성피부구름 여전히 북상 중입니다 오랜 염증으로 허리 잘린 나무들이 누워있는 곳 두피나무가 푸석푸석한 머리 흔들면 한 차례 싸락눈이 내릴 예정입니다 쎄라스톤 연고로도 녹지 않는 끈질긴 집착이 덤으로 내립니다 외출시엔 우산을 준비하세요 더 이상 방치할 수 없는 눈들이 위험하게 쌓여 눈사태도 발효중이니 눈다발 지역은 잠시 대피를 바랍니다 상처가 눈덩이처럼 불어난 두피 아랫마을은 심각한 상황입니다

…(중략)…

두피 전 지역으로 오후에 적은 양의 비 소식 있습니다 우울했던 마음 마른 타월로 뽀송뽀송 달래주시고 외출 시 검은 재킷의 유혹만 뿌리치시기 바랍니다 우산은 접고 사소한 고민 주저 없이 들고 나가 톡톡 털어 버리시길 당부 드립니다 이상, 날씨였습니다

— 「두피나라 일기예보」 부분

위의 시는 인체의 일부인 두피에 관한 상상력이 우선 독특하고 세밀하다. 표현 방식 또한 일기예보의 형식을 띠고 있어 설명적인 듯하면서도, 구체적이고 활달한 묘사로 인해 독자로 하여금 시각적, 청각적으로 '두피의

상황'을 실제로 뉴스를 통해 보도 받고 있는 듯한 착각을 불러일으킨다. 먼저 서두에서는 "지루성피부구름"이 북상 중이라는 보도를 통해 "두피나무"로 묘사된 머리카락 사이로 많은 량의 "싸락눈" 즉 비듬이 예상되므로 "외출 시엔 우산을 준비하"라는 가벼운 경고와 함께, 일부 지역에서는 "눈사태도 발효 중"인 만큼 '비듬주의보'에 유의하여 적절히 대피하라는 다소 "심각한 상황"의 보도에까지 묘사가 이어지고 있다. 머리카락 속 두피를 하나의 마을로 상정하고, 각각 윗마을과 아랫마을의 기상 상황을 흥미진진하게 보도한 점, 그에 따른 대처 요령을 "두피지방 스켈일링"이나 "미스터 브러시 군"의 빗질 행군 등으로 비유한 점, 언제 그랬냐는 듯 다시 화창해진 날씨에 "웃음소리" 술렁이다 잠드는 평화로운 마을의 모습까지, 마치 얇은 동화책 한 권을 넘겨보는 듯한 전반적으로 경쾌한 느낌을 주는 작품이다. 다음 작품 역시 일상생활에서 사용되는 흔한 소품인 '드라이 빗'을 소재로 한 시이다.

잘만 다루면 풍성한 웨이브, 아침마다 풍년이다
풍악소리 울리지 않아도 먼저 웃는 아침
날마다 거울 앞에서 당신과 마주 본다

…(중략)…

이렇게 나를 쥐고 맘껏 이용해보고 버려져도,
나는 그저 빗일 뿐
내 몸에는 정수리에서 떨어져 나온 기억이 엉켜있다
뜨거운 열기도 소음도 묵묵히 참아내고
당신을 몇 바퀴 돌려야 한다

풀죽은 당신을 한 올 한 올 일으켜 세우고
서랍 안에 누워, 나는 이제 고요하다

—「드라이빗」부분

어느 집에나 한두 개쯤은 욕실이나 화장대 앞에 무심하게 꽂혀있는, 누구나 사용하는 드라이빗을 소재로 하여 쓰여진 시이다. 시인은 드라이빗을 "소형 탈곡기"에 비유한다. 볏집 같은 머리카락 뭉치를 한 단 한 단 "척척 들어올 리"는 드라이빗은 "잘만 다루면 풍성한 웨이브"로 "아침마다 풍년"이 들게 하여, 머리숱이 적은 주인으로 하여금 "풍악소리 울리지 않아도" 하루를 즐거운 웃음으로 시작할 수 있게 도와주기 때문이다. 그러나 드라이빗에게 그러한 자부심과 즐거움만 있는 것은 아니다. 주인에 의해 "쥐고 맘껏 이용" 당하고 버려져도 "나는 그저 빗일 뿐"이므로 그 이상의 것을 요구하거나, 바랄 수 없다. 하지만 설령 "정수리에서 떨어져 나온 기억이" 몸에 마구 뒤엉켜 있고, "아침마다 뜨거운 열기와 소음을 묵묵히 참아내"야 하는 일상의 반복이라 하더라도 "풀죽은 당신"을 "한 올 한 올 일으켜 세"울 수 있다면 그것만으로 드라이빗은 이미 임무를 완수한 것이며 "서랍 안에 누워" 충분히 "고요하"게 휴식할 수 있는 존재로 그려져 있다.

앞좌석에 앉은 중년부인의 황금색 그것이 뒤로 돌아갔다
머리를 꼿꼿하게 들고, 머리를 양보하지 않는 "어디 남은 눈 하나 있다면 뒤
통수에 쿡 박아줄래"
그것을 살살 문질러서 지니를 불러낼까?
내 생각을 훔친 그것의 머리가,
머리를 반 바퀴 획 돌려놓고
그것만, 확, 움켜쥔 채 제자리로 돌아갔다

등 뒤의 서먹한 풍경을 서둘러 지우고
목걸이 메달이 여자를 따라 내렸다

—「돌아갔다」 부분

위의 작품은 버스 안에서 우연히 바라본, 한 중년부인의 반쯤 돌아가 있는 '목걸이 메달'에 관한 단상을 적은 시이다. 더운 여름 "땀에 젖은 살들이 바싹 밀착 시"켜놓은 황금색 펜던트는 마침 중년부인의 두꺼운 목살에 접혀 "머리를 꼿꼿하게 들고", "뒤통수에 툭 박아"놓은 눈처럼 유독 반짝였던 모양이다. 화자는 그 상황을 보고, 잠깐 요술램프의 '지니'를 떠올린다. "살살 문질러서 지니를 불러낼까" 하던 찰나에 펜던트는 다시 "머리 반 바퀴를 획 돌"아 제자리로 돌아가고, 중년부인도 목걸이 메달도 함께 버스를 내리는 것으로 시적 상황은 종료되고 있다. 돌아간 메달을 보고, '지니'를 떠올린 화자가 본인의 뒤통수에도 보석처럼 반짝이는 '눈'이 하나 있으면 좋겠다는 짧은 바람을 혼잣말하듯 간단하게 표현한 작품이다.

이것은, 바이브레이션을 타고 흘러나온다
정직하고, 예의바른 냄새를 제조하는 일은 아주 가끔 가능한 일
방심하면 불편한 사이가 된다
수습할 수 없는 사소한 사건이거나, 빤한 변명 같은 것
귀를 틀어막을 위력은 아니지만
복받쳐 오는 슬픔을 날벼락처럼 떨어뜨린다

…(중략)…

먼저 꿈틀거린다

남아 있으려는, 나를 뜯어먹으려는, 속을 뒤집으며 역류하는

당신을 확 뱉어버린다

입속에서 큼큼한 냄새가 진동한다

고양이가 물어갈, 날 것의 사람아

하품을 연거푸 내놓으며 마음아, 뭉치자 뭉쳐보자

울렁이는 속사정일랑 그만, 추슬러도 좋을 시간

고요해져도 좋을 몸에게 자장가를 1절만 불러줄까

— 「트림」 부분

위의 시는 '트림'을 소재로 한 작품이다. 위 작품에서 역시 생리적 현상으로서의 '트림'이 생겨나는 과정과 그로 인한 거북하면서도 시원한 배설의 느낌을 적나라하면서도 위트 있게 표현하고 있다. 본인도 어쩔 수 없는 어느 순간에 "바이브레이션을 타고 흘러나온" 트림은 그 '소리'보다도 진동하는 "큼큼한 냄새" 때문에 "복받쳐 오는 슬픔"까지도 한순간에 "날벼락처럼 떨어뜨"릴 만큼의 위력을 지니고 있다. 이처럼 트림은 경우에 따라서는 슬픈 상황까지도 일순 코믹하게 만들어버리는 일순 "수습할 수 없는" 사건이 되기도 하는 것이다. 어쨌거나, 시인은 양파나 마늘처럼 쉽게 가시지 않는 "지독하게 풍기는" 역겨운 냄새는 꼭 음식에서만 연유하는 것은 아니라고 말한다. 시인은 우리가 살면서 만나게 되는 무수한 사람들 중에도 유독 "나를 뜯어먹으려"고 덤비거나, "속을 뒤집으며 역류하는" 불편하고 거북한 사람들이 존재한다는 평범한 사실에 주목한다. 그런 사람들과 함께 공유하는 일상이라면 잠깐은 지독한 냄새로 인해 곤욕스럽겠지만, 장기적으로 보면 트림처럼 그때그때 "확 뱉어버"려야 이후의 속은 한결 시원하고 편해지기 마련인 것이다.

김미량 시인은 작고 소소한 일상이나 소품들에 관해 밀도 깊은 관찰력

과 기발한 상상력을 토대로 하여, 시를 재미있게 구성하는 개성과 힘을 가지고 있다. 사물을 바라보는 그녀만의 독특한 시선과, 재치 넘치는 상상력이 앞으로 더 풍성해지기를, 더불어 사물의 재치 있는 형상화뿐 아니라 현실과 상상, 외면과 내면을 두루 넘나들며, 시가 더욱더 깊어지고 넓어지기를 기대해 본다.

3부

공존하는 우리 : 시의 스펙트럼

견자(犬子)의 시학, 당신의 개는 안녕하십니까?

지조(志操) 높은 개는
밤을 새워 어둠을 짖는다.

어둠을 짖는 개는
나를 쫓는 것일 게다
– 윤동주 「또 다른 고향」 부분

1. 당신의 개는 안녕하십니까?

짖어야할때짖지않는개
짖어야할때짖는개
짖어야할때성대가없는개

주인을기다리거나간식을기다리거나박새를기다리거나도살을기다리는

웃는개
이제웃지않는개

수류탄을버리고오는물고오는물고와터지는

…(중략)…

시에나오고소설에나오다가
귀털고방귀끼는

얼어붙은땅파헤지다가
주인시신을발견하고
비로소잠든
치매걸린
나의
개

— 김소형, 「개가짖음으로써」 부분, (『현대시』 2018, 3월호)

"짖음으로써" "시작되는" 한 이야기가 있다. 그 '짖음'의 이야기는 '태초에 개가 있었다'로 시작된다. 컹컹, 시가 되고 소설이 되고 희극이 되고 비극이 되는 개들, 개소리들. 때론 찌라시가 되고, 근거 없는 소문이 되고, 발 없는 말이 되고, 그러나 결정적인 증언이 되거나 마지막 유언이 되기도 하는 '컹컹'들, 무수한 잡음들, 짖음(들), 간헐적인 진실들……. 이 모든 짖음의 시학. 일찍이 윤동주는 "밤을 새워 어둠을 짖는" "지조 높은 개"의 위상을 노래했다. 진정한 개는 주인을 위해 복종하고 주인 대신 명을 달리하는 개가 아니라, 무엇보다 주인을 어둠과 진창 가운데서 밝은 곳으로 "쫓는" 개라고 말이다. 그런 의미에서 윤동주 시의 시적 화자보다 그 배후에 있는 개의 어조와 태도야말로 어쩌면 더 훌륭한, 진실을 향해 짖는, 성대의 그것과도 같겠다. 행위 자체의 중요성보다 무엇을 향해 짖느냐, 무엇을 쫓아 짖느냐의 중요성에 일찍이 동주는 주목했다. 동주, 그야말로 견자(見者)와 시성(詩聖)이 아닌가. 바야흐로 지덕체미(知德體美)가 합일까지는 아니라도 분열은 허용되지 않는 시대에 우리는 와있다. 시인이라고 해서 위대한 천재 예술가라 해서 으레 있었음직한 대단한 광기와 착란 따위가 용납되던 시대는 한물갔다. 그러한 시대가 가고 바야흐로 새로운 윤리의 시대가 도래하였다. 랭보는 시인을 견자(見者)라고 했지만 그는 총기 난사 사건의 피의자였다. 살인 미수 전과자였으며 한 가정의 가장과 바람을 일으킨 치정(癡情)의 주인공이었다. 베를렌느와 보들레드, 그들은 견자(見者)이기 전에 견자(犬子)였음을 이제 누가 부인할 수 있을까.

이 글을 읽는 당신 안에는 견성이 없는가? 당신의 개는 과거에 단 한 번도 누군가를 물지 않았다고, 앞으로도 물지 않을 것이라고 어떻게 자신하는가? "우리 개는 안 물어요" 하지만 그 순하디순한 개가 때론 주인을 죽이고 사람을 공격하기도 하는 일은 흔치 않게 일어난다. 우습기도 한 해프닝이거나 소문처럼 떠돌다가 시간이 지나면 잠잠해지기도 하는 허밍의 짖음들이 있기도 하다. 광폭한 짖음은 폭력을 동반하기도 한다. 짖음과 동시에 상대를 찢어발기는 무수한 이빨들과 광란들이 있고, 희생자/생존자들은 보통 성대를 잃고 평생을 자학과 죄의식에 휩싸여 약자로서의 운명이나 욕하면서 어둠 속에서 숨죽여 내리치지도 못할 "양철 도끼를 들고" 꿈속에서나 가해자의 개를 향해 맨주먹을 휘두를 수 있으면 그나마 다행일 것이다.

진실은 조용히 함구하고 있는 "성대가 없는 개"에게 나 있을지 모를 일이다. 진짜 폭력은 상대의 성대와 목소리까지 모조리 앗아가기 때문에. "개로 시작해서 개로 끝나는" 개 같은 이야기들. 아니 개에게조차 미안한 추문들, 만약 추문이 아니라도 시는, 문학은, 인간은 이제 어디로 가야 할까. 홍상수 감독의 "생활의 발견" 첫 장면의 유명한 한 대사를 떠올려보자. "우리가 인간은 못 되더라도 괴물은 되지 말자"라고 그들은 서로 짖어댄다. 그렇게 말하는 사람이 더한 괴물인 경우도 있지만, 우리 안에도 작은 괴물의 씨앗들이 살고 있지 않나 살펴보자. 밥 주고 물 주고 예쁘다 예쁘다 하며 머리 몇 번 쓰다듬어주면 금세 커져서 주인을 잡아먹고 주인 행세를 하는 괴물. 괴물성은 누구에게나 있다.

어찌 됐든 개 같은 시절이다. 개들에게조차 사과해야 할 작금의 시간들. 무수한 "개의 그림자" 뒤에서 우리는 저마다 "양철 도끼를 들고", 무엇을 쫓아왔는가. 허상들을 개의 그림자들을 실체라고 믿고, 기념한, 당신의 발밑을 내려다보라. 당신들의 저마다의 손에는 피 묻은 도끼가, 발에는 피 묻은 장화가 들러붙어 있다. 김소형의 시 「개가 짖음으로 써」에서는 세 가지 타입의 개가 나온다. 이중 당신은 몇 번 유형에 해당하는가? "짖어야 할 때 짖지 않는 개", "짖어야 할 때 짖는 개", "짖어야 할 때 성대가 없는 개". 여기에 한 유형을 더 추가한다면, '자기가 개인 줄도 아예 모르는 개' 정도를 들 수 있지 않을까. 2018년은 무술년이다. 이제 당신에게 묻는다. 의문형의 짖음 하나. 컹컹컹 지금 여기, 당신의 개는 안녕하십니까?

2. 기지개는 누구의 책임인가?

저녁에는 오골계를 지지하겠습니다

···(중략)···

노새는 풀을 뜯는다
나는 풀이 되지 않습니다
노새는 똥을 낳는다

나는 똥이 되지 않습니다

건조하다

고산지대는 절벽이 핥던 두유 같은 것

운이 좋습니다 남은 생의 묶음들

관념에는 털이 자란다

샴푸가 필요해서

진심으로 웃습니다

마부는 노새 목에 종을 단다

사람을 만나고 싶어

사람을 만나고 싶어

…(중략)…

기지개는 팔다리의 책임이고

무지개는 느리다

우리는 좋아했지

사랑은 비위생적인 행동에서 비롯됩니다

우리는 깨끗한 사이

차를 끓일까요 우리는 우리를 응용할 수 있으니

기술이 거리감을 없애고

자연이 생활을 지킬 테니

미움을 보살피기 위해 장난감을 찾는다

염소와 마차와 비탈을 축소시키는 일
의사는 내 잇몸에 엽서와 편자와 레진을 박습니다

나는 사람을 만들고 싶습니다
나는 사람을 만들고 싶습니다
— 이현정, 「비와 빛과 물질의 이중성」 부분(『창작과비평』, 2018, 봄호)

지루하거나 뻔하거나 알 수 없는 시가 대부분인 잡지들. 몇몇 계간지를 뒤적이다가 오랜만에 내 시선을 오래 머물게 하는 시를 찾았다. 사람은 물질인가? 관념인가? 관념에 난 털인가?를 묻는 질문들이 꼬리에 꼬리를 물고 연상되는 그러나 결국 조소(嘲笑)든 실소(失笑)든 독자를 웃게 하는 시. 반가운 작품이다. "비와 빛과 물질의 이중성"이라니 언뜻 제목부터 생소하게 들린다. 비와 빛과 물질이 전부 이중성을 지닌다고 할 때 그렇다면 이중성이 아닌, 단일성을 지니는 개체, 존재란 가능한가? 아마도 불가능할 것이다. 신이 있다면 모르겠지만, 신이 있다 해도 신의 속성이 단일하고 순수하다고 단정할 수는 없는 노릇 아닌가. 창세의 신화에서 신은 그의 형상을 본떠 사람을 만들었다고 했으니, 사람의 가증성과 위선, 위악성과 분열, 결핍과 가변성은 어쩌면 신의 속성에서 비롯된 것이 아닐까.

한편 비와 빛은 물질을 변화, 변질시키는 중요한 요인이다. 수분과 산소, 온도와 빛은 강한 철도 결국 부식시킨다. 인간을 물질 또는 유기체라 할 때, 이 인간은 또한 얼마나 환경에 취약한가. 인간만큼 쉽게 산화되고 변질되는 물질도 없을 것이다. 죽으면 최소 며칠은 있어야 그 육신이 부패한다지만, 살아서는 찰나에도 변질되는 게 인간이고 인간의 영혼이다. 그 마음과 영혼과 정신은 때때로 눈앞의 짧은 유혹과 이익에도 쉽게 변절되곤 한다. 인간은 게다가 무리지어 있을수록, 훨씬 더 변화와 변질에 민감해진다. 이를

테면 우리가 대중이라 부르는 인간의 연합을 생각해보라. 여기 어둠이 시작되는 지점이 있다. 대중은 대부분 이제 어둠을 지지하게 된다. "저녁에는 오골계를 지지하겠습니다", 그렇다면 빛이 시작되는 새벽녘에는 새하얀 암탉이나 새하얀 폴몬트를 지지하게 될 것이다. 촛불 또한 모든 촛불이 정의롭다고 할 수 없다. 우르르 몰려나온 맹목의 촛불 또한 우리는 심심치 않게 봐왔다. 우리가 쌓아올린 관념에는 어느덧 무성하게 털이 자라고 그 털의 고약한 냄새를 씻어낼 일정량의 "샴푸가 필요해서/진심으로" 웃거나 찡그릴 수 있는 우리, 우리의 표정과 정동이 필요하다. 솔직해질 우리. 위의 텍스트는 우리는 사람일까를 끊임없이 묻게 한다. 이제 어쩌면 세상에는 희귀한 존재의 사람들. "사람을 만나고 싶어/사람을 만나고 싶어" 외쳐봤자 아무리 주위를 둘러봐도 사람보다는 노새와 노새가 먹는 풀과 노새가 낳은 똥만 지천인 세계. 게다가 노새의 종소리만 요란하게 울려대는데, 마부도 사람은 아니어서 차라리 사람을 만들자고 외쳐야 하는 총체적 난국. 사람이 그리워지는 사람이 드문 시절. "사랑은 비위생적인 행동에서 비롯"된다 할지라도 그 비위생적 사랑마저 사라진 어느날 그리하여 "나는 사람을 만들고 싶습니다" 외치는 우리는 이제 전부 자신만의 피그말리온을 만들어야 하는 것을 아닐까. 이제 하나만 더 묻는다. 방금 전 당신의 그 기지개는 누구의 책임인가?

3. 변명(辨明)이라는 병명(病名), 시(詩)

해놓고 변명을 하기보다는 변명을 위해서라도 해야지 변명을 만들어 놓으
면 하게 되겠지 나는 너무 하지 않으니까
저문다

해도 안해도 있어도 없어도 그 자리에서 턴테이블은 회전한다
기록된 음악은 재생되며 시제(時制)를 지운다

너에게 그것은 커보여서 꿈꾸고 이것은 작지만 당분간 당장 안주하는 시간
이라면 나는 다 거르고 너에게 패스
나 이전에 형성된 너의 관계들
돌고 돈다

…(중략)…

변명의 반대말은 무엇일까 그 자리에서 과정을 그리는 구설

나무를 심었다
바람은 내가 심은 나무만을 골라 죽이는 것이었다 그 자리에서
다스리는 것은 무엇이었나

오늘 나의 자리는
들이받을 준비가 되어 있는 화난 별자리라고 하고

의자가 사람을 비운다
도의적(道義的) 의자가 비울 것을 비운다
　　　　　　— 황혜경, 「변명의 자리의 변명의」 부분(『현대시』 2018, 3월호)

　변명이란 무엇인가. 변명(辨明)이라는 병명(病名)에 대해 생각해 본다. 시
적 주체는 말한다. "나무를 심었다 죽을 나무만을 골라 심었다"라고 명제

를 던진다. 그리고 번복한다. "바람은 내가 심은 나무만을 골라 죽이"었다고. 나는 애당초 죽을 나무만을 골라서 심었는데 바람이 불자 나무가 쓰러졌다고. 나무를 죽인 범인은 바람인가? 나무를 심은 나인가? 아니면 나무 그 자신인가? 나무가 죽은 "그 자리에서 다스리는 것은 무엇이었나"를 물어보자. 무엇이 무엇을 다스린다고 했을 때 다스리는 주체는 누구이며 다스림의 대상은 무엇인가? 바람이 다스림의 주체이고 죽은 나무는 그 대상인가? 계속되는 질문에 어떤 변명도 변명으로만 남을 뿐이다. 결국 자명한 사실은 나무가 죽었다는 것. 그뿐. "변명"은 보통 어떠한 사건 뒤에 상대의 추궁과 질책 뒤에 이뤄지는 것이 순서이나, 시인은 오히려 변명을 먼저 만들어놓고 행해지는 행위와 일어날 사건에 대해 역순(逆順)의 이야기를 한다. "턴테이블은 회전"하고 "기록된 음악은 재생되며 시제(時制)를 지우"며 반복된다. 이 반복은 반복인가? 이 회전은 회전인가를 추궁해보자. 과연 기록된 음악은 시제를 지우며 재생되는가? 그렇다면 "변명의 반대말은 무엇일까"를 다시 물어보자. 변명이 시인의 말마따나 "그 자리에서 과정을 그리는 구설"이라면, 변명의 반대말은 그 변명이 들어갈 틈, 공간, 사이의 한자리가 아닐까? 독자들이여 당신은 최근의 당신, 당신의 최근을 변명해보라. 만약 빈 공간, 빈자리가 있다면, 그 자리에 의자를 앉혀 놓으라. 당신 대신에 이윽고 "도의적 의자가 비울 것을 비울" 것이다. "그 바람이 스치자" 죽은 나무, 그 잔해들 주변에 흩어져 있는 낙엽들, 언어들, 어쩌면 가장 궁색한 변명들이 불치의 병명을 가장하고 당신 대신 늘어져 있을 것이다. 적어도 "죽을 나무"는 살아있던 나무였던 것이 자명하다. 어쩌면 시인들은 "죽을 나무"만을 모조리 심어놓고, 바람이 죽였다, 새의 노래가 죽였다, 허공이 죽였다, 봄이, 여름이, 가을이 아니 겨울이 나무를 죽였다고 온갖 변명만을 지저분하게 늘어놓는 언어의 무단투기자들이 아닌지. 나부터 스스로에게 묻고 싶다.

4. 질문자 유의사항, '너나 잘하세요'에 변명하기

우리는 목마른 질문을 가지고 있고
해답을 가르쳐 줄 누군가가 필요하지만
그건 가르치려드는 사람을 좋아한다는 뜻은 아니고
불편한 얼굴은 검붉은 얼굴인데
갈색을 붉은 검정이라고 하든 검은 빨강이라고 하든
여전히 그건 당신의 자유이지만

같은 재료와 레시피로 전혀 다는 결과는 만든 실습자처럼
잘 안 되는 사람은 이유를 잘 알 수 없고
그래서 물어보면 잘 되는 사람의 편에서는
잘 안 되는 사람이 이해가 안 간다.

이해는 안 되어도 되는데 맛이 없고
편집증이란 늘 그렇듯이 사실에 봉사하지 않는다.
기분과 느낌에 봉사한다.
빤한 대답은 이해도 잘 안 되는데 맛도 없는 레시피 같다.
여전히 이유는 잘 모르지만 맛은 확실히 없다.

— 이현승, 「질문자 유의사항 2」 부분(『발견』 2018, 봄호)

질문자 유의사항을 필자는 잘 알지 못한다. 유의사항 없이 이 글은 시작부터 질문만 여럿 제기하고 있다. 월평 제목부터 불편하게 견자(犬子)의 시학이라니. 숭고한 문학을 모욕하는 것이 아니냐고, 가뜩이나 궁색해진 문학과 문단의 위기를 조롱하고 조장하는 것 아니냐고 혹자는 비난할 수도 있

겠다. 언제 봤다고 무명의 당신이 감히 나에게 나의 개는 안녕하냐고 묻냐고 되물어올 수도 있겠다. 이 글을 읽고 네 개나 잘 단속하라고 "너나 잘하세요"라고 당신은 내게 삿대질을 할지도 모르겠다. 게다가 청렴하고 순결한 당신에게 감히 당신 안에도 괴물의 씨앗이 있을지 모르니 잘 살피라는 발언을 하지 않나. 그러나 이 불편하고 당돌한 질문들을 필자 역시 계속해서 짊어지고 나아갈 것이다. 어쩌면 대부분의 질문들이란 상대를 불편하게 하는 기능이 내재해 있는 건 아닐까 생각해 본다. 묻고 묻고 또 묻는 것. 그 대상을 사랑하거나, 증오하거나 어쨌든 지속된 관심과 애정, 집요함이 질문을 만든다. 당신이 문학을 시를 사랑한다면, 끊임없이 물어야 할 것이다. 그러나 "빤한 대답은" 필요 없다. "이해도 잘 안 되는데 맛도 없는 레시피" 따위는 누구도 궁금해하지 않는다. 어쩌면 그 요리가 요리사의 변명이라 할지라도 일단 맛있고 근사한 레시피가 필요하다. 이제 마지막 질문을 던지면서 이 글을 마름하려 한다. 맛있는 요리, 근사한 요리, 황홀한 요리가 당신 앞에 완성되어 화려하게 펼쳐져 있다. 만약 그 요리가 과거에 피를 묻혔던 셰프의 손과 칼로 만든 요리라면, 죄를 지은 자의 레시피라면, 당신은 그 요리를 뒤엎고, 그 황금빛 레시피가 담긴 노트를 불구덩이에 과감히 던져버리겠습니까? 색출된 죄인들의 책은 분서갱유가 정답인가요? 대답을 하건 안 하건, "여전히 그건 당신의 자유이지만".

정체와 지체 사이에서 서행하는 우리 문학

1. 여전히, 여성이라는 타자

여성을 성적 대상화하여 전유하는 시선과 방식은 우리 사회 문화 곳곳에 여전히 팽배해 있다. 문학도 문단도 여기에서 자유롭지 못하다. 생물학적인 성을 떠나 지금 여기 당신과 나의 젠더 의식은 아직도 여전히 부족하고 미온하다. 더 이상 페미니즘은 이론이 아니다. 운동이 아니다. 이데올로기가 아니다. 페미니즘은 언제나 나 자신에게서 시작되는 이행이며 과정이며 실천일 뿐이다. 어제의 내가 페미니스트였다고 해서 오늘의 내가 페미니스트인 것도 아니다. 페미니즘은 자기 갱신의 모든 순간, 매 순간에 새롭게 작동한다. 시시각각 가변적이고 이기적이기 쉬운 인간에게 신념과 행동이 한결같기란 얼마나 힘든 것인가. 게다가 작가의 삶과 문학이 동일하게 아름답기란 얼마나 더 어렵고 힘이 드는가. 천진하고 평화롭고 아름다운 언어의 연금술사, 언어의 성직자가 삶에서까지 끝까지 고결하고 정직하고 아름답기란 얼마나 힘든 일인가.

미투? 페미니즘? 어떤 이들은 이제 그만 지겹다고 볼멘소리를 할지 모른다. 그러나 인간은 망각의 동물, 매 순간 각인시켜주지 않으면 곧잘 잊어버린다. 방금 전에 미투 운동에 지지하는 성명에 동참하고선 돌아서서는 바로 가부장적 타성의 삶, 가장(家長)의 일상으로 돌아오는 이중 삼중 분열된 주체들. 또는 가면들. 악랄해서가 아니라 미련해서 그렇다면 배워서라도 더 자주 각성해야 한다.

편은 역겹습니다
편은 열광적이고 광적입니다

우주라면 모를까
나는 아버지 편이 아니고
철학자 편이 아니고
배관공 편입니다.

…(중략)…

시인은 내 편이 아닙니다
그는 죽어가는 행성 편입니다
그는 죽어가는 호흡과 희미해져 가는 모래 발자국 편입니다
— 박용하, 「편」 부분(『현대시』 2018. 4월호)

이 행성에는
35억 종류의 남자와
35억 종류의 여자가 삽니다

나는 누구의 남편이 아니고
누구의 아내는 더더욱 아니고
누구누구의 형님 아우가 아닙니다

내가 나가 되기까지

누구의 딸이 아니고

누구의 아들은 더더욱 아니고

내가 한 사람으로 살기까지

내가 나로 살기까지

누구의 자식이 아니고

누구의 애미 애비가 아닙니다

누구의 물건은 더더욱 아닙니다

…(중략)…

인간은 누구나 한 사람입니다

— 박용하, 「폭력」 부분(『현대시』 2018, 4월호)

　　단언컨대 인류에게는 "35억 종류의 남자와/5억 종류의 여자" 즉 70억의 인구 수만큼의 페미니즘이 분 단위, 시간 단위로 필요하다. "인간은 누구나 한 사람"일뿐이며 한 사람에게는 오롯이 하나의 페미니즘만이 존재하고 시시각각 실천과 이행이 필요하다. 페미니즘이 거대 담론, 주류의 철학일 이유와 필요는 없다. 삶을 전연 변화시키지 못한다면 어떠한 이론도 탁상공론에 그치고 만다. "인간은 누구나 한 사람"이며 그 사람 자체가 목적이다. 인간은 인간일 뿐, 그 "누구의 물건은 더더욱 아니"다. 누가 누구를 성적으로 대상화하고 도구화하는가. 과거 우리 시대에는 이런 행동이 아무렇지 않게 통용됐는데, 남들도 다 그랬는데, 혹은 몰라서 그랬는데 따위의 변명을 구차하게 늘어놓을 바엔 문학을 그만두는 편이 낫다. 구습 아니 폭력을 고집할 바엔 이제라도 문학을 그만 두길 종용하고 싶다. 지금 여기는 당신이 고착된 그 과거의 시간과 장소가 아니다. 시에서는 풀꽃 하나에 온 우주가 들어있다고 생명을 예찬하면서, 어두운 뒷골목에서 술집에서 혹은 노래방에서 누군가의 인격을 짓밟을 권리가 누군가에게 허용되는가. 속죄하고 처벌받고 그러고도 미련이 남았으면 그때 다시 문학하라. 문학이야말로 휴머니즘, 진정성이 유일한 밑천인 세상 가장 가난하고 낮은 자들의 마지막 남은 동아줄 아니었나. 반성하자. 이제라도. 미투 운동에 조마조마 자신의 도덕성과 염결성만을 단속하기에 바쁜 시인들. 몸 사리고 글 사리고 조용히 때를 기다리며 묻어가는 범죄자들. 방관자들, 침묵의 카르텔들. 견고(堅固)하고 견고(犬痼)한 이중인격자들. 남의 개만 짖는다고 손가락질하는 자들. 각자 자기 안의 견성(犬性)을 살피고 단속하자. 가장 큰 목소리로 괴물을 지탄하는 자가 알고 보면 더 큰 괴물인 경우도 많다. 누가 누구한테 가장 큰 돌을 던지는지를 또한 우리는 잘 살펴보자. 누가 누구의 편을 들 수 있나? 편드는 자들, 그들의 겉과 속을 잘 살펴보자. 박용하의 위 시에서처럼 편은 언제나 그 성향 자체가 "역겹"고 "열광적이고", "광적"이기 쉽다. 편은 다른 한쪽을 배제하며, 다른 편에 대한 폭력성을 내재한다. 편은 또한 이익이나 권력의 자장 하에 '우리'라는 편을 "편들게 돼 있으"며, 따라서 지극히 편파적이기 쉽다. 위 시의 주체는 말한다. "천지는 편이 없"고, 시인이야말로, "우주를 편드는 사람", "죽어가는 동물의 편"인 사람, "삶의 순간순간/내가 내 편이 아니길 원하"는 자들이 되어야 한다고. 시인이야말로 "죽어가는 행성", "죽어가는 호흡" 즉 약자와 가난한 자들의 편이 되어주어야 한다고 말이다. 자칭 페미니스트 자칭 미투 지지자들, 겉으로는 여성의 인권과 소수자의 인권을 부르짖지만 알고 보면 더 큰 페니스를 장착한 명예 남성들. 문단 권력. 패거리 문학. 동네 문학. 사돈 팔촌/이종 사촌 문학, 학연/지연 문학, 등단/입시 비리, 미성년자 상습 간음 폭행, 간접 살인까지. 하(何), 문학이란 이름으로 자행된 폭력들, 만행들. 만약 환부를 전부 도려내야 한다면, 우리

문학에 남는 온전한 병변 없는 살점의 면적은 얼마나 될까.

사실 고발할 수 있는 힘도 권력이자 능력이라고 말하고 싶다. 권위 있는 잡지와 뉴스룸에 나아가 당당히 피해를 말할 수 있는 목소리를 아무나 소유할 수 있는 것은 아니다. 하위 주체의 목소리는 그 목소리마저 소거, 약탈당하기 쉽다. 제대로 겁탈 당한 자의 입은 막히기 마련이다. 가위눌림의 순간을 떠올려보라. 목소리마저 봉인된 자가 어떻게 고발하겠는가. 공론화조차 하지 못하는 피해자의 목소리들. 그 떠도는 목소리들을 잊어서는 안 된다. 도처에 봉인된 울음소리들이 있다. 억울하게 죽어 구천을 떠도는 목소리들도 있다. 살아남은 자의 문학 또한 달라져야 한다. 언제까지 자신의 상처와 피해를 혼자 앓는 소리로만 윙윙거릴 것인가. 죄책감의 정서, 한의 정서, 체념의 정서만으로 전통적인 목소리에 기대어 징징거리는 것도 이제는 고루하다. 아리랑의 님, 김소월의 님, 한용운의 님을 세습하지 말자. 가학적으로 나를 짓밟고 나를 버리고 떨치고 떠난 이들을 이제는 보내줘야 한다. 보내줄 때 보내주더라고 더 이상 "말없이 고이 보내주"(김소월)지 말자. 잘잘못을 따지고 사과받을 것은 사과받고 처벌할 것은 처벌해야 마땅하다. 텍스트 내에서 '나'의 목소리와 태도 역시 이제는 달라져야 하지 않을까. 진달래꽃을 뿌리거나 십 리도 못가 발병이나 나라고 한탄하기보다는, 님을 보내지 아니 하였다고 이별을 부정하기보다는 작품은 작품대로 작가는 작가대로 전근대적이고 고루한 문법에서 벗어나 지금은 미학적 쇄신을 모색할 적기이다.

2. 여전히, 상투적 전유와 점유

어째서 사회운동보다 시적 언어의 운동과 혁명은 더 한참 낙후되어 있는가. 쓸쓸하고 희미한 옛사랑의 추억 소재로만 여성과 누이가 재차 전유 될 때, 페미니즘 이론과 위상을 떠나 독자들은 이제 불편하기 짝이 없다. 시의 미학성과 정치성, 윤리성을 논하는 공론도 중요하고 문단 내 성폭력을 고발하는 목소리와 현장에서 치켜드는 촛불도 중요하지만, 텍스트적 실천이야말로 작가들에게 기본적으로 필요한 실천이 아닐까. 시인들의 텍스트에서 아직도 여성은 철저하게 타자화, 대상화되어 있다. 독자들이여, 놀라지 말라. 다음에 소개할 시편들은 2018년 5월호에 발표된 최근작들이다.

시를 쓰다 보면 시와 밥 혹은
시와 여자 둘 중 하나를 선택해야 할 때가
오고

시를 잘 쓰는 누군가는 흠흠
곧 밥에 닿거나 여자에게 닿겠지

천만다행인지 나는 그때마다 선술집에 앉아
가물가물 다행보다 나은 불행인지
필름이 끊길 정도는 아니어서

나는 곧 외상장부 같은
사랑에 닿겠지

거기에만 물이 있었지 이윽고
오징어다리 질겅거리며 나는 조문하는
여자의 위로를 받으며
빌어먹을 神의 포동포동하게 살찐

무릎 위에 앉게 되지

— 김륭, 「이윽고」 (『현대시』 2018, 5월호) 부분

"시와 밥"은 왜 텍스트 내에서 "시와 여자"로 대치되는가. 밥은 왜 여자로 치환되는가. 필자는 이 공식이 매우 불편하다. 게다가 왜 여자는 선택의 대상이 되어야 하며 밥과 경쟁구도에 놓여야 하는가. 그렇다면 또 왜 시는 도구로 전락하는가. 위 시의 화자의 논리대로 "시를 잘 쓰는 누군가는" "곧 밥에 닿거나 여자에게 닿"게 되는 목적론은 어디에서 연원하는가. 밥과 여자는 종착지인가? 위 시에서 시인에게 여자란 시를 잘 쓰면 닿을 수 있는 혹은 얻을 수 있는 목적지나 목표물, 성과물로 철저히 대상화되어 있는 것을 알 수 있다. 게다가 위 시에서 여자는 또한 술 취한 남성에게 "오징어 다리 질겅거리며" 술을 따라주는 하룻밤 "외상장부 같은/사랑"의 대상으로 하찮게 소비되고 있는 것이다. 제목이 "이윽고"인 이 시에서 여성은 타자화, 사물화되어 있으며 철저하게 비체로 묘사되어 있다. "거기에만 물이 있었지 이윽고"라는 진술을 통해 우리가 알 수 있는 것은 여성은 대가를 치루거나 남성들의 선택을 통해서만 "이윽고" 얻거나 즐길 수 있는 유희의 대상으로 물신화 되어 그려져 있다는 것이다. "빌어먹을 神의 포동포동하게 살찐/무릎 위에 앉게 되"는 순간 역시 하찮은(하등 한) 여자의 위로를 받는 순간에야 도달 가능한 것이라니. 굳이 여성을 경유해서 비루한 신의 무릎에 도달할 이유가 어디에 왜 존재하는지 필자는 전연 짐작이 불가하다. 지금 이 글을 읽는 독자인 당신에게 묻고 싶다. "시를 잘 쓰는 누군가는 흠흠/곧 밥에 닿거나 여자에게 닿겠지"라는 시적 발화에 대해, 당신은 어떻게 느끼는가?

3. 여전히, 밥 잘 사주는 예쁜 누나와 싱싱한 로리타는 어디에?

고루한 답습은 이제 그만, 텍스트 내에서 여성, 특히 누이를 소모하고 희생시키는 정동도 이제는 지겹다. 70, 80년대 정든 유곽의 누이, 혹은 방직공장의 누이도 이제는 그만 노래할 때도 되지 않았나. 텍스트 상에서 혹은 대중문화 내에서 그려지는 누이 또는 누나는 확실히 엄마, 어머니와는 다르게 전유되는 것을 알 수 있다. 어머니의 경우 인고의 모성적 존재로 그려진다면 누나/누이는 보다 이중적으로 전유된다. 유사 모성성과 성적 대상화가 이에 해당한다. 일반적으로 누나의 경우 남동생에 대해 일방적 희생, 봉사, 양보가 뒤따르는 이미지로 작품 내에서 '착함'의 대명사로 형상화되는 것이 통상적이었다. 요즘 베스트셀러에 회자되는 『82년생 김지영』에서 김지영의 어머니 세대에 해당하는 누이들의 경우 대체로 그러하다. 이들은 학업을 포기하고 공단으로 가서 가세를 일으키고 남동생들의 학비를 벌어 조달해야 했다. 유곽의 누이도 크게 다르지 않았다. 누이들은 또한 출가하기 전까지 동생들의 육아와 살림을 전담하는 가정부와도 다르지 않았다. 문학 텍스트에 그려진 누이 역시 그렇게 모성과 이성을 동시에 재현해 보여주는 게 일반적이었다. 그러나 최근의 누이, 누나에 대한 판타지는 이제는 그 양상이 달라졌다. "밥 잘 사주는" 그것도 "예쁜"이라는 수식어가 누나의 존재를 돌올하게 빛나게 하며 이제는 혈연, 근친의 누이보다는 단지 생물학적 나이가 많고 예쁘고 경제력까지 갖춘 이웃의 누나가 각광받는 시대가 된 것이다. 우리 시문학에 나타난 누이 판타지에 대해서는 다른 지면을 통해 구체적으로 논하기로 하겠다. 어쨌거나 지금까지도 누이든 누나든 여성은 특히 문학 작품 내에서 어머니보다는 성적으로 욕망화, 대상화되어 있는 것을 알 수 있다. 고전이나 근대문학까지 거슬러 올라가지 않더라도 최근의 작품들에서조차 누이가 아직까지도 관습적으로 이렇게 전유되고 있다는 점에 놀랍다.

누이라는 말 그립다

무정한 나의 어머니는
아들 삼 형제만 낳아서
오빠라는 말 한 번 듣지 못하고
여기까지 왔는데

뜸북새 우는 봄날
눈이 퉁퉁 부어서
말 타고 서울 간 오빠 기다리던
누이들은 어디 갔나.

없는 집에 시집가 못난 놈에게 밤낮 얻어맞고 살다가
어느 날 아이 하나는 업고 하나는 걸려서 들어서더라도
나는 바위 같은 네 친정 오빠

누이여
내가 남의 말 따라다니다가 해가 져도 못 돌아오고
혹은 세상에 차마 부끄러운 일을 했더라도
그저 바라보기만 하던

없는 누이여
이름만 불러도 눈물 나는데

봄이 와도

뜸북새는 울지 않고

그 많던 누이는 다 어디로 갔나.

— 이상국, 「누이 생각 – 동요 '오빠 생각'에 기대어」 전문(『시인동네』 2018, 5월호)

"나는 바위 같은 네 친정 오빠"라니, 바위라는 상관물도 진부하지만, 그 사유와 착상은 더더욱 진부하다. 고작 없는 누이, 상상 속 누이라는 대상이 "없는 집에 시집가 못난 놈에게 밤낮 얻어맞고 살다가" 소박 맞고 돌아온 누이라니. 게다가 "아이 하나는 업고 하나는 걸려서 들어온" 누이라니. 상상력의 빈곤이란 말로 간단히 대체되기에는 그 사유가 지나치게 견고하다. 시적 화자는 마지막 행에 가서 "그 많던 누이는 다 어디로 갔나" 하며 그 누이들을 그리워한다. 이제 지금 여기에 다시 소환하여 그 불행한 누이들을 전부 호명이라도 하겠다는 것인가. "내가 남의 말 따라다니다가 해가 져도 못 돌아오고" "세상에 차마 부끄러운 일을 했더라도 그저 바라보기만 하던" 누이? 여전히 '여리고 작고 귀여운' 순수하고 아름다운 누이는 없다. 설령 로리타 콤플렉스와 맨스플레인(Mansplain)을 가상의 누이에 투사하여 가상의 "바위 같은 네 친정 오빠"가 된다 한들, 얻는 것은 무엇일까? 시인이 상상하는 누이의 사악하고 "못난" 남편의 자리에 그 장한 "오빠"를 대입하면, 불쌍한 누이는 이제 당신의 아내가 된다.

4. '미명들의 목록'으로서의 시(詩)

시는 정동의 발화 공간이다. 이 발화 공간은 '아직 아님'의 약속과 위협을 동시에 지니는 미결정성과 '미명들의 목록'이라 할 수 있다.[1] 지금 여기

---

1) 멜리사 그레고리 외 편저, 「미명의 목록」, 『정동이론』, 최성희 외 역, 갈무리, 2015. 참조.

우리가 '정동의 소외자'(affect aliens)까지는 되지 못한다 하더라도 정동의 지향성이 과거로 퇴행하거나 악습과 구습을 재생산하는 것에 이르는 시대적 역행은 적극적으로 지양해야 되지 않을까. 현실의 괴물만 보지 말고 텍스트 속의 괴물, 괴물성도 이제 좀 살펴야 하지 않을까. 지금 여기 느슨한 시대, 투쟁을 위한 투쟁을 언급하는 것이 아니다. 균열과 타파, 변화와 개혁을 통해 새로운 길을 트는 텍스트적 실천이 무엇보다 절실히 필요한 때이다. 동네 목욕탕에 가면 중요한 한 단어 붙어있다. "세신(洗身)". 지금 여기, 오늘의 우리 문학, 문단에 제일 필요한 단어가 세신이 아닐까. 쇄신(刷新)이나 쇄신(碎身)까지는 아니더라도 수신(修身)과 세신부터 시작할 일이다.

첨언컨대, 최근의 젊은 시인들에게서는 다행히 앞세대 시인들에게서 보이는 이러한 구습적 태도와 전근대적 젠더 의식, 지극히 고루하고 진부한 상투적인 비유와 발성 등은 발견되지 않는 듯하다. 그러나 2010년대의 작금의 젊은 시인들에게는 전위적인 목소리와 자성의 목소리마저도 결여되어 있다. 세월호가 하나의 사건 차원에서 나아가 인식은 물론 정동 차원에서조차 절단면을 이룬 것은 문학에 있어서도 자명한 사실이 되었다. 이후의 젊은 시인들에게는 슬픔과 애도, 우울의 정동 또는 외상에 대한 의식이 기분이나 마음의 형태로 간접적이고 소극적이며 정적인 방식으로 조심스럽게 발화되고 있음을 알 수 있다. 그들의 정동은 부정확하고 모호한 화법으로 말해지거나, 아니면 아예 건조하게 제삼자적 관점에서 묘사되는 양상을 보인다. 일명 유체이탈 화법이나 유령 화법. 더러는 구글 번역체 혹은 '급식체'의 문장들도 더러 보인다. 십 대 내지 이십 대 초반에 겪게 된 충격적인 외부 사건들에 대한 외상, 다가올 미래에 대한 현실적 두려움, 광화문과 촛불혁명, 88만원 세대, 이들 세대의 자의식에는 사실상 전통도 미래도 결여되어 있다. 이들은 슬픔과 그리움, 중압감, 죄책감을 가족에게 투사하지도 않는다. 이들은 더 이상 "엄마야 누나야 강변 살자"(김소월)를 노래하지도 "빼앗긴 들에도 봄은 오는가"(이상화)를 노래하지 않는다. 가난과 불행의 탓을 '안개의 소행'이나, '지극히 개인적 불운'(기형도)만으로 돌리지도 않는다. 분명 다른 세대, 다른 감성을 지닌 세대이다. 그들이 오고 있다. 하지만 아직까지는 이렇다 할 파장 없이 약진(弱震)이다. 일상을 깨우고 깨부수는 언어의 신선한 충격과 예민한 감수성은 전시대에 비해 강렬하지도 천재적이지도 않으며 지지부진하다. 전반적으로 우리 문학은 지금 주춤주춤. 정체와 지체 사이에서 가다 서다 가다 서다를 반복하고 있는 중에 있다. 문학의 정체, 문학의 위기는 비단 어제 오늘만의 이슈는 아니었다. 우리 문학은 늘 위기와 과도기에 있었고 지금도 그러하다. 불안한 시대에 시는 더더욱 깊고 단단하게 허공중에도 뿌리를 내리고 안개 속에서도 선명한 꽃을 피운다. 아슬아슬하고 가파른 벼랑, 위기의 정점에서 즐겨 피는 꽃, 시(詩). 그 꽃을 기다린다. 지금 여기 우리 문학의 약진(弱震)이 관성과 타성을 벗고 약진(躍進)이 되고 강진(强震)이 되어 미래로 도약하기를 기도하며 이 글을 마른다.

모든 시(詩), 연서(戀書)들

편지 1 : 글쓰기를 조심하오

범람하는 문예지, 범람하는 작가, 범람하는 시를 찾아 읽어도 좀처럼 감동하기 쉽지 않다. 누구나 시인이고 누구나 작가가 되는 요즈음 무수히 쏟아지는 작품의 홍수 속에서 눈에 띄는 단 한 편을 골라내기가 쉽지 않다. 그러나 단 한 편이라도 좋다. 쿵쿵쿵 가슴에 노크하는 시. 쨍그랑 마음의 창문을 깨부수는 언어의 '짱돌' 하나를 기다린다. 나아가 존재의 시 '쓰기' 자체를 새삼 반성하게 하는 '시에 대한' 촌철살인(寸鐵殺人)의 '귀한' 시를 기다린다. 쓰기에 대한 반성과 자의식, 회한에서 나아가 뛰어난 작품에 대한 선망과 부끄러움은 작가를 주눅 들고 주춤하게 하지만 이내 뭉클한 창작에의 열망과 열의로 이어지곤 한다. 그리하여 쨍그랑, 뇌리에 박히는 '단 한 편의 시'를 만나 감내하게 될 충격과 여운은 강도가 세고 균열이 클수록 고통의 강도 또한 높아지겠지만, 반면 이는 즐겁고 행복한 경험이 되리니 기다리지 않을 수, 포기하지 않을 수 없는 독서의 숨겨진 '패'가 아닐 수 없다.

성윤석의 시 「그렇다면, 연희야」는 잔향과 울림, 무엇보다 무언의 메시지를 끊임없이 타전하는 그러한 수작이다. 한 번 읽은 연후에도 계속해서 상기되는 작품을 만나기란 쉽지 않은데 필자에게는 이 시가 특별한 정동을 일으키며 오래오래 각인되어 내면에 남는다. 이 시는 시간과 공간을 초월한 미묘한 파문의 자장 하에 '타이르는 연희'를 독자의 의식 속에 연쇄적으로 떠오르게 한다. 사유에 사유를 더하게 하는 구속력 있는 텍스트란 이러한 독서반응을 통해 존재감을 드러낸다. 성윤석의 이 시는 시공을 초월하여 지금 여기의 한 독자로 하여금 상상 속의 연희를 만나게 하고 그녀와 대화하고 서한을 주고받게 하며 사유의 창을 내게 하는 능동적인 텍스트이다. 연희의 전언인 "글쓰기를 조심하소", 이 메시지는 김려에게 시가 되어 문집에 남게 된다. 이 전언은 김려를 경유하여 다시금 성윤석 시인의 텍스트에 전유된 것인데 무수한 세월을 뛰어넘어 지금 여기의 필자에게까지 새롭고 신선한 충격으로 다가온다. 겹겹의 세월을 뚫고 한 장의 서한으로 혹은 한 편의 시로 다가와 머리에 부딪혀 정전과 암전을 일으키는 한 마디, "글쓰기를 조심하소". 이는 한때 연희가 연인인 김려에게 전한 밀어(密語)로 알다시피 김려의 『사유악부(思牖樂府)』에 실려 있다. 사유(思牖)란 김려가 유배지 진해에서 이전의 유배지였던 북쪽을 그리워하는 마음에 지어낸 창문의 이름으로 '생각하는 창문'이란 뜻이라고 한다. 좋은 시는 독자에게 사유, 즉 창문의 역할을 한다. 그 옛날 김려가 그러했듯이 북쪽으로 난 창문을 열면 독자들의 저마다의 사랑하는 연희를 만날 수 있고, 꿈에 그리던 세상을 비로소 내다보게 되는 것이다. '사유'를 열어 이제 이 시를 읽는 독자는 누구나 화자인 '나'가 되는가 하면 어느새 연희가 되고 연희의 연인인 김려가 될 수도 있는 것이다. 접속(接續)의 시, 교량(橋梁)의 시, 사유(思牖)의 시란 이러한 열린 텍스트로 존재하는 것이리라. 결국엔 "공포를 기다리던 흰 종이"(기형도)들 앞에 다가가 촛불을 켜고 어둠을 물리고 붓을 들게 하는 신묘함의 시, 그것은 작가에게는 간절한 글쓰기에 대한 사랑의 촛불일 것이다. 공포와 애정, 두려움과 설렘, 생명과 죽음, 고통과 행복, 언제나 이율배반적인 것들이 한데 뒤엉켜 있는, 문학에의 애증 병존. 애틋하고 아련한 '연희'를 불러본다.

어제는 쓰지 않았다오 술잔에 마침 벚꽃잎이 떠 있었기 때문이었소 봄비를 따라온 수금이라는 악기가 입김을 불어주는 듯했는데 그만 꽃에서 환해져 튕겨 나온 희대훤 음(音)의 벚들이 술잔에서 울지 않겠소 먼 곳의 사람이 울면 여기 나도 그럴 수밖에 당신이 말한 불우가 자꾸만 썻어내는 환한 뜨락에 나는 졌지만 그 덧없음의 가락에는 질투가 났다오 문 밖에는 바다 바로 바다가 있소 그런 날이면 써둔 시를 고래처럼 해체해 다른 시로 다시 지었다오 어쩔 줄 몰라 하는 낱말들에 깊이 박힌 못들부터 뽑아야 했다오 문밖에는 바로 바다

어제는 쓰지 않았다오 한 번 오지 않는 시절은 두 번도 세 번도 오지 않는다오 유배란 스스로 지은 것 두 번은 기다릴 것 없지만 바다에 이르러 불행이란 가지 않는 것 가는 게 아닌 것이라는 생각들이 떠도는 것을 보오 나는 문득 당신을 잊을까봐

어제는 쓰지 않았다오 세상의 농담(濃淡)들은 담장 밖에서 진을 치고 나는 먹물처럼 흘러내렸다오 종이바다 종이집 종이물고기들이 내 곁에 있을 뿐 문득 모든 것을 잊어버릴까봐 다시 종이를 펴고 글쓰기를 조심하오 여긴 꽃잎의 여린 뼈들이 대지를 넘어오는 술잔의 바다로 크게 날아 묻히고 있다오
— 성윤석, 「그렇다면, 연희야」 부분(『시인동네』 2018, 4월호)

위의 시는 편지의 형식을 취하고 있다. 시인이 단 주석에 의하면 위 텍스트에 쓰인 "글쓰기를 조심하오"라는 전언은 담정(潭庭) 김려(金鑢) (1766~1821)가 유배생활 중 그의 연인 기생 연희를 생각하며 쓴 시 「연희가 타이르던 말」에서 따왔으며 이 문구는 앞서 언급한 그의 문집 『사유악부』에 수록돼 있다고 한다. 시인은 김려에게 전해진 기생 연희의 충고를 텍스트에서 다시 한번 전유한다. 이 편지 발신인의 경우 분명 "어제는 쓰지 않았"지만 오늘은 쓰고 있는, 그러나 어제의 일상을 오늘에 담는 독특한 형식을 취하고 있다. "어제는 쓰지 않았다오", 얼핏 평범한 진술 같지만 시적 주체는 "어제는 쓰지 못했다오"가 아니라 "어제는 쓰지 않았다오"라고 말한다. 어제의 공백이 어디까지나 주체의 의지와 결정에 의한 것임을 드러내는 동시에 이는 또한 "글쓰기를 조심하오"라는 전언에 대한 회신과 실천인 것을 알 수 있다. 위 시는 어제는 분명 "쓰지 않았"던 것들, 어제 살피고 조심했던 것들이 오늘 지금 여기에서는 쓰여지고 있으며, 오늘 설령 전부 쓰여지지 않았다할지라도 내일에는 혹은 언젠가는 쓰여질 수 있으리란 쓰기의 가능성과 희망을 또한 수행적으로 보여주는 아이러니한 텍스트인 것이다. 필연성과 개연성, 어쩌면 작가에게 글쓰기는 내외부로의 소통이자 호흡이며 존재 증명 그 자체일 것이다. 그 호흡을 무기한 연장할 수는 없으리니, 오늘 비록 안 쓰거나 못 다 쓴 글이 있을지언정, 내일은 쓸 수 있어야 하는 기대와 희망, 이유를 작가로서는 절대 포기할 수 없을 것이다. 오늘 글을 쓰지 않을(못할) 이유는 많다. "술잔에 마침 벚꽃잎이 떠 있었기 때문"에, "문득 당신을 잊을까봐", "문득 모든 것을 잊어버릴까 봐" "어제는 쓰지 않았다"고 화자는 고백한다. 어제의 핑계와 이유, 둘러댐이 오늘의 시가 되고 있다. 모든 계절과 날씨와 풍광이 작가로 하여금 붓을 놓거나 쉬게 할 수 있으며 그 반대도 가능하다. 그러나 글을 쓰든 안 쓰든 두려운 것은 바로 '잊는 것'이라고 말한다. 글쟁이는 스스로의 죄목을 기억하며 기입하면서 무기한 유배를 사는 자다. "유배란 스스로 지은 것 두 번은 기다릴 것 없지만" 그래도 묵묵히 기다리는 것, 보다 오래 성실하게 기억하는 것이 글쟁이의 업이 아닐까. "바다에 이르러 불행이란 가지 않는 것 가는 게 아닌 것이라는 생각들" 그러나 그 바다 역시 작가에게는 어디까지나 "종이바다"인 것을, "종이집 종이물고기"가 먹물을 기다리고 불행의 가운데서 입을 쩍 벌리고 있으리니. 우리는 "문득 모든 것을 잊어버릴까 봐" 지금, 이 순간에도 종이를 펴고 하염없이 글쓰기를 준비하고 있는 것은 아닐까. 결국엔 사랑하기 위해, 결국엔 기억하기 위해 우리는 스스로가 먹물이 되어 한없이 종이 사이로 녹아드는 천형을 살기로 자처한 '자발적 유배자'들이 아닐까. "어제는 쓰지 않았"지만 결국엔 "먹물처럼 흘러내"린 나 자신을 "종이바다"에 기입하듯 띄워 보내는 것. 그것이 어쩌면 망망대해에 던져진 '병 속에 든 편지'처럼 무모하다 할지라도 누군가는 읽고 감동하고 눈물을 흘리게 될 단 한마디의 전언. 이를 위해 편지를 쓰는 것. 하여 다시, 그리운 '연희'를 불러본다. 연희가 말한다. "글쓰기를 조심하소". "글쓰기를 두려워하소." 내 안의 연희가 복사꽃 같은 뺨을 빛내며 가만히 타이른다. 연희를 잊지 않기 위해 사유의 창을 연다. 그리고 쓴다. 오늘은 2018년 4월 16일 월요일. "문밖에는 바다", 내 안에 사는 그리운 연희에게 "나는 문득 당신을 잊을까봐" 몸서리치게 두려워 여전히 사유를 열고 편지를 쓰고 시를 써서 종이바다에 띄우는 중에 있다.

편지 2 : 미래의 편지를 쓰오

편지를 왜 보내지 않아요. 나는 받지 못할 편지에 영영 답장을 쓰고 있는
것 같습니다. 혹은 쓰지 않을 편지를 쓰고 있는 것 같아서 기분이 이상합니
다. 나는 편지에 메여 있어요. 편지가 오지 않는 동안에 나는 미래의 편지를

써야 할 것이라며 편지에 붙들려 있어요. 나는 어떻게든 쓸 수가 있었습니다. 어제에 대하여 오늘, 오늘에 대하여 어느 미래에, 미래에 대하여 어제오늘에. 오늘에 대해서는 어제 썼던가요. 아니면 어제에 대해서 어제에. 그건 확인해봐야겠습니다만.

…(중략)…

나는 사실 하루 종일 카페에 앉아있었습니다. 이 편지를 쓰려고 했어요. 나는 상황에 처하는 걸 좋아합니다. 상황이 나를 어떻게든 이끌어가도록. 그렇게 어떻게든 상황 속에서 나는 내가 변모해나가는 걸 좋아하는 것 같습니다. 직면하면서 갱신해나가길. 나는 카페에서 편지의 상황에 처해 있었습니다. 편지의 상황은 문학적이에요. 편지의 말은 문학적입니다. 그래서 빠져들 것 같습니다. 읽기만 해도 내가 쓰고 있는 것 같아서. 나는 편지를 언젠가 받은 적 있고 답장을 해야 하는데 지금은 잘 모르겠습니다. 나는 당신과 잘 아나요. 아니면 모르는 사이가 되나요. 거리감이 있어서 편지를 쓸 수 있을 것 같나요. 나는 나를 실험하고 있습니다.

…(중략)…

나는 이 편지를 부칠 겁니다. 그리고 언젠가 다른 사람들에게 보여줄 수 있을지도. 나는 이미 보낸 편지를 전부 개작할 겁니다. 문학적인 결정이라고 생각해요.

— 안태운, 「그 편지를」 부분(『현대시』 2018, 4월호)

시인들 "받지 못할 편지에 영영 답장을 쓰"는 자들, "쓰지 않을 편지를 쓰고 있는" 자들, "편지에 메여 있"는 자들, "편지에 붙들려 있"는 자들, 그들에게 과거, 현재, 미래의 시제와 어법 따위는 중요하지 않다. 편지가 정확히 발송되었는지 수신은 되었는지도 중요하지 않다. 다만 그들에게는 지금 여기의 '쓰기'만이 더 중요한 사안이다. 수신자가 누구라도 상관은 없다. 미래의 독자일 수도 있고, 독자가 없어도 만약 사후에 도착할 편지라면 더더욱 독자에 대해 확인할 길은 없다. 이미 발송한 편지라도 살아 있는 한 언제든 다시 임의로 수정할 수 있다. 개작의 가능성은 항상 열려있다. 왜냐하면 편지를 개작하는 것은 다분히 "문학적인 결정"에 속하기 때문이다. 편지는 "문학적"인 동시에 문학 자체의 존재양식이기도 하다. 편지는 또한 상황을 설정하고 상황을 필요로 한다. 일단 편지를 쓰는 '나'는 어딘가에 앉아있어야 한다. 종이와 연필을 들고 혹은 노트북을 열고 자판 앞에 손가락을 올려놓아야 한다. 책상 위에 커피 한 잔은 있어도 좋고 없어도 좋다. 커피의 잔은 비어 있어도 좋고, 절반만 담겨 있어도 가득 담겨 있어도 상관없다. 커피는 아메리카노여도 좋고 카푸치노라도 상관없고 뜨겁거나 차갑거나도 상관없다. 커피가 아니라 유자차, 쌍화차라도 상관은 없다. 중요한 것은 다분히 "문학적인" "편지의 상황"과 다분히 "문학적인" "편지의 말"일 것이다. 당신의 개연성도 중요하지 않고 다만 여러분을 향해 텍스트는 열려있다. 당신은 누구인가? 사랑하는 '연희'일 수도 있고, '김려'일 수도 있고, '김효은'일 수도 있고, '안태운' 시인 자신일 수도 있다. 모든 편지는 혹은 일부의 편지는 "지금은 잘 모르겠"는 기분과 상황 속에서 더 잘 쓰여진다. "나는 나를 실험하고 있습니다."의 "나"는 다소 불분명한 편지를 쓰고 있다. 무목적의 이 편지는 사실 연서(戀書)이다. 쓰기 자체에 대한 사랑, 쓰기 자체가 목적인 사랑. 수신인은 최소한 단수이거나 복수이다. 그리하여 백지의 공포, 사면초가(四面楚歌)의 편지의 상황에서 우리는 늘, 길을 잃고는 한다. 더러는 내가 사랑하는 대상이 처음에 누구였는지 생각이 나지 않는 기억 상실증 앞에 당황하기도 한다. 그러나 그럼에도 불구하고 편지의 상황에 꾸준히 앉아 있는 것, 그것은 유일하게 "내가 변모해나가는" 방법인 동시에 "직면하면서 갱신해나가"야 할 길이라는 것을 미로 속에 갇힌 자는 다만 직감적으로 알게 된다. 그것은 "공포를 기다리던 흰 종이들"(기형도)로 가득한 '빈집', 내가 나를 가둔 유배지(紙)에서 할 일. 편지를 쓰기 위해 그리움의 '사유'를 열고 종이 앞에 엉거주춤 앉는 일. 그러나 애석하게도 우리는 혹은 "나는 아직도 앉는 법을 모른다"(김수영, 「거대한 뿌리」), 가장 잘 씌어지는 자세를 우리는 영원히 알 수 없다.

편지 3 : 유서를 쓰오, 우리라는 우리에 우리를 가둔 우리에게

가끔 우리가 눈 감고 있을 때
눈뜬 우리들이 우리를 빠져나갔지
섭섭한 인사도 없이 우리는 쓸쓸해졌지
감언이설이 통째로 날아다니며
도시와 도시를 건너뛰며
치욕을 가까울수록 지독하고
한 번만 봐줘,
한 번만 눈감아봐
동시대와 같은 입들을 순회했지

서로의 거짓말이 기록을 세웠을 때
한 통속의 얼룩임을 알았을 때
태어났을 뿐, 뿌리는 자라지 않았지
모두 우리가 눈 감았을 때나

혹은 눈 떴을 때의 일들이었지

　　　　　— 이여원, 「우리가 눈을 뜨고 있을 때」 부분(『현대시』, 2018, 4월호)

성장기, 성공기, 극복기 같은 것은 우후죽순이지만

왜 망조(亡兆)기 같은 것은 없을까요

비록 내가 없는 시대의

실패담이 되겠지만

꼭 필요한 후일담입니다

끝을 살피는 일, 죽음의 말을 놓고

한 반나절 고민 중입니다

　　　　　— 이여원, 「죽음의 방」 부분(『현대시』, 2018, 4월호)

　어떤 일은 눈을 뜨거나 감아도 생생하다. 어떤 일은 눈뜬장님에게서처럼 맹목의 순간에 일어난다. 4월의 바다가 그러했으며 여전히 그러하다. 그날의 일은 우리 모두가 생생하게 목도(만)했기 때문에 원죄의식과 공범의식을 지울 수 없다. "모두 우리가 눈 감았을 때나" "혹은 눈 떴을 때의 일들이었"기 때문에 더더욱 잊을 수도 잊어서도 안 될, 전무후무한 단 하나의 사건이다. 그들 혹은 나와 당신은 "서로의 거짓말이 기록을 세웠을 때"를 계속해서 갱신하고 있으며, "한통속의 얼룩"들이 "사방 연속무늬를/촘촘하게 채워나가"는 범죄의 현장 속에서 우리는 여전히 숨을 쉬며 일상을 살고 있다. "감언이설이 통째로 날아다니"는 이 도시에서 뿌리 없이 부유하며 치욕을 살고 있는 우리는 서로에게 편리한 '우리'가 되어 서로를 가두고 배재하고 구획 지으며 그렇게 눈먼 삶을 영속적으로 살고 있는 것은 아닌지 모를 일이다. 글쓰기와 더불어, 말하기, 행동하기 나아가 숨쉬기, 살아가기의 모든 순간순간 이제는 다른 눈을 뜨고 다른 눈을 새로이 감을 일이다. 그것은 어쩌면 진정한 "시인의 말"과 단 하나의, 진정성 있는 목소리와 시선을 고르는 일이 될 것이다. 매 순간 우리는 죽음을 살고 있는 것, 이로써 한마디의 말도 "끝을 살피는 일, 죽음의 말을 놓고" 진중하고 신중하게 쓰거나 말해야 한다. 막말과 막글들이 신기록을 세우며 난무하는 요즘이다. 또 다른 한 편에서는 황금빛 성공담과 혹세무민의 말들이 현란하게 내걸려 있는 과잉 수사(修辭)의 시대. 이 시대에 차라리 진실한 "망조(亡兆)기 같은 것" 혹은 단 한 장의 유언장을 매일 매일 써보자. 모든 글은 편지이고 모든 글은 결국 유서이다.

편지 4 : 추신(追伸)이거나 사족(蛇足)이거나

대학 강단에서 글쓰기 강의만 십 년 차에 접어든다. 학생들에게 입버릇처럼 늘 하는 말 "글쓰기를 두려워하지 말아라", "글쓰기는 대화이고 치유이고 소통이다", "많이 읽고 무조건 많이 써라"……. 강의 중에 무수히 반복했던 말들이다. 정언명령처럼 십계명처럼 내걸었던 명제들이다. 자기 암시와 최면을 걸어 늘 되뇌이고 또 되뇌이던 말, 닳아 해지도록 많이도 되새기고 강요했던 말이 바로 "글쓰기를 두려워하지 말라"이다. 그런데 이제 그 견고한 말의 탑을 뒤집고 무너뜨리려 한다. 그리하여 쉽게 쓰여진 글들을 부수고 반성한다. 한때 밤새워 쓴 글이라도 공허하게 쓰여진 글들이 많았다. "글쓰기를 경계하라", "글쓰기를 조심하라", "글쓰기를 두려워하라", "쓰던 글도 멈추고 다시 보라", 내 자신에게 새롭게 던지는 명제들, 금언들이다. 말에도 독(毒)이 있고 령(靈)이 있고, 혼(魂)이 있다. 글에도 독이 있고 화가 있고 영혼(靈魂)이 깃들어 있고 나름의 업(業)과 보(報)가 서려 있다. 함부로 지어놓은 말의 죄와 빛. 쓰레기 같은 글들 세상에 무단 투척한 죄. 이 죄업들, 말빚과 글빚들 이제 이생에서는 다 갚지도 못하게 쌓여버렸다. 남은 생에서만이라도 말을 경계하고 글을 살피리라. 한마디 말에, 한 줄 글에 사람이 죽고 사람이 살기도 하는 것. 칼과 총과 방아쇠가 곧 말이고 글이고, 시(詩)인 것을 새삼 되새긴다. 이제와 사령(死靈)보다는 생령(生靈)이 가득 깃든 글을 기원한다. 복수(復讐)와 보복(報復)의 글보다는 화해와 용서, 상생의 글을 쓰고 싶다. 누군가는 이 글을 비웃으려나. 마음껏 조롱하라. 눈치 보고 아첨하기보다는 성찰하고 반성하는 '내 글'을 쓰겠다. 그러나 아무렴 충분히 두려워하겠다. 글쓰기며, 흰 종이며, 독자들이며 두려워하고 경계하겠다. 이 글을 읽고 있는 당신마저 두려움과 존경으로 대하겠다. 당신 글쟁이여, 당신에게도 들려주고 싶은 연희의 전언. "글쓰기를 두려워하오". "글쓰기를 조심하오". "공포를 기다리던 흰 종이들"(기형도, 「빈집」)에게 공포를 "돌려주오". 그 공포가 훗날 당신의 글을 더욱 찬연(燦然)하게 하리니. 어차피 시인이란 빈집에 들어가 스스로 문을 걸어 잠그고 자발적 유배(流配)의 형을 사는 수인(囚人). 그러나 사유의 창을 내는 자, 그 창을 열면 "문밖에는 바다". 짙푸른 바다가 당신의 영혼을 자유롭게 하리니. "그렇다면, 연희야" 오늘은 너에게 편지를 쓰겠다. 언제나 마지막인 단 한 통의 편지.

머그샷, 신의 얼굴들

1. 비의 신, 쁘라삐룬

태풍 쁘라삐룬이 북상하고 있다. 쁘라삐룬은 태국어로 비의 신. 비의 신이 오고 있다니. '비의 신(神)'은 '바람의 신'을 동반하기도 할 터, 그 분노의 회오리가 큰 피해로 이어지지 않길 기도한다. 비의 신은 어쩌면 눈물의 신(神), 만물에 신이 깃들어 있다고 여기는 사유는 얼마나 겸허하고 겸손한가. 신으로 둘러싸인 세상은 얼마나 존엄하고 경건한가. 비의 신, 눈의 신, 바람의 신, 구름의 신, 바다의 신, 수많은 신들이 위엄 있게 좌정하여 돌아가는 세상이란. 기계와 물질로 충만한 세상에 저저 고귀한 신의 이름들, 그 이름들을 부르는 것만으로도 온 세상은 신으로 가득 찬 시원(始元)이 될 것만 같다. 때론 우리가 입은 재해도 인재가 아닌 신의 실수와 신의 뜻으로 치부할 수 있다면. 사람이 아닌 계급이 아닌, 위정자들이 아닌, 특정 신을 원망하고 탓할 수 있다면 얼마나 간편할까. 인간은 면책을 받아 모든 죄에서 자유로워질 수 있을 것이 아닌가. 어쩌면 자살과 우울증에서 벗어날 수도 있으리라. 우울증의 경우, 모든 원망과 증오, 죄책감의 원인과 대상이 자기 자신을 향하는데, 자기 혐오과 자기 징벌이 극에 달하였을 때 결말은 자살로 이어지기 쉽다. 차라리 극단의 순간에 자신을 대신해서 신을 죽일 수 있다면 신을 말살할 수 있다면, 이 얼마나 인도적이고 구호적인 신앙인가.

언제였던가, 태풍 민들레와 함께 서해안고속도로를 달려 종점에서 종점으로 운전하여 달린 적이 있다. 한 치 앞도 보이지 않는 빗길 위를 떠가며, 차라리 핸들을 꺾어 절벽 아래로 생을 던져버리고 싶었다. 뒤에서 쫓아오는 먹구름과 폭우를 앞지르기 위해, 그 불행에 잠식되지 않기 위해, 그때 얼마나 있는 힘껏 엑셀을 밟았는지 모른다. 불행을 이겨야 한다는 강박관념 뒤에는, 더 극심한 타나토스의 위협이 머리끝까지 기어오를 수 있다는 것도 모른 채, 그때는 단순히 태풍 민들레를 앞서고만 싶었던 것 같다. 삶의 목표도 희망도 없이 단지 등 뒤에 바짝 쫓아오는 불운을 따돌리기에만 급급했던 날들. 가파른 낭떠러지 아래로 나쁜 피를 다 쏟아버리고 차라리 산화되고 싶던 숱한 순간들, 생각난다. 그 많던 사나운 태풍들 지나가고 혹은 물리치고 그래도 자살하지 않고, 살아서 여기까지 온 것은 신의 은총일까. 시의 은총일까. 비의 신, 바람의 신도 아닌, 시(詩)의 신(神), 시의 신전 앞에서라면 남은 수명이 제물로 바쳐져도 상관없다고 생각했던 밤들은 아이러니하게도 생의 욕구를 더욱 강렬하게 북돋곤 했다. 도박처럼, 이 힘든 시기를 지나면, 좋은 시, 이전보다 나은 시로 보상받을 것 같았다. 시의 신에게 불행을 자진납세 하고 시를 기다린 적도 있었다. 어쩌면 문학도들은 무모하기 짝이 없는 사이비 광신도들인지도 모르겠다. 하지만 맹목적으로, 모든 시에 신이 깃든다고 믿는다. 대체로 그 신(들)을 추앙하고 숭상하지만, 모든 시의 신이 아름답지만은 않아서, 가끔은 곤혹스럽고 불편하고 실망스럽기까지 하다. 그러나 그 옹졸하기 짝이 없는 신들의 얼굴을 찬찬히 살펴볼 때면, 그들이 언뜻언뜻 내 자화상과 내 서 있는 좌표를 역으로 비출 때도 있어 가끔은 일부러 그 얼굴들을 찾기에 골몰하기도 한다. 그러나 최근에 깨달은 중요한 사실은 시는 신이 될 수 있을지언정, 시인은 그저 사람 이하로만 머물 수 있다는 간명하고 자명한 사실 정도. 적어도 신이라면 최소한 시를 쓰지는 않을 것이다. 신은 시인이 지어놓은 시에 무임승차할 뿐. 시에 언뜻 언뜻 내비치는 신의 얼굴들, 지금부터 그 형상과 몰골들을 편하게 내 식대로 묘사해보려 한다.

2. 신은 택배 기사의 얼굴로 오는가

아무도 문을 열지 않는다
벨을 한 번 더 누르는 대신
작은 상자를 두고 떠난다, 택배기사는
8동과 9동 사이로

꿀항아리를 주문한 8동 403호
주인은 상자를 열고 한 숟가락 퍼먹는다
내가 입이 쓴가, 입맛이 변했나
꿀맛이 왜 이리 쓸쓸할까, 씁쓸한
해골바가지를 퍼먹으며 한없이 빠져든다
무슨 꿀맛이 이리 바닥이 없나, 캄캄하게 달고 깊은가

사후세계를 주문한 9동 403호
주인도 상자를 열고 한 숟가락 퍼먹는다
말기암이라 입맛도 길을 잃었나
안경을 쓰고 퍼먹어도 역시 달콤하다
이정표를 꼭 들여다 볼 필요는 없다
보지 않아도 묻지 않아도 갈 수 있는 길이 있다
퍼먹어도 퍼먹어도 꿀맛인 세계
죽어서도 수저를 놓을 수 없는 세계

너는 다른 세계로 잘못 배달된 것인가

나는 나를 잘못 찾아온 것인가

잘못 든 길이 끝내 발목을 놓아주지 않는다

오늘도 택배기사는 벨을 누른다

아무도 문을 열지 않는다

말없이 상자를 두고 떠난다

상자가 바뀌거나 주인이 죽거나

상자가 죽거나 주인이 바뀌거나

오늘의 배달은 무사히 끝났다

　　　　— 정채원, 「배달사고」 전문(『시사사』, 2018, 5–6월호)

　　"오늘도 택배기사는 벨을 누른다", "아무도 문을 열지 않는다" 등의 진술은 특별할 것 없이 단조롭고 평범하다. 택배는 부지기수로 오가고 우리는 일상을 살아가는 데 있어 택배기사를 의식하지는 않는다. 아니 의식하여 도외시(度外視) 하고 있는 것일 수도 있겠다. 게다가 위의 시에서처럼 죽음을 배달하는 택배기사라면, 누가 문을 열어줄 것인가. 게다가 잘못 배달된 상자에 죽음이 들어 있다면 우리는 마지막 순간에 누구를 원망해야 할까. 택배 운송은 편지나 엽서, 메일과는 상황이 다르다. 보다 빈번하게 이용되며 즉물적인 거래이며 복잡한 운송 체계를 지닌다. 그러나 당신은 택배기사의 얼굴을 알고 있나? 범죄가 많아지고, 세상이 각박해지면서, 택배기사를 가장하여 주거에 침입해 벌어지는 강도사건도 잇따라 일어남에 따라, 이제 사람들은 택배기사에게 쉽사리 문을 열어주지 않는다. 집안에 있더라도 벨 소리를 듣고도 택배기사의 발소리가 사라질 때까지 현관문을 열지 않는다. 따라서 이사한 지 몇 년이 지나도 택배기사의 얼굴을 알기란 쉽지 않다. 배달 사고라도 발생해야 운송장을 뒤지고 수소문한 휴대폰 번호로 전화를 걸어 잘잘못을 따지고 불편사항을 내색할 뿐. 그 이상의 교류는 사실상 필요 없다. 위의 시에서는 "8동 403호"의 주문 상품과 "9동 403호"의 주문 상품이 바뀌어 배달되는 상황이 연출되어 있다. "8동 403호"에서는 "꿀항아리를 주문한" 것인데, "9동 403호"에서 주문한 "사후세계"가 각각 바뀐 채로 배송된 것이다. 이제 이들의 운명은 어떻게 될 것인가? 두 개의 항아리를 받아든 주인들은 뒤바뀐 항아리를 확인조차 하지 않고 저마다 끌어안은 채 "달고 깊은" 꿀맛에 이내 "한없이 빠져"든다. 이제 "8동 403호"의 주인은 죽음을 맞이하게 될 것이고, "9동 403호"의 주인 역시 어차피 시한부이기에, "달콤한 꿀맛"을 즐기는 것도 잠깐, 오배송에도 불구하고 "사후세계"는 곧 그에게도 머지않아 당도할 참이다. 다만 예기치 않은 실수로 뒤바뀐 "8동 403호"의 죽음을 우리는 어떻게 해석해야 할 것인가. 책임은 사실모두에게 있다. 함부로 "사후세계"를 구매한 "9동 403호"에게도 있고, 오배송한 택배기사에게도 있고, 상품을 제대로 확인하지 않고 개봉한 "8동 403호"에게도 책임은 존재한다. 인간이면 자연스럽게 받아들이게 될 "사후세계"를 선판매한 발송자에게도 어쩌면 책임을 전가할 수 있겠다. 간혹 우리는 잘못 배송됐을지도 모를 당혹스럽고도 억울한 죽음을 사건 사고로 접한다. 하지만 한번 잘못 배송된 죽음은 반송할 수도 없다. 그러나 공평한 것은 누구라도 한번은 받게 되는 택배라는 것. 어떤 이들은 이 시의 화자처럼 자신을 신이 잘못 보낸 운송품목으로 생각하고 스스로에게 혹은 타자에게 넌지시 묻기도 한다. "너는 다른 세계로 잘못 배달된 것인가", "나는 나를 잘못 찾아온 것인가"하고 말이다. 그러나 수없이 질문하고 되물어도 소용없다. "잘못 든 길이 끝내 발목을 놓아주지 않"는 것처럼 인생을 반품할 수는 없다. 어쩔 수 없이 궤도를 돌거나 헤매거나 나름의 쓸모를 찾아 소진시켜야 할 뿐, 죽을 때까지 이 길을 멈출 수는 없다.

　불현듯 어떤 신은 우리에게 택배기사의 얼굴을 하고 찾아온다. 그리고 말없이 "벨을 누른다" 그러나 "아무도 문을 열지 않는다". 우리는 신을 그렇게 보낸다. 신의 얼굴은 뒷모습만으로 충분하다. 커지거나 작아지는 발소리만으로 과분하다. 다만 물품을 확인 검수하지 않고 남의 물품을 잘못 뜯었다가는 죽음을 예정보다 빨리 수취하게 될지도 모를 일이다. 신을 지나치게 믿지도 말거니와 반대로 무시하거나, 박대하거나 범죄자 취급하지 말자. 가끔 그들이 앙갚음으로 혹은 재미 삼아 의도적으로 옆집의 불행과 바꿔치기할 수도 있다. 애당초 미리 나 자신의 죽음을 주문하지도 말자. "상자가 죽거나 주인이 바뀌거나", "주인이 죽거나" 택배기사는 정신없이 종일 바쁘고 그들은 한 죽음에는 여념과 관심이 없다. 오히려 주정차 위반 딱지 하나가 당신이 잘못 받아든 극약 보다 그들의 신경을 더 날카롭게 할지 모른다. "오늘의 배달은 무사히 끝났다"고 안도하며 저녁이 되면 무거운 피로를 어깨와 등에 가득 짊어지고 마지막 배송지인 집으로 그들은 그들을 메고 습관적으로 돌아가야 할 테니까.

3. 두 눈을 지워야 보이는 얼굴에 관하여

두 눈을 지운 자리에서 손가락이 자라기 시작했어요
손가락 끝에 생긴 눈이 현관문을 찾아갑니다
걸어가던 방향의 방식은 풍경을 이끌고 안방으로 들어갑니다

인공 시선과 눈물을 파는 상점은 뜻밖의 비밀
시선의 종류와 눈물의 농도에 따른 면죄부는 불티나게 팔려나가고,
울지 마, 소리에 돌아보면

얼굴을 감싼 손가락이

적당한 시야로 멀어지거나 다가오는 얼굴

말을 건넨 얼굴이 원하는 눈빛으로 당신은 말을 합니까

한결같은 시선의 껍질을 벗기면 마침내 원하는 눈빛이 나옵니까

빛을 보면 재빨리 터져버리는 눈망울들

등을 대고 말하는 습관이 전염되는 동안

창문 많은 눈을 부릅뜨며 푸른 하늘을 가리는 동안

그림자를 가진 젖은 눈빛을 더는 떠올리지 않을 거예요

어둠을 매만지면 심장에 쌓아둔 빙하가 녹아 밑바닥까지 쓸어 가버리고,

거리에는 자신의 눈을 의심하지 못하는 사람들이 걸어갑니다

— 김사리, 「세 번째 눈」 전문(『시사사』, 2018, 5–6월호)

　우리의 섣불리 눈이 손가락 끝의 감촉보다 대상을 보다 정확하게 수용하고 혹은 진위를 제대로 판단한다고 단정할 수 있는가? 때론 장님 손으로 만진 코끼리가 더 정확하고 오히려 코끼리의 본질에 더 가까울 수 있다고 당신은 생각해 본 적은 없는가? 특히 시를 쓰는 당신이라면, 당신의 시력(視力)이 시력(詩力)을 보증하는가? 당신이 육안으로 관찰하여 수용한 객관적 정보만으로 당신은 코끼리에 관한 시를 능숙하고 새롭게 쓸 수 있는가? 아마도 아닐 것이다. 묘사조차도, 눈에 보이는 정보에만 의존해서는 세밀하게 그려내기 힘들다. 무수히 속아 왔지 않은가. 우리가 정확하다고 믿었던 보도 자료에, 통계 수치에 혹은 눈에 보이는 댓글들에, 우리는 드루킹이 아닌 외려 우매한 대중으로 편집되어 드래그(drag) 당하지 않았던가. Ctrl+c와

Ctrl+v를 이용해 잘라 붙여진 거짓 증언들이 오히려 정교하고, 위작이 원본보다 더 흠결 없고 그럴듯하다는 것이 이를 증거한다. 중요한 것은 진짜 눈에 보이지 않는 것일지도 모른다. 혹은 역으로 중요하기 때문에 눈에 보이지 않는 것일 수도 있다. 위의 시에서 시적 화자는 "두 눈을 지운 자리에서" 비로소 "손가락이 자라기 시작했"다고 말한다. 이 '손가락'이야말로 제목이 언급하는 '세 번째 눈'을 의미하는 것을 알 수 있는데, 이 눈은 기존의 "두 눈"과는 보는, 지향하는 대상이 다르다. 찾아가는 대상 또한 현격하게 다르다. 원래의 "두 눈"과 두 다리는 분명 늘 "걸어가던 방향의 방식" 그대로 "안방으로 들어가"지만, 이 '세 번째 눈', 즉 "손가락 끝에 생긴 눈"은 "현관문을 찾아간"다. 안방은 주거공간에서 가장 편안한 휴식과 안정 또는 나태와 안주의 공간을 상징하지만, 현관문은 다르다. 밖으로 나가는 통로이기 때문에 현관문으로 나아가는 눈은 산책이나 여행 또는 출근이나 통학 등 세상 쪽을 향해 움직이는 시선이며, 이러한 시선은 나 이외의 타자와 외부세계를 지향한다고 볼 수 있다. 또한 화자는 "인공 시선과 눈물을 파는 상점"이 존재한다는 "뜻밖의 비밀"을 발설한다. 이는 시력이 좋은 사람들에게 오히려 보이지 않는 "임금님의 벌거벗은 몸"처럼 암묵적 비밀로만 존재할 뿐이다. 그 상점에 가면 "시선의 종류와 눈물의 농도에 따른 면죄부"들을 구미에 맞게 마음껏 구매할 수 있다. 다만 지불할 비용은 당신의 양심에서 충당될 것이다. 눈을 마주치지 않기 위해 송두리째 "얼굴을 감싼 손가락"이 발산하는 눈빛이야말로 화자에 의하면, 오히려 "멀어지거나 다가올" 수 있는 그나마 동적인 "얼굴"로 현현된다. 또한 화자는 우리에게 질문을 던진다. 당신의 말과 눈빛은 타자 또는 마주한 상대가 원하는 말이며 그들이 원하는 눈빛인지를. 아마도 우리는 '비밀의 상점'에서 구매한 '면죄부의 눈빛'을 매 순간 업그레이드하여 장착하고, "창문 많은 눈을 부릅뜨며" "푸른 하늘을 가"린 채, 더 깊은 어둠 속으로 빨려들어 가느라 진짜 풍경은 놓치게 된 것은 아닐까. 우리는 어쩌면 서로가 서로에게 "등을 대고 말하는 습관"에 "전염되"어 빛이 어둠인 줄 모르고, 어둠이 빛인 줄 모른 채, 거짓 진실과 거짓 영상을 쫓아 맹목의 눈을 뜬 채로 동화책에 나오는 '피리 부는 사나이'의 연주에 현혹되어 컴컴한 동굴 속으로 들어가고 있는 것은 아닐까. 차라리 "두 눈을 지우"고 '세 번째 눈'을 뜰 때, 어쩌면 앞서 말한 신의 얼굴을 우리는 희미하게나마 볼 수 있지 않을까. 흐릿한 옆모습일지라도, 어렴풋한 뒷모습일지라도 신의 윤곽 어쩌면 초췌한 몰골을 넌지시 볼 수 있는 눈, 시(詩)의 신(神)을 만날 수만 있다면 세상은 물론 마음까지 밝아질 수 있다고 믿는 이 간절함과 맹목의 신앙. 이는 사이비 종교에서만 필요한 것은 아닐 것이다. 천형이 아닌 개벽, 어쩌면 소명과 사명으로 생각하고 숙원하고 실행하는 것, 그것은 문학을 '행하는' 자들에 필요한 사소하고도 중요한 최소한의 신념과 덕목일지도 모른다.

지금 네게서 등을 돌리는 여긴 바닥이다.
풍경이 없다. 사람도 없다.
코앞이라도 봐 줄 눈이 사라졌다.
입만 남은 물고기, 물고기들
너는 언제나 나의 좌, 우, 앞을 가로막았다.
나는 언제나 너의 좌, 우, 뒤에서 빠져나오려 했다.

블라인드 케이브 카라신,
나는 네가 행복했으면 싶었다.

너와 나 사이에서 우리는
있는 듯이 없고

나와 너 사이에서 우리는 없는 듯이 있다.

나는 너로 인해 끝날 것 같지 않은 불안을 말하지 못했다.

우리, 이제 제발

눈을 뜨고 기도합시다.

아픈 만큼 좋아하고

좋아하는 만큼 아픔은 참는

나는 내가 행복했으면 싶었다.

블라인드 케이브 카라신,

말하지만 말하는 것이 없고

듣고 있지만 듣고 있지 않은

기도는, 계속 눈이 감긴다

드디어, 마침내 기도는, 눈이 사라진다.

만나기 위해

눈이 사라지고

헤어지기 위해 사라진 눈이 물 위에 둥둥 떠다니는

동굴의 시간.

기도하지 맙시다. 블라인드 케이브 카라신,

　　　　　　　　── 서연우, 「블라인드 케이브 카라신」 전문(『현대시』, 2018, 5-6월호)

　기도란, 무엇인가를 구하고 바라는 것이다. 상대가 누구이든, 그에게 요구하는 것이다. 구차한 사정이나 부탁 혹은 듣는 시늉이라도 해달라는 애원에 그치기도 하고 때로는 강압적이고 일방적인 투척이나 폭력으로 행사

되기도 한다. 기도가 일방적이고 맹목적일 때, 기도하는 존재 또는 기도의 대상도 결국에는 전부 눈먼 존재가 되는 것은 일순간이다. 서로가 서로에게 "등을 돌리는" "바닥"에 다채롭고 아름다운 "풍경이" 펼쳐져 있을 리 없으며, 주변에 "사람이 없"는 것 또한 지극히 당연하다. 그들의 눈은 퇴화된 지 오래. 서로가 서로를 자유롭게 하지 못할 때, 사랑이란 이름으로 구속하고 억압하고 일방적인 요구만을 강요할 때, 나는 너에게 너는 나에게 "동굴의 시간"만을 견디게 하는 고달픔이 된다. 사랑은 '알뜰한 구속'이 되고 서로가 서로에게 암흑의 철창과 감옥이 되는 것도 정해진 수순이다. "나는 네가 행복했으면 싶었다"와 "나는 내가 행복했으면 싶었다"라는 전언 또한 둘다 폭력적이고 일방적인 메시지이다. 사랑하는 사이라면 함께 있는 것만으로도 같이 행복의 감정을 누려야 마땅한데, "네가 행복했으면 좋겠다"라고 기도하는 주체는 이미 나는 너로 인해 행복하지 않다고 고백하고 있는 것이나 마찬가지기 때문이다. "아픈 만큼 좋아하고/좋아하는 만큼 아픔은 참는"이란 시구는 표현 자체도 진부하지만, 논리적으로 온당하지도 않다. "끝날 것 같지 않은 불안"과 상처, 고통만을 야기하는 상대를 좋아한다는 고백은 거짓 전언에 가깝다. 게다가 그 상대가 "언제나 나의 좌, 우, 앞을 가로막"는 장애로 인식되고 폭로된 이상, 시적 주체에게 '너'는 불행의 근원일 뿐 일말의 희망이 되지 못한다. 너와 "나는 언제나" "빠져나오려" 발버둥 치며 원망과 회한의 목소리만을 뻐끔거리는 "입만 남은 물고기"로 강박의 상태로 존재할 따름이다. "블라인드 케이브 카라신", 어두운 동굴에 살면서 눈이 퇴화되어 없어진 열대어종이라고 한다. 위의 작품에서 화자는 이미 사라진 눈을 체념하고 적응하기 보다는 다시 새로운 눈을 욕망하며, 뜨길 희망한다. 눈의 손상과 퇴화를 끊임없이 아쉬워하며, '너'라는 동굴에서 빠져나가려 한다. 그러나 화자가 추구하는 '행복'의 의미는 막연하고 불분명하다. 게다가 눈을 감고 하는 기도와 눈을 뜨고 하는 기도의 의미와 차이 역시 뚜렷한 변별성 없이 모호하기만 하다. 눅눅하고 컴컴한 "동굴" 안에서 서로의 '행복'을 위해 맹목적으로 기도하지만 정작 '행복'의 의미를 모른다는 것은 그 자체로 앞이 보이지 않는 사면초가의 상황을 상징한다고 볼 수 있을 것이다. 서로의 눈이 완벽히 지워졌을 때, 우리가 할 수 있는 결정이란 대개 두 가지로 압축된다. 서로가 서로에게서 탈출하여 다른 눈을 이식 또는 장착하고 새로운 대상을 찾아가든지 아니면 눈이 먼 사랑 또는 증오를 심해의 바닥까지 해탈의 경지로 밀거나 이어가든지. 지독한 연애 혹은 결혼의 끝, 어떠한 기도와 기대마저도 종식된 환멸의 끝에 다다른 맹목이 새롭게 재생되어 돌아날 가능성은 각자의 노력 여하에 달려있다. 종종 사랑의 주체는 그 눈을 잃어야 탄생한다. 어떤 행복은 항복 뒤에 온다. 당신이 다시 눈을 뜬다 해도 그러나 훗날 당신은 그 칠흑 같던 암흑의 날들을 그리워하게 될 날이 또 어느 순간 오리라는 것도, 지나온 자들은 이미 다 아는 비밀이다.

4. 신은 다만 가벼운 놀이를 한다

손잡이가 달린 머그를 구부리고 늘려서 구멍이 하나인 도넛을 만들었다 커피를 마시려면 머그가 필요한데 머그는 도넛이 되었네
무엇을 머그로 만들어야 할까

맨 처음 구름을 땅으로 끌어온 사람은 안개가 된 구름을 알아 보지 못해 구름을 내내 찾아다녀야 했다 내 구름…… 내 구름…… 사람의 마음엔 정전이 찾아오고 차마 섫게 빚어놓은 얼굴을 점자 읽듯 더듬거린다
이상하게 동네마다 안개가 짙게 내린 날이었다 멀리 가로등 아래 사람이 쓰러져 있어 가까이 가보니 커다란 쓰레기봉투였다 도넛을 우물거리며 쓸 만

한 게 있을까 열어보니 날개에 눈이 달린 나비와 수은, 구리 동전, 나뭇잎 모양을 한 풀벌레와 지난 겨울의 눈사람 같은 것들이 쏟아져 나왔다

눈사람의 머리와 몸을 분리해 부풀린 뒤 수은을 섞어 달을 만들고 구리를 섞어 태양을 만들어야지 풀벌레는 나무로 만들고 나비로는 의자를 만들고…… 무엇으로 머그를 만들어야 할까
커다란 검정 쓰레기봉투를 펼친 뒤 툭툭 털어 코트를 만들었다 그것을 몸에 걸치자 온 동네 깔려 있던 구름이 강아지처럼 달려와 안겼다

— 김정진, 「cover」 전문(『현대시』, 2018, 5–6월호)

해질녘, 한껏 지루해진 신은 사람을, 사람으로 보이는 물체를 집게손가락으로 간단히 들어 올린다. 알고 보니 "손잡이가 달린 머그"였다. 그는 "머그를 구부리고 늘려서 구멍이 하나인 도넛을 만"든다. 도넛엔 커피를 곁들여야하는데 이런, 머그가 없다. 그는 고민한다. "무엇을 머그로 만들어야 할까" 하고. 아쉬운 대로 "도넛을 우물거리며", 적당한 질료를 찾기 위해 멀리 쓰러져 있는 사람에게 다가가 본다. 다가가 보니 다름 아닌 "커다란 쓰레기봉투"였다. 그 안에 있는 잡동사니들을 뒤져 그는 "달을 만들고" "태양을 만들고" "나무를 만들고" "의자를 만들"기로 한다. 리폼과 리사이클의 놀이가 끝나고 그러나 여전히 그는 고민한다. "무엇으로 머그를 만들어야 할까" 하고 연신. 머그(mug)는 속된 말로 얼굴을 의미하기도 한다고 한다. 이를테면, 상판, 낯짝 같은 의미로 죄수들의 상반신 사진을 일명 머그샷이라고 부르는데 이 머그샷이란 단어의 연원이 됐다. 어쨌든 무엇으로 사람을, 얼굴을, 머그를 만들 것인가를 고민하던 그는 눈앞에 있는 검정 쓰레기봉투를 펼쳐 코트를 만들어 입는다. 신이 사람이 입던 코트를 걸치자 비로소 "온 동네에 깔려 있던 구름"들이 "강아지처럼 달려와 안기"는 것인데, 구름은

구름이고, 안개는 안개이고, 오늘의 날씨 따위에는 애당초 관심이 없고 신은 여전히 고민 중에 있다. 신은 달달한 도넛만으로는 달래지지 않는 무료함과 지루함의 한가운데에 두루뭉술하게 존재한다. "무엇으로 머그를 만들어" "커피를 마실" 것인가를 그는 습관적으로 고민'만' 한다.

자, 이제, "흐느끼던 사람"이 그토록 찾아 헤매던 "구름"을 신의 얼굴이라 치자. 신의 얼굴은 땅 위에서 짙은 안개가 되고 그 안개는 지상의 모든 사물과 진실을 커버하는 일종의 덮개가 된다. 덮개 아래에서 종종 구름을 찾다가 지친 사람들은 하나둘 죽어가고 그들은 뭔가를 잔뜩 담고 있는 그저 그런 쓰레기봉투가 된다. 신은 구차하게 쓰레기봉투를 뒤적거린다. 재활용할 것이 있나. 혹은 가지고 놀 무엇이 있나하고. 주물럭주물럭, 신은 여러 가지 만들기를 한다. 리폼을, 리사이클을 한다. 그런데 당장 커피 마실 머그는 무엇으로 만들어야 할까. 왜 하필 아침부터 멀쩡한 머그를 도넛으로 만들어서 먹어버렸담. 우리는 다시 사람의 맹목에 대해 이야기 하자. 사람은 구름과 안개를 구별하지 못한다. 아니 그들의 재료와 정체가 같다는 것을 알지 못한다. 그리하여 잃어버린 구름을 눈앞에 두고도 알아보지 못한다. "사라진 구름을 그리워하며" 사람1은, 사람2는, 사람3은 죽어간다. 반면 나비는 날개에도 눈이 달려 있다. 나비는 사람보다 효용가치가 높다. 나비는 의자가 된다. 신은 그 의자에 앉아, 계속해서 고민한다. 무엇으로 머그를 만들까하고. 고민과 놀이와 실수는 신의 작업이자 직업. 사람은 눈이 나쁘고 그리하여 시를 쓴다. 신은 그 시에 무료로 탑승한다. 때때로 시는 신의 머그샷이 된다. 다행인지 불행인지 알 수 없지만, 우리는 간헐적으로 신의 얼굴을 볼 수 있다. 신의 얼굴이 궁금한 자, 시를 읽을 것. 그러나 그 얼굴, 그다지 기대하지는 말라. 가까이 가보면 쓰레기봉투의 형상을 하고 있는 대다수의 시에 실망하지 말고, 그 안을 잘 뒤져볼 것. 시를 뒤집어 탈탈 털어내다 보면, 그 안에서 우수수 어떤 것들이 마구 쏟아져 내리기도 한다. 옥석구분은 필수, 혹은 그 뒷일은 독자인 당신이 알아서 하시라. 읽지만 말고, 소질이 있다면, 신의 머그샷을 직접 촬영해보거나 몽타주 데생에 직접 도전해 보는 것도 개인적으로 권장하는 바이다. 단, 당신의 생의 배터리가 급격히 소진될 것에 유의하시라.

네크로필리아의 새

1. 프롤로그

불사조란 죽은 새가 아닐까. 죽은 새는 더 이상 죽을 일이 없고 이미 죽어서 가볍고 옥죄던 깃털 하나, 사사로운 감정 마다 날 세우던 육신의 발톱 하나, 연연하던 혈육지정(血肉之情)까지 다 벗고 훌훌 난데없이 가벼워져서, 죄 없이 벌 없이 한없이 기억도 없이 훨훨 날다가 날아서 날고 또 날다가 자기가 불사조라는 사실마저도 잊고 공중에 바람에 허공 한 줌에 어느결에 진공상태로 섞여버리는 것. 문학은 죽은 새를 끌어안고, 죽은 새의 자유를 사랑하고 죽은 새는 가만히 식어가는 몸을 시인에게 내어 맡기면, 시인은 죽은 새의 기공에 언어의 산소를 불어넣는다. 투명하고 맑은 언어의 산소, 피그말리온처럼 피노키오처럼 언어로 짓고 잦고 이어 만든 새 깃털을 달고 언어로 만든 심장을 열기구처럼 띄워 퍼덕퍼덕 날갯짓을 하며 금세 창공을 향해 훨훨 날아오르는 새 한 마리. 페넬로페의 새, 한 편의 붉은 시가 하늘을 날아오른다. 불사조는 불사조. 그렇게 어떤 시(詩)는 독자의 가슴에서 불사조가 되어 서로를 태우며 훨훨, 활활.

2. 수로, 눈물의 길

내 손목시계에서 점멸하는

탕헤르의 세계 시각,

탕헤르의 잔상은

문득 나와 싸우는 거지요

…(중략)…

탕헤르가 좋아진 것은 어원이 수로이기 때문입니다

지브롤터의 좁은 해협 덕분이지요

홀로 지층에 남겨진 보석의 눈빛이랄까

탕헤르는 늙은 항구이며 눈물 이전의 눈물입니다

그것의 해변 빌라를 임대하느냐는 생각,

언덕의 테라스에서 밥을 먹고 물끄러미 바다를 보다가 시를 쓰다마다

문득 낡은 생을 마치고 나서도 내가 발견되지 않고 싶다는 눈썹도 따라갑

니다

바다의 근심으로 근심을 희석하는 겁니다

탕헤르의 수심은 대낮에도 미리 황혼을 품었습니다

감정의 물결을 저마다 다른 색조를 가진 천 개의 손바닥이 떠받치고 있습

니다

저 바다가 차마 손뼉만으로 숨죽일까요

해안을 닮은 탕헤르 꽃잎을 끌어당겨 낮잠을 청합니다

탕헤르의 노을은 어디까지가 꽃이고 잎이어서

어떻게 붉어지는지 궁금합니다

…(중략)…

밤과 암흑의 아들이며 잠과 쌍둥이 형제였던

어떤 붕대를 한 달 만에 풀었습니다

오랜 타자기가 탄생시킨

희고 검은 손가락들과 나비 떼의 항적인

탕헤르를 불러봅니다

— 송재학, 「탕헤르의 세계 시각」 부분(『시사사』, 2018, 7~8월호)

　송재학의 「탕헤르의 세계 시각」을 읽으며, 탕헤르를 머릿속에 그려본다. 그곳의 풍경에 휩싸인 한 사람을 상상을 해본다. 정말 "탕헤르"에 가서 "탕헤르의 노을"을 바라본다면, 그토록 출렁이며 온몸을 휘감던 "어떤 붕대"를 풀어낼 수 있을 것인가. "바다의 근심", "탕헤르의 수심"을 짐작해보는 것만으로 사람의 근심과 수심 따위를 차치해버릴 수 있을 것인가. "밤과 암흑의 아들이며 잠과 쌍둥이 형제였던" 그 오랜 타나토스의 광기를 잠재우고, "타자기가 탄생시킨" 절편의 시를 만날 수 있을 것인가. 그러나 필자에게 떠오른 "탕헤르"는 어느덧 머릿속에서 그만 와온 해변으로 대치되고 만다. 와온의 바다, 그 일몰을 잊을 수 없다. 탕헤르의 꽃잎 대신 와온의 꽃잎이 떠오른다. 피어나자마자 숨 가쁘게 지던 꽃, 마치 지기 위해 피는 꽃과도 같던 황혼. 바다의 목젖이 붉게 토해내던 외마디에 할 말을 잃게 한 와온의 낙조. 탕헤르의 시각은 와온의 시각에 중첩된다. 물론 탕헤르는 "지브롤터의 좁은 해협"에 있고 와온은 순천에서 여수 쪽으로 빠져나가는 작은 국도 옆에 위치해 있다. 그러나 탕헤르의 일몰과 와온의 일몰은 둘 다 해안의 눈동자를 닮아 그 아름다움은 무언(無言)의 감탄사 속에서만 그 자취를 드러낼 뿐이다. 시인의 가슴에서 접점을 이루며 "탕헤르"의 수로(水路)는 일몰 무렵에 가장 깊어진다. 시인은 "탕헤르의 잔상은/문득 나와 싸우는 거"라고 그 잔상을 시인의 내면에서 분투(奮鬪) 끝에 재현한다. "탕헤르의 잔상"을 엿보고 문득 그날 그 순간 나의 내면에 남은 와온의 잔상, 와온의 시각은 어디에 멈춰 선 것일까를 생각해본다. 시인은 "탕헤르가 좋아진 것은 어원이 수로이기 때문"이었다고 진술한바, 어쩌면 와온이 좋아진 이유 역시 어쩌면 단순히 그 이름 때문이 아닐까 생각해 본다. 와온(臥溫), 그 뜻이 "따뜻하게 눕다"라는 뜻을 지니고 있기에 생의 마지막 순간 와온의 품에 안겨 숨을 거둘 수 있다면, 그 '누움'의 가정 또한 따스하리란 생각이 문득 스쳤던 것일까. 죽음에 대한 안온하고 평온한 기대와 상상 때문에 와온은 자못 더 아름다워진다. 바다 건너에 섬 하나가 노을을 배경으로 완만하게 누워 있는 풍경, 와온의 이름은 바다가 스스로 섬에게 이름을 지어 발화한 것만 같다. 해변의 이름이 통째로 상형문자인 와온, 그 와온을 시인의 "탕헤르"처럼, 가만히 입속에서 불러본다. 그러나 실제의 지명과 그 어원을 알기 전에 우리가 상상 속에서 그 이름을 떠올릴 때 더 많은 의미와 온기를 부여하게 되는 것일지도 모른다. 와온, 탕헤르는 가보지 않은 곳일 때 외려 선명하게 상상 속에서 그 수평선이 더 황홀하고 광활할지도 모르겠다. 단지 이름만으로 그곳을 상상할 때 한 사람을 떠올릴 때, 그 아름다움과 신비의 지평은 무한정 넓어지기 때문이리라.

위의 작품을 읽고 떠올리는 "탕헤르" 또한 그러하다. 지중해가 내려다보이는 "해변의 빌라를 임대하느냐는 생각"은 끼냐르의 소설 『빌라 아말리아』에서 빌려온 문구라고 한다. 이 소설의 주인공 '안'은 47세에 지금까지의 모든 생을 정리하고 문득 떠난다. 그녀는 이탈리아 나폴리만 이스키아 섬에 빌라 아말리아를 빌려 무작정 새로운 삶을 시작한다. 따라서 "해변의 빌라를 임대하느냐는 생각"은 단순히 빌라를 임대하는 문제만이 아닌, 생을 새롭게 리셋하느냐 마느냐 하는 존재론적인 고민인 것이다. 지중해가 아닌 어느 바다인들, 그럴 수만 있다면, 얼마나 좋을까 생각해본다. 그러나 현실은 언제나 삶의 발목에 수많은 족쇄들이 친친 감겨 있는 것을 우리는 어쩌지 못한다. 어디로든 흘러가는 물의 길은, 혹은 날아가는 새의 날갯짓은 바라보는 것만으로도 보는 이를 자유롭게 한다. 시인에게 호감을 산 "탕헤르"의 어원 역시 수로(水路)이다. 물의 길, 송재학 시인은 이 수로에서 '눈물의 길' 나아가 "눈물 이전의 눈물"을 투시한다. 그는 동시에 수로를 따라 "천 리 음역까지" 따라가는데 그는 그곳에서 "계면"을 듣는다. 그는 사막에서 '바람의 계면'을 찾아내어 들을 줄 아는 뛰어난 감각의 소유자이다. "눈물 이전의 눈물"을 보는 눈, 소리 이전의 소리를 듣는 귀를 지닌 자. 그가 듣는 "계면" 또한 눈물의 길에서 비롯된 것임을 알 수 있는데 다음의 작품을 보자. 연작시는 아니지만, 그의 시는 수로에서 수로를 지나 어느 사막으로 이어진다.

> 회오리를 놓친 눈과 귀는 달팽이관을 지나서 천리 음역까지 왔고 헌 혓바닥 위의 모래 너울은 정지하여 계면을 찾아야만 했다 햇빛도 건달도 속삭여주었고 사구를 닮은 비파의 색조가 있기에, 소문도 없이, 거짓도 없이, 검은색 바람이 사람의 빗장뼈를 친친 묶었다 바람과 한 몸이었던 사람이 우우 외치면 바람과 뒤늦게나마 한 몸이 될 사람이 오오 화답했다 사람과 악기의 울울한 작태가 닮았다고 기록되었다
>
> ─ 송재학, 「검은 바람」 부분(『시사사』, 2018, 7–8월호)

위 시 역시 「탕헤르의 세계 시각」과 같은 지면에 수록된 송재학 시인의 신작 「검은 바람」이다. 마찬가지로 시인은 탁월하게도 '눈물의 길'을 사막 한가운데서 곧잘 찾아낸다. 다만 앞의 작품에서와는 달리 그 "눈물의 길"은 음악에서, 죽음과 뼈를 통과하는 바람 소리에서 비롯된 것을 알 수 있다. 그는 작열하는 사막, "검은색 바람" 속에서 "계면"을 찾아내는 사람이다. 이 시의 주석에 의하면 "계면"이란 이익의 『성호사설』의 속악조에 언급된 바, 듣는 자가 눈물을 흘려 그 눈물이 얼굴에 금을 긋기 때문에 붙여진 것이라 한다. 다시 말해 듣는 자의 얼굴에 눈물이 흘러 길을 낼 정도로 감동적인 음률을 계면(界面)이라 한 것이다. "사람과 악기의 울울한 작태가 닮았다고 기록되었다"라는 부분 또한 시인이 명기한 주석에 의하면 『장자』 내 편 「제물론」에 전하는바 남곽자기와 자유의 바람에 관한 담론에서 전

유한 것임을 알 수 있다. 송재학 시인은 이처럼 시각과 청각 나아가 공감각의 시원을 언어의 흔적과 사료(史料)를 더듬는 인식론적인 사유와 인유(引喩)를 통해 개척해 나간다. 그는 탕헤르의 해변에서도, 사막의 한 모서리에서도 '눈물의 길', '눈물의 소리'를 잘 찾아내는 예민한 자이다. '눈물의 수로'를 따라가다가 "눈물 이전의 눈물"도 찾아내고, 마주친 "보석의 눈빛"들로 "시를 쓰다마다" 하기도 하면서 자연스럽게 마주친 것들 즉 "바람과 한 몸"을 이루어 "오오 화답"도 하는 풍류(風流)를 누릴 수 있는 자. 시인. 그러다 보면 이러저러한 생의 지리멸렬함과 크고 작은 고민들은 "바다의 근심으로 근심을 희석하는" 일이 되리니 바다가 주는 관용을 만나, 지긋지긋한 타나토스의 붕대 또한 풀게 되리라. 송재학 그의 시편들을 쫓아가다 보면, 우리는 그의 웅숭깊은 사유와 극도로 절제된 건조하지만 밀도 높은 비장미, 언어와 시간을 넘어서는 어떤 절대의 경지를 쫓아가는 순례자의 고귀한 순혈 정신을 만나게 된다. 그는 시어 하나도 남용하는 법이 없다. 소위 말하는 소품시, 태작 또한 없다. 그는 사유의 날, 언어의 날을 부지런히 벼리는 동시에 끊임없이 검술을 연마하고 탐구하는 열혈 검객이다. 그러나 단순히 검법의 날만이 아닌, 영혼의 날까지 날마다 벼리는 시인. 탕헤르가 지중해의 아름다운 수로(水路)라면 그는 탕헤르보다 아름다운 시로(詩路)를 열어 스스로 계면을 열어나가는 "검은 바람"의 시인이라 부를 수 있겠다.

3. 네크로필리아의 새

시인은 혹은 시적 화자는 죽고 싶지만, 이 여름 지독하게 살아있다. 섭씨 35도를 넘나드는 폭염 속에서 시인은 살아서 지금 "이상한 여름을 바라보고 있다". 아니 그는 살아있어 찌는 듯한 폭염의 여름 그 자체가 된다. 여름과 분리될 수 없는 그. 그는 이 여름의 들끓음 속에 있다. 그 열기 안에서 무료하게 죽고 싶다는 '하품'을 연신 해댈 때, 마침 "죽은 새가 하나" 눈앞에 놓이는 사건이 발생한다. 사건은 의미심장하고 시인은 폭염을 요리할 준비에 분주해진다. 시인은 그 "죽은 새를 바라보"며 활기를 찾는다. 곧 시작될 이것은 장례의식이자 부활의식. 시인이 바라보는 죽은 새는 이제 죽은 새가 아니다. 시인의 눈은 "죽은 새"를 향해 한껏 달궈지고 "눈은 뜨겁고도 불온"한 상태가 된다. "수시로 부패를 꿈꾸"던 그의 눈은 죽은 새의 현존, 이로 인해 꿈을 이루게 된다. 그는 오로지 "썩기 위해, 썩어서 냄새의 날개를 펼치기 위해, 썩은 냄새로 날개가 버린 공중에게 새롭게 말을 걸기 위해" 단 하나의 부패를 기다려온 자이다. 부패만이 어쩌면 가장 정직한 언어일지 모른다. 냄새로 하는 말. 시인들은 어쩌면 "개미처럼 들끓는 말의 미래를 창조하기 위해" 자기도 모르게 자꾸만 죽음에 기웃거리는 네크로필리아(necrophilia)일지도 모른다. 지난여름 "죽은 새" 한 마리가 오브제로 주어졌다.

내 앞에 죽은 새가 하나 놓여 있다 나는 여름이다 죽은 새를 바라보고 있다 내 눈은 뜨겁고도 불온하다 수시로 부패를 꿈꾼다 썩기 위해, 썩어서 냄새의 날개를 펼치기 위해, 썩은 냄새로 날개가 버린 공중에게 새롭게 말을 걸기 위해, 썩은 냄새로 말하기 위해, 개미처럼 들끓는 말의 미래를 창조하기 위해, 내 몸은 점점 뜨거워진다

죽은 새가 꿈틀거린다 부패의 힘으로 냄새는 점점 가벼워진다 나는 봄을 버린 여름이다 봄을 기억하지 않기 위해 죽은 새를 바라본다 그러면 내 문은 더욱 더 불온해진다 나는 가을과 겨울을 한꺼번에 껴입은 여름이다 그래서 죽은 새가 필요하다 죽은 새를 꿈틀거리게 하는 일이 중요하다

당신들은 지금 이상한 여름을 바라보고 있다 가을과 겨울을 한꺼번에 껴입

고 죽은 새의 죽음을 거부하고 있는,

— 박남희, 「죽은 새를 바라보는 여름」 전문(『시사사』, 2018, 7–8월호)

"죽은 새를 바라보는 여름", 시인은 시를 쓴다. 시인은 야훼처럼 언어로 빚은 새의 몸에 숨을 불어 넣어준다. 주의사항이 있다. 그에게 너무 많은 숨을 한꺼번에 불어넣는다면 시인 자신이 "죽은 새"가 될 수도 있다는 점을 명심해야 한다. "죽은 새"의 부패는 "죽은 새"를 날게 한다. 올여름 죽은 새는 얼마나 지독한 냄새를 피우며 부패할 것인가. 시인은 잔뜩 기대에 부풀고 그의 "몸은 점점 뜨거워지"고 만다. 의식(儀式)은 시작되고 드디어 "죽은 새가 꿈틀거린다 부패의 힘으로 냄새는 점점 가벼워지"고 다시 "죽은 새는 꿈틀거리"며 날아오른다. 시인은 자신을 "가을과 겨울을 한꺼번에 껴입은 여름"이라고 명명한다. 시인은 가을이 아닌 두 악장을 건너뛰어 봄으로 건너갈 것이다. 봄은 지옥과도 같아서 시인은 봄을 잊기 위해, "봄을 기억하지 않기 위해" 오로지 "죽은 새를 바라보"는 것이며, "더욱더 불온해진" 눈으로 또 다른 "죽은 새"를 바라보기를 염원하고 있는 것이리라. 시인은 단호하게 말한다. "죽은 새가 필요하다"고 "죽은 새를 꿈틀거리게 하는 일이" 무엇보다도 중요하다고 말이다. 우리는 모두 지금 "이상한 여름"의 한 장례식을 목격하고 있다. 이 시를 통해 우리는 여름의 낯, 죽음의 낯을 정면으로 마주한다. 폭염 속에서 순수하게 부패하고 있는 새 한 마리가 있다. 이미 "죽은" "죽은 새의 죽음을 거부하고 있는" 어쩌면 우리는 "죽은 새"를 한 번 더 죽이는 공범자 혹은 목격자가 된다. 훨훨 날갯짓하는 저 새를 바라보는 여름을 다시 바라보는 우리 시선(들)의 겹침은 다시 한번 더 "불온해지"고 있다. 하지만 그 불온함이 시가 된다. 이 아이러니 속에서 우리는 비밀처럼 살아간다. 이 또한 '눈물의 길'을 따라 날아가는 자, 죽은 새를 사랑하는 자의 노래가 아닐 수 없으니, 죽음을 사랑하고 숭앙하는 자 오히려 "말의 미래를 창조하기 위해" 죽지 않고 오래 살아남아 "죽은 새" 곁에서 "죽은 새"를 해부하고 그 죽음 안에서 고인 시간을 날려 보내야 하는 것이리라. 그렇게 현재란 과거 어느 죽음이 가볍게 부패해 지금 여기로 날아온 시취(屍臭)일지 모른다.

4. 봄날은 가지 않는다

사랑은 종종 계절에 비유된다. 사랑에 관한 가장 통속적인 비유는 봄날일 것이다. 익숙한 대중가요 "봄날은 간다"와 허진호 감독의 영화 "봄날은 간다"를 떠올리지 않더라도, 봄날은 언제나 충분히 화사하고 따스하며 환하고 충만하고 아름답다. 겨우내 죽어 있던 만물이 생동하며 가장 푸른 잎새들과 가장 붉은 꽃망울들이 앞 다퉈 피어나는 이 신비한 계절 봄은 이제막 사랑에 빠진 두 청춘(靑春)의 사랑에 가히 빗댈 만하다. "사랑=봄=청춘", 이 이상의 공식이 없지만 이는 이미 사(死)은유에 가깝다. 사랑을 상징하는 봄, 그러나 짧기 때문에 동시에 이별을 상징하는 봄의 아이러니는 이미 독자들에게 낯익고 익숙하다. 지나간 사랑에 대한 회심의 독백이 독백 이상의 여운을 주려면, 적어도 엘리엇의 "사월은 잔인한 달"보다는 신선하고 충격적일 필요가 있지 않을까. 봄은 다른 계절보다 유독 더 새롭게 전유되어야 독자들이 식상해하지 않을 것이다. 아래의 시를 보자.

꽃잎, 빛나는 검날을 피할 수 없었다 사랑이란 단지 기억에 닿은 봄빛의 히스테리다 시리게 기억을 겨누는 새파란 칼끝 시리게 기억을 겨누는 새파란 칼끝, 끝판의 꽃잎은 빛의 검날에 베어지는 기억의 프리즘 같은 거다. 봄빛의 끝자리 무수히 흩어지는 너에 대한 아릿한 것들 목구멍까지 타오르지만 토해낼 수 없는 것들 다시 계절에 현혹되지 말자 봄날이 간다 흩날릴수록

혼자만의 이별은 한낱 암호화된 꽃잎의 한계다 너 역시 시간의 검기에 항
복한 현실이 아니더냐 부르는 나에게 고함치지 마라 봐라 너 없이도 계절이
가고 너 없이도 꽃이 진다 다시는 꽃잎에 붙은 이름을 가볍게 부르지 마라
사랑은 혼자 절절히 서는 일이다

— 송용배, 「봄의 끝」 전문(『시사사』, 2018, 7−8월호)

시인은 "봄의 끝"에 서서 "다시 계절에 현혹되지 말자 봄날은 간다"라고
이별 끝에 상심한 마음을 다잡고 있지만, 이 역시 "봄빛의 히스테리"적 발
화에 지나지 않아 보인다. 같이 수록된 작품 「눈 쌓이는 기억에 대한 상상
력」 역시 마찬가지이다. "눈 쌓이는 기억"을 시인은 "밤새 나이가 쌓이듯/생
각이 쌓인다"라고 표현한다. 밤새 하얗게 내려 쌓이는 눈을 보며 시적 화자
는 "너를 수없이 보내던 일처럼" "오늘도 몸 위에 호젓이 쌓이는" "시리디시
린 상상력"이야말로 하얀 눈이 향하는 방향의 "너"일 뿐이라고 진술한다.
그러나 이 작품 또한 "눈 쌓이는 기억에 대한 상상력"이 "어떤 기억의 상상
력"인지 감각적으로 구체화되어 생생하게 전환되지 못하고 추상적인 감상
차원에만 그치고 있어 아쉽다. 봄, 겨울, 꽃, 눈, 사랑과 이별에 관한 이미지
가 '새로운' 시가 되려면, 감성의 관성, 의미의 반복, 내면화된 클리셰를 시
인들 스스로가 과감하게 깨야 가능하지 않을까.

5. 에필로그

어느 날 유리 어항 속에 둥둥 떠 있는 마음을
한 마리씩 건져내 봉지에 담았다

귀신을 기르려고

밤의 수도꼭지도 유방처럼 부풀었다
한 방울 두 방울 어둠은 뚝뚝 흘러서

그림자를 덮으려고 더 검은 악몽을 길렀다
더 낯선 인형을 기르고 더 많은 혼자를 길러서

빈 새장 안에 누워 있었다
책이 끝날 때까지 주인공이 나오지 않는
그런 이야기를 길렀다

발코니에서 길러지는 향기들이 역병처럼 떠도는 골목에서

저녁이면 불붙은 심장 하나가 서쪽으로 던져졌다
새는 날아가면서 타 버린다

— 이민하, 「새장 속의 잠」 부분(『시사사』, 2018, 7–8월호)

간혹 어떤 마음들은 어떤 마음들을 기르기도 한다. 마음이 마음을 닮고 싶은 형상, 그 형상을 닮아 살아 움직이기도 하는 유동의 마음은 곧 시인의 마음이기도 하다. 어떤 마음들은 먼지보다 작아서 처음에는 찾아내기도 쉽지 않지만, 관심과 애정으로 돌보면 이내 꼬물꼬물 거리는 것이 또한 마음이다. 이름 불러주고 공들여 기르다보면 이내 그 마음은 점점 커져서 "그림자"만 해지기도 한다. 어떤 날에는 고양이를 어떤 날에는 개를 키우는 이의 마음, 그 마음으로 인하여 "자다가도 밤눈이 떠지"게 되거나 "컹컹컹 짖다가도" 홀로 어둠 가운데 "꼬리치는 고독"의 전이를 느끼게도 되는 것이다.

우리가 무언가를 키운다고 해서 고독이 사라지지는 않는다. 불안과 죽음에의 친연성 또한 불식되진 않는다. 그리하여 "물고기를 키웠다/물속에서도 익사하지 않는 확신으로"라는 시인의 전언은 어쩌면 영원히 "확신"이 될 수 없는 운명의 가능성을 결코 배제하지 못한다. 설령 "물속에서" "익사하지 않"는다고 하더라도 여러 가지 죽음의 상황과 다양한 절망의 방식들은 늘 우리 곁에 산재해 있으므로. "사람들에게 압사하지 않는 믿음"과 "확신"들 그러한 견고한 신념들은 오히려 그들에 기대하는 이들로 하여금 "목줄"과도 같은 구속과 배신만을 가져다줄 뿐이다. 구속은 작은 어항 속에서나마 누리던 살뜰한 자유마저도 결국에는 억압하고 이내 마음의 생기를 빼앗아 "둥둥 떠 있"는 죽음에 마주하게 한다. 죽은 마음들을 뜰채로 "한 마리씩 건져내 봉지에 담는" 수습의 일도 결국엔 그 마음의 주인(시인)이 해야 할 몫이겠지만 말이다. 차라리 "귀신을 기르"거나 "더 낯선 인형"들과 "더 많은 혼자"들을 길러서 "빈 새장 안에 누워 있는" 일이야말로 덜 외로워지는 방법이 아닐까. 상상 속에서 "책이 끝날 때까지" 영원히 "주인공이 나오지 않는/그런 이야기를 길"러내는 무심한 일이야말로 사랑이 아닐까. 누구도 새장에 가두려하지 않고 누구도 기르거나 길들이거나 키우려하지 않는 억압 없는 돌봄, 그게 자유가 아닐까. "날아가면서 타 버린" 새의 뒷모습을 노을처럼 바라보고 아쉬워하며 그 뒷모습을 베끼는 일이야말로 시인의 마음이 아닐까. "빈 새장 안에" 누워 "저녁이면 불붙은 심장 하나"가 이우는 서쪽으로 가만히 고개를 돌려, 가버린 새를 기억하는 일, 때론 지독하게 "더 검은 악몽"을 꾸는 일. 그 "검은 악몽"은 시가 되고, 이민하의 다음 작품에서도 그 꿈은 연작인 듯 이어진다.

여자 옆에서 눈을 떴다. 남자인지도 모른다. 무슨 일이 있었던 걸까. 아무 일이 없었는지도 모른다. 마주 누운 이 사람은 누구인가. 사람이 아닌지도 모른다. 내가 깨어났을 때 사람들은 모두 울고 있었다. 웃고 있었는지도 모른

다. 내가 잠들었을 때 모두들 속삭이듯 인사했었다. 그들이 돌아갈 때 밖에
는 눈이 내렸다. 장맛비였는지도 모른다.

…(중략)…

그러면 마주 누운 저 사람은 누구인가. 죽어가면서도 울지 않았다. 울지 않
아서 죽은 건지도 모른다. 자, 다시 시작합시다. 누군가 말했다. 사람들은 모
두 울고 있었다. 여자 옆에서 눈을 떴다. 방 안이었다. 흙무더기였는지도 모
른다.

— 이민하, 「사과후(事過後)」 부분(『시사사』, 2018, 7–8월호)

"사과후(事過後)", 일이 지나가 버린 후, 잠에서 깨어버린 후, 악몽의 내용
을 기억하는 일은 정확하지 않다. 그것은 악몽이기 때문에, 순수할 리 없
고 순수하지 않으며 순수할 필요도 정확할 필요성도 당위성도 없다. 악몽이
란 그런 것. 원초적 장면처럼 어쩌면 조작되고 편집된 기억의 영상, 당신 옆
에 "마주 누운 이 사람"이 설령 연쇄살인마라 할지라도 그의 신원을 조회하
거나 신고를 할 수 없다. 꿈은 그렇게 지나가고 현실에 깨어서 명확한 것은
없다. 옆에 누운 이가 남자든 여자든, 내가 누워 있는 곳이 방 안이든 흙무
더기 속이든, 관 속이든, 사과후(事過後)에는 아무 소용이 없다. 사후(死後)
라면 더더욱 소용이 없겠지. 숨이 막히는 무서운 악몽이다. 그러나 이게 꿈
이라면, "새장 속의 잠"을 깨고 당신은 일어나서 유유히, 써라. "여자 옆에서
눈을 떴다"로 시작하는 시를. 그리하여 당신이 사랑한 "죽은 새"는 불사조
가 되어 읽히리니.

종점의 비밀, 시

1. 프롤로그 : 희망을 리필하는, 종점의 시

산과 들, 거리마다 눈부신 종점들이 울긋불긋 흩날린다. 낙과와 낙엽은 나무의 종점이다. 뿌리가 지상에 못 박힌 나무는 하늘과 바다 멀리까지 갈 수 없고, 닿을 수 없는 마음은 날아가 종점을 이룬다. 이 가을의 종점은 만연하게 쌓여있다. 새 한 마리가 날아와 나뭇잎 하나를 물어간다면, 도토리 한 알이 데굴데굴 굴러 계곡 아래까지 내려간다면, 멀리 가는 종점을 바라보며 나무는 잠깐 행복해할지도 모르겠다. 하루에도 몇 번 종점을 생각하는 것은 나무에게도 사람에게도 지극한 한마음, 한 생이다. 공허라는 깨어진 독에 계속해서 물을 붓는 일은 헛된 희망처럼 끝도 없지만 절망과 좌절의 매 순간은 또 매 순간이 곧 종점이 되어 눈앞에서 지연되고 대체된다. "슬픔의 힘을 옮겨서 새 희망의 정수박이에 들이붓"(한용운, 「님의 침묵」)는 일도 결국엔 종점에 이르러, 또 다른 종점을 연장하는 일이다. "푸른 산빛"의 여름날이 사랑의 시간을 품고 있다면 "단풍나무 숲을 향하여 난 작은 길" 즉 가을을 향한 님의 행보(行步)는 이별의 시간을 향해 열려 있는 것이다. 한 종점이 또 다른 종점으로 대체되거나 새로운 이정표가 리셋되는 삶은 무궁한 일련의 연장(連章)과 연기(連記)에 다름 아니다. 생을 살면서 이러저러한 꿈을 꾸고 목표를 세우는 일도 결국엔 무수한 종점들을 경유해가며 길 위에 점을 찍고 명명하며, 또 다른 종점을 향해 매 순간 나아가고 또 나아가는 단순하고도 맹목적인 반복의 연속일지도 모르겠다. 작은 종점들은 무수히 갱신되고, 어떤 종점들은 중도에 실종되기도 한다. 간혹 어떤 종점들은 예기치 않은 순간 황망하게도 주인을 중도에 데려가 버리기도 한다. 종점은 소유와 공유, 점유와 착취의 공간이 되기도 하거니와, 당신의 종점은 나의 종점이 되기도 하고 나의 종점은 당신의 종점이 되기도 하는 가변성과 유동성을 지닌다. 서로가 서로에게 종점이 되는 일, 혹은 종점을 공유하는 일은 위험하고도 매혹적인 일일 것이다. 어떤 종점은 어떤 종점과 만나 연애를 하거나 성좌(星座)를 이루기도 하고 그들끼리 뒤엉켜 미로를 이루기도 하고 오리무중의 막장이 되기도 하는 등 뻔하면서도 예측할 수 없는 경로 끝에 종점들이 산재해 있다. 시력 검사를 할 때, 우리는 눈앞의 한 지점을 응시한다. 멀리 보이는 열기구, 알록달록한 풍선을 매어달고 종점은 커졌다가 작아졌다가 흐렸다가 선명해지고, 이내 종점은 시야에서 쉽게 멀어지기도 하고 일순간 가까워지기도 한다. 우리는 섣불리 모든 끝이 종점이라고 규정 짓고 돌아서지만, 아이러니하게도 종점은 잔존하며 잔상으로 남겨지거나 사람보다 먼저 미래에 가있기도 하다. 간혹 한 종점은 저 멀리서 손을 흔들며 우리를 유혹한다. '이 세상 고통 다 내려놓고 저에게 오세요'. 그는 당신의 생을 조기상환 할 것을 종용한다. 종점으로 가는 편도의 초고속 경로를 안내하고 수수료와 이자까지도 면제해주겠다고 한다. 저승으로 안내하는 내비게이션의 내레이션은 끊임없이 속삭인다. 이 고통 체증을 한 순간이라도 빨리 탈출할 지름길을 알려주겠노라고 그는 유혹한다. 그러나 선택은 언제나 당신의 몫이다. 종점은 저 앞의 결승 지점에 놓여 있고, 우리는 또한 그 종점을 바라보며 희망이라는 네임 태그를 소실점 끝에 붙여 선망(羨望)하거나 섬망(譫妄)하면서 잘도 삶을 이어간다. 어느 순간 종점에 다가선 한 시인은 절망의 정점을 맛보게 되고 시인은 그 밤에 시를 쓴다. 종점의 시. 종점의 시는 생을 연장하는 언제나 새로운 시작의 시이다. 시작(始作)과 시작(詩作)은 다르지 않다. 생의 정점과 막다른 길, 종점이 절망에 일치할 때 일어나는 사건으로서의 시. 당신이 지금 여기, 발밑의 절벽을 응시하며 기도문을 외우거나, 시를 쓰는 일은 '열려라 참깨', '날아라 양탄자', 혹은 썩은 동아줄이라도 한 줄 내려오길 간절히 바라는 단 하나의 주문이 될 수도 있는 법. 자 이제 우린, 시의 별명을 뭐라고 지을까. 무한 리필의 희망, 삶따윈 자동 갱신, 종점에서 첫차 타기, 바늘구멍 통과한 낙타의 체험기, 종점은 아름다워, 세상 끝에서 시를 외치다 등등.

2. 종점을 연기하는 종점, 시

채송화 옆에 앉아 있으면 좋아서 나는 자꾸 웃는데요. 괜히 채송화 주변의 흙들을 손가락으로 꾹꾹 눌러봅니다. 채송화가 그러지 말라고 해도 나는 자꾸만 더 그러는 것입니다. 살면서 들었던 죽고 싶었던 마음들, 저 구름을 밀어 올린 무심한 마음들, 나 없이도 더 없이 아름다울 세상들, 이제 어떻게 살지라고 웅성거리는 모든 것들과 노래가 되지 못한 이야기들을 거기다 주고 올 수는 없잖아요.

…(중략)…

여름은 그런 거니까.
— 이승희, 「그건 다 여름이라 그래요」 부분(『시사사』, 2018, 9-10월호)

파꽃이 피었으므로 여름은 환상이다 여기저기서 온갖 부고들이 날아들었고 나는 소풍을 가듯 문상을 간다 개종한 나무들처럼 잘 차려입고 구름의 모양을 따라 해보는 것이다. 그만 죽어도 좋을 거 같다는 말은 굳이 안해도 되는 것이니까 이 생의 모든 부고들이 어여뻐서 견디라고 말하지 않아도 되니까. 눈감아 주자 가르침 따위 주지 말자 다만 더는 멀어지지 말자고 쓰고 마침표까지 찍고 이해받지 못한 생이면 어때 괜찮아 여름이잖아라고 말해도 되니까. 그러니까 여름은 아무도 모르게 종점이다 종점이어서 늙은 플라타너스를 키우는 것이다 당신이 때로 아주 종점이나 될까 싶은 마음이 든다면 그건 잘 살았다는 말 어디는 끝에 닿았으니까 아주 행복하다는 말 그러므로 또 그런 끝을 쥐고 있는 이를 만나면 말해주어야 한다 여름이니까 괜찮아. 갈 곳이 없다고 생각하면 아무 데도 가지 말라고. 이젠 없는 방향들을 따라갈 수 있으니 어떤 절망이 이리도 한가로울 수 있을까 싶다면 그건 이미 당신이 여름을 만났다는 말. 거기서 뭐하냐고 누가 물어보면 아, 난 아무것도 하지 않아요라고 말하면 되고 그렇게 잠시 시간이 흐르고 그래서 좋으냐고 물어보면 당신이 좋으면 좋겠다고 말하면 되는 거니까 그러니 이제 좀 반짝인들 어때 여름이잖아.

— 이승희, 「여름이니까 괜찮아」 전문(『시사사』, 2018, 9~10월호)

카뮈의 『이방인』을 떠올린다. 뫼르소는 단지 태양이 눈부시다는 이유로 해변에서 아무 연고도 없는 애꿎은 한 사람을 총으로 쏴 죽인다. 그가 총구를 겨눈 것은 강렬한 여름의 태양 때문이었을까, 대지의 열기 때문이었을까. 단지 그 뜨거운 숨막힘과 눈부심만으로 그는 방아쇠를 당겼을까. 그가 죽이고 싶었던 대상은 누구였을까. 이미 죽어버린 어머니였을까 아니면 그 자신이었을까. 그 자신보다 이방인에 가까워 보이는 낯선 아랍인이었을까. 이방인이 이방인을 증명하는 방식이 살인밖에는 없었을까. 타살이 아닌 뫼르소 자신의 자살이었다면 어땠을까. 자살 미수의 한 사람이 있다면, 우리는 그 역시도 법정에 세워야 하는 것일까? 한여름 지독한 폭염 속에서라면 우리는 우리의 죄, 자타를 향한 살의(殺意)를 '이유 없음', '정신 착란' 등으로 면책 받을 수 있을 것인가. 자살은 온당한 것인가? 이 순간에도 누군가는 생에 종지부를 찍고 싶은 마음이 쌓아올린 모래성을 허물어버리고 무(無)로 돌아가고 싶어 고민하고 있을지도 모른다. 어쩌면 고민의 순간들마저 죄책감이 들 때, 그 때 누군가 다가와 단 한 마디 "여름이니까 괜찮아"라고 말해주는 사람이 있다면, 혹은 "채송화" 한 송이에 스스로를 위안할 수 있다면, 그는 위로 받을 것이다. 그 순간만큼은 그에게 아마 여름보다 위대한 것은 이 세상에 존재하지 않을 것이다.

모든 생은 어차피 "이해받지 못한 생"이다. 누가 누구의 생을 오롯이 이해할 수 있겠는가. 우리는 구차하게 삶을 이해 받을 필요도 없고 저마다 자기 몫의 고통을 감당하며 삶을 살아내야 한다. 우리는 반복되는 숱한 오류와 모순, 착란과 오해, 부조리와 혼돈 속에서 살아간다. 무결점의 생은, 무죄의 생은 더더군다나 없다. 바닥은 아뜩한 절벽인데 벼랑을 붙든 손을 문득 놓아버리고 싶은 순간이 왜 없겠는가. 생을 쥔 그 끈은 단단하고 무딘 것 같지만, 일순간 가늘고 얇아져서 단칼에 잘리는 것이 또한 그 끈이 지닌 속성이다. "아주 종점이나 될까 싶은 마음"은 누구나에게 존재한다. 이 마음이야말로 어쩌면 가장 흔하고 현명하고 경제적인 지혜의 단장(斷章)일 수 있다는 생각을 종종 하곤 한다. 생이 고통을 일평생 지불하는 반환의 형식이라면 고통의 빚을 일시 상환하는 것도 나쁘지 않다는 생각 말이다. 그러나 천천히 이자며 원금이며를 성실하게 갚아나가는 것이 어쩌면 내생의 고통까지 이생에서 미리 선납하는 업의 완납 방식이 아닐까 하는 일말의 기대 심리. 그 기대 심리가 또 다른 황금빛 이정표를 종점으로 세우고 생을 무기한 연장한다. 어떤 이에게는 이번 생은 악덕 사채업에 연루된 더럽고 질긴 쇠사슬에 꽁꽁 묶여 있을 터, 그럼에도 불구하고 그들에게 생명은 소중하니 열심히 사세요 라고 교조적으로 말할 수는 없다. 그러나 시는 어떤 발화도 가능해서 목 매달아 죽으려는 이에게도 이를 완곡하고 아름답게 돌려말하기가 가능하다. 시는 그 발화에 불가능이 없다. 어떤 시는 그리하여 129(생명의 전화)보다 수행성을 지닌다고 감히 말하고 싶다. 다시 위의 시로 돌아가 보자. 시적 화자는 "파꽃이 피었으므로 여름은 환상"이라고 말한다. "파꽃"은 파(破)의 꽃이기도 할 터, 생을 작파(作破)한 사람들의 뒷모습에도 꽃은 피어난다. 시인은 "파꽃이" 피어 "환상"인 여름날, 여기저기에서 찾아든 부고장을 마치 파티 초대장이라도 되는 듯 받아들고, "소풍을 가듯 문상을 간다"고 한다. 즐거운 문상은 종점에 다녀오기 일일 체험이다. 어쩌면 살면서 종점에 닿는 일은 행복한 일일 것이다. 아무리 노력해도 끝이 보이지 않는 게 인생이라면, 한번씩 우리가 마주하는 타인의 종점은 간혹 지친 일상의 쉼표가 되어주기도 하니까 말이다. 이청준의 『축제』를 떠올리지 않아도 장례만 한 축제가 또 어디에 있겠는가. 죽음만큼 화려하게 만개한 꽃무덤이 또 어디에 있겠는가. 시인은 "개종한 나무들처럼 잘 차려 입고" 가벼운 마음으로 "환상"을 즐기려 "소풍 가듯 문상을" 간다. 시인은 당부한다. "그런 끝을 쥐고" 아슬아슬하게 생을 버티고 있는 사람을 만난다면, 나와 당신은 말해주어야 한다고 "여름이니까 괜찮아"라고, 또한 당신이 "갈 곳이 없다고 생각하면 아무 데도 가지 말라고" 채근을 하거나 야단 떨지 말고, 넌지시 공감하며 위로를 건넬 일이라고 말이다. 시인처럼 그렇게 여러 날, 여러 여름날을 보내고 나면, 당신은 어느 날 웃으며 우아하게 절망을 즐기게 될지 모른다. "어떤 절망이 이리도 한가로울 수 있을까" 농월(農月)하며, 여름보다 더 환하게 "반짝인들", 노래한들 어떠할 것인가. 파꽃도 채송화도 외따로 이유 없이 아름다운 계절은 없다. 시인처럼 우리도 한 계절, 한 꽃을 붙잡고, "괜찮아", "가을이니까", "겨울이니까", "봄이니까" 등등의 조건을 찾아볼 일이다. 핑계라도 어떠한가. 죽음에 대항하는 조건의 언사(言辭)가 있어, 종점을 대신하는 종점에, 시(詩)가 있어 살 수 있다면.

3. 작은 종점, 빈 방을 빌리는 사람들

빈 방을 찾고 있었다 사람 없는 방바닥 누가 버리고 떠난 숨들 식은 온기는 방구석에서 꾸벅꾸벅 졸고 방금 스친 뒷모습은 벽을 통과하며 옅어졌다 불을 켤 때마다 천장에서 구두코 앞으로 그림자는 일사분란하게 모여들었다 알비노 기린 한 마리의 털을 몽땅 잘라 만들었다는 붓으로 사람의 몸색을 닮은 물감을 허공에 덧칠하는 화가를 보았다 턱이 없는 집주인에게 흥정을 걸었다 화가의 방을 내어달라고 저 방이야말로 은총 없는 폐가라며 집주인은 고개를 저었다 기린의 뿔이 떠다니는 방에 당신이 세상에서 가장 오래 냈던 음이 지나가는 중이었고 복도는 기억과 후회로 쌓아올린 벽이었다 마침내 인기척이 없고 뒷모습과 기린의 그림자가 없고 나무도 없는 빈 방을 찾아냈을 때 집주인은 부러진 열쇠는 건네며 말했다 지나왔던 모든 방이 빈 방이었다고 여러 개로 쪼개진 모든 방은 시간으로 꿰매진 하나의 같은 방이었다고 입관이 곧 시작된다고

　　　　　　　　　　　　— 김유태, 「임차」 전문(『시사사』, 2018, 9–10월호)

"빈 방을 찾고 있"는 주체는 누구인가? 상주(喪主)인가 아니면 입관을 앞둔 죽은 당신인가. 어쩌면 "빈 방"은 처음부터 "빈 방", 혹은 "빈 방"이 아니었을지도 모른다. 아이러니하게도 "빈 방"에는 이미 많은 것들이 가득 차있다. 이를테면 "누가 버리고 떠난 숨들" 혹은 식은 온기'들 혹은 그들의 옅은 그림자'들 등등. 그러나 시적 화자는 말한다. "지나왔던 모든 방이" 어쩌면 모두 "빈 방이었다고" 말이다. 우리의 삶은 "빈 방" 하나를 찾아 평생을 전전하며 떠도는 영원한 노숙의 삶이 아닐까. 당신은 지금 당신의 집, 당신의 방 안에 안전하게 기거하고 있다고 믿고 있지만, 애초부터 그 집은 그 방은 당신의 것이 아니다. 누구나 임차의 삶, 노숙의 삶을 살며, 짧게 다녀가

는 것이 이번 생일지 모르겠다. "허공에 덧칠하는 화가"는 허공에 무엇을 그리든 자유이다. "화가의 방"에는 허공에 채색할 덧칠의 자유가 있고, '시인의 방'에는 언어의 자유가, 음악가의 방에는 허공중에 악보 없는 곡을 연주할 자유가 있다. "집주인"과 같은 절대적 타인에게는 보이지 않는 그림 한 점, 읽히지 않는 시 한 편, 들리지 않는 선율 한 소절이 허공중에 충만하게 전시되어 있는 방, 그 방은 그러나 더 이상 "빈 방"이 아닐 것이다. 사람이 아닌, 사람이 그리워하는 것들로 채워진 방은 빈 방이 아니다. 대부분의 집주인은 "화가의 방"을 달라는 임차인에게 그런 방은 "은총 없는 폐가"일 뿐이라며 "고개를 저어" 비난하기 일쑤이다. 그러나 당신은 "화가의 방"을 꿈꾸는 자, "알비노의 기린 한 마리의 털을 몽땅 잘라 만들었다는" 진귀한 붓으로 온종일 그림을 그리고 싶은 자. 당신은 당신만의 "기린의 뿔"을 허공에 그리고 기억하려고 애썼을지 모른다. 당신이 기억을 보존하고 상실을 간직하고 애도하는 방법은 그것들을 최대한 그려내고 덧칠하며, 복원해 내는 일이 전부였을지도 모른다. 이제 당신의 체온은 차갑게 식고 당신은 그 방의 임대 계약기간이 만료되어 떠나야할 때. 당신은 그 방에서 "가장 오래 냈던 음" 하나와 "기린의 그림자"와 "뒷모습"마저 거두고선 "기억과 후회로 쌓아올린 벽"으로 둘러싸인 복도를 빠져 나와야 한다. 당신은 이제 미지의 또 다른 빈 방을 찾아 자취를 옮겨 가는 중에 있다. 시적 화자는 말한다. 무수히 많은 빈 방을 경유해 매번 종점인 양, 머물며 안식했다고 여길지 모르겠나, 실은 전부 착각일 뿐이라고, 지나온 모든 방들은 결국 "하나의 같은 방"에 지나지 않으며 새로운 방을 찾아 허둥대며 급급하게 살아온 시간 또한 종국에는 단단한 슬픔 앞에 멈출 뿐이라고 말이다.

함께 발표된 김유태 시인의 또 다른 작품 「슬픈 레시피」에서도 죽음에 대한 사유와 인식, 이미지 등은 "빈" 것의 형태로 동일하게 이어진다. 이를테면, "빈 식탁", "빈 트럭"과도 같은 메타포가 그것이다. "시간으로 꿰매진"

미로 속을 거듭 헤매며, 우리가 찾았던 종점의 방은, 단지 "빈 트럭이 오는 작은 정거장"에 지나지 않았을지 모른다. 경유지로서의 작은 종점을 우리는 방이라고 여기고 잠시나마 여정을 풀고 거기에 깃들었을 것이다. 우리는 "고요한 신"에게 "부러진 열쇠"의 꾸러미를 넘겨받고 웃는다. "부러진 열쇠"야말로 실은 만능키이다. 어느 방이든 열고 들어갈 수 있고 어느 방이든 잠그고 나올 수 있는, 당신이 언젠가 당신을 유폐하고 나온 그 방은 이제 당신의 기억 속에 견고한 성벽으로 둘러싸인 채 고립되어 남아있다. 이 방이 비로소 마지막 임차라고 생각될 때, 내 몸에 꼭 맞은 작은 방 한 칸이 우리에겐 여분으로 준비된다. 관(棺), 어쩌면 깊은 터널 속으로 당신이 들어간다. 터널을 지나 당신이 좋아하시는 곳에 도달해 마음 편히 여정을 풀기를. 익명의 망자인 당신이 깃들 단 하나의 방을 떠올린다. 나 역시 곧 당신이 되어 그 작은 방에 세 들게 되리니. 그곳엔 부동산 과열이 없으면 좋겠다.

　　우리의 가장 오래된 레시피는 슬픔이다

　　정전된 원형의 정원
　　식탁에 빙 둘러앉아 불 켜진 촛대 주위로 두 손을 모은 채 쟁반에 우울을
　　쏟고 슬픔으로 슬픔을 빚지 우리는 슬퍼지고
　　꿈이 아니던 빈 식탁에서도 이승은 이승에게 저승이곤 했단다

　　온몸을 다해 주먹을 쥐고
　　이마에 흥건한 땀
　　폐선된 노선에 잘못 진입한 익숙함으로, 우리는 우리에게서 구겨진다

　　달아오르기 전에 숨이 끊어져야 세상의 형식에서 벗어난다고 믿던

매순간 빗을 긋는 숨결

그곳에 고요한 신은 아직 미소를 짓고 있는지

…(중략)…

접시째 불행을 씹어 먹는 밤

…(중략)…

눈을 질끈 감아도 명료하게 걸어오는 슬픔

쟁반 위에서 삼켜지기를 기다리는 통증만이 우리의 생이었을까

…(중략)…

빈 트럭이 오는 정거장

우리의 혀를 태워 떠나보내네

머리를 칭칭 동여맨, 식탁에 남겨진 어둠을 눈꺼풀도 없이 바라보면서

— 김유태, 「슬픈 레시피」 부분(『시사사』, 2018, 9–10월호)

　　방은 애초에 "빈 방"이라서 삶과 죽음이 둘 다 깃드는 일종의 공간(space)에 가깝다면, 식탁은 삶 쪽에 근접해 보다 실질적으로 놓여 있으며 이는 장소(place)에 가깝다. 알다시피 먹고 마시는 일은 먹고 사는 일과 다름이 없고, 우리는 때론 먹기 위해 살고 살기 위해 먹는 동물성을 또한 부인할 수 없다. 이에 식탁은 먹고 마시는 용도의 장소이며 가구이다. 식탁

은 가장 거룩하거나 세속적인 공간이고 식탁은 가장 구체적이고도 탐욕스러운 원초적 장소라고도 할 수 있을 것이다. 시적 화자는 응시한다. 그 식탁에서 빚어지는 슬픔의 윤곽을, 혹은 "식탁에 남겨진 어둠을 눈꺼풀도 없이 바라보"고 있다. "우리의 가장 오래된 레시피는 슬픔이"라고 그는 말한다. 무엇의 레시피가 슬픔이라는 것일까. recipe라 하면 보통은 음식의 조리법이나 언어에 따라 약의 처방전을 뜻하기도 하는데, 그렇다면 "슬픈 레시피"와 "레시피는 슬픔" 즉 '슬픔의 레시피'는 각각 전혀 다른 의미를 지칭하게 된다. 전자의 경우 레시피의 결과물은 다른 무엇이 될 것이고, 후자의 경우는 결과물 자체가 슬픔이 된다. 그러나 시적 화자는 이 둘이 결국 동일하다고 말한다. "슬픔으로 슬픔을 빚"어 "슬퍼지는" 것은 "우리"이다. 결국 레시피의 재료와 결과물이 동일하게 단 하나의 슬픔으로 귀결되고 만다. 경우에 따라 조미료에 해당하는 "우울을 쏟고" "살이 파이도록 주무르고" 치대다 보면 보다 차지고 근사한 슬픔의 메인요리가 식탁 가득 차려질 수도 있겠다. 결국 슬픔의 레시피 혹은 슬픈 레시피란 지독한 순환론적 오류에 해당한다. 슬픔의 재료와 조리법이 슬픔으로 귀결되는 이 단순한 공식을 벗어날 방법이 아예 없는 것은 아니다. 우리가 늘 의문시하던 "어떤 이의 절대"를 전적으로 수긍하고 "그림자마저 빛으로 여"기며 그 슬픔을 기쁨으로 치환하여 인간의 슬픔보다는 신의 은총을 누리면 될 일이다. 또는 식탁이 아예 필요 없는 "저승"을 택하는 일도 자유이다. 이따금 삶은 잔혹하게도 다른 죽음을 요리해 먹기도 한다. 이 시에서 식탁에 오른 오늘의 메인 요리는 "죽음의 나무"이다. "검은 나이프"로 한 덩이 쓱쓱 썰어서 핏물이 뚝뚝 묻어나는 레어(Rare)의 음식 조각을 저마다 삼켜야할 일이다. 입안에 고이는 건 또 다른 슬픔, 이 슬픔의 진액이 이따금 시의 레시피가 되는 것을 시인들은 전연 부인할 수는 없을 것이다. 서로의 다리를 잘라 포만의 식사를 마친 시인 한 무리와 독자인 우리는 각자 "정신의 목발을 짚고" "그늘에서 뚜벅뚜벅 걸어 나와" "빈 트럭이 오는 정거장"에서 오늘도 "빈 트럭"을 기다린다. "빈 트럭"의 하얗고 깨끗한 짐칸, 백지 위에 빼곡하게 채워질 언어의 식재료들, 시재료들. 식사란 정성과 노력과 준비가 필요한, 그런 것이다. 아무리 참혹해도 먹어야 사는 일. 결국엔 "빈 트럭"을 기다려 "우리의 혀를 태워" 다른 어딘가로 부단히 "떠나보내"야 하는 일. 위 시에서는 두 차례 누이가 호명된다. 동화 '헨젤과 그레텔'이 떠오른다. 그들은 매일 구워진다. 서로가 서로를 먹으면 다시 인간이 되고, 허기지면 다시 서로가 서로를 과자로 구워먹는, 참혹한 식사의 반복이 생의 적나라한 모습이다. 시의 레시피도 그러하리라. 어쩌면 당신에게도 더 많은 불행과 슬픔들이 익반죽의 모양을 하고서 웅크린 채, 파티셰의 화려한 손길을 기다리고 있을지도 모른다.

4. 에필로그 : 다시, 독자라는 종점

어느 천재 화가의 그림 앞에 붙들려 있다. 그는 삼킬 수 없는 무지의 시간을 굴리고 또 굴렸을까? 그늘진 땅에 떨어져 있는 누군가의 지울 수 없는 시간

어쩌면 그것은 그림이 불러온 나의 이야기, 단 한 번도 발설하지 않은 여섯 살 아이의 이야기, 암실에서 먹고 자던 사람의 이야기, 셔터를 누를 때마다 둥근 세상이 잘게 쪼개지는 이야기, 바닥에 널린 축축한 이야기

뒤늦은 속죄처럼 원시의 색채와 투박한 붓질로 수습한 그림은 액자 속에서 비로소 자유다. 태양과 해바라기와 악동들이 뛰어간다. 첨벙첨벙 그림자가 뒤따라간다. 그런데 이상하다. 바람이 없다. 뒤로 넘길 페이지가 없다.

크고 단단한 그림은 벽에서 내려오지 않는다.

　　　　　　　　— 유희선, 「크고 단단한」 부분(『시사사』, 2018, 9–10월호)

　당신은 다시, "화가의 방"(김유태, 「임차」)에 들어선다. "크고 단단한 그림"
이 벽에 걸려 있다. "크고 단단한 그림"을 '그림'이 아닌 '슬픔'으로 치환해서
읽어본다. 견고한 슬픔 하나가 그림을 품고 벽에 걸려 있다. 슬픔은 사각의
프레임에 지나지 않을지도 모르겠다. 프레임 안쪽에는 수많은 이야기들이
담겨 있다. "단 한 번도 발설하지 않은" 비밀스러운 이야기일 수도 있고, 어
쩌면 가장 깊숙한 곳에 방어 기제로 매몰된 트라우마의 한 기억일 수도 있
다. 은폐되었거나 기념되었거나 당신의 아프고 비밀스러운 이야기들이 프
레임에 담길 때, 그들은 이제 하나의 독립된 작품이 되어 전시된다. 오랜 상
처와 승화된 슬픔의 이야기들은 작가의 손을 떠나 이제 독자에게는 감상
과 향유의 대상이 될 수 있다. 작가는 "화가의 방"에서 묵묵히 견디며 "삼
킬 수 없는 무지의 시간을 굴리고 또 굴"려 그 고통의 인내들을 화폭에 담
았을 것이다. 그림 속에는 "그늘진 땅에 떨어져 있는 누군가의 지울 수 없는
시간"이 "원시의 색채와 투박한 붓질"로 그려져 있다. 액자에 담긴 사진 또
한 마찬가지이다. "셔터를 누를 때마다" "쪼개지는 이야기"들 역시 이제 암
실에서 나와 사진으로 의미화되고 밝은 곳에 현현되어 관객의 마음에 전시
되길 기다린다. 우리는 액자가 그림이나 사진을 가뒀다고 생각하지만, "그림
은 액자 속에서 비로소 자유"를 찾는다고 시인은 전언한다. "수습한 그림",
"수습한" 사진, "수습한" 시, 모든 작품들은 상실을 수습하고 지나온 길을
수습하고 애도하며 종점이 되길 자처한다. 단 한 명의 독자, 당신이라는 종
점. 그 벽에 "크고 단단한" 외양으로 걸리고 싶은 욕망의 종점들. 벽은 언제
나 끝이 아니다. 막장이 아니다. 절벽이 아니다. 언제나 새로이 시작되는 종
점. 그것은 대체로 우울하고 "슬픈 레시피"를 토대로 하지만, 모든 작품들이

비의와 절망만으로 점철되는 것은 아닐 것이다. 우리가 지금 여기 "빈 방"에서 시를 쓰고 시를 읽는 이유, 분명 행복과 기쁨이 또한 그 방 안 가득 숨 쉬고 있기 때문일 것이다. 종점의 비밀을 시는 알고 있다.

4부

언어의 담장 : 경계 너머로 도약하는 쓰기

질주의 시학, 시원(始原)에서 영원(永遠)으로

− 장경기의 시

바야흐로 컴퓨터와 정보 통신망을 비롯한 과학기술의 급속한 발전으로 개발, 단종, 업그레이드가 가속화된 세계에 우리는 숨가쁘게 살고 있다. 물질들의 생성과 소멸 주기마저 급격히 짧아진 이 유한한 시공간 속에서, 과연 존재는 영원불멸할 수 있는가. 태초로부터 지금까지 존재해왔고, 또 앞으로도 영원무궁토록 존재할 것이라고 우리가 '믿고 있는' 혹은 하나 남은 구원처럼 그렇게 '믿고 싶은' 이 시대의 나약한 신(神), 이외에 또 무엇이 영원할 수 있는가. 인간의 수명은 길어야 백년인 것에 비하면, 지구는 아니 이 우주는 수억 수십억 년을 기왕 존재해왔으니, 미래 역시 과거처럼 단단하게 지속가능할 것이라 믿는 것은 허황된 꿈일지도 모른다. 그렇다면 모든 것이 불확실성과 미결정성을 담보로 존재하는 현시대에, 멀리 '하늘에 계신' 신(神)조차 병약해진 지금 여기에, 영원이란 과연 가능한가. 그러나 가능하다! 라고 믿는 이가 있다. 신(神) 이외에 태초부터 미래까지, 아니 영원무궁토록 불멸, 영생하리라고 사막에서 홀로 아득히 "가난한 노래의 씨"를 뿌리는 자가 바로 '여기' 있으니, 그는 흡사 이육사의 시 「광야」에 나오는 시적 화자인 '나' 또는 "천고의 뒤에/백마타고" 올 '초인'을 떠오르게 한다.

까마득한 날에
하늘이 처음 열리고

어데 닭 우는 소리 들렸으랴

…(중략)…

지금 눈 내리고
매화향기(梅花香氣) 홀로 아득하니
내 여기 가난한 노래의 씨를 뿌려라

다시 천고(千古)의 뒤에
백마(白馬)타고 오는 초인(超人)이 있어
이 광야(曠野)에서 목놓아 부르게 하리라

— 이육사, 「광야(曠野)」 부분

"까마득한 날에/하늘이 처음 열리"던 순간, 즉 태초부터 있었고 지금도 있으며, 앞으로도 있을, 그 또는 그들의 무리를 일컬어 일찍이 플라톤과 같은 자는 사회에서 마땅히 추방되어야할 '광인'(狂人)이라고 불렀거니와 우리는 그들을 '시인'이라고 부른다. "평범의 세균들로 가득한" 이 지리멸렬한 세계 속에서, "천년 반복되는 딱딱해진 말들의 누더기속"에서도 좀체 포기를 모르고 새로운 언어와 형식과 사유를 구도자처럼 찾아 헤매는, 오로지 자처하여 "어두운 신의 길"을 가는 자들, 시인(들). 그리하여 그들은 신의 영역을 넘보며, 영원을 꿈꾼다. 그것이 그들만의 특권과 자유이므로.

'일찍이
누가 누가 있어
태초로부터 봉인된 나를 해독하랴'

맨 처음

내 존재는 폭발하는 어둠의 심장

어둠의 알이었나니

그리운 빅뱅의 시절이여

캄캄한 암흑 속 끝도 없이 달렸나니

내 안에 웅송이는 가엾은 블랙홀들이여

누가 누가 있어

먼 태초로부터 내 안에 봉인된

이 우주의 블랙박스를 해독하랴

—「누가 있어 나를 해독하랴 – 실크로드 001. 서울, 그 150억년 붉은 고독이여」 부분

장경기 시인의 위 작품에 쓰인 청유형, 영탄형, 의문형, 돈호형의 종결어미와 수사법은 앞서 살펴본 바 있는 이육사의 그것을 떠오르게 한다. 수사법은 물론, 시적 소재와 내용마저도 태고와 영원을 지향하고 있다는 점에서 적잖은 유사성을 지니고 있음을 알 수 있다. 다만 백마(白馬)를 타고 달리는, 초인의 드넓은 광야(曠野)를, 즉 그 고되고 지난한 길을 장경기 시인은 '실크로드'라 부르는 차이만 있을 뿐이다. 위의 시를 포함하여 앞으로 소개될 열 편의 작품들은 이 '실크로드'를 따라가며 쓴 기행시이자 연작시의 일부이다. 위의 시는 실크로드 연작 중 첫 번째 작품으로, 부제에서 알 수 있듯 긴 여정의 출발지는 다름 아닌 서울로 설정되어 있다. "몰락하는 지구의 두개골 표면", "이 나라는 몰골", 그 '몰골의 나라'의 중심지인 수도 서울에 "태초로부터 봉인된" 자가 있으니, 우주와 블랙홀의 거대한 비밀을 DNA로 고스란히 간직한, 그 자의 이름은 '시인'이다. 화자는 "누가 있어 나를 해독하

라"라고 제목에서부터 묻고 있지만, 사실상, 그 자신도 자신의 DNA를 해독할 수는 없다. 어차피 태고의 "그리운 빅뱅의 시절"은 그 누구도 재현할 수 없으며, 봉인된 비밀을 해독하는 것은 시인 스스로도 불가능하기 때문이다. 결자해지(結者解之)라는 말이 있지만, 결자(結者) 역시 결코 존재의 비밀인 이 "우주의 블랙박스"를 풀 수는 없다.

> 내 가는 곳은
> 저 무엇의 손길도 닿지 않은
> 소멸의 지평선 저편
>
> 지친 짐승으로 드러누우면
> 미지의 새벽빛은 광막한 사막 우에
> 나를 일으켜 세우나니
> 내 유일의 동반자는 불의 태양!
> 불타는 사막이 나의 집이라
>
> 나는 황량의 벌판 위에 메말라 가지만
> 내 파아란 눈빛은 영원을 꿰뚫고
> 내 가슴은 광막을 품으며 태초의 새벽을 낳는구나
> ― 「소멸의 지평선 저 넘어로 ― 실크로드 002. 양문관에서」 부분

"광막의 운명"을 지닌 이 초월적 존재는 "소멸의 지평선"을 넘어 "영원을 꿰뚫고", '광막을 품은 가슴'으로 급기야 다시 "태초의 새벽을 낳"는 대장정에 이른다. 그러나 '실존의 나'는 "광막한 사막 우에" 드러누운 여리고 "지친 짐승"에 불과하다. "불의 태양"을 동지 삼고 "불타는 사막"을 지붕 삼아

쉼 없이 가야하는 이 지난하고 고된 길은 흡사, 광야에서의 모세의 여정과도 다르지 않으리라. 그러나 여리고 주린 육신은 "황량의 벌판 위에 메말라" 갈 지라도, 시인의 "파아란 눈빛은 영원을 꿰뚫고" 시인의 "가슴은 광막을 품"었기에 죽음과 주검은 낯선 땅의 이정표가 되고, 새로운 생명을 다시금 잉태할 수 있는 유의미한 사건으로서의 죽음, 생명의 발원으로서의 죽음은 실현, 완성되는 것이다.

뿌우연 모래바람 속 가다가다 헤매이면
홉연 나타나오는 저 어스름 달빛 백골들
사분사분 달그림자 풀어 길을 열어준다

서역길, 길 없는 길을 더듬 더듬어 가나니
이 뼛가죽 몸, 소금 땀방울마저 마르고 나면
내 또한 초생달 모래사구에 비스듬히 백골로 누워
뒤따라오는 어떤 이의 이정표 되랴

차마 모래바람 속 묻히지 못한 채
스스로의 죽음길 넘어
서역길, 영원의 길 밝히는
둔황사막 백골구도승들의 그림자 행렬이여
— 「둔황사막 백골구도승 – 실크로드 003. 둔황사막」 부분

예측할 수 없는 데로 떠밀려가는 운명을
괴로워할 것은 없다
무지야말로 신마저 갖지 못한

인간의 절대적인 특권이자 확신

누가, 누가 있어 태초로부터 봉인된
네 안의 우주블랙박스를 해독하랴
그대를 해독하랴
그대 싸늘함이며
네 근본은 뜨거운 용암이었다

— 「히말라야 만년설의 말 – 실크로드 007」 부분

　"길 없는 세상"에 제 백골로 길을 내는 이들이 있다. 화자는 이 길만이
"영원으로 흐르는 마음길"이라고 말한다. 그 길을 구하기 위해, 구도승들은
무작정 걷고 또 걷거나, 마침내 걷다가 스스로 "백골로 누워" 길이 되거나,
이정표가 된다. "스스로의 죽음길 넘어" "영원의 길 밝히는" "수천 모래부처
들"의 죽음의 행렬은 서울(실크로드 001)에서 양문관(실크로드 002), 둔황사막
(실크로드 003, 004)과 타클라마칸 사막(실크로드 005, 006)을 거쳐 히말라야
(실크로드 007)와 카라쿨 호수(실크로드 008), 파미르고원(실크로드 009)을 지
나 쿵가르 설산(실크로드 010)에 이르기까지, 생의 등불이 되어 면면히 타오
르는가하면 수도 없이 이어진다. 오로지 백골과 흰 달빛, 야생의 별만을 쫓
아 더듬거리며 찾아가야 하는 이 험난한 길은 어쩌면 지구상에는 이미 존
재하지 않는 길일지도 모른다. 지구상에는 없으되, 우주 안에 내재된 길, 그
길은 생의 비밀에 부쳐 있으되, "네 안의 우주블랙박스" 안에 "태초로부터
봉인되어" 있으므로 예초부터 해독할 수 없는 길인 셈이다. 이 '알 수 없음',
그래서 시인은 이 "무지야말로 신마저 갖지 못한/인간의 절대적인 특권이자
확신"이므로, "떠밀려가는 운명"을 굳이 "괴로워할 것은 없다"라고 말한다.

온 사방 사막바람 부는 이 세상

처처의 자비로 보시로 이 목숨등불 하나 서역으로 서역으로 이어가나니

언제런가 이 낡고 삭아지는 몸

이 가녀린 목숨등불로나마

가난한 영혼들 향해 작은 빛살 베풀 수 있으랴

— 「타클라마칸사막 풀꽃부처 – 실크로드 006」 부분

찬란한 빛살 뿜어내는 사랑으로 다시 만남을

온 우주 밝히는 장엄한 존재들의 춤판으로

다시 태어남을 알기에

설렘 안고 서로서로 흩어져 가네

…(중략)…

온 우주가 하나로 어우러지며

서로를 만지고 있음을

서로의 어깨를 다독거리고 있음을 알게 되는 이 신비여

어디에도 없고 어디에도 있는 그대

나를 바라보고 있네

— 「내 안의 소우주들이여 – 실크로드 008. 카라쿨 호수의 임종하는 수도승」 부분

　　장경기 시인은 반복하여 빛과 어둠에 대해 이야기한다. 어둠이 있기에 빛이 있다. 또한 빛이 있기에 어둠이 있다. 시인은 말한다. 해독할 수는 없지만, 어둠을 '밝힐' 수는 있노라고. 그는 인간의 짧은 생조차 하나의 "목숨등불"이라고 표현한다. 시인은 "이 가녀린 목숨등불로나마" 환하고 따뜻한 불

을 지펴, 마지막까지 "가난한 영혼들 향해 작은 빛살"을 베풀어야 한다라고 말한다. 백골이 등불이 되는 이치, 그것은 곧 사랑이고, 자비이고, 신비이다. "온 우주가 하나로 어우러지며/서로를 만지고 있음을/서로의 어깨를 다독거리고 있음을 알게 되는" 온전하고도 '신비한 사랑' 말이다.

> 하얀 산을 만나거든 내 가슴인 줄 아세요.
> 혹시는 불타는 화산을 만나더라도 놀라지는 마세요.
> 불을 품고 그대 향해서 날아오는 불새는 나의 심장,
> 아아, 당신은 나예요.
> 차라리, 내가 나를 잊어버리는 온전한 당신이라면 좋으련만,
> 나는 오늘도, 드넓은 당신의 한가운데, 검은 사원마냥
> 목만 길어지며 웅크리고 있네요.
>
> ― 「태초의 사랑 ― 실크로드 009. 파미르고원에 깃든 창세신화」 부분

그리하여 태초에 사랑이 있었다. "그리움의 손들이 먼 허공을 향하면" 나무가 되고, "당신 떠나간 데로 달려가면" 길이 되고, "그리움이 깊어지면" 강이 되는 이 모든 창조의 발상과 근원으로서의 '사랑'이 태초로부터 있었다. 그로부터 "대를 이어, 그리움의 씨앗들"은 세세에 이어지고, 그것들은 "당신의 하늘, 당신의 길, 당신의 나무, 당신의 노을"이 되어 곳곳에 지금도 존재한다. "당신은 나예요"라는 고백에서 알 수 있듯, 나와 너, 과거와 현재의 경계가 무너지는 이 온전한 합일의 경지에 태초의 사랑이 놓여있는 것이다. "어디에도 없고, 어디에도 있는 그대"가 존재하는 이 우주 안에 깃든 창세신화를 시인은 언어 형식을 빌려, 이 '지금 여기'에 재현해 내고 있는 것이다. 이처럼 장경기 시인의 작품들에는 빛과 어둠, 시원(始原)과 영원(永遠), 사랑과 죽음에 대한 존재론적 성찰와 질문들이 끊임없이 이어지고 있음을

알 수 있다. 알다시피 장경기 시인은 멀티포엠(MultiPoem)이라는 장르를 개척하여, 다양한 시도와 함께 문학의 새로운 가능성 보여준 다재다능(多才多能)하고, 종횡무진(縱橫無盡)한 멀티포엠아티스트이다. 영상, 음악, 문자, 기계 등 모든 표현 가능한 매체들을 활용하여, 장르로서의 시의 영역은 물론, 독자와의 소통 양식에 있어서까지 폭넓게 개방, 확장하는 등, 등단 이전부터 이러한 그의 연구와 시도는 꾸준히 계속되고 있다. 위에서 살펴본 '실크로드' 연작 시편 또한 그러한 작업의 일환으로, 새롭게 기획된 외장하드시집 『휴먼블랙박스』에 수록될 작품에 해당한다. 다양한 형식적 시험을 강행하는 그이지만, 그 형식 안에는 언제나 휴머니즘이 있다. 급변하는 디지털 시대에 시간과 공간, 매체와 매체를 가로질러 달리는 빅뱅과도 같은 그의 시학적 질주가, 그가 품은 휴머니즘이 시원(始原)에서 영원(永遠)으로 무한(無限)하기를 희망한다.

시인의 DNA, 그 과잉 혹은 결핍의 지도에 관하여

― 정겸의 시 세계

1.

시인의 유전자에 대해 생각해본다. 과연 시인의 유전자 지도에는 일반인들의 것과는 다른 뭔가의 특징이 존재할까. 혹시 날 때부터 간직된, 특정한 시인만의 유전인자가, 일정한 환경에 노출되었을 때, 비로소 빛에 닿은 감광지처럼 언어의 무늬로 선명하게 드러나는 것은 아닐까. 타고난 언어감각이 있다고 해서 혹은 후천적으로 창작의 기법만을 부단히 연마한다고 해서 꼭 좋은 시가 나오는 것은 아닌 것을 보면, 타고난 유전인자는 물론이거니와 이를 활성화시키는 특정한 환경요인 또한 중요한 요인은 아닐까하고 생각해본다. 대부분의 경우, 시인의 언어는 가난이나 외로움, 죽음에 대한 트라우마나 개인의 불우한 가족사 등 삶의 불행한 순간에 민감하게 반응하는 것을 알 수 있다. 혹은 어떤 특정한 DNA가 과잉 존재해서가 아니라, 오히려 그에게 근원적으로 결핍되었기 때문인지도 모른다. 그들은 채워지지 않는 구멍과 허기를 메우기 위해, 부단히 언어를 담금질하고 땜질하는 것은 아닐까.

어두컴컴한 대장간에서 글자들이 담금질 당하고 있다

…(중략)…

기울어진 햇살 사이로
금빛으로 도금된 언어들이 마구 떨어진다
지구의 처음부터 끝까지
만물의 살갖을 파고 뚫고 가르는 바이러스성 습관
나에게도 그런 DNA가 존재하는지 궁금하다

— 「시인의 DNA」 부분

정겸의 시 「시인의 DNA」는 "어두컴컴한 대장간에서 글자들이 담금질 당하고 있다"로 시작된다. "정갈한 암호"로 보이는 "언어의 조각"들은 분명 무생물인데도 불구하고, 시인을 보자마자, "일제히 늘어서 꿈틀거리"기 시작한다. 그것들은 생물체가 되어, "펄떡펄떡 숨을 쉬며 튀어나오"기도 하는데, 마치 싱싱한 물고기처럼, 민첩한 뱀처럼 파닥이며 이내 "비밀리에 미로를 만들며 똬리를 틀"기에 이른다. 시인은 신기한 눈으로, "이 귀퉁이 저 귀퉁이"를 "퍼즐 게임하듯 맞춰보"는데, 그것들은 단 한 번도 중복되지 않고, 매일매일 다른 이야기와 다른 그림으로 맞춰지는 것이다. 오늘, 시인은 "이곳 저곳 기웃거리며 목적도 없이 떠도는 방랑자가 되어" 신화 속 "낯선 마을을 여행하기로" 한다. 그는 포세이돈, 헤파이토스, 비너스, 바카스, 크로노스 등을 만나 험난한 모험을 겪기도 하고, 아름다운 여인과의 "로맨스와 불륜 속에서 갈등을 겪"기도 하는가 하면 때론 요술램프 속 요정이 되어 "주술로 되살아나 숲 속을 걸어 보기도 하"는 등, "천일 밤마다 풀어주는 이야기 속에서" 다양한 인물이 되어 세계 곳곳을 여행한다. "기울어진 햇살 사이로/ 금빛으로 도금된 언어들이 마구 떨어진다". 화자인 "나"는 "시인"을 "지구의 처음부터 끝까지/만물의 살갖을 파고 뚫고 가르는 바이러스성 습관"이 색인된 유전자를 지닌 언어의 연금술사로 규정한다. 그리고 마지막 행에서 정경 시인 자신 또한 그러한 "DNA가 존재하는지 궁금하다"고 자문하듯 묻고 있다. 작가들에게 정말 그런 무궁한 이야기를 만들어내는 '언어의 DNA'가 존재한다면, 그래서 천일야화(千一夜話)에서처럼, 위기의 순간에 그들을 구해주고 삶을 연장해주는 중요한 생명유지 장치와 보호 장비가 된다면, 그 보다 더 신비하고 아름답고 고마운 마술도 세상에 없으리라.

2.

시지프스처럼 "끝없이 추락하"면서도 묵묵히 암벽을 타는 남자가 있다. 그는 무거운 질통 하나를 짊어지고 오늘도 "푸른 고등어 떼 뒤척이며 동녘 밝히는" 이른 시간 "어둠 밀어내고 뼈대 앙상한 바벨산"에 오른다. 매일매일 "더듬더듬 암벽을 기어오르"지만 그의 등반은 시간이 흘러도 수월해지거나 익숙해지지 않는다. 오히려 장애물만 늘어날 뿐이다. "발 아래 세상의 흉물들이 눈앞을 가리"는가 하면, 한 발 한 발 옮기는 험한 길은 "살얼음판"과도 같아 아슬아슬하다. 그가 삐끗기라도 하는 순간이면, 질통에 있는 것들은 쏟아져 내리곤 한다. 그러나 묵묵히 암벽을 타는 남자, 번번이 "추락하는 거대한 나무뿌리"와 여기저기 부러지고 "꺾어진 나뭇가지"를 상처처럼 문신처럼 짊어진 이는 다름 아닌, 우리들의 "아버지"이다. 「암벽 타는 남자」는 아버지에 관한 시다. 아버지라면 누구나 가장으로서 무거운 책임을 짊어지고, 매일 전쟁터 같은 일터로 나가 힘겹게 싸우고 미끄러지고, 추락하기를 반복하는 힘겨운 삶을 살게 마련이다. "꺾어진 나뭇가지" 팔에 매달린 아이들, "진홍색 꽃망울"과도 같은 아이들의 눈동자와 그들의 목소리를 질통에 가득 담아 짊어지고 오르는 눈 앞의 암벽은 가파르고 위험하기까지 하다. 그러나 "공납금, 급식비, 노스페이스점퍼, 나이키운동화" 하나라도 더 사주려면, 한 발 한 발 있는 힘껏 암벽을 기어올라야 하는 것이다. 그들에게 정상이란 없다. 다만, 오르고, 추락하고, 또 오르는 일상만 있을 뿐이다. 「삼전도(三田渡)」라는 시에서도 가장으로서의 고달픈 일상은 앞의 시에서 보다 구체적으로 드러나 있다.

오늘은 저희 회사 총무부장에게 호되게 야단맞았습니다.
아니, 치욕스런 욕설까지 들었습니다. 아 그것까지는 참고 또 참을 수 있겠는데요 "그 따위로 일을 하면 잘라버리겠다"는 겁박을 받았습니다. 순간, 멱살을 잡고 한 바탕 하고 싶었지만 갑자기 처자식들이 눈앞에서 아른거렸습니다. 양손에 힘이 빠지고 털썩 주저앉았습니다. 불현듯 당신이 생각났습니다.

— 「삼전도(三田渡)」 부분

위의 시 역시 아버지로서, 한 가정의 가장으로서 짊어져야 하는 무거운 책임감과 그로 인해 참고 견뎌야하는 수치와 화자의 구겨진 자존심을 구체적으로 잘 보여준다. 시의 제목인 삼전도(三田渡)란 조선시대 한강 상류에 있던 나루터로 지금은 서울시 송파구 삼전동 부근에 위치해 있다. 병자호란 때에 인조가 청나라 태종에게 항복한 곳으로 유명하며, 삼전도비가 세워져 있기도 하다. 인조는 청 태종에게 "세 번 절하고 아홉 번 머리를 맞대는/ 삼배구고두三拜九叩頭의 예를 갖추었다"고 하는데, 이는 우리 역사상 가장 치욕스러운 항복의식 중의 하나로 기록되고 있다고 한다. 화자는 중학교 교과서에서 그런 인조를 보고 "얼굴 두껍고 염치없는 사람"이라고 비난했던 어린 시절 기억을 더듬으며, 오랜 세월이 지난 오늘 "조선국 제16대/인조 임금님 정중히 사과드립니다."라고 시의 첫 행을 반성적 어조의 서간문 형식을 빌려 시작하고 있다. 위에서 인용한 부분은 이 시의 4연으로 화자가 회사에서 상사에게 당한 굴욕을 직접적으로 술회하고 있다. 이어 5연에서는 삼전도에서 오랑캐에게 당한 인조의 굴욕 또한 실은 "처자식과 만백성"을 위한 것이었음을 화자가 뒤늦게 깨닫고, 인조에게 사죄의 편지를 올리며, "그때 당신이 자존심을 접고 피 흘리지 않았다면/오늘, 저를 비롯한 식솔들이 무사히 아침 해를 맞이할 수 있었을까요"라고 하며 마지막 행에 이르면 "당신께 삼배구고두三拜九叩頭의 예를 갖추겠습니다./절 받으십시오"라고 끝맺고 있다. 시인의 삶이, 더군다나 가장으로서의 삶이 결코 녹록지 않음을 보여주는 작품이다.

3.

40대 초반의 여인이 선뜻 튀어나와
시어머니와 친정어머니 동반 나들이 축가를 불어주고 싶다고 한다
효녀가수 현숙이 불렀다는 '물방울 넥타이'
반주에 맞춰 커다란 엉덩이 굼실굼실 흔들며
구절구절 굽이굽이 오르막 내리막
살아온 풍파만큼 고비고비 구성지게 꺾는다

여인은 사나운 해풍이 불어올 때마다
목소리에 힘을 주며 한 옥타브 높인다
그때마다 겹으로 주름졌던 삶의 갈피들
수평선 밖으로 간단히 날려 버린다
물방울 넥타이, 나도 한번 오달지게 매고 싶다

— 「물방울 넥타이」 부분

그러나 비단 아버지의 인생만이 고달픈 것은 아니다. 인용된 위의 시를 보자. 삶의 질곡은 누구에게나 있다. 재래시장에 가보라. 혹은 새벽 수산시장에 가보라. 한 여름 폭염 속에서든, 한 겨울 한파 속에서든 그들은 시장 한 켠에 정물처럼 쪼그리고 앉아 구깃한 지전 몇 개와 녹슨 동전 몇 개라도 더 벌기 위해, 아등바등 찌든 땀과 눈물을 닦아낸다. 가끔 이른 저녁 텔레비전을 켜면 '6시 내 고향'이라는 프로그램에서 전국의 재래시장을 순회하며 즉석 노래방을 여는 코너를 볼 때가 있다. 대형마트와 백화점이 즐비해진 대다가 더군다나 요즘 같은 불경기에 그들의 삶이 그다지 풍족할 리 없음은 짐작할 수 있으나, 그들은 노래자랑에 나와 누구보다 구성지고 질편하고 흥겹게, 춤을 추고 노래를 부른다. 이 시에 등장하는 40대 여인 또한 경품이라고는 기껏해야 "땅콩엿, 참깨엿, 호박엿"이 전부인 즉석 노래자랑에서, "살아온 풍파만큼 고비고비 구성지게" 노래를 꺾는다. 여인은 "사나운 해풍이 불어올 때마다/목소리에 힘을 주며 한 옥타브 높"이며, 애창곡 "물방울 넥타이"를 불렀을 것이다. 시인은 아마도 여인이 그 노래의 힘으로 애환을 달래고, "주름졌던 삶의 갈피들"을 "수평선 밖으로" 저 멀리 "간단히 날려버"렸을 거라고 말한다. 그래서 그 역시 마지막 연에 이르러 "물방울 넥타이, 나도 한 번 오달지게 매고 싶"노라고, 그리하여 고달픈 항해 끝에 잠시 "닻을 내리"고, 한 숨 돌리며 쉬고 싶노라고 고백하고 있는 것이다.

끝으로 「둘째」라는 작품을 읽어보자. "요상한 여자들을 비교하며 폄훼"하는 말로 "세컨드"라는 표현이 있다. 그러나 시인은 "나는 첫 번째는 물론 두 번째조차 해본 적 없"노라고 고백하며, TV의 "개그콘서트 '나를 슬프게 하는 세상' 코너에서 한 개그맨이" 히트 시킨 유행어 "첫째와 1등만 대우받는 더러운 세상"을 시에 인용한다. 또한 화자는 "1등의 자리를 놓고 선두 각축"을 벌이는 동계올림픽 쇼트트랙 중계방송을 돌려보며, 한숨짓는다. 3연에서는 화자가 아이들의 싸우는 소리에 방을 건너가 보니, 첫째 아이와 둘

234

째 아이가 "치열한 내전"을 치르고 있는 상황이 연출되고 있다. 화가 난 첫째 딸아이가 둘째에게 "야, 네가 입고 있는 내 옷 전부 내놔"라고 언성을 높이는데, 막상 언니 옷을 다 벗어주고 보니, "정작 자기 것은 속옷이 전부"라는 작은 아이의 울먹이는 소리에 문득 화자는 "둘째에게 제대로 된 옷 한 벌 사준 적 없"는 자신을 발견하고는 "아뿔사"하고 놀랄 뿐이다. "첫째와 일등만 기억하는 더러운 세상"에 공감하면서도, 실은 자신도 첫째에게만 더 관심을 기울였던 것을 뒤늦게 우연히 깨닫고 반성하게 된 것이다.

정겸의 시에는 일상이 소소하게 담겨 있다. 생활 속에서 일어나는 작은 일들을 담담하게 기술하며, 작지만 꾸준한 반성과 내면으로의 성찰이 그의 시가 지닌 든든한 무기임에 분명하다. 그가 지닌 '시인의 DNA'가 어쩌면 그를 지루하고 힘든 일상에서 매일매일 구원해주는 것은 아닐까. 시(詩)란, 그에게 바쁘고 무겁고 힘든 삶을 견디게 하는, 그리하여 가파른 암벽을 오늘도 어김없이 기어오르게 하는 원동력이 되는 그만의 "물방울 넥타이"와도 같은 것이 아닐까. 그가 오늘도 "오달지게 매고 싶"어 하는 "물방울 넥타이"가 궁금하다. 그의 "물방울 넥타이"의 시편들이 더욱 풍성하고 왕성한 작품들로 다채롭고 아름다워지길 빌어본다.

콜라주 혹은 몽타주로 살기, 시 쓰기

– '21세기 전망' 동인의 작품 세계

1. 시인(詩人)과 수인(囚人)

　기형도의 「빈 집」을 떠올리지 않더라도, 모든 시인들에게 '흰 종이'와 '하얀 모니터'는 비상구이자, 배설구, 안식처가 되어주기도 하지만, 반면 그 자체로 커다란 공포와 두려움의 대상이 되기도 한다. 한 줄의 시가 써지지 않은 밤은 그들에게 그 어떤 불면의 밤보다 괴롭고 견디기 힘들 것이다. 그래서 시인들은 '장님처럼 더듬거리며' 문을 잠그고 스스로 '빈 집'에 갇히기를 마다하지 않는다. 비단 시인이 아니라도 창작하는 이들의 고통은 늘 방안 가득 쌓인 구겨진 원고지 더미, 긁적이고 긁적여 온통 헝클어진 머리칼, 재떨이에 수북한 담뱃재, 주둥이가 눌러 붙은 커피잔 등으로 묘사되곤 한다. 시인이란 어쩌면 원고지라는 영원한 '빈 집'에 갇혀 아등바등거리는 수인(囚人)인지도 모른다. 그러나 그들은 탈옥이나 석방을 거부한다. 그들은 어디까지나 스스로 갇혀있기를 원하되, 다만 저마다의 '결핍'을 언어로 채우고자 할 따름이다. 그렇다면 시인들이 모여 만든 동인(同人)이란, 결국 같은 감옥 혹은 같은 감방에 수감된 수인들의 모임쯤으로 생각해도 재미있지 않을까. '죄목'과 '결핍'의 양상이 저마다 다르다할지라도 그들은 무언가를 채우기 위해, 혹은 비우기 위해, 외롭지만 함께 하기로 한다. 그들은 합평회라는 이름으로 저마다 다른 자신들의 상처의 '무늬'와 '문신'들을 공유하기도 하고,

때론 친목을 도모하기도 하고, 서로에게 자극을 주고받아, 백지 앞에서 주춤하거나 공포에 떠는 동료들에게 분발의 동인(動因)이 되어주기도 한다. 동인(同人)이 시작(詩作)의 동인(動因)이 될 수 있다면, 그리하여 서로에게 공동체의 소속감과 편안함 외에도 동시에 묘한 경쟁심을 불러일으키기도 하여, 어찌됐건 한 줄의 시라도 수확할 수 있게 한다면 동인은 굳이 어떠한 공동의 목표를 설정하거나, 공동의 결의나 행위, '그들만의 행사' 따위를 하지 않더라도, 그 자체로 의미와 위상을 지니는 것이리라. 그래서 소설가나 비평가가 아닌 유독 시인들에게서 동인 결성이 두드러지게 존재하는 것은 아닐까.

2. 절망과 전망, 사이에서 선 시인들

여기, 21세기를 전망하는 동인이 있다. 일단 동인 이름이 '절망'이 아니고 '전망'이다. 잠시 잠깐 절망 너머에 전망이 있을 거란 단순한 생각을 해본다. 절망의 심연에서 혹은 절망의 절정에서 투시되는 21세기는 과연 어떠한 모습일까. 그들은 20세기말(정확히 1987년 7월)에 모여, '21세기 전망'이란 이름으로 동인을 결성했다. 그리고 그들은 같이 혹은 따로 20여년이 지난 지금에도 활발한 작품활동을 하고 있다. 함성호 시인은 가장 최근에 나온 동인집(『홍대 앞 금요일』, 2007, 마루) 서문에서 지식과 예술마저 상업주의와 자본의 권력에 지배당하는 21세기에, 시는 유일하게 자본의 바깥에 존재하는 양식이라고 말한다. 최첨단 자본주의의 시대에 시는 계속해서 그 반대 항에 자리잡고 있으며, 바로 그 자리야말로 시의 자리라고 역설한다. 또한 그는 이 분열증의 시대에 시인이 분열을 일으키지 않는다면 그것도 이상한 일이지 않겠느냐고 반문한다. 심보선 시인 역시 같은 책에 실린 산문 「毒한 시인만이 시인이다」에서 "서로의 시에 도전하고 서로의 삶에 도전함으로써 소극적인 공동체주의를 넘어서 미래의 시를 실험하고 꿈꾸는 지평을 일구어가야 한다"고 그리하여 이 시대의 시인들은 더 독해지고 강해져야 한다고 '21세기 전망' 동인의 동인 의지를 문학의 위기와 결부시켜 오히려 더 굳게 다지고 있다. 심보선 시인은 계속해서 "비록 소극적이지만 동인은 이 시대에 유일한, 시인의, 시인에 의한, 시인을 위한, 시 쓰기의 에너지원으로 기능한다. 그러므로 우리는 동인지를 낸다. 소원하고 기별이 없어도 우리는 '시인으로서 우리'임을 재차 확인하기 위해서 동인지를 낸다"고 '21세기 전망' 동인 저마다의 "고군분투"에 대해 이야기한다. 그것은 이미 그들에게 존재의 이유이자, 투쟁이면서 "도발"이자, 살기 위한 "전쟁"이다. 여기, 그들이 저마다 뿜어낸 각양각색의 "독(毒)"의 문양(文樣)들이 미술관인양 전시(展詩)되어 있다. 그들은 동인이란 이름으로 모였지만 사실 저마다 개성이 너무 강하다. 이쯤 하여 이 수인을 자처한 시인들의 파르마콘에 흠뻑 젖은 시(詩)의 "무늬"와 "문신"들을 찬찬히 음독해 보도록 하자.

3. 가면을 쓴 그들 – 강정 조인호 윤의섭 심보선

'21세기 전망' 동인들은 그 멤버들의 다양성과 이질성만으로도 이미 21세기의 문화적 특성을 충분히 보여준다. 그들은 또한 시 장르에 국한하지 않고, 영화, 그림, 시나리오, 사진, 산문, 주석, 퍼포먼스, 음악 등 다양한 문화장르에 접속하여 그들의 영역을 넓혀간다. 시가 원래 고대의 제의 또는 원시종합예술에서 기원한 것임을 상기해보면, 그들의 이러한 다채로운 움직임과 소리와 색채는 어쩌면 시에서 멀어진 것이 아니라, 오히려 가장 시에 가까운 원시적인 문학 본연으로의 '신명나는 귀환'일지도 모른다. 근래에 새로 영입된 강정, 성기완, 황병승, 이용임, 조인호, 황성희 시인들에 의해 그들의 '신명나는 제의적 축제'는 더욱 풍성해지고, 새로워졌다.

우선 가면을 쓴 그들을 만나보자. 강정, 조인호, 윤의섭, 심보선이 그들이다. 강정은 「밤의 어둡고 환한 줄기들」이란 작품에서 밤에도 검은 줄기와 흰줄기가 따로 있다고 하여, 밤의 지류를 나눈다. 각각의 "검은 줄기"와 "흰 줄기"가 정확히 무엇을 의미하는지는 알 수 없으나, '밤의 줄기'들을 보면서 시적화자는 "급하게 표정을 바꿔" 쓰기에 급급하다. 그러면서 화자는 죽음을 떠올린다. 죽음에도 '지류'가 있다는 것일까. 그가 말하는 '밤의 지류'가 '죽음의 지류'라면 '지류'의 양끝을 방황하다 시적화자가 만나게 되는 "왕관을 쓴 누이"와 "절벽" 그리고 그 "절벽"마저 삼켜버리는 거대한 "파도"는 시인의 무의식을 보여주는 단서가 아닐까. "파도를 만지면 거품으로 변하는 새하얀 분노가 들끓었다"라는 시행에서 알 수 있듯, 어쩌면 화자의 분노는 누이동생에게 왕관 즉 '팔루스'를 빼앗긴 데서 연유하는 것이리라는 것을 알 수 있다. 그러나 화자는 "몸이 더 먼 곳으로 실려나"갈수록 화자의 "이부자리는 기분 좋게 흥건"해진다고 고백한다. 꿈 속, 다시 말해 매번의 죽음 속에서 극단의 방황과 '밤의 지류'가 길고 험난해질수록 그의 몽정 또는 백일몽은 더욱 황홀해지는 것이리라. 조인호의 작품 「철가면」에서 시적 화자는 "철과 장미의 문명 속에서" 철가면을 쓰고 일하는 용접공이다. 그는 "철과 장미"를 너무도 사랑한 나머지 결국 중금속에 중독되어 눈이 서서히 멀게 된다. 그러나 그는 결국 세상에는 없는 자신만의 "붉은색을 지닌 철의 장미"를 보게 되고, 이윽고 그는 조금씩 녹슬어가게 된다. 그리고 어느 날 비가 내리고, 번개가 치는 가운데 마침내 그가 사랑하던 철가면과 함께 송전탑 아래로 스스로 붉은 장미가 되어 "흐물거리며 녹아들"게 된다. 도살장 같은 약육강식의 세상에서 홀로 소외된 채, 일생동안 두꺼운 철가면을 쓰고 불꽃만을 들여다보면서, 자신만의 특별한 붉은 장미를 발견하고자 자신을 소진시키는 시적화자의 모습은 어쩌면 시인들의 페르소나를 닮았다. 그들은 뜨거운 불꽃에 눈이 멀어가고, 온몸이 녹슬고 녹아 흐물거리더라도 시의 담금질을 영원히 멈추지 않을 것이기 때문이다.

한편 윤의섭은 「구름의 율법」에서 "끝없는 변신으로 지친 몸에 달콤한 휴식의 기억은 없다"라고 유랑 의식의 괴로움을 토로하며, 오로지 "주어진 자유는 부유"뿐이므로, 그는 '근원으로서의 슬픔'과 "저주의 혈통"에 대해 생각한다. 묵묵히 생을 떠돌다가 뿔뿔이 흩어지거나, 흔적도 없이 죽어 없어지는 구름의 일생을 두고 그는 "오래 전 예언된 것"이라고 말한다. 그리고 그 질주와 부유, 유랑은 "지상으로도 대기권 너머로도 이탈"할 수 없는, 어디로든 가라앉아 잠시 잠깐 쉴 수조차 없는 부박한 것이기에 외롭고 쓸쓸하다. 물론 가끔은 "부박한 영혼의 뿌리"에 별빛을 잠재우기도 하고, 잠깐이지만 꽃향기와 산새의 지저귐으로 때로 기쁘게 물들기도 한다. 그러나 무엇보다 고단한 여정의 끝에 "성소"가 놓여 있으므로, 이는 또한 율법이기 때문에 오늘도 시인은 '구름'처럼 혹은 '붉은 달'처럼 '미친 듯이 궤도를 돌'고 있는 것이리라. 심보선은 「변신의 시간」에서 "기어이 머물 수 없음"과 "결코 사라질 수 없"는 '불멸'에 대해 이야기 한다. 파도와 구름은 어느 곳의 것이든 그 모양과 색깔이 별반 다를 바 없으므로 모든 방황과 여행은 때때로 무익하고, 무가치하게 느껴질지 모르나, 그렇기에 화자는 여행에서 돌아올 수 있었다고 고백한다. '아무 거리낌 없이 시작된' 시인의 인생은 죽어가는 어린 나뭇가지들을 이마에 '이식'하여 그들을 키우기도 하고, "백일치의 기억을 불태우"는 등 번제를 올리기도 한다. 어쨌거나 시인은 "죽기는 싫었"기 때문에 이처럼 번제를 올리고, 여행을 떠나거나 돌아오고, '지금 여기'에서도 이 끊임없는 '변신의 시간'에 묵묵히 "바람직한 미래"를 떠올리며, "벌레의 침묵" 쪽으로 조금씩 옮겨가고 있는 것이다.

4. 돈오(頓悟)와 점수(漸修) 사이에 선 그들 – 윤제림 차창룡 이선영 이용임

'21세기 전망' 동인들의 실험성이 강한 여타 작품들과 비교할 때, 윤제림과 차창룡의 시는 유독 이질적이다. 이번에 발표된 윤제림의 「소나무는 언제나 절벽 위에 있을 것이다」의 경우 "소나무는 언제나 푸른 옷을 입고 있을 것이다."에서 보이듯, 다소 평이하고 단조로운 어조로 일관된 작품임을 알 수 있다. '수백 년을 지킨 약속', '상록수를 노래하는 처녀', '학이나 두루미' 등, 시에 쓰인 소재들이 소나무를 보는 기존의 시각(절개, 불변 등)이나 관습적 상징에서 멀리 있지 않아 그다지 신선하지 않다. 게다가 이 작품의 경우 제목과 동일하게 쓰여진 마지막 시행을 봐도 "소나무는 언제나/절벽 위에 있을 것이다."에서 어떤 감흥이나 여운, 미적인 감각 등을 기대하기 힘들다. 본 작품에서는 그의 다른 작품들에서 봤던 탄탄하고, 세밀하고 낯선 충격과 통찰이 보이지 않아 아쉽다. 차창룡의 경우 줄곧 불교의 경전이나, 불교 유적지 기행을 소재로 하여, 불교적 세계관과 상상력을 보여주는 작품이 대부분이다. 이번에 소개된 작품 「라지기르의 안개 1」 역시 전자의 세계에서 크게 벗어나 있지 않다. '라지기르'라는 도시는 석가모니가 최초로 절을 세운 곳이다. 시인은 인도에서 가장 가난하고 작은 도시인 '라지기르'에서 안개를 만난다. "물의 카르마"인 안개는 "부서진 채로 부서지지 않는" 완전한 기체도 완전한 액체도 아니면서, 인간의 시야를 완벽하게 가로막는다. 화자는 "물의 카르마"인 "이 울타리를 벗어나고 싶다"고 "힘껏 소리를 던져보"지만 목소리는 이내 사라져버린다. 그래도 시인은 절망하지 않고, "독수리가 날아오를 때까지" "도시의 온천"인 "대지의 젖을 먹자"라고 외친다. 그리고는 마지막 행에서 다시 이 도시의 "가난한 사람은 무서운 것이 없"으므로 그들은 무서운 존재로 언제든 돌변할 수 있으니 혼자서는 가지마라고, 여행 시의 유의 사항까지 본문과 각주를 통해 재차 당부하고 있다. 한편 이선영의 「나는 아직 이곳에 산다」의 경우 제목의 문장이 독립된 연으로 무려 6번이나 반복되고 있다. '나는 산다'라고 하는 기본형 주술구조에 부사와 안김 문장만을 달리하여 6번이나 반복되는 '나'라는 주체와 '산다'라는 동사가 이 시의 중심적인 전언 역할을 한다. 화자는 언젠가 '나'가 아무렇지 않게 창틀에 가두거나, 살충제를 뿌려 죽인 '벌레'를 회상하며, 그들은 죽었지만, "나는 아직 여기에 산다"라고 고백한다. '벌레'가 죽은 그 밥상머리에 앉아 아직도 화자는 무심하게 밥을 먹으며 반복과 무사(無事)의 일상을 산다. 화자의 손에 죽은 하찮고 힘없는 '벌레'의 존재는 그러나 10연에 오면, 아프가니스탄이나 스리랑카에서 아무 죄 없이 죽어가는 "여자와 아이들"로 전환된다. 그리하여 10연과 11, 12연에 오면 사실 화자의 "나는 아직 이곳 이 자리에서 아무 일 없이 산다"라는 진술은 반어가 된다. 게다가 "아무 일 없이"는 "아무 일 없었던 듯"으로 교묘하게 바뀐다. "룰루랄라"라는 의성부사 역시 형태상으로는 "산다"라는 서술어의 수식어로서 기능하고 있지만, 사실은 화자의 무사한 삶 자체를 반성하거나, 스스로를 힐난하는 데, 그 심층의미가 있음을 알 수 있다. 나아가 화자는 "살생의 추억"은 본인의 죄업이든, 방관자의 그것이든 간에, 살아가는 데 하등의 장애나 방해가 되지 않으며, 그저 먹고 마시고 자는 몸의 편안함은 "아주 자연스런" 하나의 습관일 뿐이라고 말한다. 그러나 그 '편안한 습관'이 자리한 '지금 여기 이곳'에 하등의 죄책감도 없이 '나와 너' 그리고 '우리'가 안이하게 살고 있음을 아이러니와 반전을 통해 비판하듯, 보여주고 있다. 이용임의 「결핵」에서 화자는 떠나간 '그녀'를 회상한다. 그녀가 떠난 하얀 겨울의 "눈보라"와 그녀의 '열처럼 끓어오르던 죽은 피'의 이미지는 흰색과 붉은 색의 선명한 대조를 이루며, 시의 분위기를 다소 어둡고 무겁게 한다. 결핵을 앓던 그녀의 "파란 입술"은 그녀가 떠난 남쪽나라의 '나무 잎사귀' 이미지로 전환된다. 그러나 그녀에게 따뜻하게 정주할 "남쪽"은 세상 어디에도 없다. 그저 "남쪽에서 남쪽으로" 무한히 떠나야 하는 비극적인 운명인 것이다. 이러한 그녀는 "나"의 연인이라기보다는 화자의 "도려진 한쪽 폐"이자 자아의 한

부분으로 봐도 무방할 듯하다. "그녀의 긴 머리가 새까맣게 휘날리"는 겨울밤, "나"이면서 동시에 "그녀"의 일부이기도한 "나"의 "발등"은 "자지러지며 별이 뜨는 밤" 어느 때보다 몹시 춥고 시린 것이다. 이처럼 이용임의 시는 감각적이며, 다소 어둡고 우울한 병리적 이미지가 색체 이미지와 어우러져 시상을 전개하고 있으나, 아직 감상적인 면이 없지 않아 남아 있다.

5. 콘크리트 도시에 갇힌 그들의 향연 – 연왕모 함성호 황성희

연왕모의 「검고도 붉은 인디언 사내」는 1연과 2연에서 각각 '검고도 붉은 인디언 사내'와 '하얗게 질려있는 여인'을 대조하듯 묘사하고 있다. '사내'는 '흙'에서 자랐으며, 나무와 짐승, 그리고 "신의 숨결이 가까운" 곳에서 뿌리를 내리며 살고 있다. 반면 '여인'은 사내와는 달리 "견고한 콘크리트 인큐베이터"에서 자라면서 인디언 사내의 이야기를 더듬으며, "그의 가슴에서 뻗어나온 실뿌리 몇 가닥에" 그녀의 "젖가슴"을 내어맡기고 있다. 그녀는 비록 차갑고 단단한 콘크리트 벽 안에 갇혀 있지만, '인디언 사내'의 푸르고 싱싱한 이야기를 수혈하면서 그녀의 몸을 흙으로 채워나간다. 인디언 사내 역시 그녀의 "젖가슴"을 통해 "깊은 바다"로 나아갈 꿈을 꾼다. 이처럼 이 작품은 "인디언 사내"로 상징되는 '야만'과 '콘크리트 속의 여인'으로 상징되는 '문명'이 만나 서로를 수혈하고 채워주어, 함께 바다를 건너는 꿈에 대해 이야기한다. 흙과 젖과 거대한 콘크리트가 그들로 하여금 과연 또 다른 세계인 "바다"를 건너게 할 것인지는 알 수 없으나, 지금 이 순간에도 이 도시의 차고 단단한 콘크리트 인큐베이터 안에서 수많은 "그녀"들이 "하얗게 질려있는" 것만은 분명한 듯하다. 황성희의 작품에는 "모빌에 매달린 동그란 눈알"의 시선이 곳곳에 있다. 화자는 그 위태롭고 끔찍한 시선에 노출되어 있으며, 주변의 정황은 그야말로 그로테스크하다. 거실은 담쟁이덩굴로 온통 뒤덮여 있고, 발밑에는 쥐꼬리가 있으며, 천장에서는 썩은 사과가 떨어진다. '나'의 소비 행위에 잔뜩 화가 난 어머니는 '나'의 머리 가죽을 벗겨낸다. 이런 끔찍한 상황에서 화자는 시의 제목이기도 한 "기회비용, 진실, 그리고 속임수"에 대해 이야기 한다. 그러나 과연 무엇이 기회비용이고, 진실이고, 속임수인가. 화자는 "하나를 잊기 위해선 다른 하나에 골몰할 필요가 있다"고 말한다. 여기서 "하나"와 "다른 하나"는 기회비용이 되기도 하고, 진실이기도 한 동시에 자체로 무엇인가를 위장하기 위한 얄팍한 "속임수"가 되기도 한다. 하지만 아무리 속임수로 진실을 위장한다 해도, 이를 지켜보는 "동그란 눈알"은 도처에 모빌처럼 매달린 채, 감시카메라처럼 "깜빡인다". 화자는 중요한 "하나"를 잊기 위해, 사소하거나, 쓸 데 없는 생각에 연신 골몰한다. 그리고 그 "골몰"은 연쇄작용처럼 꼬리에 꼬리를 물고 이어져, 시상을 전개한다. 함성호는 「감각의 입체」란 작품에서 "평소엔 쓰지 않던 감각들"을 온통 흔들어 깨워, 요란하지만 우울한 파티를 벌인다. 이 "존재하지 않는 모든 맛들을 위한/향연"에는 "불안의 색"과 '입술 맛을 지닌 음악'과 "빛의 화음"이 흐른다. 거기엔 "시간의 파랑이 뒤집혀"있고, "처음과 끝이 서로를 애무하"는 "상실"이 있고, 신비가 절반인 "우울"이 벽을 타고 흐른다. 화자는 "부질없는 생"이 오든 말든 "한 호흡의 순간"을 즐기며 "나는 계속 살아가리라"고 흑인 래퍼처럼 외친다. "황홀한 노래들이/감각의 입체를 아름답게/채색"하고 있는 그들의 순간은 비록 "한 호흡의 순간"으로 찰나처럼 짧을지라도, "아이스크림"처럼 달콤하고, 차갑고, 황홀하다.

이상으로 '21세기전망' 동인 11인의 근작시를 소략하게나마 분석해 보았다. 이들을 어떤 유사점을 근거로 하여 분류하는 작업이 쉽지 않았다. 11명의 동인의 시세계가 일단 각각 너무 다르고 저마다 개성이 강하여 아울러 논의하기가 만만치 않은데다가, 허락된 지면이 협소하여 일일이 개별 시편들을 정치하게 분석하는데도 한계가 있었기 때문이다. 이에 임의적으로 그리고 범박하게 작품을 살펴보는데 그친 것 같아, 아쉬움이 남는다. 다양성과 이질성이 그들의 무기이자 특징인 것을 어쩌겠냐는 핑계로 분석의 미진함에 대한 필자의 변명을 대신하고자 한다. 어쨌거나 그들이 보여준 다양하고 다채로운 프리즘의 빛깔은 아름답다. 얼핏 이 현란하고 작은 불빛이 마치 변두리의 것인 듯 보이기도하나, 21세기 현재 한국시단에 있어 그들은 매우 중요한 거울과 불빛이 되어 "홍대 앞 금요일" 뿐만 아니라 21세기의 한복판을 비추고 있음은 의미심장한 일이 아닐 수 없다. 마지막으로, '빈 집'에 갇혀 있으되, 그들의 작업이 더욱더 아름답고 전위적인 작품으로 충만해지길 기대해 본다.

5부

지금 여기 : 우리 시대 시집 읽기

긴요한 골목 끝, 난간 위의 꽃들

― 강경아, 『거룩한 독방』(2018, 시와에세이)

1. 골목, 어귀에 들다

시의 골목에 들어선다. 골목의 행간에서 주변을 둘러본다. 골목의 어귀들, 곡진한 그 행간에 많은 이들이 유령처럼 하얀 얼굴을 하고 서 있다. 난쟁이들의 얼굴이 보인다. 지금 여기 발붙이고 사는 그들이 쏘아올린 작은 공은 언제나 지상으로 다시 추락할 뿐이다. 별이 되지 못한 공들이 여기저기 골목 마다 굴러다닌다. 골목보다 더 비좁은 구석 한 켠에는 누추하고 작은 틈을 비집고 내려앉은 먼지들이 산다. 거친 파도를 무릅쓰고 갯가에 안간힘으로 다닥다닥 붙어 사는 따개비들. 그들의 융기된 작은 등, 불거진 혹, 움추린 어깨, 그늘진 눈두덩이, 부르튼 손과 발을 들여다본다. 갑각류처럼 자신의 몸의 일부, 상처의 일부가 집이 되어버린 이들, 굳은 상처가 옹이가 되고 방어막이 되어버린, 거칠고 딱딱하고 남루한 생의 그림자들이 어귀에 비친다. 아내, 남편, 아버지, 어머니의 얼굴이다. 그들의 고달픈 표정이 두 눈 사이로, 그들의 깊은 한숨 소리가 행간을 지나 폐부로 스며온다. 다른 세상이 아닌, 다른 생이 아닌 지금 우리 옆의 이웃들, 가까운 얼굴들, 익숙한 울음과 신음소리이다. 골목에 서성이는 얼굴들은 무관한 얼굴들이 아니다. 가족, 친지, 이웃의 혹은 거울에 비추인 내 일그러진 얼굴이다. 깊은 한숨 소리, 고단하고 남루한 일상들, 그들의 비명과 신음에 귀를 기울이고 공감하고 통감하며 재현하는 일, 어떤 이에게는 하찮고 변변치 않게 여겨질지라도 그것은 시가 할 수 있는 일이 분명하다.

　강경아의 시를 읽다보면 우리는 문학이 하는 일을 목도하게 된다. 게다가 그 일이 때론 분명하고 아름답다는 사실을 믿게 된다. 작은 목소리의 발성(發聲)과 발아(發芽) 그리고 발화(發花)야말로 오늘 우리 문학의 쓸모가 아닐까 생각해본다. 거창한 목표와 목적만을 슬로건화하거나 고급의 정신만을 내세운다면 그것은 이미 문학이 아니라 이데올로기의 도구에 지나지 않을 것이다. 사람살이, 살림살이, 그 안에서 부딪히는 사소한 불편함들, 따스한 진실들 혹은 깨어진 진실, 소외된 이웃들의 고통과 한숨, 그늘 한 자락도 그냥 지나치지 않는 작은 관심과 애정이야말로 문학이며, 문학이 낳고 돌보는 문학의 일이 아닐까. 숨을 쉬고 생동하는 지금 여기 우리의 피부, 호흡기를 통과하는 산소와도 같은 문학 그러한 문학이 절실히 필요한 때이다. 쓸쓸하고 굶주리고 추위에 떠는 이의 양손에 쥐어진 따끈한 밥 한 공기 같은, 사막에서의 물 한 모금과도 같은 절실한 문학의 숨통 하나, 작지만 큰 문학의 양식(糧食, 樣式)을 생각해본다. 생명을 끌어안는 작은 장르에는 역시나 시(詩)만 한 것이 없다. 강경아의 시를 읽으며 재삼 등불의 시학을 떠올린다. 어두운 골목을 비추는 작은 불빛, 작은 가로등. 그녀의 작품들에는 음습하고 어두운 생의 이면을 밝히는 따스한 시선이 있다. 그 작은 숨결들, 통점 가득한 생 하나하나를 더듬어 섬세하게 짚어나가는 시인의 깊고 따뜻한 시선과 손길, 생의 질곡(桎梏)과 습곡(褶曲)들을 문학의 장으로 부단히 끌어안아 언어의 두레박에 융숭(隆崇) 깊게 길어 올리는 그녀의 미적 감각은 특히 남다르다. 그녀의 이 같은 존재론적 통찰은 그녀의 작품들을 지금 이 시대에 더욱더 돌올하게 빛나게 한다. 고단 생을 살아온 사람들의 얼굴에 가득 잡혀있는 주름과도 같은 골목 골목이 그녀의 시집, 시 행간 사이사이에 작은 보물들을 숨긴 채 온통 거미줄처럼 촘촘히 펼쳐져 있다. 시의 행간들이 기대고 모여 만든 길, 긴요하고도 슬픈 골목, 그 사잇길에 들어서 보라. 때로는 지금 여기의 벼랑, 때로는 유년의 골목, 때로는 집에 들어가기 싫어 망설이던 녹슨 철문 앞에서 글썽이던 당신의 눈빛과 얼굴이 이 시집 곳곳에 스냅 되어 있다. 어두운 골목에서 당신은 얼마든지 길을 잃어도 좋다. 골목을 따라 다만 귀를 기울여보라. 그녀가 듣는 울음과 작은 소리들을 따라 무한정 걸어가 보라. 막다른 골목 마다, 난간 아니 난관(難關) 위에는 꽃이 피어 있다. 어두운 골목, 길 끝에서는 "깨진 가로등 불빛도 희망이" 되리니, 더러는 반갑고 소중한 친구가 될 수 있으리니, 그 길을 놓지 말고 잠시 쉬었다가 에둘러 갈 일이다. 다음의 시편들을 보자.

벽과 벽 좁은 길 틈 사이에서 나는, 자주 길을 잃는다
가래가 들끓는 쇠기침 소리는 안개 낀 골목의 후렴구다 전신주 외줄을 타며 율(律)을 맞추는 이 변주곡은 폭설 뒤 고요처럼 아랫목에서 절정을 이룬다 진성과 가성을 오가며 의식이 혼미해질 때쯤 골목의 계절은 열린다

키 낮은 작은 지붕들이 한숨을 짙게 내려놓는 밤
크레인 난간에서 고공낙하의 비행을 꿈꾸는 당신의 울분은 푸른 목청 앞에서 빈번히 무너졌다 수없이 꿇었던 무릎들과 마주하는 설움은 구겨진 고지서 귀를 틀어막았다

골목의 수피들이 다투어 피어나는 결핍의 화음(和音)들
벗겨진 페인트 껍질이 쇠문에 바짝 붙어 찬바람에 너덜거렸다
결이 고운 눈물의 길을 따라 연대하며 걸어 오르면
깨진 가로등 불빛도 희망이 될 수 있을까

습한 이끼들의 무표정은 전염성이 강해

타이록신캡슐 한 알

욱신거리는 골목의 뼈마디에 털어 넣는다

— 「긴요한 골목」 전문

  "벽과 벽"의 사이, "좁은 길 틈 사이에서" 그녀는 남들이 주목하지 않는 비좁은 골목을 내딛으며, 신경과 감각을 곤두세운다. 그녀가 듣는 소리들은 하나같이 어딘가 성하지 않은 불편하고 아픈 소리들이다. "가래가 들끓는 쇠기침 소리"이거나, "결핍의 화음"들이거나, 울분 가득한 "푸른 목청"들이 대부분이다. 그녀의 시 「긴요한 골목」을 읽다보면 무방비 상태로 내쫓긴 채 아슬아슬한 난간 위에 선 무수한 난쟁이들의 설움 가득한 한숨소리와 울음들을 우리는 듣게 된다. "전신주 외줄을 타며 율(律)을 맞추는 이 변주곡"은 끝없이 이어지는 울음이자 폭력에 의해 억압되고 희생된 이들의 진혼곡이기도 하다. 하지만 이는 독주가 아닌 합주, 화음들이 함께 깃든 여럿이서 함께 부르는 온기 가득한 노래들이다. 시인은 "눈물의 길을" 함께 "연대하며 걸어 오르면" 언제인가 후미진 골목 "깨진 가로등 불빛도 희망이 될 수 있을까"하고 묻는다. 그러나 이는 희망을 긍정하는 설의법에 가까운 수사에 해당한다. 그렇게 끝까지 희망을 포기하지 않는, 목숨을 놓지 않는 자들의 싸움과 노래, 이보다 더 "진성", 진성(眞性)의 노래와 시가 어디에 있을까. "욱신거리는 골목의 뼈마디"와 누추하지만 고귀한 생들이 연주하는 울음과 신음의 절창은 그렇게 골목의 어둠을 조금씩 거둬내고 차디찬 "골목의 계절"들을 온기로 녹여낼 것이다. 고단한 오늘 하루의 끝에 "욱신거리는 골목의 뼈마디에 털어 넣는" 진통제 한 알 과도 같은 시(詩). 그렇게 시는 등불이 되고 가로등이 된다. 내일을 향해 열려있는 작은 길, 막다른 골목, 음지에 살고 있는 "습한 이끼들의 무표정"을 시인은 들여다본다. 외면하지 않고 바라보는 환부, 오래 마주한 통증은 그렇게 그녀에게 시가 되어 꽃핀다.

2. '유년의 안감'을 마름질하는 시인의 손

막다른 골목, 벼랑 끝과도 같은 궁지에 몰렸을 때, 우리는 '왜 나에게만?' 하고 신을 원망한다. 하지만 이러한 낙망의 순간은 누구에게나 있다. 어쩌면 전쟁터에서 사는 사람들, 혹은 위험천만한 상황에 떠도는 난민들이라면 절박한 상황 자체가 매일의 흔한 일상일지도 모르겠다. 오늘 우리에게 비단 나에게만 닥친 최악의 일은, 언제나 처음 겪는 바, 당혹스럽고 극심한 절망의 상황이며 오롯이 나만의 비극적 상황의 일로 규탄될 뿐이다. 그러나 타인뿐만 아니라 우리의 부모 세대들 또한 누구라도 한번쯤은 그 비탈진 "비렁길" 위에서 막막한 절망의 한숨과 뜨거운 눈물 한 줌 쯤은 얼마든지 흘리고도 남았을 일인데도 말이다. 다만 우리가 그런 순간에 항상 유독 '나만 이렇게'라고 느끼는 까닭은 아마도 그 순간이 누구에게나 단독적으로 찾아오기 때문일 것이다. 우리는 절망의 순간에 더욱더 외롭고 세상에 홀로 선 유일한 고통의 매개체가 된다. 사실 그러한 때에 인간은 더욱더 대자연에 민감하게 반응하게 되곤 한다. 폴 발레리도 "바람이 분다, 살아야겠다"라고 하였다. 발레리도 김수영도 바람을 온몸에 맞으며 실존을 느꼈을 것이리라. 고독한 상황에서 바람에 맞서 다시 일어설 수 있다면 인간이 그 순간에 움켜쥐는 것은 아무리 작은 겨자씨만 한 실오라기 한 올일지언정 그것은 아마도 삶을 살아내게 하는 한 줌의 귀한 '희망'일 것이다. 어떤 신(神)도 구원이 되지 못하는 막막하고 아득한 순간, 대자연 앞에 선 강경아 시의 시적 주체 역시 종종 망연자실하게 벼랑에서 머뭇거리고 있음을 알 수 있다. "서 있는 곳조차 알 수 없는 안개" 자욱한 절벽, "더는 내디딜 곳 없는 벼랑 끝"에 서서 시적 주체가 문득 떠올린 대상은 그러나 다름 아닌 '아버지', 아버지이다. 아래의 작품을 보라.

청태 자욱진 능선을 따라
그대에게 닿는 순간부터 출구는 없었다
서 있는 곳조차 알 수 없는 안개는
앞서거니 뒤서거니 발목을 붙잡기도 했다
더는 내디딜 곳이 없는 벼랑 끝
바람마저 발톱을 세워 휘갈기는데
문득 아비가 생각나는 것이다
소금기 끈적이는 아비의 비린내가 눅눅하다
세월을 무질러 와 얼마나 더 깎이고
문드러져야 삶이 뜨거워지는 것이냐
어쩌자고 빈 통발만 수면 위로 뜨는 것이냐
물빛 하나 건지시려
길고도 먼 두레박을 그렇게 드리우셨는가
밀고 당기며 끌려오는 생(生)
축축해지도록 진종일 바다만 바라보다
닻을 올린다
낮은 지류에서 뻗어나간 아비의 물길이
저 광활한 대양으로 나아가시는가
푸르게 쏟아지는 햇살 한 뼘 위로
물결 한 올 일으켜 세운다
파문처럼 사위가 철썩거리는
내 유년의 안감을 들추어 본다
선홍빛 아가미살이 펼쳐지는 함구미 선착장

에움길 돌고 도는 비렁길

벌겋게 달구어지는 아비가 보인다

— 「비렁길에서」 전문

"바람마저 발톱을 세워 휘갈기는" 오갈 데 없는 생의 절박한 위기의 찰나. 문득 눈앞에 자화상처럼 맺히는 아버지 얼굴. 벼랑 끝 발밑에는 '아비의 바다'가 펼쳐져 있다. 짙푸른 파랑과 풍랑이 휘몰아지는 바다, 이 작품에서 바다는 오롯이 아비의 삶의 터전이자, 남루한 생(生) 그 자체로 묘사된다. "소금기 끈적이는 아비의 비린내"는 그가 풍긴 한평생의 냄새이자 그의 존재의 자취였다. "밀고 당기며 끌려오는 생(生)"의 조석간만은 "아비의 물길"의 파문이자 생의 경로였을 것이다. 그가 고되지만 신성한 노동 끝에 힘겹게 건져 올린 "물빛 하나"와 "물결 한 올"은 어쩌면 "광활한 대양으로" "내어보내실" 한 가닥 희망이며, 그것은 어쩌면 시인에게 남긴 단 하나의 소중한 유산일지 모른다. 아비가 없어도 "에움길 돌고 도는 비렁길" 너머 가만히 "들추어 보는" "유년의 안감" 사이로 또다시 파도가 일고 어김없이 날은 핏빛으로 저문다. 시인은 "선홍빛 아가미살이 펼쳐지는 함구미 선착장"에서 단 하나의 귀중한 상속을 받는다. 석양 무렵 이내 "벌겋게 달구어지는 아비가" 수평선 사이로 보이고 시인은 이제 언젠가의 아비처럼 꺾인 무릎을 간신히 일으켜 세워, 저 삶의 깊디깊은 바다 수심 속으로 시의 통발을 드리울 것이다. 그리고 그 통발 안에는 오래 전 아비에게 길을 비춰준 "물빛 하나"가 싱싱하게 딸려 들어와 있어 녹록치 않은 어두운 길을 비춰 주리니, 그리하여 시인도 그 빛을 읽어내는 단 한 사람의 독자도 "출구 없"는 출구를 찾아 "광활한 대양으로 나아"갈 수 있으리라.

3. 푸른, 독방에 갇힌 고래들

방은 독방이다. 시인이 머무는, 주목하는, 찾아가는, 노래하는 곳, 그곳들 전부가 독방이다. 그 "거룩한 독방"에는 그러나 여전히 '아비의 생' 못지않게 녹록지 않은 푸른 바다가 있고 쉼 없이 물결이 풍랑이 일고 있다. 그 안에는 흰수염고래이거나 혹등고래들이 가쁜 숨을 내어 쉬며 누워있거나 물 밖으로 더 이상 호흡을 하러 나오지 못한 채 이미 숨을 거둔 채 방치되어 있기도 하다. 오래 유폐된 독방에 혼자 사는 노인들은 지금 이 시대에도 많지만 사회가 고령화되고 양극화 되어감에 따라 더 늘어날 추산이다. 그리하여 가난하고 늙은 "고래"들은 독방에서 세상을 등지고 돌아 누운 채 홀로 쓸쓸히 아무도 모르게 죽음을 맞이하게 될 것이다. 비단 독거노인이 아니라도 누구에게나 마음속 깊은 곳에 "독방"이 존재한다. 그 독방에 그러나 영원히 기거할 수는 없다. 어떤 고래들은 숨을 거둔 뒤에야 겨우 방 밖으로 나올 수 있다.

침묵은 곁이 되어 주지 못했다
도둑고양이만 조문객으로 어슬렁거렸을 뿐
열쇠구멍을 찾기 위해
초음파를 쏘지 않아도 되었다
재건축 허가도 받지 않은 거미집의
날실만이 어둠 속에서 가녀리게 떨렸다
뒹구는 몇 개의 라면봉지와 버스카드 한 장
머리맡 약봉지에서 미끄러지듯
터져 나온 흰수염고래의 입김이 얼어붙었다
낯익은 푸른 방에서 조난을 당한 것일까
누군가는 뒤꿈치가 퇴화해
걸을 수 없다했고 젖꼭지는 말라붙어

아예 물릴 수도 없다 했다

타살이라는 온갖 추측이 무성했지만

작살에 찍힌 흔적은 없었다

몇 달 전 수돗물이 나오지 않는다며

벌컥벌컥 수도꼭지만 빨다 돌아갔던 흰수염고래

살과 뼈가 바짝 붙어가는 순간에도

수많은 날벌레들이 빛을 내며

온몸을 수색했지만 사인(死因)은 밝혀지지 않았다

폐지 더미에서 흥건하게 새어 나온 배내똥의

허기진 진술만이 까맣게 타들어 가고 있을 뿐이었다

새우 떼를 쫓아 신도시로 떠났던 혹등고래도

그를 알아보지 못했다

전깃줄마저 철거해 버린 재개발 골목에 달빛이 환하다

푸른 방을 향해 아직도 초음파를 쏘고 있을

흰수염고래가 끝내 뭍으로

끌려 나오고 있었다

— 「용산구 신계동 산27번지」 전문

고래에게는 물 바깥의 산소가 필요하듯이 인간에게도 사회적인 삶과 교류, 소통은 필수이다. 따라서 독방에도 드나들 수 있는 최소한의 공간과 여유는 반드시 필요한 것이다. 의식주를 비롯한 최소한의 생계와 안정이 가능한 독방이라면, 그 공간은 휴식과 재충전의 공간이 되겠지만, 그 반대라면 사형수의 독방과 다를 바가 없을 것이다. 아니 그보다 못한 산지옥, 무덤과도 같은 곳이리라. 이를테면 위 시의 제목이기도 한 "용산구 신계동 산27번지"의 주소에 살고 있는 "흰수염고래들"의 삶이 그러하다. 수도도 전기도 끊긴 "낯익은 푸른 방에서 조난"을 당한 그들의 죽음, 죽어서야 간신히 세상 바깥으로 나올 수 있는 "흰수염고래"의 탈출기는 이제 너무 흔한 일이어서 뉴스나 신문기사에서조차 다뤄지지 않는다. 동물 백과에 의하면 사실 "흰수염고래"는 지구상에 존재하는 가장 몸집이 큰 생명체라 한다. 마릿수가 적어 희귀종이며 보호종인 "흰수염고래"가 왠일인지 지금 시대에는 재개발구역의 빈 집과 고시원, 쪽방촌에 늘고 있다고 한다. 그나마 건강하다면 종종 물 밖으로 나와 가쁜 숨이라도 몰아쉬며, 폐지 빈병이라도 주워 생계는 유지할 텐데, 사회의 무관심과 배제 속에서 생을 영위하기가 쉽지 않은 게 오늘날 이들의 현실이다. 시적 화자는 "타살이라는 온갖 추측이 무성"하고 "작살에 찍힌 흔적" 또한 없어 자연사로 간주될 죽음이라고 진술하면서도 끝까지 "사인(死因)은 밝혀지지 않았다"고 재진술함으로써 그 죽음이 엄연한 사회적 타살인 것을 암시하며 고발한다. 설령 그 독방에 갇혀 스스로가 스스로를 유폐한 고래들이라 할지라도 그 고래를 죽음에 이르게 한 궁극의 원인에는 사회적 책임이 존재한다는 추궁(追窮)을 던지는 것이다. 지독한 외로움과 생활고, 주변의 소외와 무관심에 의해 사회에서 배제된 이웃들, 압젝트된 타자들, 복지의 사각지대에서 사투를 벌이고 있는 독방에 갇혀 죽음을 기다리는 나약한 이웃들, 무수히 많다. 아무도 들여다보지 않는 밀폐된 독방들에 무분별하게 방치된 타자들의 삶은 무기수, 사형수의 그것보다도 못한 것이다. 이제 이번 시집의 표제작이기도 한, 시인의 독방, 내밀하고도 「거룩한 독방」을 들여다보자.

문패는 플러그가 뽑힌 채 돌아누웠다
거실 모퉁이를 한 겹씩 벗겨내면
울컥 새어 나오는 어둠들
착각과 혼돈이 팽팽하게 충돌하는 곳에

짓밟힐수록 더 빳빳해지는
당신의 붉은 혀와 오래된 두 귀가 있다
조울을 앞세워 불안을 지피는 밤이 오면
애매모호한 상형문자들만 먼지처럼 쌓인다

소파 위를 군림하길 좋아하는 당신
무기력을 조종하는 채널을 돌린다
우울을 닦아내듯 징징거리는 볼륨소리
잘 개키지 못한 감정들이 더욱 또렷해져 온다
무늬 없는 저 표정이 나를 밀어낸 증표라면
까다로운 궁리들만이 체위를 바꾸며 다가온다

또르르 발길에 차이는 투명한 알람소리
밤새 다독이지 못해 눅눅해진 이름들
껍질이라도 잘 벗겨 베란다에 내걸어야 할 일

다시,
꺾인 무릎을 세우게 하는 내겐 너무나
딱딱하고도 거룩한 독방

— 「거룩한 독방」 전문

　　다행히 위의 시적 주체에게 독방이란 아직 신성이 남아있는 "거룩한" 공
간으로 기능하고 있다. 무기력과 우울, 조울과 불안 속에서 하루하루를 힘
겹게 살아가고 있지만 시적 주체에게는 몸을 눕히고 휴식할 공간이 있어
그나마 "다시/꺾인 무릎을 세우게 하는" 귀중한 공간으로 독방이 남아있는

것인데 이는 아직 독방이 생명력과 쓸모를 잃지 않고 있는 것이리라. 포근하고 푹신한 아늑한 공간은 아닐지라도 "딱딱하"지만 "거룩한 독방"이 있어 시적 주체는 삶을 영위해나갈 수 있는 것이라 고백하고 있다. 방에는 햇빛 대신 "울컥 새어 나오는 어둠들"이 내려앉아 있고 "착각과 혼돈이 팽팽하게 충돌"하며 불안으로 소용돌이치고 있을 지라도 시적 주체는 그럴수록 이를테면 "짓밟힐수록 더 빳빳해지는" "당신의 붉은 혀와 오래된 두 귀가" 생겨나는 아이러니에 대해 말한다. "붉은 혀"는 말하는 혀이며, "오래된 귀"는 여전히 듣는 귀이며 아마도 그것은 시인의 혀와 시인의 귀일 것이다. 시인은 외지고 쓸쓸한 "거룩한 독방"에서 오히려 소외된 많은 것들에 공감하고 차단된 신음소리들에 반응하고 함께 고통을 느끼는 것이리라. 아픈 몸, "꺾인 무릎을 세워" 일으켜 종국에는 세상 밖으로 걸어 나와 당당하게 시로 발화하게 하는, 시인의 목소리와 시선이야말로 꽃이며 향기이며 열매가 아닐까.

4. 거룩한 독방, 골목을 나오며

다시 흰수염고래의 삶과 죽음을 생각한다. 이중의 삶, 이중의 죽음이다. 바다에 살지만 아가미가 없어 폐를 통해 공기 중에 있는 산소로 매 시간 숨을 쉬어야 하고, 지구상에 가장 거대한 몸집이면서 가장 작은 플랑크톤이나 크릴로 배를 채워야 하는, 수생이지만 또한 최소 5~6년의 오랜 기간 동안 젖을 먹여 새끼를 길러야 하는 포유류인 고래…… 최장 33미터의 장신에 체중이 180톤에 달하는 몸집이지만 목구멍은 자몽 하나 겨우 들어갈 만한 작은 크기를 지닌 실로 아이러니하고 희귀한 동물인 고래. 인간의 삶도 시인의 삶도 흰수염고래의 삶과 그다지 다르지 않으리라. 희귀하지만 저마다에게 고유하고 절실한 바다가 반드시 필요한 어쩌면 한없이 나약하고 취약한 개체로서의 인간. 그러한 고래에게 최소한의 바다가 필요하듯, 인간에게는 생존의 공간이 절대적으로 필요하다. 그곳이 설령 몸 뒤척이기조차 힘들 정도로 비좁은 공간이라 할지라도, 물과 산소와 음식은 충족되어야 생물학적인 삶이나마 영위할 수 있으니 말이다. 또한 헤엄칠 자유, 대양을 넘나들 자유가 그 둘에게 필요하다. 독방에 갇혀 겨우 숨만 쉬는 생물학적인 삶만으로는 진정한 삶을 살고 있다고 말할 수 없을 것이다. 시인은 그러한 갇힌 고래의 등을 보는 자, 구슬픈 노래를 듣는 자, 죽어가는 고래들의 상처를 보고 묵과하지 않는 자이다. 고래의 어원은 '골'에서 왔다고 한다. 등에 숨을 쉬는 골이 있어, 골이라고 불렸으며, 그러한 생명과 직결된 호흡기관의 명칭이 곧 그 종(種)의 이름이 된 것이다. 골은 고랑이나 골짜기처럼 움푹 파이거나 구멍이 뚫린 작은 통로, 입구를 가리키는데, 보통 절벽과 절벽 사이에 틈새 형식으로 생겨난 지형을 일컫는다. 고래의 숨골은 지느러미가 닿지 않는 등 뒤에 있고, 사람들이 살아가는 골목과 골목 사이, 마주 대인 등과 등 사이에도 무수한 벼랑과 난관들이 손닿을 수 없으리만큼 아슬아슬하게 놓여 있곤 한다. 동물은 배가 위로 보이도록 뒤집혀 있으면 상대적으로 적과 환경에 취약해질 수밖에 없다. 그렇게 취약하게 누워있는 위기의 고래들은 어떻게든 몸을 뒤집어 다시 숨을 쉬어야만 한다. 강경아 시인은 그렇게 생이 뒤집힌 자, 연약한 배를 보이고 항복한 자, 어둠과 추위와 가난에 취약하게 죽어가는 자, 창백한 낯빛과 충혈된 눈빛을 지닌 소외된 자들에게 주목한다. 그들의 "틈새소리"에 귀와 눈을 집중해보자.

봉분처럼 부푼 금붕어의 부릅뜬 동공이
식당그릇에 묻혀버린 아내의 뒷모습이
고시원 단칸방 어린 남매의 시린 발들이
까맣게 타들어 가는 돼지껍데기처럼
밤새 질겅질겅 씹혔다

타닥타닥 튀는 저 살아있는 꿈틀거림 속에서

타전되는 무중력의 푸른 외침

뒤집자

뒤집자

뒤집어 보자,

짧고 여리게 터지는 아직 내겐 쓸 만한 희망

눈 속에서 더 단단해진 그 경쾌한 방백(傍白)들

생의 반대편 안자락까지 노릇하게 달궈지는 눈빛들이 환하다

— 「서시장, 그 틈새소리를 굽다」 부분

"까맣게 타들어 가는 돼지 껍데기처럼" 불판 위에서 이리저리 튀는 기름 거죽들……. 살아보겠다고 몸 뒤집는 존재들, 존재들의 비명이야말로 "틈새 소리"이며, 그들이 몰아쉬는 거친 숨소리일 것이다. "고시원 단칸방 어린 남매의 시린 발들"이, "식당그릇에 묻혀 버린 아내의 뒷모습"이 가쁘게 내어쉬는 야윈 숨소리, 탄식의 불안정한 호흡. 그 불편하고 아픈 "틈새소리를 굽는" 자, 시인(詩人). 시인은 언제까지나 그들에게 "푸른 외침"을 멈추지 않는다. "뒤집자", "뒤집자", "뒤집어보자"며 생을 향해 타전하는 생생한 "희망"의 메시지. "참혹한 안부"(「낯선 안부」)일지언정 묻고 또 묻고 묻는 목소리. 그 목소리의 불편한 발화가 시(詩)다. 강경아의 시는 그렇게 생물(生物)의 언어로 피워낸 어화(漁花)이다. "거룩한 독방"을 나와 낯선 골목 어쩌면 낯익은 슬픈 골목에 들어선다. 골목마다, 난관(難關)이고 난간이다. 난관과 난간 사이 아슬한 벼랑 위에 그 꽃이 지천으로 피어있다. 비린내 가득한 바닷가 벼랑, 파랑이 쉴새없다. 파랑에 비틀거리는 생의 어귀 여기가 당신의 골목이다. 어쩌면 가장 "거룩한" 어쩌면 가장 "남루한" 절망의 골목, 시의 행간(行間)에 머물러 마음껏 비틀거려라. 그 골목이 당신을 붙잡아줄 것이다.

침묵, 응축된 시간의 시학

― 조연수, 『침묵을 대하는 방식』(2018, 현대시)

기다림의 말, 그것은 아마 침묵할 것이지만 침묵과 말을 따로 떼어 놓지
않으며, 침묵을 이미 어떤 말함이 되게 하고, 침묵인 말함을 침묵 속에서
이미 말한다. 왜냐하면 치명적인 침묵은 입을 다물지 않기 때문이다.

― 『카오스의 글쓰기』, 모리스 블랑쇼, 그린비, p.112.

1. 프롤로그 : 침묵의 말

침묵의 수행성에 대해 생각한다. '말하지 않음'으로써 말하기란 무엇인
가. 그 '않음'의 능동성에 대해, 그 '거부'의 힘에 대해 우리는 지금껏 묵과
하거나 간과해 오지는 않았나. 침묵은 많은 일을 한다. 침묵은 자물쇠가 되
어 비밀을 걸어 잠근다. 침묵은 발화되길 기다리며 스스로 때를 기다리며
익어간다. 침묵에도 영혼이 있어 침묵의 영혼은 어떤 영혼을 봉인한 채 묵
묵하게 견디거나 오래 인고의 일을 하기도 한다. 어떤 침묵은 대상을 땅속
깊이 묻는다. 보존하거나 발효시키기도 하고 때론 고통스럽고 형형한 날것
그대로의 상처를 형체도 없이 삭혀버리기도 한다. 침묵은 상실을 상실하거
나 상실을 상실의 형태로 보존한다. 침묵의 쓸모와 쓰임새는 셀 수 없이 다
양하고 침묵의 기한과 경도(傾倒)와 경도(硬度) 또한 그러하다. 침묵은 악용

되기도 한다. 침묵은 때로 위중한 진실은 함구한다. 발화되면 폭발해 버리는, 혹은 그 반대로 발화되어야만 시한폭탄을 멈추게도 하는 것 또한 침묵의 일이다. 파괴하고 붕괴시키는 침묵도 존재한다. 작은 모래알 하나가 상처에 켜켜이 묻혔을 때, 상처는 오랜 시간 진물과 염증으로 스스로를 감싸고 보호하고 단련해야 고통의 결정체인 진주 한 알을 얻어낼 수 있다. 그 승화의 시간에도 침묵이 존재한다. 이 고통과 슬픔을 먹고 자란 침묵의 씨앗은 무성하게 자라나 어느 시인에게는 단 한편의 영롱한 시가 되어 눈부신 언어의 결정(結晶)을 이루기도 한다. 마치 송진에 갇힌 벌 한 마리가 산 채로 화석이 되어 값진 원석이 되듯이. 고통과 침묵은 어느 지점에서 분명 예술작품으로 현현되기도 한다. 죽음과 고통, 상실과 침묵, 시(詩)는 친연성을 띤다. 침묵은 시가 될 때 아름답게 현현한다. 침묵은 그 빛깔과 향과 강도가 다채롭고 신비하되 자체로는 알아보기 힘들다. 침묵은 멈춰 있으되 흐르며 고여 있으되 한 지점에 쌓이지 않는다. 침묵은 그 힘이며 자장이며 에너지와 파동을 보이지 않는 능동태로서 기능한다. 침묵은 용서와 화해처럼 언젠가 해야 할 말의 거푸집이 되기도 하고 침묵은 그 자음과 모음마저 낱낱이 녹아 흐르거나 증발했다가 어느 순간, 아 하고 터져 나오거나 결집되어 나오기도 하는 무형의 한 잠재태와 가능태로 존재한다. 침묵은 깨지기 직전의 크리스털 잔처럼 투명하고도 늘 위태롭다. 그리하여 침묵은 기다림이며 한 용기(容器)이다. 다양한 빛깔과 색, 향을 담아내기도 하는 침묵의 용기는 삶을 담아내거나 혹은 대항하여 견디게 하는 용기(勇氣)가 되기도 한다. 마치 연초록의 토마토처럼. 채 익지 않은 모과처럼. 그것들은 시간의 향을 견디며 놓여있는 방식으로 존재한다. 그것들은 푸름 속에 붉음을 내장하기도 하고 그렇지 아니하기도 하다. 연둣빛 침묵을 들여다보며 붉음의 미래를 선취하고 조망하고 아무도 모르게 조금씩 발설하는 일, 어쩌면 그것은 시의 언어가 작동하는 방식과도 닮아있는 것이리라. 한 미래를 끌어오되 아껴 발화하는 일, 침묵을 말하는 자와 듣는 자 모두 결국엔 침묵을 사랑하고 향유하는 자들이다. 침묵의 일은 결국 오늘 '지금 여기'에 대한 사랑과 연애의 감정, 즉 삶을 경애(敬愛) 하는 마음이 없이는 불가능하다.

2. 침묵이 유영하는 시간

여기 침묵의 방식에 대해 고민한 한 시집이 있다. 조연수 시인의 이번 시집은 침묵에 대한 고민과 성찰의 흔적을 보여준다. 침묵과 침묵을 대하는 방식은 다르다. 그러나 침묵을 대하는 방식은 곧 어떻게든 침묵과 만나는 방식이다. 침묵의 파장은 시의 파장과 다르지 않다. 침묵은 대상에 의해 규정되고 의미화되기 때문이다. 한 편의 시 역시 마찬가지이다. 김춘수의 '꽃'처럼 대상은 다른 대상에 의해 호명되거나 시선의 대상이 될 때, 혹은 한 맥락으로 상호 연결될 때 비로소 서로에게 의미화되고 존재로 현현되는 것이다. 침묵 또한 그러하다. 다시 침묵의 수행성에 관해 생각한다. 침묵은 한 곳에 고여 있지 않다. 흐르고 움직이고 유영한다. 단단하고 푸르던 연두의 침묵은 말랑하고 붉은 침묵으로 숙성해가기도 한다. 침묵의 마디마디에 맺힌 "쌉싸름한 물방울들이 터"져 나와 맺힌 노래의 증류는 시인의 시선과 목소리를 빌려 더 진한 향과 빛깔로 응결되어 한편의 시로 발화된다. 침묵은 기다림 속에 있기도 하고 침묵하는 자신에 대한 망각 속에 있기도 하다. 조연수 시인이 노래하는 침묵의 생장점, 침묵의 발화점은 어디일까. 첫 시집의 표제작 「아마, 토마토」의 기억 속으로 거슬러 올라가 보자.

토마토가 흘러내리는 식탁에 앉아 있었어 달콤하지도 쓸쓸하지도 않았지
처음부터 그걸 먹으려는 의도는 없었어 여하튼, 이야기는 그렇게 시작된 거
야 식탁에서 흘러내리는 토마토를 기억하겠지만 첫 만남은 갓 연두를 벗어

난 붉은 짭짤이 토마토 울룩불룩 포즈로 접시에 담겨 있었어 연애의 시작
은 이런 거였지 붉지 않아도 붉게 터질 거라고 상상하는,

그래도 토마토였기 때문일 거야

토마토가 흐르는 식탁 위로 날카로운 발톱을 숨긴 낯선 고요가 터지는 밤
이었지 식탁은 지루하게 토마토 즙을 받아내고 있었거든 수많은 연애 사건
이 터질 때마다 식탁에 그려진 침묵은 사각기둥이 되고 벽이 되었지 번개가
친 건 그때였어 시도 때도 없는 탱탱한 울림 적응이 안 된 내 피부는 축 늘
어지고 말았어 파란 연애를 하기엔 부족한 시간,

짧은 문장만 남기고 시들어가고 말았지

살짝 질긴 껍질을 걷어내고 쌉싸름한 물방울들이 터지면 건강한 웃음이 시
작된다는데 붉게 터지는 그게 파란 연애라고 하기엔 무언가 어설퍼 연두를
건너 붉음으로 소란스런 달빛을 맞으며 붉게 타오르기 시작한 심장을 받아
주기엔 아직 밤이 지나지 않았지 그러저러한 시간을 돌돌 말아 웅크리고 있
는,

붉은 아마, 토마토
— 「아마, 토마토」 전문 (『아마, 토마토』, 문학의 전당, 2013)

　여기 식탁 위에 "날카로운 발톱을 숨긴 낯선 고요" 한 마리가 침묵으로
숨 쉬고 있다. 또 다른 침묵인 연둣빛 토마토를 향해 연애 감정으로 그 주
변을 맴돌며 사랑을 구애하기 위해 호시탐탐 그를 노리는 침묵의 날선 공

기. 침묵은 수동적이되 잠재적 능동태로 존재한다. 아직은 어설픈 "파란 연애"와 농익어 "붉게 터질 거라고 상상하는" 연애는 결국 같은 하나의 시작점이 되어 토마토 안에 응축된다. 시인은 "연애의 시작은 이런 거" 결국 상상에서 비롯되는 것이라고 전언한다. 어제의 초록과 오늘의 붉음 사이, 오늘의 초록과 내일의 붉음 사이 그 사이 마다에서 사랑의 말은 침묵과 눈빛으로 숙성된다. 그 연둣빛 불안 안에서 우리는 내일의 토마토와 내일의 붉음을 꿈꾸기도 하며 일부의 붉음은 그 동경 속에서 선취되기도 하는 것이리라. 웅크린 시간의 토마토는 붉은 빛을 더해갈 것이며 그 향기와 풍미는 더 확산되어 갈 것이다. 토마토는 심장의 은유이다. 그것은 "아마, 토마토"(1시집, 문학의 전당, 2013)에서 시인이 보여준 연초록의 잠재태로서의 은유일 것으로 추정된다. 이처럼 침묵은 당신과 나 사이, 시인과 독자 사이에도 전류처럼 흐른다. 침묵의 섬유조직, 그 사이로 비치는 은은한 빛과 향이 텍스트 내에서 배어 나온다. 물론 그 반대의 상황과 경우도 존재하겠지만 말이다. 침묵의 씨앗에서 발아된 밀어(密語)들, 순간을 장식하는 꽃, 언어의 우듬지에 피어난 발화(發話)와 발화(發花) 사이에 조연수 시인의 침묵의 방식은 존재한다. 과실들은 나무에 매달려 있지 않고 떨어져 나와 선반 위에 혹은 식탁 위에 놓여 있다. 때론 채 영글기도 전에 낙과한 푸르고 작은 열매들이다. 무르고 다쳐 피와 진물을 흘리거나 멍빛을 띄기도 하는 그들이지만, 그 피와 멍은 침묵의 시간을 견디고 견뎌 어느 순간에는 "푸른 꽃"으로 다시 피어나기도 한다. 어느 날엔 물고기가 되어 시인의 몸속에서 헤엄쳐 다니기도 하는 유동의 침묵이다. 시인에게 기생하는 물고기 어쩌면 반대로 시인이 물고기에 기생하더라도 상관없다. 아무렴 공생하는 두 개의 침묵이 만나 다시 생성해내는 커다랗고 "푸른" 한 꽃송이의 침묵은 시가 되어 발현(發現)한다.

내 몸에 물고기가 살고 있다

짧은 겨드랑이를 너풀거리며 헤엄치는 뒤통수가 야물게 둥글다 모세혈관을
타고 유영할 때면 힘줄이 툭 불거지기도 한다 손등을 지나 손목을 타고 오
르는 간질거림 미세하게 심장을 두드린다 중심을 벗어난 고독처럼 낡은 비
늘이 떨어질 때

꽃이 지고 겨울이 왔다

목욕탕 온탕 속에 물고기를 풀어놓는다

물에 멍이 든다 미열처럼 붉은 열기가 몸 밖으로 번진다 달아오르는 열기를
안고 바닥에 누우면 푸른 물고기들이 손가락 사이로 흘러나온다 손마디가
쑤시고 몸이 저려온다 물이 아프다 씨방도 없고 뿌리도 없는 물 속에

푸른 꽃이 피었다

—「멍」전문 (『아마, 토마토』, 문학의 전당, 2013)

'멍'의 "푸른 꽃", 푸른 빛 안에는 붉음이 내장되어 있다. 붉은 혈류가 울
혈되어 있는 곳에서 멍은 푸른 빛이 상처를 감싸고 있는 모습으로 그 자신
을 감추면서 드러낸다. 푸른 빛과 붉은 빛 사이에, 계절이 가고 온다. "꽃이
지고 겨울이 오"는 그 시간 속에 상처를 덧입은 화자는 어느덧 침묵의 열기
안에서 "씨방도 없고 뿌리도 없는 물 속"이지만 오롯한 존재의 "푸른 꽃"을
피워낸다. 언어의 꽃, 언어의 열매는 그렇게 상처와 멍의 시간을 지나 "낡은
비늘"마저 다 떨어뜨리고 남루하게 홀로 존재의 시간을 견딜 때, 어느 순간
거룩하게 맺히기도 하는 것이리라.

3. 모과의 시선, 모과의 시간

여기 한 알의 모과가 있다. 어제의 모과와 오늘의 모과, 어제의 모과향과 오늘의 모과향은 다르지만 연속선상에 있다. "어제의 기억이 오늘의 일상이 되는" 무료한 반복 사이에도 연애의 말은 늘 변화하며 침묵과 눈빛에 의해 다르게 전언되고 확산된다. 모과는 실제이며 오브제이다. 모과를 바라보는 외부의 시선은 시가 될 수 있으며 모과의 눈으로 대상을 바라보는 시선 또한 시가 될 수 있다. 문제는 무엇을 어떻게 바라보고 어떠한 목소리로 어떻게 담아내느냐의 차이일 것이다. 조연수 시인은 이번 시집의 자서에서 "시간을 잘 건너" 생을 오롯이 잘 "견디는 것"과 "받아들이는 것"은 물론 "매일을 살아내는" 매 순간 순간들이야말로 결국엔 "모두가 사랑이"라고 고백한다. 삶이 곧 사랑이라는 등식은 그녀의 시 세계 전체를 응축하고 아우르는 하나의 큰 시선이며 그 시선이 지닌 온도라 할 수 있다. "라디에이터 위에서 온몸으로 시간을 견뎌내는 모과의 경건한 노동"조차 사랑과 위로의 시선에 의한 것이라는 따스함의 온도는 그녀의 세계를 인식하는 태도 역시 온화하고 포용적인 것임을 시사한다. 토마토와 모과처럼 소멸해가면서도 세상을 향해 진한 향과 빛깔을 발산하는 또는 몸 전체를 내어주는 생의 제스처는 아름답고 넉넉한 사랑의 그것, '내게 없는 것까지 내어주는' 연애의 방식과 닮아있다. "라디에이터 위 모과" 한 알의 소박한 풍경에서도 시인은 사랑의 형식을 발견한다. 특히 꽃 혹은 과일들에게서 돋보이는 존재의 아름다운 형식. 진동하는 냄새와 악취로 몸을 부풀리고 참혹하게 부패하여 흙으로 돌아가는 동물의 그것과는 사뭇 다른 존재 증명(소멸)의 방식이 여기에 있다. 침묵은 시간을 잉태하고 견디고 마침내 꽃을 낳는다. 그러나 죽음과 탄생은 모과에게서 한몸에 있다. 자, 여기에 한 알의 모과가 있다.

라디에이터 위 모과처럼 납작 엎드려 본다 모과는 시들어가며 한쪽으로 기우는 중이다 고개를 기울여 모과의 시선을 따라간다 나무가 기울어지고 있

다 가지 하나가 흔들리다 멈춘다 기울어짐의 역사는 그리 오래되지 않았
다 팽팽한 한낮의 뜨거움과 적당한 시간이 반복되는 동안 서서히 기울어지
는 것이다 이번엔 창문이 기울어진다 사각의 나무틀에 뻐딱하게 끼워진 유
리가 헐겁다 나뭇잎이 날아간다 바람이 지나는 동안 어제의 새들은 어디로
갔을까 한쪽 날개를 기울여 멀리 날아갔다는 소문은 향기를 잃어가는 모
과처럼 매력적이지 않다 결핍이 자라나 무궁화꽃이 피었다는 소문이 더 이
상 화려하지 않은 날 기울어진 모과를 집는다 군데군데 갈색 점들이 깊어
진다 라디에이터 위에서 온몸으로 시간을 견뎌내는 모과의 경건한 노동을
읽는다 어제의 기억이 오늘의 일상이 되는 동안 아직 마르지 않은 모과의
향기가 위로가 되는 밤이다

— 「모과에게」 전문

한편, 시인의 시선은 기울어지거나 흔들리거나 날아가 흩어지는 것들에
주목한다. 이는 모과의 시선이기도 하다. 나무에서 떨어져 나온 모과는 이
제 또 다른 절반의 인생을 살며 기울어진 채로 기울어진 것들을 응시하며
몸체의 향을 통해 노동한다. 그의 생은 시선과 향기로 소진되거나 지속된
다. 누워서, 혹은 세워진 채로 정물이 되어 창밖을 응시하는 모과의 그것은
시인의 그것과 겹친다. 향기가 아닌 소문은 세상에 무성하다. 소문은 향기
가 없고 형체가 없고 실체가 없다. 차라리 눈앞에 기울어진 나뭇가지 하나,
바람에 흔들리는 창문 하나가 시인에게는 더 가깝고 진실한 대상이 된다.
시인에게는 차라리 "향기를 잃어가는 모과", "기울어지"고 울퉁불퉁한 모
과 한 알이 놓여있는 상황과 그 생명력이 외려 귀중하게 인식된다. "어제의
새들"과 함께 날아가 버린 자유로운 "소문" 자체보다 지금 여기 존재하는 모
과향의 위로가 더 중요한 것이다. 소멸해가는 모과 한 알보다 "소문은 더 이
상 화려하지 않"고, "매력적이지 않다"는 것을 시인은 강조한다. "결핍이 자

라나 무궁화꽃이 피었다는 소문"은 다만 무성한 소문일 뿐이다. 결핍은 영원한 결핍으로 텅 비어 꽃을 피울 수 없고 충만은 영원히 그 향기로 충만하기 때문에 그로서 족한 것이다. 모과의 향은 생과 죽음을 동시에 안고 있는 이중의 향이다. 생과 사를 동시에 머금은 향, 다만 그 기울기와 좌표가 작품에 따라 조금씩 다르게 묘사될 따름이다. 이제 조연수 시인의 작품들 중 죽음 쪽으로 사뭇 기울어 있는 향의 내음을 쫓아가 함께 맡아보자.

상가 뒤편은 가로등도 없는 어둠이다 그 어둠 사이로 바짝 말라 오그라든 나뭇잎이 뒤집히며 흰 꽃처럼 폈다 진다 너는 바라나시 강가에서 꽃으로 장식한 관을 떠올린다 전생을 버리고 새로운 환생을 꿈꾸며 강을 따라 흘러가는 꽃들, 울지도 말고 뒤돌아보지 마시길 또 다른 생으로 떠나는 영혼을 붙들지 마시길 어제의 생을 버리는 축복의 시간들이 뿌옇게 흔들리는 강을 따라 출렁인다 깊은 눈동자를 따라 슬픔을 이겨내는 미소, 먼저 가시다니 축복이군요 꽃처럼 다시 피어나세요 누런 강을 따라 다른 생으로 건너가세요 곧 꽃이 피는 봄이 올 테지요 사원 처마에 앉은 원숭이들의 백만 년 동안 계속되는 인사가 들리시는지 사원 돌담을 도는 향 내음을 따라 천천히 건너가세요, 하루를 달려온 바람과 어둠이 나무를 돌며 거친 숨을 몰아쉴 때마다 사그락사그락 잎들이 수선스럽다 바라나시 강가에 피었던 꽃들을 떠올리며 어둠이 깊어지는 담벼락 밑에서 잠시 멈추어 보는 것이다
— 「바라나시 강가를 떠올리며」 전문

위의 시에서 화자인 '나'와 청자인 '너'는 사실상 구분되어 있지 않다. 내가 나 자신에게 말을 건네는 형식으로 보아도 무방하다. 얼핏 죽은 자에게 건네는 산 자의 마지막 인사 또는 서간문의 형식으로도 보이지만, 이 시의 전언은 수신자와 발신자는 동일하다. 삶과 죽음이 그러하듯 동전의 양면

과도 같이 뗄 수 없는 존재의 이중발화라 할 수 있다. "바라나시 강가에서" 죽음을 응시하는 자는 죽음에게 말을 거는 것이 아니라 그 죽음을 응시하는 자기 자신에게 전언한다. "전생을 버리고 새로운 환생을 꿈꾸며 강을 따라 흘러가"되, "울지도 말고 뒤돌아보지 마시길" 기원하면서 그러나 죽음은 수신자가 될 수 없다. 이 시의 수신자는 살아있는 지금 여기의 순간의 발신자이자 화자인 '나' 자신이다. 죽음의 순간을 "축복의 시간"이며 종착도 끝도 도착도 아닌 오롯한 출발의 시간으로 묘사했지만, 진정한 "축복의 시간"은 시인이 살아 시를 쓰는 '지금 여기'의 시간이야말로 축복의 순간인 것이다. 무겁고 눅눅한 "어제의 생을 버리는" 동시에 가볍고 포근한 새 옷으로 갈아입는 탈의(脫衣)와 환의(換衣)의 시간은 살아 있는 자의 것이기도 하다. 시적 화자는 죽은 자를 축복하고 동경한다. 죽음에서 "슬픔을 이겨내는 미소"를 읽어내는 시적 화자의 시선은 죽음을 하나의 승리와 선취로 보고 있기도 하다. 또한 죽음을 인도하는 것은 "향"이다. 화자는 "향 내음을 따라 천천히 건너가세요"라고 말한다. 그러나 향은 산자의 것인 동시에 죽은 자의 것이기도 하다. 이승과 저승의 경계에 지펴지는 불꽃이 향이다. 향은 한 죽음이 이 생의 강을 건너 다시 "꽃 피는 봄"으로 새로운 환생을 통해 거듭 나게 하는 표지와 경계 역할을 하는 것이다. 이 모든 의식은 영화의 한 장면처럼 재연되어 시적 화자에게 "상가 뒤편" "가로등도 없는 어둠" 속에서 상영된다. 시인은 어둠 속에서 환하고 찬란했던 "바라나시 강가"의 한 장례를 떠올린다. "어제의 기억이 오늘의 일상이 되"(「모과에게」)듯 그날의 장례는 오늘의 어둠 속에서 불현듯 떠오르는 하나의 의식이 되어 가던 길을 멈추게도 하는 것이다. 시인은 종종 말 못할 어둠속에서 혹은 슬픔의 "담벼락 밑에서" 발을 멈추는 사람이다. 그 사이 "바짝 말라 오그라든 나뭇잎" 하나에도 "백만 년 동안 계속되는 인사가" "사그락사그락" 들리고 어쩌면 천년, 어쩌면 단 "하루를 달려온 바람과 어둠"의 말을 귀 기울여 전해 듣는 자, 전생의 유언을 이생에서 어렴풋 기억해내고 자신도 모르게 그 울음을 재생하여 읊어대는 자. 시인.

4. 에필로그 : 단 하나의 침묵, '노란 직립'에게

수근수군 썩은 침묵이 스며들었다 가슴 한쪽에 자리 잡은 그는 가끔 호된 기침을 뱉었다 낡은 고리가 녹슨 소리를 끌어올리며 후줄근한 어깨들이 집으로 돌아가는 소리 아직 가지 못한 자들은 폭풍을 지나면 흔들리는 눈동자가 고독을 읽거나 연대를 이루며 잠이 들곤 했다 몇 번의 잠이 돌아가고 우린 매일 헤어졌다 가슴을 훑어내리는 기억은 잊기로 한다 골목마다 모퉁이에 새겨진 이름들, 그 이름들을 밟으며 집으로 간다 그 길은 노랗게 꽃이 지고 있었다 침묵이 또다른 소리가 될 수 있다는 것을 깨달았다 뒷덜미를 당기는 영혼은 지독히 외롭고 스산했다 한 번도 돌아보지 못한 하루하루는 그렇게 마감되고 매일이 되어 지나가고 있었다 이끼 끼고 따개비가 무성한 몸을 세운다 주루룩 눈물 같은 녹슨 물이 흘러내린다 이제 노란 시간이 일어나고 있다

— 「노란 직립」 전문

침묵은 침묵으로 말을 하고 죽음은 죽음으로 말을 한다. "노란 직립"은 "노란 직립"으로 말을 한다. 여기 "녹슨 소리", 오래 전 물에 잠겨버린 소리들이 있다. "수근수군 썩은 침묵"들이 아무리 들썩이고 봉쇄해도, 영원히 썩지 않는 침묵이 있다. "집으로 돌아가는 소리"는 그래도 행복한 소리들이다. "아직 가지 못한 자들"의 소리는, 침묵은 여전히 수중에 잠겨 있으며, "노란 직립"의 시간에도 "주루룩 눈물 같은 녹슨 물"로만 "흘러내"린다. 애도의 시간은 역류하는 시간이며 범람하는 시간이다. 영원히 직립되지 않는

직립의 시간. "노란 시간"은 봉인되어 있지만 그들은 침묵을 통해 연대하며 몸을 세워 말을 한다. 시인은 "침묵이 또 다른 소리가 될 수 있다는 것"을 "깨달았다"고 말하지만, 함부로 깨닫기엔 참혹한 진실들이 우리 앞에 누워 있으며 놓여 있다. 매일매일 직립하는 "노란 시간"들과 우리는 마주한다. 남겨진 우리에게 오늘은 "매일이 되어 지나"가고 "하루하루 그렇게 마감되고" "외롭고 스산하게" 스쳐가는 모든 순간들이 일상이 되어 다음날이면 또다시 누워 있고 또 한번 잠겨 있다. 어떤 침묵은 일상을 깊숙하게 잠식하여 존재를 위협하며 들어오기도 한다. "썩은 침묵"이 아닌, 살아있는 침묵은 누워있는 슬픔을 깨워 직립하게 할, 단 하나의 구원이 될 수 있을까. 침묵에게 묻고 싶은 지점이다. 어쩌면 토마토에게서 혹은 모과에게서 배워야할 침묵의 자세. 이번 시집을 통해 한 침묵을 딛고 더 깊은 한 침묵으로 나아가는 조연수 시인의 행보에 작은 박수의 '소리'를 더한다.

우포늪 왁새와 주남지의 새들은 주소가 있어
아침을 배달 받는다

― 배한봉, 『주남지의 새들』(2017, 천년의 시작)

1. 이중 선물

장엄하다, 이 절정의 파장
삶의 컴컴한 구덩이조차도 생명의 공명통으로 만들 줄 아는
저 순하고 아름다운 목숨들,
달리 비유할 길 없이 만다라의 꽃이다
저 꽃 만져보려고 이제는 아예 하늘이 첨벙 물속에 뛰어드는 저녁이다

― 「주남지의 새들」 부분

자연의 미세한 기척까지 알아채는 시인의 기민함은 어쩌면 울림과 진동을 여과하는 하나의 투과막에서 기인하리라. 꽃과 바람과 새가 그 막을 두드리면 타악기의 발성과도 같이 저편에서 울려나오는 자연의 음색이 막(膜)과 관(管)을 지나 이편으로 전해지고, 프리즘을 통과한 빛은 오색 찬연한 시의 언어로 산란하여 독자들에게 눈부시게 쏟아져 내리리라. 공작새의 펼쳐진 날개처럼 환히 비쳐지는 신비한 언어의 무늬들, 그 비밀한 언어를 전하는 공작원(工作員)으로서의 시인, 이중 언어에 유창한 스파이를 시인이라 부르면 억지스러울까. 우주 만물과 교신하고, 자유로이 교감하는 상상력의 언어, 생사를 넘어서는 투과력의 언어야말로 우리가 말하는 생태시, 생명시의

근간을 이루는 가장 중요한 요건과 자장(磁場)이 아닐까. 그리하여 자연의 메시지를 항상 수용하고 타전하는 수신자(시인)의 감각은 타인보다 늘 깨어있고 열려있어야 할 것인데, 배한봉 시인이야말로 일찍이 초기 작품에서부터 현재에 이르기까지 그러한 감각의 예민한 수용체로서의 개방성을 지닌, 우주와의 소통과 공명을 누구보다 잘 형상화하는 시인이라고 할 수 있을 것이다. "삶의 컴컴한 구덩이조차도 생명의 공명통으로 만들 줄 아는" 촉이 좋은 하나의 안테나를, 소리가 좋은 악기 하나를 더 장착한 사람, 자연의 전언을 필사하고 통역하고 아름답게 번안하여 타전하는 사람, 그의 시를 읽는 경험은 독자로 하여금 우주의 심장소리를 라이브로 듣게 한다. 그러한 생동감과 특별함은 우리에게 전해지는 하나의 선물이다. 신선한 산소와도 같은 그의 시들은 힐링과 정화를 가져오는 자연의 선물인 동시에 시인이 전하는 청정한 선물이다. 사방이 빌딩과 자동차, 매연과 황사, 스모그와 소음으로 꽉 막힌 답답하고 갑갑한 도심 속에서 그의 시집은 우리로 하여금 온통 초록의 생명력이 가득한 우포늪이나 주남저수지로 순간 이동을 하게 한다. 온갖 생명체들의 왁자지껄함과 맑은 산소가 가득한 그 늪의 허파에 기대어 시를 호흡하는 순간, 우리는 '우포늪 왁새'나, '주남지의 새'가 되어 잠시나마 움츠린 날개를 퍼덕일 수 있다. 다시 말해 그것은 발신인이 복수(複數)인 "장엄하"고 "아름다운" 이중 선물인 것이다.

2. 먼 곳의 문장

붉은 달을 품은 새 떼가 어릴 때 죽은 형의 새까만 눈망울처럼 날아갔다.

자꾸 먼 곳이 만져졌다.
별이 한 번 떴다 지면 백 년이 고인다는 먼 곳.

지구의 목덜미에 찍힌 우주의 지문이 다 보였다.

너무 맑아서 담백하게 외로운

먼 곳이 자꾸, 지구인들의 거주지로 걸어오는 것 보였다.

— 「붉은 달」 부분

"우주의 지문"을 보는 사람, 우주의 손금, "먼 곳"에서 오는 전언을 더듬고 판독하는 사람, "나무의 말 다람쥐의 말"(「은유의 숲」, 『잠을 두드리는 물의 노래』)을 받아적는 시인의 투시력과 예민한 감각은 어쩌면 지독한 상처와 죽음 체험에서 근원하는 것이리라. 얼핏 상처 없는 영혼만이 읽어낼 듯한 "먼 곳에서 온 바람이 새기는 물결의 문장"들과 "물속 깊은 말씀들"(「신화의 탄생」)은 사실 생의 밑바닥까지 침잠해본 자만이 읽을 수 있는 고통과 해탈의 언어인 것을 우리는 그의 작품들을 통해 짐작할 수 있다. "1억년 전의 사서"와 "우주의 별자리"를 너끈히 읽어내는 사람, "귀뚜리의 푸른 송신"과 '빗방울의 화석'(「빗방울의 화석」, 『우포늪 왁새』)을 지금 여기에 온몸으로 수신하여 인간의 언어로 통역하고 이를 시로 음각하는 사람, 자연의 아름다움과 신비를 노래하는 그의 맑은 눈과 귀는 얼마나 투명하고 온순할까 싶지만 사실 그 투명함과 잔잔함은 암흑의 고통과 생의 지독한 파문을 통과한 자에게만 역설적으로 주어지는 그러한 하나의 겹눈과도 같은 것이리라. 얼마나 진창의 오염되고 사나운 세상에 뒹굴고 상처 입었으면, 또 다른 차원의 언어와 노래를 수용하는 다른 감각을 연꽃으로 한겹 더 껴입게 됐을까. "바람과 햇살의 순정이 농축된/돌다리의 문장"(「주남돌다리」)마저 놓치지 않고 받아 적을 줄 아는 자, "천년의 사랑"을 건너와 그 연꽃 한잎, 한잎의 막과 관을 통과한 빛과 소리를 '지금 여기' 우리들 앞에 놓침 없이 결 고운 음색으로 한올 한올 풀어놓게 하는 시인의 솜씨가 능란하다.

보호막과 치유제가 필요한 상처 입은 생명에게 자연은 젖을 물리고, 진물을 핥아주며 치유와 재생을 돕는 모체인 동시에 거대한 우주의 심장과 허파인 것을 또한 우리는 배한봉의 작품을 읽다보면 알 수 있게 된다. '득음은 못한 소리꾼'(「우포늪 왁새」)이나, '신기 풀어내지 못한 무당'(「부들에 대하여」), "용 못된 이무기"(「우포늪에는 이무기가 산다」)들은 미완의 '틈'과 '상처'를 지닌 결여의 존재들이다. 다시 말해, 이들은 몸과 마음 안에 '빈 곳'을 지닌 쓸쓸한 존재들인데, 시인은 이번 시집의 서시 「빈 곳」에서 그러한 틈과 상처를 지닌 존재들이야말로, 생명을 낳아 기르는 '우주의 배꼽'과도 같다고 노래한다.

암벽 틈에 나무가 자라고 있다. 풀꽃도 피어 있다.

틈이 생명줄이다.

틈이 생명을 낳고 생명을 기른다.

틈이 생긴 구석.

사람들은 그걸 보이지 않으려 안간힘 쓴다.

하지만 그것은 누군가에게 팔을 벌리는 것.

언제든 안을 준비돼 있다고

자기 가슴 한쪽을 비워놓은 것.

틈은 아름다운 허점.

틈을 가진 사람만이 사랑을 낳고 사랑을 기른다.

꽃이 피는 곳.

빈 곳이 걸어 나온다.

상처의 자리. 상처에 살이 차오른 자리.

헤아릴 수 없는 쓸쓸함 오래 응시하던 눈빛이 자라는 곳.

— 「빈 곳」 전문

생명만이 생명을 잉태하는 것은 아니다. 온기를 지닌 생명만이 생명을 품는 것은 아니다. 일상의 작은 틈 속에서도 생명은 움트고 자란다. "암벽 틈"은 물론, 간혹 아스팔트 미세한 틈 속이나 도심의 전신주를 둘러싼 차가운 시멘트 틈 사이를 비집고도 피어나는 꽃들이 있다. 그러나 지나치게 맑은 물에서 물고기가 살 수 없듯, 미세한 틈 하나 없이, 작은 균열 하나 없는 대상에 풀씨들이 깃들어 뿌리 내리기는 힘들다. 시인은 사람 역시 마찬가지라고 말한다. 빈 곳과 틈, 결핍들, 구멍들, 상처들, "사람들은 그걸 보이지 않으려" "안감힘"을 쓰며 두꺼운 가면을 덧쓰고 완벽을 가장한 채 살지만, 결국 "틈을 가진 사람만이 사랑을 낳고 사랑을 기른다"고, 그리하여 "꽃이 피는 곳"은 그 사람의 가장 허름하고 낡고 취약하고 빈 곳, "상처의 자리"에야말로 "살이 차오르"고 꽃이 피는 것이라고 시인은 전언한다. 시인의 남다른 상상력과 포용력, 자연의 소리를 듣는 귀와 "우주의 지문"을 읽어내는 시인의 "눈빛이 자라는 곳" 역시 그러한 상처의 틈새들에서이다.

3. 줄탁동시(啐啄同時, 啐啄動詩)

밤새도록 내 영혼의 골짜기에서 울던 새들이 필생의 힘을 다해 낳아놓은
울음덩어리도 붉고 큰 새알 되고 싶을 것이다
태양과 달이 수백 번도 더 잠들었다 깨어나기를 반복하며 만들었을 알
바람과 구름의 말이 줄(啐) 소리와 탁(啄) 소리로 스며들어 있을 알이 되고
싶을 것이다
다시 장대를 들이밀자
어깨가 아프다
내 안에 달린 둥글고 붉은 어떤 것을 떨어뜨리려고 중력이 힘껏 내 어깻죽
지를 잡아당기는 모양이다

가지 축 늘어진 감나무들

…(중략)…

덤불 언덕을 우주의 붉은 중심으로 만든 저기 저 천의무봉의 알 하나
누추하고 쓸쓸해서 아픈 한 세상이 환해진다
새 세계를 얻으려면 제일 먼저 가지고 있던 세계를 놓아야 한다

— 「알」 부분

　배한봉 시인의 시 창작의 비밀은 줄탁동시에 있다. 그가 자연과 함께 협업으로 부려놓은 언어의 알들은 "감나무 꼭대기 홍시"와도 같이 붉고 오롯하다. 늦가을 가지 위에서도 그러하지만, 추락하여 덤불에 내려앉아서도 마찬가지이다. 커다란 "큰 새알 하나"인양, 외려 그 주변의 "누렇고 마른 덤불"의 황폐함까지도 금세 "새로운 세계의 한 풍경으로 아름답"게 보듬어 생동하게 하는 그러한 생명의 근원으로서의 알, "천의무봉의 알 하나"를 홍시 한 알에서 시인은 발견한다. 그러나 그 아름답고 붉은 알은 무엇보다 고통과 울음으로 여문 알이다. "밤새도록 내 영혼의 골짜기에서 울던 새들이 필생의 힘을 다해 낳아놓은" 상처가 만든 진주와도 같은 그런 고통의 결정체로서의 알인 것이다. 하지만 "울음덩어리"와 "바람과 구름의 말이 줄(啐) 소리와 탁(啄) 소리로 스며들어" 여문 알은, "한 세상을" 환하게 비추는 또 하나의 태양과도 같이 찬란하다. 우주와의 소통과 교감은 줄탁동시와도 같이 안과 밖이 길항하여 어떤 한 순간에 열린다. 이쪽 세계를 저쪽의 세계와 연결하고 한 세계를 건너 다른 세계에까지 전언하는 우주 통신의 메시지들이, "한 자루의 붓을 뽑아낸 알의 힘"(「명시」)으로 탯줄처럼 물려있는 배한봉의 시편들은 약동하는 문장들로 수런거린다. 생명의 온기를 전하는 자연

의 문장들, "꽃의 문장은 꽃샘의 질투 때문에 더 아름답고/우리가 걸어가야 할 길은/그 문장으로 인해 오래 따듯하고 환"(「명시」)해지는 것이리라.

4. 수련으로 다시, 살아 돌아오는 것들

> 그 문장엔
> 꿈꾸는 자의 닳은 무릎 뼛가루가 묻어 있다
>
> …(중략)…
>
> 너를 기다리다 죽은 말들이
> 떼 지어 시커멓게 날아다니는 혼돈의 시간을 건너
> 팽팽하게 밀려오는 어떤 힘들을
> 나는 만다라 문양 같다고 말하려다 그만둔다
>
> 위독할수록 사랑은 더 간절해지는 법이다
>
> ─「수련을 기다리며」부분

시인은 아름다운 문장에는 "꿈꾸는 자의 닳은 무릎 뼛가루가 묻어 있다"고 말한다. "닳은" 것은 꿈이 아니라 '꿈꾸는 자의 무릎'일 뿐이다. 무릎이 다 닳아 문드러져 설령 앉은뱅이가 된다하더라도 "만다라 문양"의 한 송이 "수련"을 진창 속에서라도 피워 올릴 수 있다면, 시인은 충분히 행복하고 만족스러운 미소를 지을 것이다. "너를 기다리다 죽은 말들이" "수련"으로 환생하는 시간이 황홀하게 도래한다면, 그리하여 "가장 아름다이 자기를 버려 시간과 공간을 얻는 꽃의 길"처럼 "가만가만 천년을 걸어가는 사랑이 되"(「복사꽃 아래 천 년」)어 천년의 시간을 기다려 "한 우주가 되고 싶다"고 시인은 말한다. 시인이란 간절한 사랑을 위해, 절창의 한 구절을 위해 기꺼이 "위독"을 감수하는 자들이다. 결국 '떠나보냄'만이 다시 돌아오게 한다. 소중한 대상을 떠나보낸 '빈 곳'에 다시 씨앗이 움트고, 알이 스는 것은 자연의 이치이고 신비이며 비밀 아닌 비밀이다. 시 역시 상실의 폐허에 움튼다. 늘 그렇듯 죽음이 있은 후에, 생명이 있다. 시인이 통역하는 우주의 가장 큰 메시지는 바로 그것이다. 죽음이 생명이라는 것, 이별이 만남이라는 것, 틈이 품이라는 것, 그 품에 깃드는 "잘 여문 침묵"(「유심(留心)」)들이야말로, "까만 씨앗들이 송글송글한" 생명의 언어들로 영글어, '수련의 문장'들을 밤새 피워 올린다는 것. 까맣게 피맺힌 수련의 긴 밤이 있어야 "수련의 아침"도 환히 밝아 오리라는 것은 자명하지만 우리는 매일매일 잊고 산다. 지긋지긋한 밤의 연속이 결국 일상이라며 좌절하고 주저앉은 채, 새장 속에 웅크린 우리들 자신에게 시인은 포기하지 말라고 말한다. 기꺼이 생생한 언어로 두근대는 "자신의 심장"을 내어 보이며 이번 시집을 통해 누누이 독자의 상처를 "햇살의 손"으로 어루만진다. 저마다의 날개가 있다고…… 당신의 우포늪과 주남지를 찾아가 깃들고 생명을 길게 호흡하고 힘껏 날아오르라고. 다가올 "수련의 아침"을 기다리라고……. 그러나 필자에게는 움푹 결여된 미지의, 시인의 그 희망이 방금 낳은 "유정란처럼" 아름답다. 찬란하다. 포슬포슬하다. 배한봉 시인의 다섯 번째 시집 『주남지의 새들』을 읽는 밤, 주파수를 맞추고 생명의 문장들을 수혈한다. 오랜만에 핏기가 도는 그런 밤이다. "수련의 아침"이 주소지 없는 내게도 언젠가 꼭 당도하길.

새가 날아오르자 저수지도 날아오른다
잠 덜 깬 눈 비비던 늦봄 아침의 꽃봉오리도 함께 날아오른다

내가
내 삶의 한계와 결핍을 연민하는 사이

수련 꽃봉오리 안에는
신생의 박동 저편에서 밤새 써놓은 별의 노란 글자들이 유정란처럼 부풀고
있다, 아름다운 것들은 대체로
약간의 독기로 인해 더 아름답다는
기막히게 진부한 슬픔의 영역도 없이

햇살의 손은 차고 끈적거리는 진흙 바닥에까지 공중의 시간을 푸르스름하
게 풀어놓는다

진흙 바닥 같은 삶을 심장으로 가져본 자들은
안다, 수련 꽃봉오리가
지금 보여주려는 것이 사실은 아무에게도 말하지 못한 자신의 심장이라는
것을
새를 따라 날아오른 저수지가
갑자기 검고 야윈 내 얼굴을 어루만진다
예감처럼 푸르스름한 박동이 차츰 진흙 바닥 속의 내 뿌리까지 가닿는다

— 「수련의 아침」 전문

282

메이데이, '새로 시작하는 사랑의 노래'가 있어

— 장석원, 『리듬』(2016, 파란)

1.

　장석원의 신작 시집 『리듬』을 읽는다. 살인죄를 고백하는 고해성사처럼, 잔혹한 시해 현장을 재현하는 현장 검증처럼 그의 시가 재현하는 것들, 개별적으로 혹은 공조 형식으로 범행에 가담한 참혹한 사건 하나가 떠오르고 독서는 더욱 조심스럽고 경건하기 그지없다. 시집을 펼친 양손에 "정치 때문에 소거시켰던 윤리"(「시인의 말」, 5p)라고 하는 일말의 양심의 수갑이 단단하게 채워진다. 수갑이 채워지고서야 비로소 안도의 한숨을 내쉬는, 뒤늦게 뉘우치는 범인처럼 조금의 떳떳함이 생기는 이 순간을 필자는 지금 서평의 형식을 빌려 쓰고 있다. 4월은 우리 모두를 카인으로 만들었다. 나와 당신, 우리는 피묻은 손으로 현장에 있었고 수많은 아벨을 생매장했다. 어떠한 은유로 직유로 시를 쓴다 해도 변명이 될까봐 위선이 될까봐 조시도, 조사도, 애도의 시는커녕 위로의 말 한 마디조차 부끄러운 시대에 어쨌든 살아서 우리는 먹고 마시고 읽고 쓰고 있다. 진실이 수장된 어둡고 두려운 맹목의 시대에 시는 어떠한 의미가 있을까. 무엇으로도 면죄될 수 없고 애도될 수 없는 명백한 죄의 시대에 문학은 시는 무엇을 할 수 있을까. 분명 문학이, 또는 종교가 구원이 될 수 있다고 믿었지만, 2014년 4월 이후, 구원(救援)이라는 말, 신(神)이라는 말을 사전에서 지워버리고 싶었다. 그러나 무의식에라도 반의도적으로 묻어두었던 죄의식과 속죄의식을 시집 『리듬』을 읽으면서 다시 한 번 상기하게 되었다. 작품들 저마다 어떠한 끈이 있어 그것들을 깊은 암흑의 심해에서 의식의 뭍으로 길어 올린다고 믿는다. 명실상부한 죄명이 따라 올라오고 당신과 나와 우리는 죄의 동류로 묶인다. 고통스럽지만 속박이 차라리 숨통을 열어주는 이 아이러니. 그러나 우리가 우리의 죄를 고백하고 죄로 뭉쳐진다고 한들 속죄한다고 한들, 저들, 위정자들의 죄는 매몰된 진실과 의도된 억압은, 역사적 망각은 더더욱 '물에 의한 철의 수축'처럼(80p) 걷잡을 수 없을 정도로 굳게 봉인되고 수축되고 말 것이 뻔하다. 시간이 지날수록 우리가 진실에서 더더욱 멀어지고 있다는 사실 또한 너무도 자명하지 않은가.

모든 것을 차치하고 그럼에도 불구하고 단 하나의 진실인 절망을 확신하고자 우리는 반복해서 절망하고 또 절망하고 또 절규할 수밖에 없다. 시인이 서문에서 말한 바와 같이 절망을 확신하고 '등불' 같은 시를 들어 올리고 저 안으로 들어가서 용서를 구하는 것, 필자는 그것을 문학의 진실이자 용기라고 본다. 또한 시집의 서문에서 시인은 "우리는 우리의 모든 힘을 다하여 죄로 진입합니다"(「시인의 말」, 5p)라고 말한다. "진입"하는 것은 적어도 단 한 발자국이라도 안으로 들어가는 것이다. 멈추거나 퇴보하거니 물러서거나 빙빙 선회하는 것이 아닌 앞으로 밀고 들어가는 것, 선실의 유리문을 깨는 것, 의심하거나 망설이는 것이 아니라 확신하고 행동하는 것, 저 안에서 우리를 기다리고 있는 그들에게 늦었지만 다가가서 손을 내밀고 용서를 구하는 것. 같이 우는 것, 멀리서 애 태우던 사랑을 확인하는 것. "절망이 확신이 되는 변곡점"(「시인의 말」, 5p)에 작은 희망이 있고 그 지점에 분명 꽃이 핀다고 믿는다. 그 변곡점들이 만들어내는 '리듬', 그 리듬을 꽃이라고 시라고 불러도 될까. 죄와 사랑이 교차되는 지점에서 발화되는 피정(避靜)의 언어, 그 피지 못한 봉우리들을 안고 넌출거리며 피워내는 투명한 울음, 너와 내가, 사(死)와 생(生)이 함께 흘러가는 리듬을 시라고 불러도 될까.

2.

지겨운 위로로는 사랑이 이뤄지지 않는단다 피정이 필요하다 슬퍼해도 좋다

…(중략)…

이별보다 큰 죄악은 없다

— 「찔레와 사령(死靈)」 부분

오래된 방관에 대한 나의 반응 : 유리 너머 내 손은 당신의 손. 내 그림자는 당신의 하부 구조. 나와 당신이 함께 축조해 낸 낡은 희망에 대해 작은 목소리로, 이것은 새로 시작하는 사랑의 노래. 메이데이 : 메이데이 : 바람이 새긴 묘비명.

…(중략)…

우리는 사랑하기 위해 죽어가네.

…(중략)…

이것을 당신의 사랑이라 확신할 것인데, 나를 핥는 혼돈, 속에서, 메이데이.

— 「피정(避靜)」 부분

그때 모든 것이 사랑이었다. 그때 나는. 두려움을 몰랐다. 나를. 아프게. 해줘. 처음. 내게 손 내밀며. 이름을 물었던 때부터 너는 나의 안면이었다. 너와 나. 태어나기 전부터 얼굴을 맞대고.

…(중략)…

네가 없기에 나는 죽어가고. 있다.

— 「신식민지국가독점자본주의」 부분

"새로 시작하는 사랑의 노래"가 있어, 마지막이자 시작인 이 노래의 가사가 "메이데이 : 메이데이"의 반복뿐이라면, 이 노래를 부르며 "사랑하기 위해 죽어"간 당신을 우리가 어떻게 외면하고 감히 이별을 감행할 수 있겠는가. "이별보다 큰 죄악은 없다"라고 말하는 시인의 전언은 지당하다. 절망의 확신은 사랑의 확신으로 이어져야 한다. 위의 텍스트들은 사랑을 확신하고 그 사랑을 이어가면서 그들이 남긴 생을, 우리에게 남은 생을 가열차게 사랑하면서 살아가는 수밖에 없음을 다시 한 번 확인하게 한다. "메이데이 : 메이데이"로 귀에 맴도는 목소리들, 눈앞에 각인된 "바람이 새긴 묘비명"은 결국 "너와 나"가 함께 불러야할 "사랑의 노래"와 다르지 않음을. 의무와 책임의 "지겨운 위로"가 아닌 진정한 "사랑"이, 때론 피정이 솔직한 슬픔이 우리에게 필요한 것이다.

2.

장석원 시인의 시집 『리듬』은 반복되는 질문들, 파도처럼 부서지고 또 부서지는 질문들을 제기하고 또 제기한다. 어떠한 말도 정답이 될 수 없는 질문들, 회신이 불가능한 의문들에 대한 고통스러운 자학과 자각, 신과 세계에 대한 절망, 애도의 거부, 죄의식과 연민, 번뇌와 진혼으로 가득한 언어의 응집과 해산. 주어가 없는 파란(波瀾)의 문장으로 점철된, 주체와 타자가 하나의 고통으로 뒤엉켜 부둥켜안고 부르는 사랑의 노래, 망망대해(茫茫大海)에 던지는 유리병 속의 편지이자 마지막 조난구호이면서 유서라고 표현한다면 지나친 수사일까.

소용돌이에 빠진 내가 나를 구출하기 위해 왼팔로 오른팔을 끌어당긴다

엷은 먼지의 머리칼
부풀어 오르는 저녁의 하악
우리가 도달한 반환점
죽은 자들이 꽃을 밟는다
능지된 검은 꽃 안에
잠드는 아이들의 차가운 이야기
고통이 부족한 저녁이다

파도가 사람을 건드린다 사람은 거품이다 사랑하는 사람에게 배신은 도래하지 않는다 당신을 믿지 못하여 사랑을 잃고 당신이 버린 우리와 버려진 우리의 고통 때문에 최후의 죄와 벌이 완성된다 불꽃이 타오른다
— 「아나스타시스 톤 네크론」 부분

신에게도 인간 세계에도 "고통이 부족한 저녁"이었을까. 폭주하는 증기기관차의 열기를 식히기 위한 "아이들의 차가운 이야기", 차가운 목숨들로 더럽고 추악하고 가열된 세상을 정화하고 냉각시키기 위해 그들의 순교가

필요했을까. 어떠한 해석도 질문도 답변도 추측도 변명이 되어 버린다. 모든 문답은 어리석다. 4월의 봄은 수장당한 지 오래. 4월은 영원히 잠들 수 없는 파란(波瀾)의 계절이 되어 암해(暗海) 속에 갇혀 있다. "능지된 검은 꽃"들의 비명이 아직까지도 아니 영원히 시퍼렇게 메아리쳐 오는 절명과 절망 속에서 생존자이자 가해자인 우리는 숨을 쉬고 있다. 우리가 더욱 지독히 서로 사랑한다면, "아나스타시스 톤 네크론"을 주문처럼 외운다면, 그들이 예수처럼 부활할 수 있을까. "당신이 버린 우리와 버려진 우리의 고통 때문에 최후의 죄와 벌이 완성된다"면 그렇게라도 위로가 된다면 예수의 자리에 그들의 꽃을, 노란 리본을 십자가처럼 매어 단다면 그들에게 그리고 남은 우리에게 작은 위로가 될 수 있을까. 단죄가 될 수 있을까. 순결한 어린 양들을 제단에 바치고 활활 불태우고 제사 지낸 우리는 이제라도 깨끗하게 정화된 세상을 살 수 있어야 하는 게 아닐까. 그러나 "흰뼈의 무더기"를 과잉 지불했지만, 남은 것은 무엇인가. 하얀 포말을 일으켜 밀려오는 죄의식의 재만이 눈부시게 흴 뿐, 세상은 여전히 검디검은 암흑 속이다. "이후의 혁명은 거짓"이 되어버린 세상에 우리는 어떤 부표를 안고 표류하며 살아가야 하는가. 세상 전체가 블랙박스 속이다.

3.

봉괴와 창세기// 가두를 점령했던 청년들의 귀환 장정에 올랐습니다 우리는 탄저(炭疽), 우리는 이질(痢疾) 돌아와서 모두 송가를 부르네 노예의 합창이 울려 퍼지는 네거리에서 다시 네거리에서 우리의 네거리에서 사월의 초록으로 빚은 아이들 휘발되고 있네// 우리가 품은 블랙 블루// 창궐시키라 전멸시키라
　　—「우리는 만나기 위해, 사랑의 맹세가 재가 되는 다시 못 볼 아름다움 앞에서, 우리가

당신의 빛과 열로 살았는데

당신이 있을 때 나는 아무것도 아니었는데

지금 연기가 되고 있어요

여기서 부서져 재가 되었어요

흑연처럼 신음하면서

정문 바깥으로 불어가는 미풍을 바라봐요

…(중략)…

봄의 신록을 빨고 있는 나의 혀 위에 남겨진 연기와 재

— 「신록의 무덤 앞에서」 부분

그가 꽃그늘 안에서 연기의 장막 속에서

손을 뻗는다 꽃나무 나를 안고

출렁인다

꽃잎 훨훨 다녀간다

나비 불꽃

— 「연기와 재」 부분

한용운의 「님의 침묵」에서 시적 주체는 "한숨의 미풍에 날아간" "차디찬 티끌"의 폐허에서조차 님을 다시 만날 것을 굳게 믿으며 "새 희망의 정수박이"를 끝내 포기하지 않는다. "슬픔의 힘을 옮겨서" 사랑의 노래를, 불씨를 지켜야 할 것을 역설한다. "타고 남은 재가 다시 기름이 되"는 "그칠 줄 모

르고 타는 나의 가슴은 누구의 밤을 지키는 약한 등불입니까?"(「알 수 없어요」)라고 재차 설의적으로 묻고 또 묻는다. 재가 기름이 되고 다시 불꽃이 되어 어둠을 환하게 비추는 이 아름다운 역설. 그의 논리대로라면 그토록 싱그럽던 "봄의 신록"은 이제 "사월의 초록으로 빚은 아이들 휘발되고" "연기가 되고" "부서져 재가 되"어 비록 "정문 바깥으로 불어가는 미풍"이 되었지만, 우리가 그들을 기억하는 한, 사랑하는 한, 그들은 영구히 소멸되지 않고, 끊임없이 무엇인가가 되어 우리 곁에 한줄기 빛으로 머물고 있는 것이다. 특히 시인의 "혀 위에 남겨진 연기와 재"는 소멸되지 않고 이토록 새하얀 종이 위에 "흑연처럼 신음하면서" 녹록치 않은 송가의 시편들을 우리에게 들려주고 있지 않는가.

> 너는 왜 내리지 않았니 너는 왜 손을 놓지 않았니 너는 어디에
> 사월까지 살았어요 지금은 여기에 있어요 나는 친구들과 함께 있어요 물이
> 차오르는데 숨이 가쁘지 않아요 나는 잊혀지고 있어요 그나저나 미안해요
> 소식이 늦었어요
>
> …(중략)…
>
> 사람들은 진실을 두려워해요 모두 울고 있지만 사실 운 사람은 없어요 사
> 실 사라졌어요 혼자 있고 싶지 않은데 따뜻하다고 말하라는 것인가요 엄마
> 아빠가 떠났는데 어떻게 행복해요 우리가 이렇게 사라졌는데
>
> —「물에 의한 철의 수축」 부분

시집 『리듬』에서는 누군가가 누군가에게 손을 뻗는 장면을 비롯하여 연기와 재, 꽃잎, 나비, 불, 찢긴 몸의 이미지, 죄, 사랑, 혁명이라는 시어 등이

빈번하게 등장한다. 시적 주체는 "절벽을 향해 걸어갑니다 구원은 필요 없어요", 애당초 "부(父)의 애(愛)는 없었"(「지상의 첫 번째 사람」)노라고 단호히 고백하지만 여전히 높은 곳의 "아버지"를 부르고 원망하고 절규하고 있다. 우리가 우리였던 시절을 그리워하면서, 간곡히 "우리"를 되돌려 달라고 기도하고 회개하고 추궁하고 협박한다. "떠난 아이들과 우리가 온몸이 될 때까지 우리가 부활하는 날까지 광장이 열리는 날까지 절망을 지울 때까지" '진입'하고 '혁명'하는 "디퍼런스 엔진"(「진노의 날. 오늘」)을 장착하고서 우리는 열렬히 믿어야 한다. 아니 절망을 아니 희망을 믿자. "불가능하기 때문에 이룰 수 있다"(「진노의 날. 오늘」,「spin my black circle)라는 이 숭고한 불씨, "사랑의 절정에서 나와 너의 몸"(「너를 잃고」)이 이루는 음악만큼은 절대로 꺼뜨리지 말자. 끝으로 청컨대, 이제 가만히 손을 내밀어보라.

네가 거기에 있는 것이니
숨소리가 당도한 것이니
너는 거기서 누구를 기다리니
너의 살이 길어 올린 냄새의 절벽
손 넣으면 너는 터지는 거품이 되고

어둠에 물린 불빛
꺼지지 않았구나
입술을 다오 입술을 다오
바람의 솜털 파르라니 너를 데려오네
살아 있구나 살아 있구나
돋아나는 나뭇잎이 너였구나
거기에 네가 있었네

아이야

벽속으로 들어간다
너의 뼈를 파낸다
안에서 심장을 꺼낸다
환하게 피가 돈다
우리가 살아난다
저 흑암 속의 박동
일제히 눈뜨는 아이들
꽃봉오리 갈라지는 소리

흰 뼈의 무더기여 나를 깨뜨려라

— 「청컨대」 전문

떠도는 존재들이 빛난다

— 손택수, 『떠도는 먼지들이 빛난다』(2014, 창비)

광범위하게 게으르고 아프고 우울하고 억울한 자. 그는 작은 것을 관찰하는 능력과 고통을 감지하고 공감하는 능력에 탁월하다. 후천적으로 발달한 것일까. 아니면 생래적이어서 사색과 몽상과 우울함이 그 재능의 부산물처럼 공평하게 따라다니는 걸까. 작은 고통에도 예민하여 어딘가 불편하고 '아비는 종'이었을 태생조차 수없이 부끄러워 작은 실수와 무지에도 무릇 반성하는 데에 많은 에너지를 쏟아 붓는 이들이 있다. 항용 고통스럽지만 그래도 부대끼는 삶 속, 살 속, 글 속에서 작은 체온과 온기와 훈훈함을 찾는 이들, 어둠 속에서도 더듬더듬 빛을 찾는 이들, 의외의 시력을 발휘하는 이들, 이를테면 잘 보이지 않는 먼지 하나에도 세균이나 환경호르몬 등의 유해 물질보다는 햇빛에 반짝이는 한 줄기의 희망을 보는 이들, 그 작은 먼지들이 모여 발산하는 응집력을 발견하고 또 함께 태우는 이들, 자신의 상처에 비추어 서로의 상처를 기억하고 핥고 보듬는 이들, 부조리한 일상과 퇴행하는 정치를 목도하고 도저하게는 그냥 지나칠 수 없는 이들, 총칼은 없지만 노래가 촛불이고 무기이고 저항인 이들, 맨몸들, 타자들, 주변인들 그들은 언제나 존재했고 지금도 존재 중이다. 그들 특히 시인의 재능은 끔찍한 삶과 마주하는 순간에만 발휘되는 것은 아니다. 홀로 유유자적하여 속세와 멀리 있어도 무인도에 있어도 우주 만물과 꼼꼼하게 교신하는 자가 시인이다. 언제 어디에 있든 무엇인가와 교신하고 대화하고 비판하고 뉘엿뉘엿 움직이는 이들, 제 것에서 시작하지만 결국 타인의 피와 상처와 고름을 생각하는 이들, 먼저 죽은 자를 애도하고 기억하는 이들, 그 안에 담긴 개인과 가족과 사회와 역사를 애도하는 이들, 공권력이 아닌 공권력에 대항하는 작은 먼지들, 먼지처럼 제거되기도 하고 소각되기도 하지만 먼지의 언어와 실천들이 모여 완고한 벽을 슬게도 하고 허물기도 하고 혹은 겨우 겨자씨만한 믿음으로 산을 이쪽에서 저쪽으로 옮기기도 하는 무력하지만 무력(武力)이 아닌 그들, 시인이 언제나 존재한다.

그들은 비근하게 죽음을 노래하지만 실은 생명을 노래하고 시대를 시인(是認)하고 증언하며 언제나 절망인 듯 보이는 희망 쪽에 서 있는 사람들이다. 먼지처럼 혹은 겨자씨 한 알보다 가볍지만 내려앉기를 거부한다. 조금이라도 옳은 쪽으로 몸을 움직이고 이리저리 뒹굴고 떠돌고 개똥보다 더러운 생을 긍정하는 자들, 존재하지 않는 세상을 여전히 꿈꾸는 낙관주의자들, 문학이라 불리는 고집 센 '진실'을 긍정하는 이들, 이라고 필자는 아직 믿고 싶다. 현실에 대한 반대, 중심에 대한 반대, 거짓과 위악에 대한 반대, 미매장에 대한 안티고네의 반대가 시(詩)라면 언제나 반대가 옳다는 어느 시인의 말은 차치하고라도 시는 언제나 옳다라고, 기실 시인보다는 시를 새삼 옹호하고 싶다.

휘, 휘 돌아 이제야 손택수 시인의 시집과 시를 다시금 응시한다. 내게 있어 시집에 대한 물신주의는 영혼과 교감한다. 표지와 제목과 질감과 책의 온도를 눈먼 점쟁이처럼 짐짓하여 느껴본다. "실밥 자국"(「책바느질 하는 여자」)이 가득하다. 연한노랑분홍의 살구색, 흑백의 꽃문양, 『떠도는 먼지들이 빛난다』는 제목, 수인번호와도 같은 시선번호 379번, 부드럽고 따뜻한 작은 두께의 시집은 겉옷의 주머니에도 잘 들어간다. 시집의 날개엔 "애인이었던 여자"(지금의 아내)가 찍어준 것으로 보이는 프로필 사진이 있고, 적지도 많지도 않은 그러나 화려한 수상 경력을 지나 내지를 넘기면 서언을 대신하는 「장대높이뛰기 선수의 고독」이 첫 장에 실려 있다. "고독"보다는 펜을 든 시인처럼, 장대높이뛰기 선수의 "장대"와 그의 재능을 먼저 생각한다. 그러나 건강한 손발이 없다면, 타고난 재능이 없다면, 부단한 노력이 없다면, 넘어야할 목표가 없다면, 장대가 없다면, 지상과 허공과 매트가 없다면, 하물며 목숨이 없다면 아무것도 존재할 수 없으리라는 이 부정적인 가정들에 시 한 편이 지어지기까지 많은 빚과 이별이 있어야 한다는 소결에 이른다. 지상에서 돋음 하는 순간의 두려움, 뿌리 없이 허공에 뜬 시간들과 또 다른 결별을 연이어 준비하며 내려앉는 추락과 착지, 기록을 보장하지 않는 노력의 반복에 과연 끝이 있을까. 그러나 부단히 좀 더 높이 좀 더 멀리 뛰기 위해, 좀 더 아름다운 시를 쓰기 위해 "끝없이 자신을 쏘아올려야 하는 자의 고독이 장대를 들고 가"듯, 시인은 고통과 고독에 깊이 움츠렸다 외로움과 함께 여전히 홀로 도약하는 존재이리라. 분분한 낙화와 무수한 결별이 있은 후에야 비로소 결별의 적절한 시기도 알 수 있을 것이며…… 결별이 주는 축복도 얻을 수 있으리라. 이형기의 「낙화」를 떠올리지 않아도 우리는 손택수 시에서의 결별은 머잖아 맺을 열매인 것을 예측할 수 있다. 어떤 이에게는 결별이 이렇게 별이 되는구나. 더불어 결별이 시가 되고 시가 밥도 되는 세상을 꿈꿔 본다. 그러나 문학이 자타(自他)에게 빚이 되기 십상인 것도 우리는 잘 안다. 시가 아닌 "장기밀매 전화번호를 수첩에 적어"(「물속의 히말라야」)넣어야 했던 순간과 그 번호를 읊조렸을 푸른 입술과 손가락의 부들거림과 눈물을 누가 알까.

　그래도 "꿈을 업으로 삼게 된 자의 비애"(「녹슨 도끼의 시」)는 슬픈 비애만은 아닐 것이다. 장대(도끼)의 녹슮에 대한 자기반성은 도끼의 날을 더욱 날카롭게 한다. "어떤 짐은 여울을 건널 때 중심을 잡아주기도 한"(「풀잎 지게」)다는 지게꾼 아버지의 등짐처럼, 시는 삶의 무게중심을 견디게 하는 "어떤 짐"일 수도 있다. 지게꾼에게 아무런 무게가 없을 때, 외려 짐을 벗었을 때의 그 허허로움은 녹슨 못으로 몸체를 지지해오던 낡은 가구들처럼, 녹슨 못마저 빠져나가고 나면, 무너져버릴 모순된 견고함일지도 모른다. 손택수 시인에게는 아버지에 대한 그리움이 녹슨 못처럼 지게꾼의 어떤 짐처럼 뼛속 깊이 짐 지워져 있음을 읽어낼 수 있다. 사랑과 증오가 뫼비우스의 띠이자 양가감정인 것을 안다. 아버지의 "낙인처럼 찍혀 지워지지 않는 지게자국"(「아버지의 등을 밀며」, 1시집)과 아버지의 굳은살과 아버지의 수치심과 아버지의 나이테와 옹이들, 아버지의 근심과 아버지의 죽음과 아버지의 유전자와 아버지의 "꾸다 만 꿈과 슬픔까지를"(「아버지와 느티나무」, 1시집) 온몸에 오롯이 스캔한 채 살아가는 시인 아들의 등 또한 반듯지만은 않고 휘어 있는 모양이다. 화자인 아버지의 죽음 이전에 "나"는 어쩌면 "한 기의 무덤" 그것도 "살아 파릇파릇한 무덤"(「송장 뼈 이야기」, 1시집)일지 모른다. 무덤의 모양은 아치형이 아니던가. "호랑이 발자국 같은 그런 사람", "발자국"인 아버지를 내포하고 묻은 화석 같은 무덤, 아버지의 "본을 뜨"고 함의하고 기억하는 아들의 삶은 시인의 삶과 포개어졌을 때 극화된다. 분노와 수치심, 저항과 울분, 연민과 죄의식은 아들이 외면했던 아비의 얼굴들이다. 외면했던 길들을 눈앞에 마주쳤을 때, 발밑에 아버지와 꼭 닮은 그림자가 있을 때, 우리는 놀라지만, 낯선 반가움이 일지도 모른다. 그 오랜 아비들과 아들의 겹침은 그리하여 지게꾼아비와 지게꾼시인을 "무현금"의 "파도소리"(「수평선」)로 만나게 할 것이다.

갈채와 함께 훨훨

– 오세영, 『마른하늘에서 치는 박수 소리』(2012, 민음사)

오세영 시인의 시집 『마른하늘에서 치는 박수 소리』를 읽으면서, 시란 어쩌면 전생의 소산일지도 모른다는 생각을 해 본다. 그것은 한생 또는 환생 후에도 남아 있는 여분의 빚[債]이거나 빛[明]일지 모른다. 전생의 잔여인 동시에 현생의 전부가 되는 그것, 시. 그가 오는 길은 끝이 보이지 않는 사막처럼 아득하고도 멀다. 그 길은 때론 그림자처럼 어둡기도 하거니와, 대낮의 빛처럼 화사하기도 하다. 때론 "터벅터벅" "절뚝절뚝"(「생이란」) 여러 생을 건너온 탓에 멀미하듯, 시어 마디마디마다 혼미하게 저들끼리 삐걱거리며 일렁이는 것들도 있다. 지렁이의 환대(環帶)처럼 생의 이쪽과 저쪽에 연결된 고리 같은 그것은 방향성과 운동성을 지닌다. 그것은 또한 "한생을 건너/무한으로 초월하는 몸짓."(「새 13」)인 동시에, 새의 날갯짓처럼 무던히 "투명한 벽지 위에/온몸을 던지"는 일 자체이기도 하다. 그리하여 시인에 의하면, 새가 그리며 날아간 운동성과 포물선은 날것 그대로의 시가 된다. 시, 그것은 "손으로 쓰는 것"도 아니고, "발로 쓰는 것"도 아니며, "구술(口述)로 쓰는 것은 더욱" 아닌 온몸의 투척만으로 쓰는 것이라고 시인은 말한다. 전생의 것 혹은 현생의 것만도 아닌, 지상도 지하도 아닌 공중에 아슬아슬하게 걸린 구름다리와도 같은 것. 때론 죽음을, 때론 다음 생까지 담보하는 그것은 평생 갚기에도 힘든 고리대금과 같다. 그래도 인간은 누구나 자신만의 집 한 채, 시 한 편을 꿈꾼다. 영혼이 깃드는 그 한 채의 집, 그 한 편의 시를 짓기 위해 빠듯하게 갚아 나가야 할 생의 어마어마한 원금과 이자들. 그러나 이를 업으로 삼은 시인에게 목숨보다 소중한 것이 지금 여기 미완의 그것, 시이리라.

이제 어느덧 종심의 나이에 이른 오세영 시인은 더 이상 시를 '쓰는' 시인이 아니라, 시를 '읽는', '말하는' 시인이 되어 우리 앞에 선다. 그가 바라보는 대상들은 언어의 군더더기 하나 없이도 웬일인지 전부 시가 된다. "사대강 사업 반대"하는 "야간 촛불 대시위"의 군중들(「표절」)도 시가 되고, 고단했던 "한생의 일기"가 "떨어지는 유서 한 장"(「오동 잎」)이 되는 개체로서의 쓸쓸한 '한 삶'도 시가 된다. 숲이나 나무로서의 무리진 삶도, 잎사귀 하나로의 외롭고 단출한 삶도, 결국 시가 되는 것이다. 그는 이번 시집의 자서에서도 "시로써 말할 뿐이"라고 했다. 그에게 시는 더 이상 어떠한 기교나 작위, 시험과 시도, 갈등도 타협도 아닌, 그저 평온한 일상이자 보편하는 존재의 진리이며 삶 자체인 것이다. "자갈밭 틈새 호올로 타오르는/들꽃"(「생이란」) 하나에도, 시인은 이제 한 생을 읽는다. 흐릿한 별빛 하나, 스러지는 노을 한 자락에도 우주적 생이 오롯이 깃들어 있다.

그리하여 시인은 결국 "산다는 것은/가슴에 새 한 마리를 안아/기르는 일"이며, "어느 가장 어두운 날 새벽/미명(未明)의 하늘을 열고 그 새/멀리 보내는 일"(「산다는 것은」)이라고 노래한다. 그가 그렇게도 자주 노래하는 하늘이나 별빛은 시만큼이나 아득하고 먼 곳에 있지만 시인의 가슴에는 분명 그네들의 지분이 존재한다. 볼 수도 만질 수도 소유할 수도 없지만 다만 향기로서 감각되는 존재들의 공명이 그 가슴에 놓여 있다. 그렇게 "산다는 것은/손 안에 꽃 한 송이를 남몰래/가꾸는 일"이기도 하다. 그러나 "그 꽃 시나브로 진 뒤 빈주먹으로/향기만을 가만히 쥐어 보는 일"이라고도 했듯, 종래엔 아무것도 쥘 것이 없어도, 그 떠나보냄과 비어 있음으로 인해 완성되는 것이야말로 시인의 삶이자 우리들의 삶인 것이다. 아무도 "산다는 것"의 정의를 내릴 수는 없다. 시인의 말처럼 결국 "산다는 것은/그래도 산다는 것"일 뿐. 그의 시는 이렇듯 생에 대한 끊임없는 탐구와 정의내림, 다시 그 정의를 부정하는 데 이르는 변증법의 연속선상에 있다. 40여 년이 넘는 인생을 시와 함께 걸어온 그가 이제 와 말하는 시작(詩作) 역시 "빈주먹으로/향기만을 가만히 쥐어 보는 일"이 아닐까. 한때 그 손에 무수히 움켜쥐었을 "궁핍과 좌절과 원한과 분노를 넘어", 이제는 "가지마다 열매 가득히 넘치는 사랑"(「오동 잎」)의 향기를 전해 주는 시편들이 곳곳에 읽힌다. 시가 꽃이 되고 꽃이 시가 되는 순간에 전해 오는, 보이지 않는 향기가 있다. "한 줄기 햇살도 너를 위해 비"추고, "한 줄기 바람도 너를 위해 불어" 오는 "이 세계의 빛나는 중심"인 "너"가 "꽃"이라면, 시인에게 한편의 시 역시 "어두운 눈을 씻"어 주는 "정신의 빛"(「꽃 2」)이자 "황홀한 아픔"(「중심(中心)」)으로의 한 송이 꽃일 것이다. 오세영 시인에게 보이지 않는 꽃은 그렇게 향기로 존재한다.

"돌아보면 고단한 삶이었다./그런대로 무난히 여기까지 왔구나."(「오동 잎」)라고 고백하는 시인은 이제 노년의 구름다리, 지상도 지하도 아닌 그 어느 아슬아슬하고 아득한 공간에 우두커니 서서, "그림자를 떨치고 비상하는 한 마리 새를"(「새 10」) 바라본다. 시인은 "무(無)로 가는 길은 날아서만 가는 길"이며 "죽음은 결코 걸어가지 않는다."라고 말한다. 또한 "끝의 끝은 시작이 아니던가."(「우화등선(羽化登仙)」)라고 말하는 시인의 눈은 시작과 끝을 동시에 보는 눈이며, 한생을 넘어 그 이상을 바라보는 눈, 이는 우주를 관통하는 눈이다. 그의 혜안이 매섭다. 그는 이미 관조와 달관을 넘어선, 우주를 바라보는 신의 경지에 이른 것일까. 다시, 시집을 펼친다. 날개 모양이다. 펼쳐진 시집 사이로 그간 시인이 정성껏 길러 온 새들이 연이어 "일제히 빈 가지를 박차고 하늘로, 하늘로/날아오른다."(「새 12」) 그리고 잠시 후, "멀리 마른하늘에서" 들려오는 "우주의 잔잔한 박수 소리"(「우렛소리」)······. 그

박수 소리에 소리 하나를 가만 덧대어 본다. 독자가 아닌 청중이 되어 두 날개를 맞대고, 갈채와 함께 훨훨 날아오르기를.

언다와 잃다 사이

— 송재학, 『내간체를 언다』(2011, 문학동네)

1.

　노크도 없이, 『내간체를 언다』를 열고 들어간다. 송재학 그의 시집은, 집이다. 무덤이다. 관이다. 삶과 죽음이, 사람과 자연이, '나'와 '너'가 그 안에 뒤섞인 채로 살고 있는 집, 함께 죽어가는 집, 어둠속으로 걸어 들어가면 만나게 되는 아늑한 무덤이거나, 그 안에 잘 정돈된 침대처럼 누워 있는, 몸에 딱 맞을법한 관이다. 그의 '시체'(屍體, 詩體)에는 혼종의 빛들이 구더기마냥 꾸물거린다. 그렇게 생과 사가 한데 어울려 있다. 눈부신 밝음 안에 다양한 색깔을 품고 있는 태양처럼 그것들의 색깔을 딱히 나누어 경계짓거나 규정할 수 없다. 또한 그의 시가 품고 있는 공간들은 가끔은 크고 깊은 소리를 내는 거대한 '징'이 되어 울리기도 한다. 음(音)과 색(色)이 교묘하게 빚어내는 송재학의 시에는 상처가 만들어낸 여러 빛깔들이 각기 저마다의 음역을 지닌 채, 발화(發話) 또는 발성(發聲)되고 있다. 이따금 그 안에서 살아 있는 것들은 죽은 자의 목소리를 내고, 죽은 것들은 살아있는 자의 목소리를 낸다. 그들은 서로 곧잘 영혼을 바꾸거나, 몸을 바꾸기 때문에 삶과 죽음이 또한 영속적이지 않다. 그것들은 함께 교류하고, 함께 있다. 그리고 때때로 함께 늙어간다.

301

울 어머니 매년 사진관에 다녀오신다

그곳에서 아버지 늙어가시니

어머니 미간의 지층을 뜯어내면

지척지간 아버지 주름이다

굵은 연필이라면 머리카락 몇 올 아버지 살쩍에 옮겨

늙은 목탄 풍으로 바꾸는 게 어렵지 않다지

그때마다 깃 넓은 신사복은 찡그리면서

아버지, 어머니 그림자처럼 늙으신다

하, 두 분은 인중 닮은 이복남매 같기도 하고

오누이 같기도 하고

— 「죽은 사람도 늙어간다」 부분

위의 시에서 화자의 어머니는 아주 오래전 젊은 나이에 혼자가 된 것으로 보인다. 그런 그녀가 죽은 남편을 만나러 "매년 사진관에" 간다. 아마도 매번 새로운 영정사진을 찍으러 가는 것이리라. 해마다 '다시' 죽음을 준비하는 어머니, 그녀의 "미간의 지층을 뜯어내면" 그 안에 "지척지간 아버지 주름"도 겹겹이 쌓여있다. 이처럼 살아있는 어머니 안에 죽은 아버지가 항상 깃들어 있다. 죽은 아버지는 살아있는 어머니 속에 포개어진 일종의 무늬이며, 화석이다. 그러나 그 화석은 살아있다. 따라서 젊어서 죽은 아버지이지만 그녀를 따라 차츰 늙어간다. 그녀는 사진을 찍는 행위를 통해, 매번 '설레는 죽음'을 경험하고, 한 해만큼씩 늙어가는 남편을 만난다. 그의 시에서 산 자와 죽은 자는 이처럼 "그림자처럼" 붙어 있으되, 그들은 마치 "인중 닮은 이복남매"나 "오누이 같"이 서로 닮아가면서 혹은 닳아가면서 존재한다.

2.

버려진 시골집의 안채가 무너졌다 개망초가 기어이 웃자랐다 하지만 시멘
트 기와는 한 장도 부서지지 않고 고스란히 폴삭 주저앉았다 고스란히라는
말을 펼치니 조용하고 커다랗다 새가 날개를 접은 품새이다 알을 품고 있다
서까래며 구들이며 삭신이 다치지 않게 새는 날개를 천천히 닫았겠다 상하
진 않았겠다 먼지조차 조금 들썽거렸다 일몰이 깨끔발로 지나갔다 새집에
올라갈 아이처럼 다시 수줍어하는 기왓장들이다 저를 떠받쳤던 것들을 품
고 있는 그 지붕 아래 곧 깨어날 새끼들의 수다 때문이 아니라도 눈이 시리
다 금방 날개깃 터는 소리가 들리고 새집은 두런거리겠다

— 「지붕」 전문

위의 시는 죽음이 생명을 잉태하는 순간의 오묘함을 보여준다. 오랫동
안 서있었던 "버려진 시골집의 안채"는 이제 생명이 다하여, 더 이상 버티
지 못하고 "폴삭 주저앉"고야 말았다. 그러나 이 시에서 죽음은 황량하지도
않을 뿐더러, '끝'을 의미하지도 않는다. 마치 무덤이 피워올리는 한 송이 꽃
처럼, 주저앉은 지붕 위로는 "개망초가 웃자라"고, 지붕 아래로는 "서까래며
구들이며 삭신"들이 하나도 "다치지 않"은 채, "고스란히" 무사하다. 오랜
시간 힘겹게 "저를 떠받쳤던 것들"을 이제 지붕이 알을 품듯, 조심스레 품어
준다. 집은 무너져 인간이 거주할 수 있는 수명은 다했지만, "곧 깨어날 새
끼들"로 다시금 계속해서 숨을 쉴 것이고, '새집'은 분주하게 '두런거릴' 것
이다. 이는 '육신의 집'에서도 마찬가지이다. 이처럼 그의 시에서 버려지거나
비어있는 공간, 주저앉거나 무너진 공간이 생산(生産)과 생성(生成)의 공간
으로 다시 거듭나고 있음을 알 수 있다.

내 몸속의 사원,

깜깜하지만

오십 년 너머 울금(鬱金)빛 건물이다

단출한 방이다

아물지 못하는 상처가 자꾸 문을 여닫는 중이다

어미가 새끼를 보듬듯 더 큰 상처가 상처를 핥으며

내 생가(生家)는 낡아가고 있다

…(중략)…

참하게 된다면

집을 허물고

아름다운 상수리 일가를 이사시키려 한다

— 「생가(生家)」 부분

내 귓속의 소리족(族)들은 오래 살림하며 번식해왔다 그들은 내 입이고 나
는 그들의 비명이다 육신의 빈틈이 또다시 생의 거푸집이라는 예감은 있다
그 생이 또다시 무언가의 거푸집인 것도 분명하다

— 「소리족(族)」 부분

위의 「생가(生家)」라는 작품에서도 집으로 비유된 화자의 육체는 죽음을
향해 낡아가고 있다. 드나드는 이 없어 깜깜하고, 누렇게 빛바랜 건물로 묘
사된 시인의 육체에, '상처'가 살고 있다. 단출한 단칸방에 사는 이 "아물지
못하는 상처가 자꾸 문을 여닫"으며 호흡하는 것이다. 게다가 "어미가 새끼
를 보듬듯", 큰 상처가 작은 상처를 핥으며 키워내기까지 한다. 그렇게 "몸
속의 사원"이 낡을 대로 낡아 설령 주저앉아 버린다 할지라도, 화자는 그
죽음과 주검에 절망하지 않고 육신의 터에 "아름다운 상수리"나무를 심겠

노라고 고백한다. 또한 시인은 이미 공간화시킨 육체의 늙거나 낡아가는 현상 뿐 아니라, '빈틈' 즉 '비어있음' 자체에 주목한다. "육신의 빈틈이 또다른 생의 거푸집"(「소리족(族)」)이라는 시인의 인식은 신체의 기관 중 귀라는 구멍, 즉 빈 공간에 주목하고 있다. 즉 "육신의 빈틈"인 시인의 귀는 "나팔꽃 닮은 공명통"이 되어 많은 소리들을 담아내고, 또 길러낸다.

모래 파도는 빗살무의 종종걸음으로 죽은 낙타를 매장한다 모래장(葬)을 견디지 못하여 모래가 토해낸 주검은 모래 파도와 함께 떠다닌다 모래 파도는 음악은 아니지만 한 옥타프의 음역 전체를 빌려 사막의 목관을 채운다
— 「모래장(葬)」 부분

염부가 수차를 돌리다가
못 미더워 아예 제 손가락을 잘라 피를 보태는 중이다
썩어 문드러지라는 염(殮)이다
살은 발라지고 뼈는 희게 드러나라,
송홧가루 날아와 염전을 달래는 중이다
— 「소금장(葬)」 부분

붉은색이니 모두 아가미 호흡이다
붉은 땀 흘리는 불수의근도 따라왔다
혹 남은 붉은색은 배롱나무 아래 묻으면 되리라
오늘 염료상인의 장기계약서에 도장을 찍었다
— 「붉은장(葬)」 부분

나뭇잎 흔들릴 때 뿌리처럼 뭉클하는 따라지목숨이라는 느낌

시작도 끝도 없이

잎보다 더 많은 빗방울이 천천히 내 목울대 너머 가득 채우는 느낌

나무보다 내가 먼저 젖을 때까지

일몰이 겹쳐질 때까지

— 「나무장(葬)」 부분

　한편 이번 시집에는 장(葬)에 관한 시가 여러 편 실려 있다. 장(葬)이란 죽음 이후에 시신을 처리하는 방법이다. 다른 생(生)을 품고 있는, 윤회를 담지(擔持)하는 육신의 환생 공간으로서의 죽음을 처리하는 장례(葬禮)는 그 과정조차 단조롭거나 쉽지 않다. 시인은 위의 작품들에서 볼 수 있듯, '사후(死後)'에 다양한 장(葬)의 절차와 의식(葬)을 시도함으로써 보다 정교한 죽음을 꿈꾼다. 육체는 모래, 소금, 붉은 염료, 나무 등의 질료들과 하나가 되어, 기화되거나 사라져 마침내 죽음의 형식을 완성한다.

　3.

소리는 담금질에 겨우 눈뜨면서

궁상각치우의 아픔을 받아들이는 거야

그래서 겨우 풋울음 하나가 여린 잎새처럼 만들어지는 거지

이건 아직 소리가 아니지 입보다 귀가 더 밝은 울음이야

소리가 되려면 얼마나 더 많은 소리를 귀에 달아야 할까

초록색 흰색 붉은색은 죄다 소리,

쓴맛 신맛 단맛도 죄다 소리,

…(중략)…

멧자국이 은은하도록 더 두들겨 맞으면서 이제

소리는 저 자신을 두들기는 징징 소리로부터 목청 틔우면서

통성음을 득음하는 거지

온몸이 애타면서 바스라지면서

온몸이 울음이 되면서

그제서야 맑은 동심원 속으로 들어간다.

— 「징」 부분

시인은 이번 시집의 자서(自書)에서 "내 시의 안팎이 풍경만이 아니고 상처의 안팎이기도 했으면 좋겠"다라고 말한다. 또한 그는 그의 시가 이러한 "상처의 무늬와 겹쳐진 오래된 얼룩"이었으면 한다고 고백하고 있다. 그는 단순히 '바깥'만 그려진 풍경시를 거부한다. 문체의 화려함이나 기교로 만들어진 시들은 얼마든지 많으며, 겉무늬만 존재하는 속이 텅 빈 시들도 세상에 많다. 무늬는 상처로 얼룩덜룩한데, 막상 안을 들여다보면 엄살뿐인 그런 시가 아니라, 겉과 속, 안과 밖이 전부 상처로 뒤범벅인 시, 우연하거나 일시적인 무늬가 아닌, 오래된 얼룩처럼 각인되어 지워지지 않는 시, 오래 담금질되어 잘 만들어진 '징'처럼 깊은 울림을 지닌 시가 바로 그가 바라는 시(詩)인 동시에 독자들이 바라는 시이기도 할 것이다. 따라서 위의 작품 「징」은 그의 시작(詩作)에 관한 시라고 보아도 무방하겠다. 시 역시 잘 만들어진 악기 또는 명창(名唱)의 그것과 마찬가지로 인생의 "초록색 흰색 붉은색", "쓴맛 신맛 단맛"이 잘 어우러져야, "온몸이 애타면서 바스라지면서/온몸이 울음이 되"어야 비로소 "통성음을 득음"할 수 있는 것이리라. 그래서 시인은 "죄다 울음이었을" "몇만 번의 소리"를 냈던 "오래된 징에는 모두 누선(淚腺)이 있"(「누선(淚腺)」)다라고 말한다.

더 늦게 깨지기 위해 징은 제가 내야 할 소리보다 더 많은 횟수의 메질을 견
디어왔습니다 더 오래 울기 위하여 울음을 망가뜨리고 성대를 훼손했습니
다 왜 더 오래 울어야 하는 가 우김질, 담침질, 벼름질하는 봉두난발을 떠
올려봅니다 금이 많이 가서 더 이상 소리가 나지 않는 오래된 징에는 모두
누선(淚腺)이 있습니다 그 징은 자신이 몇만 번의 소리를 냈는지 모릅니다
다만 죄다 울음이었다고 기억할 뿐입니다

—「누선(淚腺)」 부분

이번 시집 『내간체를 얻다』에서 보여준 시인의 "상처의 안팎"이 지닌, "넓
이와는 전혀 다른 종족인 깊이"(「넓이와 깊이」)를 감히 가늠해 보건데, 그 '누
선(淚腺)의 깊이'가 결코 얕지 않음을 우리는 알 수 있다. 시집의 제목에 쓰
인 '얻다'라는 동사에 대해 잠시 생각해 본다. 득음(得音)과 득의(得意)를 위
해서는 위의 작품에서도 알 수 있듯, "망가뜨리"거나 "훼손해야"할 것들이
더 많다. 징이 "더 오래 울기 위해" "제가 내야 할 소리보다 더 많은 횟수의
메질"을 견뎌야하는 것처럼 시인의 운명도 그러하리라. 송재학 시인이 이번
시집에서 그만한 깊이의 공명음과 문체(文體)를 '얻기' 위해 "슬픔의 발원
지"(「쓸쓸한 우물이다」)에서부터 무수히 길어 올렸을, 떠나보내야 했을 "슬픔
의 식구"들에게 뒤늦은 안부를 전한다.

별의별 『키키』에 관한 이색 보고서

― 김산, 『키키』(2011, 민음사)

1. 프롤로그

에덴(Eden)은 우주 어딘가에 존재하는 다른 행성의 이름. 사과를 훔쳐 먹고 추방당한 아담과 이브는 우주선을 타고, 거대한 은하를 떠돌다 멀리서 반짝이는 초록별을 발견, 그들은 비로소 그곳에 정박하기로 한다. 아담은 그 별을 "지구"라고 명명(名命)하고, 개척하여 새로운 삶을 시작한다. 그러한 그들을 지켜보던 "야훼도" 이따금 "파랗게 질려"(「달달」)갈 정도로 거리낌 없이 당당한 그들의 행보. 그렇다면 인류에게 최초의 지구는 도피처이자, 감옥이자, 유배지인 셈이다. 에덴에서 저지른 원죄와 지구에서 축적한 새로운 죄(파괴와 훼손)까지 눈덩이처럼 불어난 형량들, 그 죗값을 치르기 위해 평생을 살아야 하는, 우리는 모두 이 별의 무기수(無期囚)일지 모른다.

2. 우주소년, 탈옥을 감행하다

이유를 불문하고, 일단은 "사랑과 정열의 이름으로 이 별에 온 것을 축하 축하"(「이 별의 이별」), 여러분 모두, 지구라는 아름다운 감옥에 당도한 걸 환영한다. 그런데 이게 웬일? 신(神)도 "파랗게 질려" 인상을 찌푸리게 만들 만한 최고의 악질 죄수이자 탈옥수 한 사람이 출몰했다. 시인 김산, 그는 애당초 이 비밀을 전부 알고 있었던 것이다. 대개 시인이란 자신들이 천형(天刑)을 타고난 운명이라는 것까지는 낌새를 채 알고 있으나, 출생의 비밀까지 아는 이는 극소수 눈치 빠른 몇몇 시인뿐인 것을, 아뿔싸! 김산 시인은 지구별에서 탈옥까지 감행했으니, 이 얼마나 신통방통(神通旁通), 신출귀몰(神出鬼沒)하지 아니한가. 그런데 아이러니하게도 탈옥한 소년은 다시 감옥을 만든다. 자신의 몸을, 자신의 언어를 가둘 견고한 감옥, "천공을 어지럽히던 모든 활자들을" 잡아 가두고, "내가 만든 감옥의 열쇠를" 손에 꽉 그러쥔 채, 세상을 다 가진듯한 표정으로, 그는 이렇게 웃는다. 키득키득, 키키…… 단 한번, 은하(銀河)의 문을 여는 주문이라도 외듯, 조심스럽지만 강렬하고 통쾌하게. 키득키득, 키키(keykey).

나이테 하나가 나이테 하나를 뒤에서 꼬옥 안는다.

감싸 안은 팔을 비집고 벌레 한 마리가 알을 낳는다.

— 「지구」 전문

그러니까 이것은 호외

내 탄생별에 대한 예우

이탈자의 최후의 고해

양을 잃은 소년의 피리

주석이 필요 없는 행간

썼다 지우고 다시 쓴 참회

날 닮은 별에 대한 역사

내 무릎을 떠받치는 천체

모든 점멸에 대한 묵념

그러니까 너는 내 운명

— 「은하야 사랑해」 전문

우주의 "나이테 하나"가 다른 "나이테 하나"와 겹쳐지는 무한한 시공(時空) 속에서 "벌레 한 마리가" 낳은 "알"은 해 또는 달, 혹은 무수한 별이기도 하고, '지구'이기도 하다. 다시 이 우주 어느 별의 "나이테 하나"와 "나이테 하나"가 만나 그 속에서 더 작은 벌레 한 마리가 낳은 "알"은 시인 김산, 혹은 당신, 또는 우리의 과거 모습이기도 하다. 우주 멀리에서 지구별로 유배온 시인에게 고향별은 아득하고, 그립다. 그가 떠나온 고향별의 이름이 화성인지 수성인지 금성인지, 명왕성인지 정확히 알 수는 없으나, 범위를 넓혀 "은하"라고 부르자. 김산에게는 "너는 내 운명" 「은하야 사랑해」라는 "이탈자의 최후의 고백"이 시종 존재한다. 그는 더불어 이번 시집 『키키』를 일컬어 "그러니까 이것은 호외", "탄생별에 대한 예우", "날 닮은 별에 대한 역사"라고, 장난스럽지만 진지하게 고백한다. 탄생별에 대한 애정과 기괴한 그리움은 그의 발길을 이따금 "은하미용실"로 이끈다.

엘프족을 닮은 여자가 있다

이름 모를 행성과 충돌하고

흩어진 가계를 수습하기 위해

가위 하나만 달랑 손에 쥐고

지구별로 야반도주한 여자

건조한 내 머리에 물을 뿌리며

숙련된 손길로 싹둑싹둑

한 달간의 근심을 가지 치는 여자

…(중략)…

그녀는 지금 내 머리 위에

비행접시처럼 떠서 우주의 먼지들을

구석구석 헹구고 있다

— 「은하 미용실」 부분

　그는 한 달에 한번 "은하 미용실"에 간다. 그곳에는 "가위 하나만 달랑 손에 쥐고" "지구별로 야반도주한 여자"가 미용사로 있다. "은하"가 동향(同鄕)이라 더욱 친근한 그녀는 "엘프족을 닮"아 아름답기까지 하다. 그녀는 "숙련된 손길로 싹둑싹둑" 그의 "한 달간의 근심을" 말끔하게 잘라 정리해 주기도 하고, "우주의 먼지들"로 오염된 머리를 "구석구석 헹"궈 주는 서비스까지 제공한다. 이렇게 사랑스럽고 친절한 그녀가, 이렇게 부지런하고 생활력 강한 그녀가 당연히 "지구인"일 리 없다. 적어도 시인에게 "지구인"이란 가장 미개하고 게으르고 더러운, 최하위 종족으로 분류되어 있기 때문이다.

전복을 꿈꾸지만 만날 잠만 자는 피

개념을 상실한 잉어 같은 잉여의 피

뗏국이 줄줄 흐르는 추악하고 추잡한 피

…(중략)…

쓸모 있지만 전혀 쓸모없는 불온한 피

— 「지구인」 부분

불의 별, 화성으로 지구별의 아낙들이 삼삼오오 입장하네, 어서 옵쇼, 물
좋은 외계인을 찾아 고개를 두리번거리는 그대,

…(중략)…

죄송해요 저 분은 외계인이 아니라 지구별 남자예요, 참 보는 안목이 없으
시네요,

…(중략)…

이곳은 불의 별, 정열적인 아낙들이 요술공주 밍키처럼 사자로 늑대로 승냥
이로 변신하는 곳, 이곳은 불의 별, 화성이랍니다,

— 「화성 관광 나이트」 부분

외계의 별(지구보다 우세하고 월등한)에서 온 자의 눈에 비친, 지구인의 모습

은 지극히 한심하고 불온하기 짝이 없다. 그들의 피는 "전복을 꿈꾸지만 만날 잠만 자는," 게으르고 "추악하고 추잡"하기 그지없는 "쓸모없는 불온한 피"로 정의된다. "설거지를 하고 가계부를 쓰고 지겨운 남편과 똑같은 체위로 섹스를 하"는 "지구별의 아낙들" 역시 호시탐탐(虎視耽耽) 일탈과 불륜을 꿈꾸며, 삼삼오오 "화성 관광 나이트"로 몰리곤 한다. 그러나 자칫, "악독한 놈들"에게 걸리면 기억조차 모조리 절도당할 수도 있다는 사실, "모든 것이 이글이글 타오르는 화성"에서는 존재 자체도 가뿐히 소실(燒失)될 수 있다는 사실까지 망각한, "개념을 상실한 잉어 같은 잉여의" 어리석은 지구인들이 우주의 악당들을 경계할 리 없다. 차라리, 그들의 진화론적 조상인 원숭이, 그 중에서도 역사적으로 특출했던 손오공이라면 또 모를까.

3. 날아라 우주소년

나는 천공을 어지럽히던 모든 활자들을 주름 감옥에 가두었다. 비로소, 나를 옥죄던 번뇌와 근심은 잠잠해질 것이므로, 이제 목판처럼 나는 단단해질 것이다.

…(중략)…

어느 날, 아이들이 노인을 낳고 또 다른 낯선 별과 조우했을 때, 아이들은 내가 만든 감옥의 열쇠를 하나씩 열어볼 것이다. 그리하여, 아이들은 진지하게 내가 왔던 별을 생각하리라.// 고로, 황포한 나의 활자들이 수천의 분신으로 날아오를 때 차마 일어서지 못한 내 육신을 생각한다. 이 별이 내게 왔을 때, 내가 나를 가두었을 때, 그리하여, 내가 이 별을 괴로워하며 몸부림칠 때를 생각한다. 가만히 눈을 깜빡일 때마다 한 페이지씩 경전이 넘어간다. 나는, 온몸이 주름인, 세로로 받아쓰인, 미륵이다.

— 「날아라 손오공」 부분

이 시의 화자는 "번뇌와 근심은 잠잠해질 것", "목판처럼 나는 단단해질 것"을 기대한 나머지, 모든 활자들을 "주름감옥에 가"둔다. 그러나 영원한 봉인은 없는 법, 언젠가 감옥의 문은 열리고 말 것이라 예언한다. 바로 "아이들이 노인을 낳"게 되거나, 그들이 "또 다른 낯선 별과 조우"하게 되는 순간, "황포한 나의 활자들"은 열린 감옥문 사이로 "수천의 분신으로 날아" 올라 우주로 자유롭게 날아갈 것이라고. 한편, 그의 육신은 "이 별"의 감옥에 갇히게 될 것을 예견한다. 그의 육신은 스스로 '감옥에 갇힘'으로써 오히려 '팔만대장경의 거리'를 초탈하여, 다시 태어나게 되고, 이윽고 "온몸이 주름"이자 "세로로 받아쓰인, 미륵"으로 그는 거듭나기에 이르는 것이다.

> 일각고래 한 마리가 구름 위로 긴 뿔을 꽂습니다. 뿔은 무럭무럭 자라고 뿔은 아무렇게나 사색하고 뿔은 키득키득 대기를 통과합니다. 뿔은 기어코 휘어지고 갈라지고 재생됩니다.
>
> …(중략)…
>
> 따지고 보면, 일각고래의 긴 뿔은 뿔이 아니라 당신의 이빨이었습니다. 당신이 그토록 깨물고 으깨고 짓이기며 괴로워했던 당신 안의, 우주였습니다.

— 「우주적 명랑함」 부분

이처럼 화자인 "나는" "나를 철저하게 방치"(「별별」)하고 스스로를 '감금'시킴으로써, 비로소 자유로워지는가 하면 (일종의 해탈의 경지에 가까운), "당신"과의 거리를 둠으로써 당신 안에 머물게 되는 묘한 상황의 역설 또한 보여준다. 시인이 지닌 '언어의 뿔' 역시 고통스럽지만, 때때로 깎아 내거나 잘라 줘야 더욱 예리하고 단단하게 재생될 수 있다는 논리도 이와 같은 맥락에서인 것이다. 설령 시인에게 이 "뿔"이 "뿔이 아니라", "그토록 깨물고 으깨고 짓이기며 괴로워했던" 사납고도 날카로운 "당신의 이빨"이었다 할지라도, 이는 "당신 안의, 우주"로 'S.O.S'를 타전할 수 있는 유일하고, 중요한 안테나인 것만은 부인할 수 없는 진실이었으리라.

4. 탈옥소년, 우주의 엔터테이너가 되다

우주의 안테나, 그것이 보내온 최초의 수신음은 아마도 "고장난 회색 금성 라디오"를 통해 들려온 희미하지만 또렷한, '가난'의 소리였을 것이다.

자이언트 나이트클럽 옆 포장마차에서
아버진 숯을 갈았고 엄만 국수를 말았다
월곡동 산 번지 삼만 원짜리 사글세 방에 누워
나는 밤마다 비키니 옷장을 손톱으로 긁었다

…(중략)…

부글부글 멸치 국물이 끓어 넘치는 소리
타닥타닥 메추리 날개가 오그라드는 소리
떨어지자마자 사르르 녹아내리는 김 가루 소리

…(중략)…

나는 밤마다 회색 금성 라디오를 가지고 놀았다

이십 년 전, 금성을 처음 보았을 때의 일이다

—「금성 라디오」 부분

"지지직 아무리 돌려도 수신되지 않는" 고장난 라디오임에 분명하지만, 화자는 매일 밤 라디오에서 들려오던 소리에 집중하여 작은 귀를 기울이곤 했다. 주파수가 맞지 않아도 너무나 또렷하게 수신되던 소리는, "비키니 옷장을 손톱으로 긁"으면 날 듯한, 다름 아닌 지독한 '가난'의 소리였다. 달동네 "삼만 원짜리 사글세 방에" 혼자 남겨진 유년의 화자에게 그 소리는 너무도 생생하고 섬세한 것이어서, 그것은 어머니가 포장마차에서 매일 밤샘하며, 수없이 말아내었을 국수 위로 "떨어지자마자 사르르 녹아내리는 김가루 소리"보다도 더 미세하고, 예리하게 반짝이던 "금성"이 내는 소리였다.

내가 배운 최초의 균열은 차가운 열에 덴 추억들이었다. 흔적도 없이 어디론가 기화하고 있는 것들을 나는 울음주머니에 차곡차곡 담았다.

포장마차는 모든 기화의 발원지였으며, 성지(聖地)였다. 국수 다발처럼 사르르 녹아내리는 어머니의 실핏줄이 대기 속에서 팽창하는 것을 나는 보았다. 정작 뜨거운 것은 붉은 것이 아니라 새파랗게 질린 불빛이었음을 나는 이미 열 살 때 체험하였다. 어머니의 식칼이 검지를 쓸고 지날 때 붉은 피가 아닌 새파란 울음주머니가 내 안에서 툭툭 터지곤 했다. 포장마차는 내가 배운 최초의 행성이었다.

—「플라즈마 – 1895」 부분

뭉툭한 내 손과 발은 어머니의 유일한 지문이다.

…(중략)…

그때, 자갈들은 마구마구 내 귓속으로 내통하는 것이었다. 동그랗게 부서지며 몸뿐인 몸으로 내 지문을 조금씩 지우는 것, 비로소 나는 먹먹한 귀를 갖게 되었다.

내가 아는 대부분의 별들은 묵묵한 귀 하나로 한 생을 부유했다.

― 「이명」 부분

녹아내린 "어머니의 실핏줄"이 소행성처럼 부풀던 소리, "타닥타닥 메추리 날개가" 소년의 날갯죽지와 함께 "오그라들"던 소리", "멸치 국물"보다 "부글부글" 끓어 넘쳤을 울음소리들의 타전(打電). 붉다 못해 "새파랗게 질린 불빛"들, 뜨겁다 못해 차갑게 식어버린 슬픔들을 쓸어 담던 어린 화자의 작은 손과 남들보다 유독 크고 "풍부"했던 "새파란 울음주머니"는 유년의 잊을 수 없는 외상이기도 하다. 그러나 화자는 어린 나이에도 불구하고 가난한 현실을 외면하거나, 수치스럽게 여기지 않고 외려 자기만의 방식으로 고통을 감내했던 것으로 보인다. "흔적도 없이 어디론가 기화하고 있는 것"들, 이를테면, 살면서 "묵음이 되어야 했던" 어머니의 마모된 손과 발과 귀와 지문들을 울음주머니에 "차곡차곡 담"아 수집하고 보관하는 방식으로 말이다. 남들보다 조숙했기에 바깥이 아닌 "안에서 툭툭" 남모르게 터뜨렸을 울음의 종양들은, 어쩌면 모두 수천 수만의 '귀'가 되었을지 모른다. 그는 다만 "더 깊"고 "더 오래된 소리들을 듣기 위해" 수많은 "작은 귀를 스피커에 바짝 붙"인 채, "달보다 더 가까이서" 우주에 귀를 기울였을 것이다. 그리하여 마침내 "최초의 행성"을 청취하고, 목격하는 데 이른 '절대 음감의 소년'은 우주의 기운을 온몸으로 흡수하여, "치키치키, 빗방울이 16비트 리듬으로/살아나는" 우주의 음악을 능숙하게 연주하는 음유시인(吟遊詩人),

즉 전우주적(全宇宙的) 엔터테이너가 되었다. "지상의 모든 음악들이 생생불식 꿈틀거리는" "즐거운 우드스탁"(「광릉 우드스탁」)에서 슬프도록 화려한 지구별 축제를 전 우주에 공개 방송하는 "완벽한 서정적 거미인간으로" 그는 기특하게도 무럭무럭 성장한 것이다.

5. 에필로그, 아니 앙코르!

매일 매일 아무 이유 없이 건너는 것이 무의미한 의미란 것을 잘 아는 키키. 녹초를 찾아 녹초가 되도록 유랑하는 감정에 대해 설명하는 것은 참 쓸모없는 감정이지. 키키는 아무 생각도 없이 국경 수비대를 조롱하며 전진한다. 목적이 없다는 것은 얼마나 순정한 실천가의 자세인지 몸소 보여 주듯이. 소 떼의 식사 시간은 아랑곳하지 않고 따라오라 맹목적으로 맹목적으로. 키키가 조금씩 어른이 되면서 키키의 속력은 주춤한다. 무언가 의미를 찾아 해독하고 중얼거리는 것은 어른들이나 하는 짓. 그것은 세상에서 가장 나쁜 버릇임을 깨닫기 시작했지만 소 떼가 조금씩 자라고 있다는 것은 미처 몰랐다.

　　　　　　　　　　　　　　　　　　　　　　　　　　　　—「키키」 부분

어떤 차원에서는, 시인이 시인으로 영원히 남기 위해선 피터팬이 되어야 할는지 모른다. 그것은 일종의 거세에 가까운, 소년의 미성(美聲)을 지키기 위한 어쩔 수 없는 혹은 자발성 강한 중독의 연속일 것이다. 시인이 지닌 울음주머니는, 눈에 보이지 않는 세상의 온갖 미세한 울음들, "당신의 기화로 뿌옇고 아득한", 아물지 않은 당신과 나, 우리들의 상처로 그득하다. 그 안에서 수많은 상처들이 서로 죽지를 부딪쳐가며 공명음을 낸다. 김산 시인 역시 미세한 소리들에 누구보다 예민한 커다란 귀를 지니고 있다. 그는 모든 기관들이 다 마모되거나 절단되어 오로지 자갈처럼 뭉툭한 "몸만 남은 몸", "손과 발이 닳아 묵음(黙音)이 되어야 했던 사람들"의 가슴속, 울혈(鬱血)진 신음소리 하나까지도 포착(捕捉)하여 그의 울음주머니에 모아 담는다. 결국 시(詩)란, 그들의 환상통(幻想痛)이 내는 환상곡(幻想曲)인 셈이다. 아직 세상에 단 한번도 연주된 적 없는, 환상곡을 찾아, 어찌 보면 맹목적인 "무의미한 의미"를 찾아, 우주소년이자, 파라과이 소년 목동 키키는 오늘도, "빨강 하양 파랑의 소 떼를 몰고" 전진의 전진을 거듭한다. 키키는 "식민지 시대에서 해방된 공화국의 늙은 어린이", 키키는 "목적이 없다는 것이 얼마나 순정한 실천가의 자세인지 몸소 보여"주는 낭만적 유랑별, 키키는 성장을 멈춘, 피터팬. 키키(keykey)는 우주의 문을 여는 황금 열쇠 혹은 마법의 주문. 키키는 라디오, 키키는 마이크, 키키는 기타, 키키는 가수, 키키는 시인, 그리고 키키는 시집(詩集).

> 당신을 키운 건 빛이 아니라 물이 아니라 한뼘의 그늘. 그러나 그리고 그래서 당신의 붓에 대해 나는 노코멘트. 단연코 이것은 쓸쓸한 콩나물에 대한 변주곡. 공복에 조금씩 자라는 뜨거운 대지와의 딥키스. 광폭의 세계를 합주하는 그늘들, 그들에게 외치는 앙코르 앙코르 앙코르.
>
> — 「식물펑크」 부분

자, 이제 진정한 에필로그, 아쉽게도 『키키』의 열띤 "연노랑 물방울 오리지널 사운드 트랙"이 끝났다. 당신들이여, "앙코르"를 외치자. "키키"를 외치자. 그리하면 "행성과 행성 사이로 무중력순환열차가"(「우주적 명랑함」) 당신의 정거장 앞에 멈춰 서서 당신을 공짜로 태워줄 것이다. 키키는 교통카드, 키키는 우주선, 그리고 키키에게 기대하시라. 행선지는 바로 당신의 탄생별!

시인의 집, 영원히 비어있는

— 곽효환, 『지도에 없는 집』(2010, 문학과지성사)

　곽효환, 그의 시는 길 위에 있다. 지도에도 없는 낯선 길 위에 지도에도 남지 않을 집 한 채를 짓기 위해, 그는 부지런히 발길을 재촉한다. 시원의 공간을 돌고 돌아, 어렴풋한 오래전 그날의 북방의 길을 더듬는다. 그 길이 비록 "끊어지고 흩어진 길"일지라도 그에게는 "어느 길도 가지 못할 길이 없"으며, 하여 "돌아오지 못할 길 또한" 그에게는 없다. 그리고 시인은 그 길 위에서 삶이 곧 시(詩)였던 '그들'의 삶의 궤적을 쫓아, 종착지도 없는 시의 길을 부단히 걷고 있는 것이다. 그에 의하면 '먼저 간 그들' 또한 없는 길을 온몸으로 내며 갔던 용감한 이들이다. "그을린 얼굴"과 "얼어터진 손과 발"을 하고, 그들은 묵묵히 북방의 대륙을 밤낮 없이 유랑하며, 낯설고 고된 길 위에 상처로 만든 집을 짓고 지붕도 없이 잠을 청했을 것이다.

끊어지고 흩어진 길들
그 길이 낳는 낯선 새로움 하여 열린 길들
어느 길도 가지 못할 길은 없다
돌아오지 못할 길 또한 없다
한 여름 뙤약볕 가득한 대륙의 벌판 아래
그을린 얼굴에 쏟아지는 땀을 훔치면서도
눈꽃 가득한 설원을 얼어 터진 손과 발을 후후 불면서도

길을 내고 가야만 하는 이들이 있다
사라진 궤적을 찾아
지평선 이쪽 끝에서 저쪽 끝을 향해
가고 또 오는 길 위의 사람이고 싶다

— 「다시 길에 서다」 부분

시인은 오래 전 '먼저 간 그들'과 소통하기 위해, 뼈아팠던 역사적 상흔들을 하나하나 되살리기 위해, 지금 이 순간에도 "지평선 이쪽 끝에서 저쪽 끝을 향해/가고 또 오"고 있는 중이다. 곽효환 시인의 두 번째 시집 『지도에도 없는 집』은 그런 의미에서 그에게는 역사적 삶, 혹은 시적인 삶의 궤적과도 같은, 하나의 커다란 발자국이라 해도 과언이 아닐 것이다. 시집에 실린 작품들을 좀 더 살펴보고, 그의 족적을 따라 난 '먼저 간 그들의 길'과 '시인의 길'을 함께 디뎌보자.

칠흑의 길을 앞서 간 이들을 따라
바다를 닮은 호수를 품은 내륙 도시를 지난다
호반을 둘러 싼 아름드리 오동나무
굽고 비틀리고 휘어진 굵은 가지 마디마디
먼저 이 길을 간 사람들의 삶이 그랬을지니
더디게 더디게 오는 여름 저녁놀 아래서
편지를 쓴다, 누군가 꼭 한번 읽어줄

— 「앞선 간 사람들」 부분

삶도 겨울 들판처럼 비워둘 수 있으면 좋겠어
낡고 초라하게 시드는 꽃도 나름 아름답잖아

322

떠돌면서 날마다 피고 지는 꽃

하루의 꽃

— 「세기의 서커스」 부분

그림자 없는 신들이 거닐던

죽은 자들의 길 위에서 나는

어느 날 흔적 없이 사라진 자들을

찾다, 놀다, 기다리다, 잠들다

— 「사라진 도시」 부분

시인은 위 작품들에서 역시 길 위를 "떠돌면서 날마다 피고 지는 꽃"으로 하루하루를 살다가 "어느 날 흔적 없이 사라진" "앞서 간 사람들"을 찾고, 놀고, 기다리고, 기리면서 그들의 삶을 되짚고, 그들에게 뒤늦게나마 고맙다는 메시지를 건네고 있다. 시인의 짐작대로 그들의 삶은 "굽고 비틀리고 휘어진" 채로, "농무 자욱한" 어두운 길 위에 척박하게 놓인 가시밭과도 같은 인생이었으리라. 여기서 시인이 되짚어 따라간 길은 다름 아닌 "상해 가흥 무한 남경 그리고 중경"에 이르는 길인데, 이는 이번 시집의 표지글에서도 밝혔듯이, 과거 임시정부의 길에 해당한다. 시인은 '청년 백범'과 임시정부의 흔적을 쫓는 수천 킬로미터의 길고 먼 길에서, 오래 전 척박하고 험한 길을 온몸으로 갔던 그들의 용기에 감동을 받고 많이 울었다고 한다. 또한 시인은 그들의 삶이야말로 자체로 시(詩)라고 일컬으며, "서사의 풍경을 그림처럼 담아내는, 울림이 큰 시를 쓰고" 싶었노라고 고백하고 있다. 그래서인지 시인은 개인적 욕망이나 내면의 서정을 노래하기보다는 거대한 서사, 울림이 큰 그림을 그리기 위해, 거칠고 거대한 대륙 멀리로 시선을 확장하고 있다. 아마도 그러기 위해서는 시인의 말마따나 개인적인 "삶도 겨울

들판처럼 비워둘" 필요가 있을 것인데, 그 비워진 공간에 비로소 보다 큰 "사랑"이 깃들어 "낡고 초라하게 시드는 꽃"일지언정 아름다울 수 있는 것은 아닐까.

이곳은 저곳에게 저곳은 이곳에게 피안이고 싶은
그 길을 터벅터벅 걸어서
그 경계를 넘고 싶다

— 「다시 길에 서다 -열하기행 1」 부분

더는 갈 수 없는 中朝邊境 一步跨
철조망도 초병도 없는
변방의 경계를 흐르는 물줄기
흘수선 없는 낡은 목선 두어 척
경계를 관람하라고
분단을 체험해보라고
강기슭에 걸릴 듯 걸릴 듯 위태롭게 흘러간다

— 「한걸음 -열하기행 2」 부분

위의 시편들에서 시인은 "길 위의 사람이고 싶다", "그 길을 터벅터벅 걸어서/그 경계를 넘고 싶다"고 고백하고 있지만, 경계를 넘는다는 것이 과히 쉽지는 않다. 분명 "철조망도 초병도 없"지만 더는 앞으로 갈 수 없는 "中朝邊境 一步跨"라는 비석의 표지가 중국과 조선의 국경을 엄연히 지키고 서 있기 때문이다. "설지 않은 들판의 논과 밭", 압록강 지류 그 앞에서 시인은 다만 "경계를 관람"하거나, "분단을 체험해"보는 무기력한 관광객에 지나지 않았던 것이다. 시인의 눈앞에 펼쳐진 만주땅 일대는 분명 과거 어느 때인가 우리의 "아버지의 아버지, 아버지의 아버지의 아버지/더러는 그보다 몇 대 앞의 아버지/그 일족이 무리지어 들풀처럼 살던" "대대로 국경도 소유도 모르고 살"(「만주사람 -열하기행 5」)던 우리의 삶의 터전이었음에도 불구하고 말이다. 이처럼 시인은 「열하기행」 연작의 여러 시편들에서 "반도와 대륙 사이에 낀 틈새"(「성 그리고 섬-열하기행 3」)의 약소국으로서의 우리 민족의 비애와 설움에 대해서도 여러 차례 울분과 아쉬움을 표하고 있다. 그러나 고비사막으로 이어진 "황토 고원"에 이르면 어느덧 국경의 한계 따위는 무뎌지고, 시인은 오롯이 "붉은 빛의 기억"에 사로잡히고 만다.

붉은 강에 수많은 세월이 떠내려오고

또 사람이 실려 가고

이 물길 끝에 날 닮은 또 다른 내가 있을 것 같다

— 「붉은 빛의 사람들 -황토고원 1」 부분

경계가 무너진 붉은 곡선을 따라 붉은 산

너머 다시 붉은 산

하늘은 열려 있고 구름은 파동 친다

— 「붉은 고원 - 황토고원 2」 부분

길이 끝나고 다시 길이 열리는 곳에 울리는

고원의 숨소리, 거친 들숨과 날숨

…(중략)…

붉은 고원을 적시는 꿈은

마른 협곡에 섬처럼 피어난 푸른 밭 한 뙈기

혹은 물과 바람에 대한 아득한 기억

—「고원의 숨소리 – 황토고원 3」 부분

"길이 끝나고 다시 길이 열리는 곳에"서 시인은 생생하고 거친 "고원의 숨소리"를 들으며, 그곳에서 "날 닮은 또 다른 내"가 있음을 느낀다. 비록 "물과 바람에 대한 아득한 기억"에 어렴풋 기대어 있을 따름이지만, 그 "붉은 빛을 따라 대대손손 살아온" 사람들에게서 전혀 낯설지 않은 붉은 혈류가 흐르고 있음을 시인은 감지하고 있다. "끝없이 바스라지는 거친 흙덩이와 돌멩이"를, "너무도 아픈 사막의 상처를 삼"킨 시인의 내장에도 "마침내 붉은 물이 가득"한 것이다. "붉은가시꽃을 씹고 삼키고/또 꺼내어 다시 씹고 삼키는" 사막의 낙타처럼 말이다. 「나를 닮은 얼굴들」이라는 작품에서도 그는 "길 위의 사람들에게 아득한 시절의 내가 있다"라고 고백한 바 있다. "가없는 대륙에 맨 처음 길을 연/영혼이 자유로운 사람들"에게서 시인은 자신을 닮은 "검은 얼굴들"과 마주하고 있는 것이다. 어쩌면 이 긴 여정은 시인의 근원을 찾아가는 여행이 아니었을까. 하여 "중원의 서북 사막 고비는 진행형이다"(「사막에 피는 꽃」)라고 얘기하는 시인의 여정 또한 지금도 "진행형"에 있는 것이리라. 끝으로 이번 시집의 표제작 「지도에 없는 집」을 읽어보자.

지도에도 없는 길 하나를 만났다

엉엉 울며 혹은 치미는 눈물을 삼키고 도시로 떠난

지나간 사람들의 그림자 가득해

이제는 하루 종일 오는 이도 가는 이도 드문

한때는 차부였을지도 모를 빈 버스 정류소

…(중략)…

담도 길도 경계도 인적도 없는 이곳은
세상에 대한 기억마저도 비워낸 것 같다 그래서

지도에도 없는 길이 끝나는 그곳에
누구도 허물 수 없는 집 한 채 온전히 짓고 돌아왔다

— 「지도에 없는 집」 부분

    광활한 대륙을 떠도는 유목민에게, 그리고 시의 근원과 자아의 근원을 찾아 떠나는 시인에게 '길'이란, '집'이란 과연 존재하기는 하는 것일까. 아마도 발 닿는 곳, 몸 누이는 곳이라면 어디라도 길이 되고, 집이 되지 않을까. 특히 "진행형"의 시인에게, "북방형"의 시인에게, "영혼이 자유로운" 시인에게 길과 집은 새의 그것처럼 더더욱 무정형의 것에 가까우리라. 그래서 "담도 길도 경계도 인적도 없는", "지도에도 없는 길이 끝나는 그 곳에" 시인이 지어놓은 "누구도 허물 수 없는 집 한 채"는 붉은 사막을 떠도는 바람이나 구름 속에나 몰래 숨어 있는 것은 아닐까. 한 가지 더, 시인이 지은 이 '지도에 없는 집'은 채움이나 살림, 머묾이 목적이 아니라 "한때는 차부였을지도 모를 빈 버스 정류소"처럼 지금은 '영원히 비어있음' 그 자체에 존재의 이유가 있는 먼 사원의 공간쯤은 아닐는지.

시가 앉았다 간 자리

― 장석남, 『뺨에 서쪽을 빛내다』(2010, 창비)

생각 끝에,
바위나 한번 밀어보러 간다

언 내(川) 건너며 듣는
얼음 부서지는 소리들
새 시(詩) 같은,

어깨에 한짐 가져봄직하여
다 잊고 골짜기에서 한철
얼어서 남직도 하여

바위나 한번 밀어보러 오는 이 또 있을까?
꽝꽝 언 시 한짐 지고
기다리는 마음
생각느니,

― 「동지(冬至)」 전문

장석남 시인의 여섯 번째 시집 『뺨에 서쪽을 빛내다』의 서시이다. 그에게 눈앞의 생(生)은 빙산이나 빙벽쯤일까. 그리하여 그에게는 생을 건너는 일도 빙벽을 뚫고 "꽝꽝 언 시 한짐 지고" 빙판 위를 부단히 걷는 고단하고 먼 여정쯤 될까. 그러나 "새 시(詩)"를 향한 곡진한 생각과 "기다리는 마음" 끝에, 한 번씩 "얼음 부서지는 소리", "쩍쩍 짜개지는 소리"(「겨울 연못」)를 내며 시(詩)는 그에게 그렇게 노독(路毒) 끝의 달콤한 휴식처럼, 일용한 양식처럼 찾아오나 보다. 시인은 "생각 끝에" 견고하고 차가운 바위라도 한번 밀어 보기도 하고, "언 내(川) 건너며" '시가 오는 소리', '시가 녹아나오는 소리'에 연신 귀 기울이기도 한다. 동짓날의 춥고 어둡고 긴 밤이라 해도, 그에게는 "다 잊고 골짜기에서/한철 얼어서 남직도"한 시절에 불과하리라. 그리하여 "어깨에 한짐 가져봄직"한 '시(詩)의 봇짐'을 한가득 짊어지고, 그는 해가 눕는 서쪽으로 지금도 '뺨을 붉히며' 걸어가고 있는 중이리라.

종소리 그치면 흰 발자국을 내며 개울가로 나가 손 씻고 낯 씻고 내가 저지른 죄를 펼치고 가슴 아픈 일들을 펼치고 분노를 펼치고 또 사랑을 펼쳐요 하여 싸리꽃들 모여 핀 까닭의 다른 하나를 알아내곤 해요
— 「싸리꽃들 모여 핀 까닭 하나를」 부분

이제 모든 청춘은 지나갔습니다 덥고 비린 사랑놀이도 풀숲처럼 말라 주저앉았습니다 세상을 굽어보고자 한 꿈이 잘못이었다는 것을 안 것도 겨우 엊그제 저물녘, 엄지만한 새가 담장에 앉았다 몸을 피해 가시나무 가지 사이로 총총히 숨어들어가는 것을 보고 난 뒤였습니다/세상을 저승처럼 둘러보던 새 이마와 가슴을 꽃같이 환히 밝히고서 몇줄의 시를 적고 외워보다가 부끄러워 다시 어둠 속으로 숨는 어느 저녁이 올 것입니다
— 「11월」 부분

나에게 이렇게 많은 죄가 쌓이니

봄이 밀리듯 죄가 밀리니

씻을 길이 없다

나는 은둔자

—「은둔자」 부분

윤리의 무늬를 지우고

윤리가 감춘 죄를 생각한다

설사에 대해서

불현듯 고장난 장에 깃든

사랑에 대해서 생각한다

—「변기를 닦다」 부분

이번 시집에서도 그의 시들은 여전히 감각적인 언어의 서정과 삶이 지닌 비극적인 아름다움을 선명하게 보여준다. 다만 불혹을 넘어선 시인에게 다소 달라진 것이 있다면, 위의 시편들에서 보이듯 '부끄러움'이나 '죄의식', '후회'라는 단어가 이번 시집에 자주 등장한다는 점을 들 수 있겠다. 시인은 낙산사에서 스님 한 분에게 밥값으로 새벽 종 치는 일을 권해 받은 것을 하지 못한 것을 뒤늦게 후회하는 가하면(「어느 해 낙산사 새벽종 치는 일을 권해 받았으나 하지 못한 것을 후회함」), "어느 절에서 보내는 저녁 종소리"에도 "개울가로 나가 손 씻고 낯 씻고 내가 저지른 죄를" 지나간 분노와 사랑까지 모조리 펼쳐 놓고 들여다보며, 그 가운데 "싸리꽃들 모여 핀 까닭"이 있다고 고해하듯 말하고 있다. 그러나 그의 죄의식 뒤에는 언제나 사랑에 대한 생각이 뒤따라온다. 시인은 「변기를 닦다」에서 보이듯 "똥이 튀어 변기를 닦"으면서도 윤리를 생각하고, "죄를 생각한다". 하지만 지린 설사와도 같은

"윤리가 감춘 죄"를 생각하면서도, 이처럼 시인은 여전히 "불현듯 고장난 장에 깃든/사랑에 대해서 생각"한다. "상 위에서 미끄러져 깨져버린 묵에서도 그만/지난 어느 사랑의 눈빛을 본다"라고(「묵집에서」) 고백하는 시인에게 그러나 사랑은 이제 더 이상 아름답고 숭고한 것에만 머물러 있지 않다. 으깨어진 묵처럼, 변기에 흘린 설사처럼, 추하고 냄새 나고 때론 치욕스럽고 부끄러운 것 또한 사랑의 한 모양인 것이다. 시인은 이처럼 죄의식과 연루된 비루하고 남루한 사랑일지언정 끊임없이 상기시키고, 이를 일상적 삶과 또다시 연결시켜 시 속으로 아름답게 끌어온다. 시인은 급기야 방금 목을 베어낸 핏물이 뚝뚝 흐르는 돼지머리를 보고도 "고전적 사랑의 기술"을 읽어낸다. 누군가에게 고기가 되고, 찬밥이 되는 이 "싸고 뜨거운,/그리고 언제나 비린 사랑이여!/나의 노독(路毒)이여"(「속초에서」)라고 말이다.

> 눈물이 떨어지는 부뚜막이 있었다
> 어머니는 부뚜막이 다 식도록, 아궁이 앞에서
> 자정 너머까지 앉아 있었다 식어가는 재 위의 숨결
>
> …(중략)…
>
> 천정이 꺼멓게 그을린 부엌 찬 부뚜막에 수십년을 앉아서 나는
> 고구려 사람처럼 현무도 그리고 주작도 그린다
> 그건 문자로는 기록될 수 없는 서문 사랑이다
> 그것이 나의 소박하기 그지없는 학설
> 아무도 모를 것이다 나는 아직도 그것을 시(詩)로 알고 그리고 있다
>
> ─「부뚜막」부분

시인은 부뚜막에 앉아 감자를 먹으며, "누대 전부터 물려받은 침침함"에 대해 생각한다. 무엇과도 "눈 맞추지 않으려 애쓰면서" "물도 없이 목 늘려 가며" 꾹꾹 삼키는 것이 감자인지, 무쇠솥인지 무수한 낮별들인지는 시인 자신도 알 수 없다. 다만 그의 메어오는 목구멍처럼 침침하고 좁은 부뚜막에, 한때 어머니가 정물화처럼 앉아 계셨던 것만은 분명하다. 그리고 어머니의 부뚜막과 남몰래 떨어지던 눈물 그리고 그 침침함에 "내"가 곧 맡겨지리라는 것을 시인은 이미 오래전부터 짐작하고 있었을 따름이다. 시인은 "길에 뜬 초롱한 별들"이 "모든 서룬 사람의 발등"을 지그시 누른다는 것도, 그리하여 별빛에 발등이 눌린 채, 이후에도 수십년 동안 부뚜막에 앉아 있는 그는 "문자로는 기록될 수 없는 서룬 사랑"을 부지깽이 같은 손으로 그리고 있다. 시인은 "천정이 꺼멓게 그을린 부엌 찬 부뚜막", 그 "누대 전부터 물려받은 침침함" 속에 떨궈낸 눈물자국 같은 그림이 바로 시(詩)라고 말한다. 장석남 시인에게 시(詩)란 문자나 기록 이상의 혈관을 타고 흐르는 오래된 그늘과도 같은 '서룹디 서룬' 그런 것이다.

> 시의 나라의 국경을 부수고
> 시의 마을의 약도를 지우고
> 시를 지우고
> 시의 자리에 앉아
> 어라,
> 아침이 와서
> 함께 덜덜 떨다
>
> ―「시를 다 지우다」 부분

위의 작품 「시를 다 지우다」는 이번 시집의 마지막에 실린 작품이다. 한

권의 시집을 마르면서 싣는 시의 제목이 재미있게도 「시를 다 지우다」라니. 그는 지금까지 부뚜막에 그려 넣은 시들을 다시금 "식어버린 재"로 덮어버리고, 다시 공복의 시간, 공복의 창자 속 이랑에 시의 꽃씨를 다시 파종할 생각인가 보다. 그는 시에 관한한 모든 것을 다 지우고, 시가 앉았던 그 자리에 본인이 스스로 들어가 앉는다. 그리고 묻는다. "공복 창자의 이랑마다/무슨 꽃씨를 뿌릴까/무슨 망아지를 풀어볼까"하고, "새벽 빛도/홑겹만 남은" 공복의 시간이야 말로 시인에겐 백지처럼 맑아진, '시작(始作. 詩作)의 시간'인 것이다. 앞으로 또 어떤 꽃이 피어날지, 어떤 망아지가 뛰어놀게 될지 새삼 궁금해진다.

끝으로, 이번 시집에는 실리지 않았지만 얼마 전 모 문학상을 수상한 작품을 읽어보는 것으로 이 글을 마를까 한다.

나뭇잎은 물든다 나뭇잎은 왜 떨어질까?
군불 때며 돌아보니 제 집으로 들어가기 전 마지막으로 꾸물대는 닭들

옥박질린 달이여

달이 떠서 어느 집을 쳐부수는 것을 보았다
주소를 적어 접시에 담아 선반에 올려놓고

불을 때고 등을 지지고
배를 지지고 걸게 혼잣말하며
어둠을 지졌다

장마 때 쌓은 국방색 모래자루들

우두커니 삭고
모래는 두리번대며 흘러나온다
모래여
모래여
게으른 평화여

말벌들 잉잉대던 유리창에 낮은 자고
대신 뭇 별자리들 잉잉대는데

횃대에서 푸드덕이다 떨어지는 닭,
다시 올라갈 수 있을까?
나뭇잎은 물든다

—「가을 저녁의 말」 전문